COLLECTION FOLIO

John Cheever

Déjeuner de famille

Traduit de l'américain
par Dominique Mainard
et Florence Lévy-Paoloni

Gallimard

Dominique Mainard remercie le Dr Patrick Meanor, spécialiste de l'œuvre de John Cheever, pour son aide précieuse.

Ce recueil est une sélection de nouvelles tirées des *Short Stories* de John Cheever, publiées en un seul volume aux États-Unis, et qui fait suite aux deux précédents ouvrages parus en français.

Titre original :

THE STORIES OF JOHN CHEEVER

Écrivain américain, né en 1912 et mort en 1982, John Cheever est surnommé le « Tchekhov des banlieues ». Il s'est attaché à dépeindre cette *middle class* sans histoire, quand ses contemporains préféraient décrire la classe ouvrière (Dos Passos, Steinbeck) ou les individus les plus riches (Fitzgerald). Au-delà de la condition sociale de ses personnages, tiraillés entre carcan de la norme et désarroi existentiel, le fondateur de l'école dite du *New Yorker* a imposé sa vision douce-amère du monde, entre acidité et mélancolie, humour et tendresse.

Il publie son premier roman, *The Wapshot Chronicle*, en 1957 — auquel il donnera plus tard une suite avec *The Wapshot Scandal* (1964) —, pour lequel il obtient le National Book Award. Considéré comme l'un des plus grands nouvellistes américains, il a écrit plus de deux cents nouvelles ainsi que cinq romans. Il reçoit le prix Pulitzer en 1978 pour *The Stories of John Cheever*.

Adieu, mon frère

Notre famille a toujours été très unie. Notre père s'est noyé en faisant du voilier quand nous étions enfants, et notre mère nous a répété inlassablement que les liens familiaux ont une sorte de permanence que nous ne retrouverons jamais. Je ne pense guère à ma famille mais, quand je me remémore ses membres, la côte où ils ont vécu et le sel de mer qui, je le pense, coule dans nos veines, je me souviens avec bonheur que je suis un Pommeroy — que j'ai leur nez, leur carnation, leur promesse de longévité — et que, même si notre famille n'est pas illustre, nous savourons quand nous sommes réunis l'illusion que les Pommeroy sont uniques. Je ne dis pas cela parce que la généalogie m'intéresse ou que ce sentiment d'unicité est profond ou important à mes yeux mais pour souligner le fait que nous sommes loyaux les uns envers les autres, en dépit de nos différences, et que toute rupture de cette loyauté est source de confusion et de souffrance.

Nous sommes quatre enfants ; il y a ma sœur

Diana et les trois garçons — Chaddy, Lawrence et moi-même. Comme c'est le cas dans la plupart des familles dont les rejetons ont dépassé la vingtaine, nous avons été séparés par nos professions, nos mariages et la guerre. Helen et moi vivons à Long Island à présent, avec nos quatre enfants. J'enseigne dans le secondaire et j'ai dépassé l'âge où j'espérais être promu directeur — ou principal, comme on dit — mais je respecte mon travail. Chaddy, qui a mieux réussi que les autres, habite Manhattan avec Odette et leurs enfants. Mère vit à Philadelphie, et Diana, depuis son divorce, habite en France, mais elle revient aux États-Unis l'été pour passer un mois à Laud's Head. Laud's Head est un lieu de villégiature sur la plage d'une des îles du Massachusetts. Autrefois nous y possédions un cottage et, dans les années 20, notre père a construit la grande maison. Elle trône sur une falaise au-dessus de l'océan et, à l'exception de Saint-Tropez et de certains villages des Apennins, c'est l'endroit que je préfère au monde. Nous en possédons chacun une part et nous versons une somme d'argent pour contribuer à son entretien.

Notre plus jeune frère, Lawrence, qui est avocat, est entré dans un cabinet de Cleveland après la guerre, et aucun d'entre nous ne l'a revu pendant quatre ans. Quand il a décidé de quitter Cleveland et d'aller travailler dans un cabinet à Albany, il a écrit à Mère pour lui dire qu'entre ces deux emplois il passerait dix jours à Laud's Head en compagnie de sa femme et de leurs deux enfants.

C'était la période où j'avais prévu de prendre mes vacances — j'enseignais à l'université d'été —, Helen, Chaddy, Odette et Diana seraient présents également, aussi toute la famille allait-elle être réunie. Des différents membres de la famille, Lawrence est celui avec lequel nous avons le moins de choses en commun. Nous ne l'avons jamais beaucoup fréquenté, et je suppose que c'est pour cette raison que nous l'appelons encore Tifty — un surnom dont il a hérité enfant car, quand il arrivait dans le couloir menant à la salle à manger pour le petit déjeuner, ses chaussons faisaient un bruit qui ressemblait à *Tifty, Tifty, Tifty*. C'est ainsi que Père l'appelait, et tout le monde l'imitait. Quand il a grandi, Diana l'a parfois surnommé Petit Jésus, et Mère l'a souvent appelé le Rabat-joie. Lawrence nous était antipathique autrefois mais son retour nous emplissait d'un mélange d'appréhension et de loyauté, ainsi que de la joie et du plaisir de retrouver un frère.

Lawrence est arrivé du continent par le ferry de 16 heures un après-midi à la fin de l'été, et Chaddy et moi-même sommes allés l'accueillir. Les arrivées et les départs du ferry qui circule l'été ont tous les signes extérieurs du voyage — les sirènes, les cloches, les diables, les retrouvailles, et l'odeur de l'eau de mer — mais il s'agit d'un voyage sans importance et, comme je regardais le bateau entrer dans le port bleu, cet après-midi-là, et que je songeais qu'il arrivait au terme d'un voyage sans importance, j'ai pris conscience qu'il s'agissait précisément du genre d'observation qu'aurait pu faire Lawrence. Nous avons cherché son visage derrière les pare-brise tandis que les véhicules quittaient le bateau, et nous n'avons eu aucune difficulté à le reconnaître. Et nous nous sommes précipités, nous lui avons serré la main et nous avons embrassé gauchement sa femme et ses enfants. « Tifty ! s'est écrié Chaddy. Tifty ! » Il est difficile d'évaluer les changements survenus dans l'apparence d'un frère, mais Chaddy et moi sommes tombés d'accord, tandis que nous regagnions Laud's Head en voiture, sur le fait que Lawrence paraissait encore très jeune. Il est arrivé le premier à la maison, et nous avons sorti les valises de sa voiture. Quand j'ai franchi le seuil, il était au salon, en train de discuter avec Mère et Diana. Elles portaient leurs plus beaux vêtements et tous leurs bijoux et lui souhaitaient la bienvenue avec une extrême chaleur mais, même à cet instant, alors que tout le monde s'efforçait de paraître débordant d'affection, et dans des circonstances où ces efforts sont les plus faciles, j'étais conscient d'une légère tension dans la pièce. Y réfléchissant tandis que je montais l'escalier avec les lourdes valises de Lawrence, j'ai réalisé que nos antipathies sont aussi profondément ancrées en nous que nos passions les plus tendres et je me suis souvenu qu'un jour, vingt-cinq ans plus tôt, alors que j'avais frappé Lawrence sur le crâne avec une pierre, il s'était relevé et était allé tout droit se plaindre à notre père.

J'ai porté les valises au deuxième étage où Ruth, l'épouse de Lawrence, avait commencé à installer la famille. C'était une femme maigre et elle paraissait très fatiguée par le voyage, mais quand je lui ai demandé si elle voulait que je lui monte un verre, elle m'a répondu que non, elle n'en avait pas envie.

Quand je suis redescendu, Lawrence n'était pas là, mais tous les autres étaient prêts pour l'apéritif et nous avons décidé de commencer sans lui. Lawrence est le seul membre de la famille qui n'ait jamais aimé boire. Nous avons emporté nos verres sur la terrasse afin de pouvoir contempler les falaises, la mer et les îles à l'est ; le retour de Lawrence et de sa femme, leur présence dans la maison semblaient raviver notre perception du paysage familier et c'était comme si le plaisir qu'ils allaient prendre à la courbe et aux couleurs de cette côte, après une si longue absence, nous était communiqué. Alors que nous étions sur la terrasse, Lawrence a remonté le sentier menant à la plage.

« Est-ce que la plage n'est pas merveilleuse, Tifty ? s'est exclamée Mère. Est-ce que ce n'est pas merveilleux d'être revenu ? Est-ce que tu veux boire un Martini ?

— Ça m'est égal, a répliqué Lawrence. Whiskey, gin — peu m'importe. Sers-moi une goutte de rhum.

— Nous n'avons pas de *rhum* », a répliqué Mère.

C'était la première note d'aspérité. Mère nous avait enseigné à ne jamais nous montrer indécis, à ne jamais répondre comme l'avait fait Lawrence. En outre, elle est profondément attachée aux convenances et tout ce qui ne se fait pas, selon son point de vue, comme boire un rhum sans glaçons ou apporter une cannette de bière à la table du dîner, suscite en elle un conflit qu'elle est incapable de surmonter, en dépit de son sens de l'humour. Elle a perçu l'aspérité et s'est employée à la réparer.

« Est-ce qu'un Irish whisky te ferait plaisir, Tifty chéri ? a-t-elle demandé. Est-ce que tu n'as pas toujours aimé l'Irish whisky ? Il y en a sur le buffet. Pourquoi ne vas-tu pas te servir ? »

Lawrence a répété que ça lui était égal. Il s'est servi un Martini, puis Ruth est descendue et nous sommes passés au salon pour dîner.

En dépit du fait que nous avions, en attendant Lawrence, trop bu avant le repas, nous étions tous désireux de nous montrer sous notre meilleur jour et de savourer une soirée paisible. Mère est une femme fluette dont le visage évoque encore de façon frappante la beauté qu'elle a dû être, et sa conversation est d'une légèreté exceptionnelle, mais ce soir-là elle a évoqué un projet d'assèchement des terres dans le nord de l'île. Diana est aussi jolie que Mère l'a été ; elle est vive, charmante et elle aime nous entretenir des amis dissolus qu'elle s'est faits en France, mais ce soir-là elle a parlé de l'école suisse où elle avait laissé ses deux enfants. Je voyais bien que le menu avait été élaboré pour plaire à Lawrence. Il n'était pas trop riche, et rien n'était susceptible de le faire s'inquiéter d'une quelconque prodigalité.

Après dîner, quand nous sommes retournés sur la terrasse, les nuages étaient baignés d'une lumière pareille à du sang, et j'étais heureux que Lawrence jouisse d'un si spectaculaire coucher de soleil pour son retour. Nous étions dehors depuis quelques minutes quand un homme du nom d'Edward Chester est passé chercher Diana. Elle l'avait rencontré en France ou sur le paquebot qui la ramenait aux États-Unis, et il allait passer dix jours à l'auberge de la petite ville. On l'a présenté à Lawrence et à Ruth, puis Diana et lui s'en sont allés.

« Est-ce que c'est le type avec qui elle couche en ce moment ? a demandé Lawrence.

— Quelle horreur de dire une chose pareille ! s'est exclamée Helen.

— Tu devrais t'excuser, Tifty, a ajouté Chaddy.

— Je ne sais pas, a répondu Mère d'un ton las. Je ne sais pas, Tifty. Diana est libre de faire ce qu'elle veut, et je ne pose pas de questions sordides. C'est ma seule fille. Je ne la vois pas souvent.

— Va-t-elle retourner en France ?

— Elle y retourne dans quinze jours. »

Lawrence et Ruth étaient assis au bord de la terrasse, à l'écart, pas sur les chaises disposées en cercle. Mon frère, avec ses lèvres serrées, avait l'air d'un ecclésiastique puritain. Parfois, quand j'essaie de comprendre sa tournure d'esprit, je pense au début de notre famille dans ce pays, et la désapprobation qu'il manifestait envers Diana et son amant m'y a fait songer. La branche des Pommeroy à laquelle nous appartenons a été fondée par un pasteur dont Cotton Mather a fait le panégyrique pour son abjuration infatigable du démon. Les Pommeroy ont été pasteurs jusqu'au milieu du XIXe siècle, et la rigueur de leurs pensées — l'homme n'est que misère, et toute beauté terrestre est impure et dépravée — a été conservée dans les livres et les sermons. Le caractère de notre famille a quelque peu changé et est devenu plus léger mais, de l'époque où j'allais à l'école, il me reste le souvenir d'un cousinage de vieillards, hommes et femmes, qui semblaient ressasser les jours sombres du saint ministère et être animés par une culpabilité perpétuelle et la déification du châtiment. Quand on grandit dans cette atmosphère — et, en un sens, cela a été notre cas —, le rejet des habitudes de culpabilité, de dénigrement de soi, de morosité et de repentir est, je crois, une épreuve spirituelle, et il me semblait que Lawrence y avait échoué.

« Est-ce Cassiopée, là-bas ? a demandé Odette.

— Non, ma chérie, a répondu Chaddy. Ce n'est pas Cassiopée.

— Qui était Cassiopée ?

— C'était l'épouse de Céphée et la mère d'Andromède, ai-je dit.

— La cuisinière est une supporter des Giants, a

dit Chaddy. Elle parie deux contre un qu'ils vont remporter le drapeau. »

Il faisait si sombre désormais que nous pouvions voir passer dans le ciel le faisceau de lumière du phare de Cape Heron. Dans l'obscurité au pied des falaises résonnaient les explosions continuelles des vagues. Alors, comme souvent quand la nuit tombe et qu'elle a trop bu avant de dîner, Mère s'est mise à évoquer les aménagements et les extensions qui seraient un jour apportés à la maison, les ailes, les salles de bains et les jardins.

« Dans cinq ans cette maison sera à la mer, a répliqué Lawrence.

— Tifty le Rabat-joie, a dit Chaddy.

— Ne m'appelle pas Tifty.

— Petit Jésus.

— La paroi donnant sur l'océan est méchamment fissurée, a poursuivi Lawrence. Je l'ai examinée cet après-midi. Vous l'avez fait réparer il y a cinq ans, et ça a coûté huit mille dollars. Vous ne pouvez pas recommencer tous les quatre ans.

— Tifty, je t'en prie, a dit Mère.

— Les faits sont les faits, a rétorqué Lawrence, et c'est une idée sacrément idiote de bâtir une maison au bord d'une falaise sur un littoral qui s'effondre. Depuis que je suis né, la moitié du jardin a été emportée par la mer et il y a un mètre cinquante d'eau là où nous avions une cabine de bain autrefois.

— Ayons une conversation d'ordre très *général*, est intervenue Mère d'un ton amer. Parlons de politique ou de la soirée dansante du club nautique.

— De fait, a poursuivi Lawrence, cette maison est probablement en danger au moment même où nous parlons. Si l'océan montait particulièrement haut, s'il y avait un ouragan, la paroi s'écroulerait et la maison s'effondrerait. Nous pourrions tous être noyés.

— Je ne peux pas *supporter* ça », a dit Mère.

Elle est allée à l'office et est revenue avec un plein verre de gin.

Je suis trop vieux désormais pour m'imaginer pouvoir juger des sentiments d'autrui, mais j'étais conscient de la tension existant entre Lawrence et Mère, et j'en connaissais en partie les origines. Lawrence ne devait pas avoir plus de seize ans quand il a décidé que Mère était futile, malveillante, destructrice et d'une puissance excessive. Une fois cela déterminé, il a résolu de se détacher d'elle. Il était en pension à l'époque, et je me souviens qu'il n'est pas rentré à la maison pour Noël. Il a passé les fêtes en compagnie d'un ami. Après avoir établi ce jugement défavorable sur Mère, il n'est revenu que très rarement et, quand c'était le cas, il s'efforçait toujours, par ses propos, de lui rappeler cet éloignement. Quand il a épousé Ruth, il ne l'a pas annoncé à Mère. Il ne lui a pas annoncé la naissance de ses enfants. Mais, en dépit de ces efforts de longue date et réglementés par de sévères principes, il semble, contrairement à nous, n'avoir jamais profité de ces séparations et quand notre mère et lui sont ensemble, on ressent immédiatement une tension, un malaise confus.

Et il est regrettable, en un sens, que Mère ait choisi ce soir-là pour s'enivrer. C'est son droit, et elle ne s'enivre pas souvent et par chance elle n'était pas d'humeur belliqueuse, mais nous avions tous conscience de ce qui était en train de se passer. Tandis qu'elle buvait son gin en silence, elle semblait se détacher tristement de nous ; elle semblait accomplir quelque lointain voyage. Puis son humeur a changé, passant du voyage au préjudice, et les rares remarques qu'elle a émises étaient irascibles et déplacées. Quand son verre a été presque vide, elle a contemplé fixement l'obscurité sous son nez, remuant légèrement la tête à la manière d'un lutteur. Je savais qu'il n'y avait pas suffisamment de place dans son esprit, en cet instant, pour tous les préjudices qui s'y accumulaient. Ses enfants étaient idiots, son mari s'était noyé, ses domestiques étaient des voleuses, et la chaise sur laquelle elle était assise était inconfortable. Soudain, elle a reposé son verre et a interrompu Chaddy, qui parlait de basket-ball.

« Je sais une *chose*, a-t-elle déclaré d'une voix rauque. Je sais que s'il y a une vie après la mort, j'aurais une famille d'un genre très différent. Je n'aurais que des enfants fabuleusement riches, spirituels et charmants. »

Elle s'est levée et a failli tomber en se dirigeant vers la porte. Chaddy l'a rattrapée et l'a aidée à gravir les marches. Je les ai entendus se souhaiter tendrement bonne nuit, puis Chaddy est revenu. J'aurais cru que Lawrence serait fatigué par son voyage et son retour, à présent, mais il est resté sur la terrasse, comme s'il attendait d'assister à une ultime inconduite, et nous l'avons laissé là pour aller nager dans les ténèbres.

Quand je me suis réveillé le lendemain matin, ou plutôt réveillé à moitié, j'ai entendu quelqu'un passer le rouleau manuel sur le court de tennis. C'est un son plus ténu et plus grave que celui des balises métalliques flottant au large de la pointe — un tintement métallique à la cadence irrégulière — qui, dans mon esprit, fait partie intégrante du commencement d'une journée d'été, un présage favorable. Quand je suis descendu, les deux enfants de Lawrence étaient au salon, vêtus de costumes de cow-boy. C'étaient des enfants peureux et maigrichons. Ils m'ont dit que leur père était en train de passer le rouleau sur le court de tennis, mais qu'ils ne voulaient pas sortir parce qu'ils avaient vu un serpent sous le pas-de-porte. Je leur ai expliqué que leurs cousins — tous les autres enfants — prenaient le petit déjeuner à la cuisine et qu'ils feraient bien de se dépêcher d'y aller. À ces mots, le garçon a fondu en larmes. Puis sa sœur l'a imité. Ils pleuraient comme si le fait d'aller manger à la cuisine allait réduire à néant leurs droits les plus précieux. Je leur ai dit de s'asseoir à table avec moi. Lawrence est entré, et je lui ai demandé s'il voulait jouer au tennis. Il a répondu que non, merci, mais qu'il envisageait de faire quelques simples avec Chaddy. Je ne pouvais pas le lui reprocher, car Chaddy et lui-même jouent mieux au tennis que moi et il a effectivement fait quelques simples avec Chaddy après le petit déjeuner ; mais, plus tard, quand les autres sont descendus pour jouer en double, Lawrence a disparu. Cela m'a contrarié — au-delà du raisonnable, j'imagine — mais les doubles que nous jouons en famille valent vraiment le détour, et il aurait pu jouer un set par simple courtoisie.

En fin de matinée, alors que je revenais seul du court, j'ai aperçu Tifty sur la terrasse, occupé à décoller un bardeau du mur à l'aide de son couteau de poche.

« Qu'est-ce qu'il y a, Lawrence ? ai-je demandé. Des termites ? »

Nous avons des termites dans le bois, et ils posent beaucoup de problèmes.

Il a désigné, à la base de chaque rang de bardeaux, une ligne bleue à peine visible de craie de charpentier.

« Cette maison a à peu près vingt-deux ans, a-t-il déclaré. Ces bardeaux ont à peu près deux cents ans. Papa a dû acheter des bardeaux à toutes les fermes des environs quand il a construit la maison, pour lui donner l'air vénérable. On voit encore la craie de charpentier à l'endroit où ces vieilleries ont été clouées. »

Ce qu'il disait au sujet des bardeaux était vrai, bien que cela me fût sorti de l'esprit. Au moment de la construction de la maison, notre père — ou son architecte — avait demandé à ce qu'on la tapisse de bardeaux couverts de lichen et érodés par les intempéries. Je ne voyais pas pour quelle raison Laurence trouvait cela scandaleux.

« Et regarde ces portes, a-t-il repris. Regarde l'encadrement de ces portes et de ces fenêtres. »

Je l'ai suivi jusqu'à une imposante porte à double vantail donnant sur la terrasse, et je l'ai examinée. C'était une porte relativement neuve, mais quelqu'un s'était donné beaucoup de mal pour le dissimuler. La surface en avait été profondément rayée avec quelque instrument métallique, et de la peinture blanche avait été incrustée dans ces rayures pour imiter la dégradation due à l'eau de mer, au lichen et aux intempéries.

« Imagine un peu, dépenser des milliers de dollars pour qu'une maison parfaitement saine ait l'air d'une ruine, a dit Lawrence. Imagine quelle tournure d'esprit cela implique. Imagine que quelqu'un veuille vivre à ce point dans le passé qu'il paie à des hommes le salaire d'un menuisier pour délabrer sa porte d'entrée. »

Alors je me suis souvenu à quel point Lawrence était sensible au temps, et quels sentiments et opinions lui inspirait ce que nous éprouvions au sujet du passé. Des années plus tôt, je l'avais entendu dire que nous, nos amis et ceux de nos compatriotes qui nous ressemblaient, nous révélant incapables de résoudre les problèmes du présent, nous étions tournés, comme un adulte malheureux, vers ce que nous imaginons être des temps plus heureux et plus simples ; notre goût pour la reconstitution et la lueur des bougies donnait la mesure de cet irrémédiable échec. La ligne de craie bleue à peine visible lui avait remis ces idées à l'esprit, la porte scarifiée les avait renforcées et, à présent, les indices lui apparaissaient l'un après l'autre — l'éclairage austère à la porte, la taille imposante de la cheminée, la largeur des lattes de plancher et les pointes métalliques qu'on y avait plantées pour évoquer des chevilles. Tandis que Lawrence discourait sur les points faibles de la maison, les autres sont remontés du court de tennis. Dès que Mère a aperçu Lawrence, elle a eu un mouvement de recul et j'ai compris qu'il y avait peu d'espoir que s'établissent de bonnes relations entre la chef de famille et l'enfant par lequel on lui semblait avoir remplacé le sien. Elle a pris le bras de Chaddy.

« Allons nager et boire des Martini sur la plage, a-t-elle dit. Faisons en sorte de passer une *fabuleuse* matinée. »

Ce matin-là, la mer était d'une teinte opaque, comme une serpentine. Tout le monde est descendu à la plage à l'exception de Tifty et de Ruth.

« Je me fiche pas mal de *lui* », a déclaré Mère. Elle s'était échauffée, et elle a fait basculer son verre et renversé du gin dans le sable. « Je me fiche pas mal de lui. Peu m'importe à quel point il est *grossier*, *odieux* et *sinistre*, mais ce que je ne peux pas supporter, c'est le visage de ses malheureux petits enfants, ces petits enfants incroyablement tristes. »

Avec la hauteur de la falaise pour nous séparer de lui, nous avons tous parlé de Lawrence avec colère : il était pire qu'avant et non meilleur, il était si différent de nous, il s'efforçait de gâcher le moindre plaisir. Nous avons bu notre gin ; les propos malveillants ont semblé atteindre un crescendo puis, l'un après l'autre, nous sommes allés nager dans l'eau d'un vert opaque. Mais quand nous sommes ressortis, aucun de nous n'a évoqué Lawrence en termes désobligeants ; le fil de la conversation malveillante avait été coupé, comme si la nage était pourvue de la force purificatrice que revendique le baptême. Nous nous sommes séché les mains et nous avons allumé des cigarettes, et s'il a été fait allusion à Lawrence, cela a été seulement pour suggérer, avec gentillesse, quelque activité susceptible de lui plaire. Est-ce qu'il n'aimerait pas aller en voilier jusqu'à la baie de Barin, ou aller pêcher ?

Et à présent je me souviens que, durant le séjour de Lawrence, nous sommes allés nager plus souvent que d'habitude, et je pense qu'il y a une raison à cela. Quand l'irritabilité qui s'accumulait en raison de sa présence commençait à épuiser notre patience, non seulement envers lui mais aussi les uns envers les autres, nous allions nager et nous laver de notre animosité dans l'eau froide. Je revois les membres de la famille, piqués au vif par les reproches de Lawrence, assis sur le sable, je les vois s'avancer dans l'eau, plonger et refaire surface, et j'entends dans leur voix renaître la patience et une bonne volonté inépuisable. Si Lawrence avait remarqué ce changement — cette illusion de purification —, j'imagine qu'il aurait trouvé dans le vocabulaire de la psychiatrie ou dans la mythologie de l'Atlantique quelque nom douteux pour le qualifier, mais je ne crois pas qu'il s'en soit aperçu. Il a donc omis de nommer les pouvoirs curatifs de la mer, mais cela a été l'une des rares occasions de dénigrement qu'il a laissées échapper.

La cuisinière que nous avions engagée cet été-là était une Polonaise du nom d'Anna Ostrovick. On n'aurait pu trouver mieux — une grande et grosse femme, chaleureuse, assidue, qui prenait son travail très au sérieux. Elle aimait cuisiner, elle aimait que ce qu'elle cuisinait soit apprécié et mangé, et chaque fois que nous la voyions, elle nous pressait de manger. Elle faisait du pain chaud — des croissants et des brioches — pour le petit déjeuner deux ou trois fois par semaine, les apportait elle-même au salon et disait : « Mangez, mangez, mangez ! » Quand la bonne rapportait les plats à l'office, nous entendions parfois Anna, qui s'y trouvait, dire : « Bien ! Ils mangent. » Elle nourrissait l'éboueur, le laitier et le jardinier. « Mangez ! leur disait-elle. Mangez, mangez ! » Le jeudi après-midi, elle allait au cinéma avec la bonne, mais elle n'aimait pas les films parce que les acteurs étaient tous trop maigres. Elle restait assise dans la salle obscure pendant une heure et demie, scrutant anxieusement l'écran dans l'espoir d'y voir apparaître quelqu'un qui aurait fait honneur à ce qu'il y avait dans son assiette. Bette Davis lui laissa pour seul souvenir celui d'une femme qui n'avait pas suffisamment mangé. « Ils sont tous tellement maigres », disait-elle en sortant du cinéma. Le soir, après nous avoir gavés, elle rassemblait les reliefs du repas et sortait nourrir la Création tout entière. Cette année-là nous avions quelques poulets, et bien qu'à cette heure ils fussent déjà perchés pour la nuit, elle jetait de la nourriture dans leurs mangeoires et pressait les volatiles endormis de s'alimenter. Elle nourrissait les oiseaux chanteurs dans le verger et les tamias dans le jardin. Son apparition à la lisière du potager et sa voix insistante — nous l'entendions s'exclamer « Mangez, mangez, mangez ! » — étaient devenues, comme le coup de feu tiré au club nautique au crépuscule et le faisceau de lumière en provenance de Cape Heron, indissociables de cette heure de la journée. « Mangez, mangez, mangez ! » entendions-nous Anna clamer. « Mangez, mangez... » Puis c'était la nuit.

Lawrence était à la maison depuis trois jours quand Anna m'a appelé à la cuisine.

« Dites à votre mère, a-t-elle lancé, qu'*il* ne vient pas dans ma cuisine. S'*il* vient sans arrêt dans ma cuisine, je pars. Toujours *il* vient dans ma cuisine pour me dire quelle pauvre femme je suis. Toujours il me dit que je travaille trop dur et que je ne suis pas payée assez et que je devrais faire partie d'un syndicat avec des vacances. Ah ! il est tellement maigre mais il vient toujours dans ma cuisine quand je suis occupée, pour me plaindre, mais je suis aussi bien que lui, je suis aussi bien que *n'importe qui,* et je n'ai pas à supporter que des gens soient tout le temps dans mes jambes à me plaindre comme ça. Je suis une cuisinière célèbre, une excellente cuisinière, j'ai du travail partout, et la seule raison pour laquelle je viens ici cet été, c'est que jamais je n'ai été sur une île, mais je peux avoir d'autres places demain et s'il continue à venir tout le temps dans ma cuisine pour me plaindre, vous pouvez dire à votre mère que je pars. Je suis aussi bien que *n'importe qui* et je n'ai pas à supporter que ce maigrichon, il me répète tout le temps comme je suis une pauvre femme. »

J'ai été content de découvrir que la cuisinière était dans notre camp, mais la situation était délicate. Si Mère avait demandé à Lawrence de se tenir à l'écart de la cuisine, il aurait fait de cette requête un motif de grief. Il était capable de transformer n'importe quoi en motif de grief ; parfois, alors qu'il était assis avec morosité à la table du dîner, il donnait l'impression que chaque mot de dépréciation — peu importe qui était visé — le touchait personnellement. Je n'ai parlé à personne de la plainte de la cuisinière mais, pour une raison ou une autre, il n'y a plus eu de soucis de ce côté-là.

Le motif de contrariété que m'a fourni Lawrence, ensuite, est venu de nos parties de backgammon.

Quand nous sommes à Laud's Head, nous

jouons beaucoup au backgammon. En général, à 20 heures, après avoir bu notre café, nous sortons le tapis de jeu. C'est, en un sens, l'un des moments que nous préférons. Les lampes sont encore éteintes dans la pièce, on aperçoit Anna dans le potager obscur et, au-dessus de sa tête, le ciel est peuplé de continents d'ombre et de feu. Mère allume la lumière et fait s'entrechoquer les dés comme un signal. Nous jouons généralement trois parties par personne contre chaque autre joueur. Nous misons de l'argent et il est possible de gagner et de perdre cent dollars par partie, mais les enjeux sont généralement beaucoup plus faibles. Il me semble que Lawrence jouait autrefois — je n'arrive pas à m'en souvenir —, mais ce n'est plus le cas. Il ne mise pas d'argent. Ce n'est pas parce qu'il est pauvre ou par principe, mais parce qu'il pense que c'est un jeu idiot et une perte de temps. Il était tout à fait disposé, en revanche, à perdre son temps à nous regarder jouer. Chaque soir, quand la partie commençait, il tirait une chaise près du tapis de jeu et observait les cases et les dés. Son expression était méprisante, et pourtant son regard était attentif. Je me demandais pourquoi il nous regardait ainsi chaque soir et, en scrutant son visage, je crois l'avoir compris.

Lawrence ne mise pas, et il ne peut donc comprendre l'excitation qu'entraîne le fait de gagner et de perdre de l'argent. D'après moi, il a oublié les règles du jeu, de sorte que les cheminements complexes d'une partie ne peuvent l'intéresser.

Ses observations l'amènent immanquablement à conclure que le backgammon est un jeu trivial et que le tapis de jeu où sont imprimés les points est un symbole de notre médiocrité. Et, puisqu'il ne comprend ni le fait de miser ni les règles du jeu, j'en ai conclu qu'il devait s'intéresser aux membres de sa famille. Un soir, alors que je jouais avec Odette — j'avais délesté Mère et Chaddy de trente-sept dollars — j'ai compris, je crois, ce qui se passait dans son esprit.

Odette a les cheveux et les yeux noirs. Elle prend soin de ne jamais exposer trop longtemps sa peau blanche au soleil, aussi le contraste frappant entre le noir et la pâleur ne change-t-il pas en été. Elle a besoin d'admiration, et la mérite — c'est l'élément qui la comble — et elle flirte, sans que cela porte à conséquence, avec le premier homme venu. Ce soir-là, ses épaules étaient nues, sa robe coupée de façon à révéler le sillon entre ses seins et ses seins eux-mêmes quand elle se penchait au-dessus du damier pour jouer. Elle ne cessait de perdre et de flirter et de transformer ses défaites elles-mêmes en flirt. Chaddy était dans la pièce voisine. Elle a perdu trois parties et, à la fin de la troisième, elle s'est laissée aller contre le dossier du canapé et, me regardant droit dans les yeux, a suggéré d'aller jouer la belle derrière les dunes. Lawrence l'a entendue. Je l'ai regardé ; il semblait tout à la fois choqué et satisfait, comme s'il avait toujours soupçonné que nous ne jouions pas pour quelque chose d'aussi peu substantiel que de l'argent. Je me trompe peut-être, bien sûr, mais je crois qu'il avait l'impression qu'en observant nos parties de backgammon, il assistait à la progression d'une stratégie acharnée dans laquelle l'argent que nous gagnions et perdions n'était que le symbole de gages plus essentiels. Il est caractéristique de Lawrence d'essayer de déchiffrer le sens et la finalité de chacun de nos gestes et, inévitablement, quand il croit avoir découvert la logique interne de notre conduite, c'est quelque chose de sordide.

Chaddy est venu disputer une partie contre moi. Chaddy et moi n'avons jamais aimé que l'autre l'emporte. Quand nous étions petits, on nous interdisait de jouer ensemble parce que cela se terminait toujours en bagarre. Nous nous imaginons savoir intimement ce dont l'autre est capable. D'après moi, il est prudent ; d'après lui, je suis téméraire. Il y a toujours de l'animosité dans l'air quand nous jouons ensemble — au tennis, au backgammon, au softball ou au bridge — et il semble parfois que l'enjeu soit la possession des libertés de l'autre. Quand Chaddy me bat, je n'en dors pas. Tout cela n'est qu'une demi-vérité de l'esprit de compétition qui nous anime, mais c'est cette demi-vérité qu'allait percevoir Lawrence, et sa présence à la table m'a rendu si nerveux que j'ai perdu deux parties. Quand je me suis levé, abandonnant le tapis de jeu, je me suis efforcé de ne pas paraître contrarié. Lawrence m'observait. Je suis sorti sur la terrasse pour y affronter, dans le noir, la colère que je ressens toujours quand je suis battu par Chaddy.

Quand je suis revenu dans la pièce, Chaddy et Mère s'étaient lancés dans une partie. Lawrence n'avait pas bougé. Dans son esprit, Odette avait perdu sa vertu en jouant contre moi, et j'avais perdu l'estime de moi-même en jouant contre Chaddy; je me suis demandé ce qu'il voyait dans la partie qui se déroulait maintenant. Il surveillait le spectacle avec ravissement, comme si les pions opaques et le damier imprimé étaient les instruments d'un échange de pouvoir décisif. Comme le damier dans son cercle de lumière, les joueurs silencieux et le fracas de l'océan au-dehors devaient lui sembler dramatiques ! C'était la matérialisation d'un cannibalisme spirituel ; là, sous son nez, se trouvaient les symboles de la rapacité avec laquelle les êtres humains se servent les uns des autres.

Le jeu de Mère est habile, passionné et envahissant. Elle a toujours les mains qui traînent sur le damier de son adversaire. Quand elle joue contre Chaddy, qui est son préféré, elle est très concentrée. Lawrence avait dû le remarquer. Mère est sentimentale. Elle a bon cœur et elle est facilement touchée par les larmes et la fragilité, une caractéristique qui, comme son nez élégant, n'a pas été le moins du monde altérée par l'âge. Le chagrin d'autrui l'atteint profondément et elle semble parfois chercher à découvrir en Chaddy une tristesse, un sentiment de perte, qu'elle pourrait soulager et combler, rétablissant ainsi la relation qui était la leur à l'époque où il était petit et maladif. Elle aime défendre les êtres faibles et enfantins et, à présent que nous sommes grands, cela lui manque. Le monde des dettes et des affaires, des hommes et de la guerre, de la chasse et de la pêche, suscite son amertume. (Quand Père s'est noyé, elle a jeté ses cannes pour pêcher à la mouche et ses fusils.) Elle nous a vanté sans répit les vertus de l'indépendance, mais c'est quand nous retournons chercher consolation et aide auprès d'elle — en particulier Chaddy — qu'elle semble véritablement exister. Lawrence devait s'imaginer que la vieille femme et son fils cherchaient à remporter l'âme de leur adversaire.

Mère a perdu. « Oh, mon Dieu », a-t-elle soupiré. Elle semblait abattue et affligée, comme toujours lorsqu'elle perd. « Apportez-moi mes lunettes, apportez-moi mon chéquier, apportez-moi quelque chose à boire. »

Lawrence s'est enfin levé et s'est dégourdi les jambes. Il nous a considérés d'un œil sombre. Le vent s'était levé et la marée était haute ; j'ai pensé que si le bruit des vagues lui parvenait, il devait n'entendre en elles que de sombres réponses à toutes ses sombres questions ; il devait se dire que la marée avait noyé les braises de nos feux de pique-nique. Il est insupportable de côtoyer un mensonge, et Lawrence semblait être l'incarnation même d'un mensonge. Je ne pouvais pas lui expliquer le plaisir simple et intense qu'on éprouve à miser de l'argent, et il me semblait abominablement injuste qu'il soit resté assis près du tapis de jeu et en ait conclu que nous jouions nos âmes. Il a arpenté quelques instants la pièce d'un pas agité puis, comme à son habitude, il nous a gratifiés d'une dernière salve.

« C'est étonnant que vous ne deveniez pas cinglés, a-t-il dit, à rester claquemurés ensemble comme ça tous les soirs. Viens, Ruth. Je vais me coucher. »

Cette nuit-là, j'ai rêvé de Lawrence. J'ai vu ses traits déformés jusqu'à devenir laids et quand je me suis réveillé, le lendemain matin, je me suis senti nauséeux, comme si j'avais subi durant mon sommeil une immense perte spirituelle, la perte, peut-être, de mon courage et de ma vaillance. Il était absurde que je me laisse ainsi perturber par mon frère. J'avais besoin de vacances. J'avais besoin de me détendre. Au collège, nous habitons l'un des dortoirs, nous mangeons à la table commune et nous ne partons jamais en voyage. Non seulement j'enseigne l'anglais en hiver et en été, mais je travaille dans le bureau du principal et je donne le signal du départ lors des rencontres d'athlétisme. J'avais besoin de prendre de la distance vis-à-vis de cela et de toute autre source d'anxiété, et j'ai décidé d'éviter mon frère. Ce jour-là, de bon matin, j'ai emmené Helen et les enfants faire de la voile et nous sommes restés en mer jusqu'à l'heure du dîner. Le lendemain, nous sommes allés pique-niquer. Puis j'ai dû aller passer une journée à New York, et mon retour a coïncidé avec le bal costumé du club nautique. Lawrence n'y allait pas, et c'est une fête où je m'amuse toujours beaucoup.

Cette année-là, les invitations suggéraient de venir costumé en ce qu'on aurait voulu être. Après en avoir discuté à de nombreuses reprises, Helen et moi avions choisi comment nous habiller. Ce dont elle avait le plus envie, a-t-elle décrété, était d'être à nouveau une jeune mariée, aussi avait-elle décidé de porter sa robe blanche. Cela m'a semblé être un bon choix, sincère, gai et peu coûteux. Il a influé sur le mien et j'ai pris la décision de porter une vieille tenue de football. Mère a résolu d'y aller en Jenny Lind [1], parce qu'il y avait un vieux costume de Jenny Lind au grenier. Les autres ont décidé de louer des costumes, que je me suis procurés à l'occasion de mon séjour à New York. Lawrence et Ruth n'ont pris part à rien de tout cela.

Helen faisait partie du comité d'organisation du bal et elle a passé la plus grande partie du vendredi à décorer le club. Diana, Chaddy et moi sommes allés faire de la voile. Ces temps-ci, je n'en fais presque plus qu'à Manhasset et j'ai l'habitude de fixer mon itinéraire de retour d'après la barge pétrolière et le toit en tôle du hangar à bateaux,

1. Johanna Maria Lind (1820-1887), mieux connue sous le nom de Jenny Lind, était une cantatrice d'origine suédoise. *(Toutes les notes sont de la traductrice.)*

et ç'a été un plaisir, cet après-midi-là, de garder le cap sur le clocher blanc d'une église du village et de naviguer dans une eau qui, même près des terres, était verte et limpide. À la fin de notre tour en voilier, nous avons fait halte au club pour prendre Helen. Le comité d'organisation avait essayé de donner à la salle de bal l'apparence d'un sous-marin, et le fait d'avoir presque réussi à accomplir cette illusion emplissait Helen de joie. Nous sommes retournés en voiture à Laud's Head. L'après-midi avait été radieux mais, sur le chemin du retour, nous avons senti le vent d'est — le vent mauvais, comme Lawrence aurait dit — soufflant de la mer.

Ma femme, Helen, a trente-huit ans et je suppose que ses cheveux seraient gris s'ils n'étaient pas teints, mais ils le sont, d'un blond discret — une couleur patinée — et je trouve que cela lui va bien. Ce soir-là, je nous ai servi à boire pendant qu'elle s'habillait et, quand je lui ai monté un verre à l'étage, je l'ai vue en robe de mariée pour la première fois depuis nos noces. Cela n'aurait pas de sens de dire qu'elle m'a semblé plus belle que le jour de notre mariage mais, parce que j'ai vieilli et que mes sentiments sont, je crois, plus profonds aujourd'hui, et que je discernais sur son visage, ce soir-là, tout à la fois la jeunesse et l'âge mûr, l'attachement à la jeune femme qu'elle avait été et les concessions gracieusement faites au temps, je pense n'avoir jamais été aussi ému. J'avais déjà enfilé ma tenue de footballeur et sa lourdeur — le poids du pantalon et des épaulettes — avait exercé un changement en moi, comme si, en enfilant ces vieux vêtements, je m'étais délivré des angoisses et des soucis légitimes de mon existence. Il semblait que nous étions tous deux retournés aux années précédant notre mariage, aux années d'avant la guerre.

Les Collard organisaient un grand dîner avant le bal, et notre famille — à l'exception de Lawrence et de Ruth — s'y est rendue. Nous sommes allés au club en voiture, dans le brouillard, vers 21 h 30. L'orchestre était en train de jouer une valse. Tandis que je déposais mon imperméable au vestiaire, quelqu'un m'a tapé dans le dos. C'était Chucky Ewing et, curieusement, il portait une tenue de footballeur. Cela nous a semblé du plus haut comique. Nous en riions tandis que nous suivions le couloir en direction de la piste de danse. À la porte, je me suis arrêté un instant pour contempler la fête ; c'était splendide. Le comité d'organisation avait suspendu des filets de pêche tout autour de la pièce et d'un bout à l'autre du haut plafond. Ces derniers étaient remplis de ballons de couleur. La lumière était tamisée et changeante, et les gens — nos amis et voisins — dansant dans cette douce lumière au son de *Three O'Clock in the Morning* offraient un charmant spectacle. Puis j'ai remarqué le grand nombre de femmes vêtues en blanc et je me suis aperçu que, comme Helen, elles portaient des robes de mariée. La valse a entraîné jusqu'à moi Patsy Hewitt, Mrs Gear et la petite Lackland, toutes trois habillées en mariées. Puis Pep Talcott s'est dirigé vers Chucky et moi. Il portait un déguisement d'Henry VIII, mais il nous a dit que les jumeaux Auerbach, Henry Barrett et Dwight MacGregor étaient tous en tenues de footballeur, et qu'au dernier décompte il y avait dix mariées sur la piste.

Cette coïncidence, cette drôle de coïncidence, plongeait tout le monde dans l'hilarité et cela a été l'une des soirées dansantes les plus joyeuses qui se soient jamais tenues au club. Au début, j'ai cru que les femmes s'étaient concertées pour s'habiller en mariées, mais celles avec qui j'ai dansé m'ont dit qu'il s'agissait d'une coïncidence et je sais avec certitude qu'Helen avait pris sa décision seule. J'ai passé une plaisante soirée jusqu'à minuit à peu près. À ce moment-là, j'ai aperçu Ruth immobile au bord de la piste de danse. Elle portait une longue robe rouge, ce qui dénotait franchement. Ce n'était pas du tout dans l'esprit de la fête. Je l'ai invitée à danser, mais aucun cavalier n'a pris le relais et il n'était pas question que je passe le reste de la nuit à danser avec elle, aussi je lui ai demandé où se trouvait Lawrence. Elle m'a dit qu'il était dehors, sur l'embarcadère. Je l'ai conduite au bar et je l'ai laissée là afin d'aller chercher Lawrence.

Le brouillard venant de l'est était épais, humide, et Lawrence était seul sur l'embarcadère. Il ne s'était pas déguisé. Il ne s'était même pas donné la peine de s'habiller en pêcheur ou en marin. Il semblait particulièrement ténébreux. Le brouillard nous environnait comme une fumée froide. J'ai regretté que la nuit ne soit pas dégagée, car le brouillard semblait faire le jeu de mon misanthrope de frère. Et je savais que les bouées — les balises flottantes et les cloches que nous entendions en cet instant — devaient résonner à ses oreilles comme des plaintes émanant pour moitié d'êtres humains, pour moitié de noyés, même si tous les marins savent que les bouées sont des installations nécessaires et fiables. Je savais que la corne de brume du phare devait lui faire penser à des dérives et à des pertes, et qu'il était capable d'interpréter de travers la légèreté de la musique du bal.

« Rentre donc, Tifty, ai-je dit, et fais danser ta femme, ou trouve-lui des cavaliers.

— Et pourquoi ? a-t-il répliqué. Et pourquoi ? »

Il s'est approché de la fenêtre et a observé la fête à travers la vitre.

« Regarde, a-t-il repris. Regarde ça... »

Chucky Ewing s'était emparé d'un ballon et essayait d'organiser une ligne de mêlée au milieu de la piste de danse. Les autres étaient en train de danser la samba. Et je savais que Lawrence contemplait la fête d'un œil sombre, de la même manière qu'il avait observé les bardeaux rongés par les intempéries, comme s'il y voyait une offense faite au temps et une distorsion de celui-ci : dans son esprit, le fait que nous désirions être des mariées et des joueurs de football révélait que, une fois les lumières de la jeunesse éteintes en nous, nous avions été incapables d'en trouver d'autres pour nous guider et que, dépourvus de foi et de principes, nous étions devenus ridicules et tristes. Qu'il juge ainsi tant d'individus bons, heureux et généreux m'a empli de colère, d'une aversion si peu naturelle que j'en ai eu honte, car c'est mon frère et un Pommeroy. J'ai entouré ses épaules de mon bras et j'ai essayé de le forcer à entrer, mais en vain.

Je suis revenu à temps pour la *Grand March*[1] et une fois les prix attribués aux meilleurs déguisements, on a procédé à un lâcher de ballons. Il faisait chaud dans la pièce et quelqu'un a ouvert les grandes portes donnant sur l'embarcadère ; le vent d'est a tournoyé dans la salle et est ressorti, emportant sur l'embarcadère et au-dessus de l'eau la plupart des ballons. Chucky Ewing s'est élancé à la poursuite des ballons et quand il les a vus dépasser l'embarcadère et se poser sur l'eau, il a ôté sa tenue de footballeur et a plongé. Puis Eric Auerbach a plongé à son tour, ainsi que Lew Phillips et moi, et vous savez comment c'est dans une fête après minuit quand les gens commencent à sauter dans l'eau. Nous avons récupéré la plupart des ballons, nous nous sommes séchés, puis nous avons continué à danser, et nous ne sommes pas rentrés avant le matin.

1. Lors de la *Grand March*, les danseurs se mettent en file deux par deux pour exécuter diverses figures.

Le lendemain avait lieu l'exposition florale. Mère, Helen et Odette y participaient toutes les trois. Nous avons déjeuné sur le pouce, puis Chaddy a conduit les femmes et les enfants à l'exposition. J'ai fait la sieste et, en milieu d'après-midi, j'ai pris un maillot de bain et une serviette, et je me dirigeais vers la porte quand je suis tombé sur Ruth dans la buanderie. Elle était occupée à faire la lessive. Je ne sais pas pourquoi elle semblait avoir tellement plus à faire que n'importe qui d'autre, mais elle ne cessait de faire la lessive, de repasser ou de repriser des vêtements. Peut-être lui avait-on enseigné, quand elle était jeune, à passer son temps de cette façon, ou peut-être était-elle en proie à quelque passion expiatoire. Elle semblait récurer et repasser avec une ferveur pénitentielle, même si je ne peux imaginer en quoi elle pensait avoir mal agi. Ses enfants étaient avec elle dans la buanderie. J'ai proposé de les emmener à la plage, mais ils ne voulaient pas y aller.

C'était la fin du mois d'août et, à cause des vignes sauvages qui poussent en abondance sur l'île, le vent était imprégné d'une odeur de vin. Un petit bosquet de houx se trouve à l'extrémité du chemin, puis il faut gravir les collines où rien ne prend racine à l'exception d'une herbe rude. J'entendais la mer, et je me suis souvenu de la façon mystique dont Chaddy et moi parlions de l'océan autrefois. Quand nous étions jeunes, nous avions décidé que nous ne pourrions jamais vivre dans l'Ouest parce que la mer nous manquerait. « C'est très agréable ici, disions-nous poliment aux gens habitant à la montagne à qui nous rendions visite, mais l'Atlantique nous manque. » Nous regardions de haut les gens originaires de l'Iowa et du Colorado, qui avaient été privés de cette révélation, et nous méprisions le Pacifique. À présent j'entendais les vagues dont la force avait les échos d'une répercussion, d'un tumulte, et j'en étais transporté comme au temps de ma jeunesse ; l'océan semblait avoir une force purgative, comme s'il avait purifié ma mémoire, entre autres choses, de la vision de Ruth en pénitence dans la buanderie.

Mais Lawrence se trouvait sur la plage. Il était assis là, sur le sable. Je suis allé me baigner sans lui adresser la parole. L'eau était froide et, quand je suis ressorti, j'ai enfilé un tee-shirt. Je lui ai annoncé que j'allais me promener jusqu'à Tanners Point et il a répondu qu'il venait avec moi. Je me suis efforcé de marcher à sa hauteur. Ses jambes ne sont pas plus longues que les miennes, mais il aime devancer toujours un peu la personne qui l'accompagne. Alors que je cheminais près de lui, regardant sa tête penchée et ses épaules, je me suis demandé ce qu'il pouvait bien penser de ce paysage.

Il y avait des dunes et des falaises, et là où elles déclinaient naissaient des champs dont le vert avait commencé à virer au brun et au jaune. Ceux-ci servaient de pâturage aux moutons, et j'imagine que Lawrence avait remarqué que la terre était érodée et que les moutons allaient accélérer cette dégradation. Au-delà des champs se dressaient quelques fermes aux bâtiments carrés et agréables à l'œil, mais Lawrence aurait pu évoquer la difficile condition d'un fermier vivant sur une île. La mer, de l'autre côté, s'étendait jusqu'à l'horizon. Nous racontons toujours aux invités que les côtes du Portugal s'étendent là-bas, à l'est, et pour Lawrence il n'y avait sans doute qu'un pas des côtes du Portugal à la tyrannie sévissant en Espagne. Les vagues s'échouaient sur le sable en faisant un bruit comme « Hourra, hourra, hourra », mais aux oreilles de Lawrence elles devaient dire « *Mourra, mourra* ». J'imagine qu'il n'avait pas échappé à son esprit vif et morose que la côte était une moraine, la frontière du monde préhistorique, et il avait vraisemblablement pris conscience que nous progressions à la frontière du monde connu, au sens figuré et littéral du terme. Si cela lui avait échappé, des avions de la Navy bombardant une île inhabitée étaient là pour le lui rappeler.

Cette plage est un paysage vaste, d'une pureté et d'une simplicité surnaturelles. On croirait voir une parcelle de la lune. Le sol est compact à force d'avoir été martelé par l'océan, de sorte qu'il est facile d'y marcher, et tout ce qui gît sur le sable a été deux fois transformé par les vagues. Il y avait la partie centrale d'un coquillage, un manche à balai, un tesson de bouteille et un morceau de brique, tous deux broyés et brisés jusqu'à en être presque méconnaissables, et je suppose que la méchante tournure d'esprit de Lawrence — car il gardait la tête baissée — allait d'une chose brisée à une autre. Son pessimisme a commencé à me mettre en rage, et je l'ai rattrapé et lui ai posé la main sur l'épaule.

« C'est une journée d'été, Tifty, rien de plus, ai-je dit. Rien de plus qu'une journée d'été. Qu'est-ce qu'il y a ? Tu ne te plais donc pas ici ?

— En effet, a-t-il répliqué platement sans lever les yeux. Je vais revendre ma part de la maison à Chaddy. Je ne m'attendais pas à passer de bons moments. Je suis seulement revenu pour dire adieu. »

Je l'ai laissé reprendre de l'avance et j'ai marché derrière lui, regardant ses épaules et songeant à toutes les fois où il avait dit adieu. Quand Père s'était noyé, il était allé à l'église et lui avait dit adieu. Seulement trois ans plus tard, il était parvenu à la conclusion que Mère était frivole, et il lui avait dit adieu. En première année d'université, il avait été très ami avec le garçon qui partageait sa chambre, mais celui-ci buvait trop et, au début du printemps, Lawrence avait changé de camarade de chambre et avait dit adieu à son ami. Après deux années à l'université, il était arrivé à la conclusion que l'atmosphère y était trop recluse et avait dit adieu à Yale. Il s'était inscrit à Columbia et y avait obtenu son diplôme de droit, mais il avait jugé son premier employeur malhonnête et, au bout de six mois, il avait dit adieu à un bon emploi. Il avait épousé Ruth à City Hall et avait dit adieu à l'Église protestante épiscopalienne. Ils étaient allés vivre dans une petite rue de Tuckahoe et avaient dit adieu à la classe moyenne. En 1938, il était allé à Washington pour y être avocat du gouvernement, faisant ses adieux au privé, mais après huit mois à Washington il était parvenu à la conclusion que l'administration de Roosevelt était sentimentale et lui avait dit adieu. Ils avaient quitté Washington pour une banlieue de Chicago où il avait fait ses adieux à ses voisins, l'un après l'autre, pour cause d'alcoolisme, de grossièreté et de bêtise. Il avait dit adieu à Chicago et était allé au Kansas ; il avait dit adieu au Kansas et était allé à Cleveland. Maintenant, il avait dit adieu à Cleveland et il était revenu dans l'Est, faisant halte à Laud's Head le temps de faire ses adieux à l'océan.

C'était élégiaque, sectaire et mesquin, c'était confondre circonspection et force de caractère, et j'ai voulu l'aider.

« Arrête ça, ai-je dit. Arrête, Tifty.

— Que j'arrête quoi ?

— D'être aussi morose. Arrête. C'est une journée d'été, rien de plus. Tu te gâches la vie et tu gâches celle de tout le monde. Nous avons besoin de vacances, Tifty. J'en ai besoin. J'ai besoin de me reposer. Nous en avons tous besoin. Et à cause de toi, tout est tendu et désagréable. Je n'ai que deux semaines de vacances par an. Deux semaines. J'ai besoin de prendre du bon temps, et les autres aussi. Nous avons besoin de repos. Tu penses que ton pessimisme est une force, mais ce n'est rien d'autre qu'un refus d'appréhender la réalité.

— Quelle réalité ? a-t-il répliqué. Diana est une femme sotte et facile. De même qu'Odette. Mère est une alcoolique. Si elle ne se modère pas, elle va finir à l'hôpital dans un an ou deux. Chaddy est malhonnête. Il l'a toujours été. La maison va s'écrouler dans la mer. »

Il m'a regardé et a ajouté, comme s'il n'y avait songé qu'après coup :

« Tu es un imbécile.

— Et toi, tu es un sinistre salopard, ai-je répliqué. Tu es un sinistre salopard.

— Fous-moi la paix », a-t-il dit.

Il a repris son chemin.

Alors j'ai ramassé une racine et, m'approchant de lui par-derrière — jamais encore je n'avais frappé un homme dans le dos —, j'ai ramené la racine lourde d'eau de mer derrière mon épaule, prenant un élan qui a accéléré le mouvement de mon bras, et je lui ai donné, à lui, mon frère, un coup sur la tête qui l'a fait s'écrouler à genoux dans le sable. J'ai vu le sang apparaître et commencer à assombrir ses cheveux. Alors j'ai souhaité qu'il soit mort, mort et sur le point d'être enterré, non pas enterré encore mais sur le point de l'être, parce que je ne voulais pas être privé de la cérémonie et du décorum des funérailles qui en débarrasseraient ma conscience, et je nous ai tous vus — Chaddy, Mère, Diana et Helen — endeuillés dans la maison de Belvedere Street qui avait été démolie vingt ans plus tôt, accueillant nos invités et nos parents à la porte et répondant à leurs condoléances courtoises par un chagrin courtois. Tout cela était empreint de bienséance, de telle sorte que bien qu'il ait été assassiné sur une plage, on éprouverait, avant que cette pénible cérémonie ne s'achève, le sentiment qu'il était arrivé à l'hiver de son existence et que c'était une loi de la nature, et une belle loi, que Tifty soit enterré dans la terre froide, si froide.

Il était toujours à genoux. J'ai regardé autour de moi. Personne ne nous avait vus. La plage déserte, semblable à une parcelle de la lune, se déployait jusqu'à devenir invisible. Une vague a déferlé, s'est ruée sur le sable jusqu'à l'endroit où mon frère était agenouillé. J'éprouvais encore le désir de l'achever mais je me comportais désormais comme deux hommes, l'assassin et le bon Samaritain. Avec un rugissement soudain, comme la vacuité faite voix, une vague blanche d'écume est arrivée jusqu'à lui et l'a encerclé, recouvrant ses épaules de son bouillonnement, et je l'ai retenu pour empêcher que le ressac ne l'emporte. Puis je l'ai guidé vers un endroit situé plus en hauteur. Le sang s'était répandu dans ses cheveux, de sorte qu'ils paraissaient noirs. J'ai ôté ma chemise et je l'ai déchirée pour panser son crâne. Il était conscient, et je n'avais pas l'impression qu'il était gravement blessé. Il n'a pas dit un mot. Moi non plus. Puis je l'ai laissé là.

J'ai parcouru quelques mètres sur la plage puis je me suis retourné pour le regarder, et c'est à ma peau que je pensais alors. Il s'était relevé et il semblait solide sur ses jambes. Le jour était encore clair, mais le vent soufflant de la mer était chargé d'embruns pareils à un léger brouillard, et il m'a suffi de m'être un peu éloigné de Lawrence pour ne distinguer qu'à peine sa silhouette sombre dans cette obscurité. Je voyais tout au long de la plage l'air salé et dense pénétrer dans les terres. Puis je lui ai tourné le dos et, une fois arrivé à proximité de la maison, je suis retourné nager, comme il me semble l'avoir fait après chaque affrontement avec Lawrence cet été-là.

Quand je suis revenu à la maison, je me suis allongé sur la terrasse. Les autres sont rentrés. J'entendais Mère critiquer les compositions florales qui avaient eu des prix. Aucune des nôtres n'avait remporté quoi que ce soit. Puis la maison est devenue silencieuse, comme toujours à cette heure-là. Les enfants sont allés dîner à la cuisine et le reste de la famille est monté faire sa toilette. Puis j'ai entendu Chaddy préparer les cocktails, et la conversation portant sur les juges de la compétition florale a repris. Puis Mère s'est écriée :

« Tifty ! Tifty ! Oh, Tifty ! »

Il se tenait dans l'encadrement de la porte, l'air à moitié mort. Il avait ôté le bandage ensanglanté et le tenait à la main.

« Mon frère m'a fait ça, a-t-il déclaré. Mon frère m'a fait ça. Il m'a frappé avec une pierre — avec quelque chose — sur la plage. »

Sa voix s'est brisée d'apitoiement sur lui-même.

J'ai cru qu'il allait fondre en larmes. Personne ne soufflait mot.

« Où est Ruth ? a-t-il crié. Où est Ruth ? Bon sang, où est Ruth ? Je veux qu'elle commence à faire les bagages. Je n'ai plus de temps à gaspiller ici. J'ai des choses importantes à faire. J'ai des choses *importantes* à faire. »

Et il a monté l'escalier.

Ils sont partis pour le continent le lendemain matin, par le ferry de 6 heures. Mère s'est levée pour leur dire au revoir mais personne d'autre ne l'a fait, et c'est une scène pénible et facile à imaginer — la chef de famille et l'enfant devenu étranger, se regardant l'un l'autre avec une consternation qui semblait représenter tout le contraire des forces de l'amour. J'ai entendu la voix des enfants, puis la voiture qui descendait l'allée ; je me suis levé, alors, et je suis allé à la fenêtre, et quel matin c'était ! Mon Dieu, quel matin ! Le vent soufflait du nord. L'air était limpide. Dans la chaleur des premières heures du jour, les roses du jardin sentaient la confiture de fraises. Tandis que je m'habillais, j'ai entendu la sirène du ferry retentir, tout d'abord le signal d'avertissement puis les deux coups de sifflet stridents, et je pouvais presque voir les braves gens sur le pont supérieur, buvant du café dans de fragiles gobelets en carton, et Lawrence à la proue, disant à la mer « *Thalassa, Thalassa* », tandis que ses enfants peureux et tristes contemplaient la Création depuis l'encerclement des bras de leur mère. Les bouées devaient tinter mélancoliquement aux oreilles de Lawrence, et la splendeur de la lumière avait beau inspirer le désir presque irrésistible de lever les bras au ciel en jurant avec exultation, mon frère devait suivre des yeux la mer noire se refermant à l'arrière du bateau ; il devait songer aux fonds sombres et étranges où reposait notre père.

Oh, que peut-on faire avec un tel homme ? Que peut-on faire ? Comment dissuader son œil de chercher, dans une foule, la joue criblée d'acné, la main infirme ; comment lui apprendre à percevoir l'inestimable grandeur du genre humain, l'âpre beauté de la vie ? Comment poser son doigt sur les vérités inflexibles devant lesquelles la peur et l'horreur sont impuissantes ? Ce matin-là, la mer était iridescente et sombre. Ma femme et ma sœur se baignaient — Diana et Helen — et je voyais leurs chevelures libres, noire et dorée, dans l'eau sombre ; j'ai vu ces deux femmes sortir de l'eau ; j'ai vu qu'elles étaient nues, sûres d'elles, splendides et pleines de grâce, et j'ai regardé ces femmes nues qui sortaient de la mer.

Ô ville des rêves brisés

Quand le train en provenance de Chicago quitta Albany et s'engagea à grand fracas de bielles dans la vallée de l'Hudson en direction de New York, les Malloy, qui avaient déjà traversé de nombreuses phases d'excitation, sentirent leur souffle se précipiter comme si l'air manquait dans le compartiment. Ils se redressèrent et levèrent la tête, en quête d'oxygène, à la manière de l'équipage d'un sous-marin condamné. Leur fille, Mildred-Rose, trouva une échappatoire enviable à toute cette agitation : elle s'endormit. Evarts Malloy voulait descendre les valises du porte-bagages mais Alice, sa femme, se plongea dans la brochure des horaires et déclara qu'il était encore trop tôt. Elle regarda par la vitre et aperçut le noble Hudson.

« Pourquoi est-ce qu'on l'appelle le rein de l'Amérique ? demanda-t-elle à son mari.

— Le Rhin, répliqua Evarts, pas le rein.

— Oh. »

Ils avaient quitté leur maison de Wentworth, dans l'Indiana, la veille et, en dépit de l'excitation du voyage et de leur destination prestigieuse, ils se demandaient tous les deux de temps à autre s'ils avaient pensé à fermer le gaz et à éteindre le feu d'ordures derrière la grange. À l'image des gens qu'on voit parfois à Times Square le samedi soir, ils portaient des vêtements qui avaient été mis de côté en prévision de leur voyage. Les chaussures légères d'Evarts n'étaient sans doute pas sorties du fond du placard depuis l'enterrement de son père ou le mariage de son frère. Alice portait ses gants neufs pour la première fois — les gants qu'elle avait reçus pour Noël dix ans plus tôt. L'épingle ternie du col d'Evarts, son fixe-cravate où étaient gravées ses initiales, sa chaîne plaquée or, ses chaussettes chics, le mouchoir en rayonne dans sa poche de poitrine, et l'œillet en plumes à son revers de veste avaient été soigneusement conservés dans le tiroir du haut de sa commode pendant des années dans la ferme conviction qu'un jour, la vie l'amènerait à quitter Wentworth.

Alice Malloy avait des cheveux bruns et filasse et même son mari, qui l'aimait plus qu'il n'en avait conscience, songeait parfois, en regardant son étroit visage, à l'entrée d'un immeuble par un jour de pluie : son expression était longue, vide et chichement éclairée, une voie de passage pour les transports et les malheurs modestes des pauvres gens. Evarts Malloy était très mince. Il avait travaillé comme conducteur de bus et était un peu voûté. Leur fille dormait avec son pouce dans la bouche. Ses cheveux étaient bruns et son visage sale était étroit, comme ceux de sa mère. Quand un violent cahot l'éveillait, elle tétait bruyamment son pouce jusqu'au moment où elle perdait à nouveau conscience. Elle n'avait pu mettre de côté autant de belles choses que ses parents, étant donné qu'elle n'avait que cinq ans, mais elle portait un manteau de fourrure blanche. La toque et le manchon assortis étaient perdus depuis des générations et les peaux du manteau étaient flétries et usées, mais elle les caressait dans son sommeil comme si elles étaient dotées de propriétés exceptionnelles qui lui assuraient que tout allait bien, tout allait bien.

Le chef de train qui traversa le wagon pour relever les billets après Albany remarqua les Malloy, et quelque chose dans leur allure le tracassa. Quand il rebroussa chemin dans le compartiment, il s'arrêta à leur hauteur et bavarda avec eux, tout d'abord au sujet de Mildred-Rose, puis de leur destination.

« C'est la première fois que vous allez à New York ? s'enquit-il.

— Oui, répondit Evarts.

— Vous allez faire du tourisme ?

— Oh, non ! répliqua Alice. Nous y allons pour affaires.

— Vous cherchez du travail ?

— Oh, non. Dis-lui, Evarts.

— Eh bien, ce n'est pas vraiment pour du travail, commença Evarts. Je ne cherche pas vraiment du travail, je veux dire. Je veux dire, j'ai comme qui dirait du travail. »

Il avait des manières chaleureuses et simples et il raconta son histoire avec enthousiasme, car le chef de train était le premier inconnu à s'y intéresser. « J'étais dans l'armée, vous voyez, et puis quand j'ai été démobilisé, je suis rentré chez moi et j'ai recommencé à conduire des bus. Je suis chauffeur de bus la nuit. Mais je n'aimais pas ça, j'avais sans arrêt des maux d'estomac et ça me faisait mal aux yeux de conduire la nuit ; alors, pendant mon temps libre, l'après-midi, je me suis plongé dans l'écriture d'une pièce de théâtre. Il faut savoir que, sur la Route 7, près de Wentworth où nous habitons, il y a une vieille femme qui s'appelle Mama Finelli et qui a une station-service et un élevage de serpents. C'est une drôle de vieille femme au langage très cru et qu'on n'oublie pas une fois qu'on l'a rencontrée, aussi j'ai décidé d'écrire une pièce à son sujet. Elle a toute une collection de proverbes grivois et inoubliables. Eh bien, j'ai écrit le premier acte et c'est alors que Tracey Murchison, le producteur de New York, est venu donner une conférence au Women's Club au sujet des problèmes qu'il y a dans le théâtre. Eh bien, Alice est allée à cette conférence et alors qu'il se plaignait, alors que Murchison se plaignait du manque de jeunes auteurs dramatiques, elle a levé la main et a dit à Murchison que son mari, justement, était un jeune auteur dramatique, et elle lui a demandé s'il voulait bien lire sa pièce. Pas vrai, Alice ?

— Oui, dit Alice.

— Eh bien, il s'est mis à bredouiller, Murchison s'est mis à bredouiller, mais Alice l'avait coincé parce que tout le monde les écoutait, et à la fin de la conférence elle est allée tout droit sur l'estrade et elle lui a donné la pièce de théâtre — elle l'avait dans son sac à main. Ensuite, elle l'a accompagné jusqu'à son hôtel et elle est restée assise à côté de lui jusqu'à ce qu'il ait lu la pièce — le premier acte, du moins. C'est tout ce que j'ai écrit. Eh bien, dans cette pièce, il y a un rôle que Murchison a voulu immédiatement donner à sa femme, Madge Beatty. J'imagine que vous savez qui est Madge Beatty. Vous savez ce qu'il a fait, alors ? Il nous a signé un chèque de trente-cinq dollars et il nous a dit de venir à New York, Alice et moi ! Alors nous avons retiré toutes nos économies de la banque, nous avons brûlé nos vaisseaux, et nous voilà.

— Ma foi, j'imagine qu'il y a beaucoup d'argent à la clef », dit le chef de train.

Puis il souhaita bonne chance aux Malloy et s'éloigna.

Evarts voulut descendre les valises du porte-bagages à Poughkeepsie, et de nouveau à Harmon, mais Alice regarda sur la brochure des horaires où se trouvaient ces deux villes et le fit patienter. Ni l'un ni l'autre n'avait jamais vu New York et, tandis que le train s'en approchait, ils en contemplèrent les abords d'un regard avide : Wentworth était une ville maussade et même les quartiers pauvres de Manhattan leur semblèrent merveilleux cet après-midi-là. Quand le train plongea dans les ténèbres sous Park Avenue, Alice eut le sentiment d'être entourée par les inventions d'un peuple de géants, et elle réveilla Mildred-Rose et noua le bonnet de la petite fille avec des doigts tremblants.

Quand les Malloy descendirent du train, Alice remarqua que le sol, dans les profondeurs de la gare, jetait mille scintillements et elle se demanda si des éclats de diamants avaient été mélangés au béton. Elle défendit à Evarts de demander son chemin. « S'ils s'aperçoivent qu'on est de la campagne, ils vont nous escroquer », chuchota-t-elle. Ils s'aventurèrent dans les salles d'attente en marbre, se guidant à la rumeur de la circulation et des klaxons comme s'il s'agissait du commandement même de la vie. Alice avait soigneusement examiné une carte de New York et, lorsqu'ils sortirent de la gare, elle sut quelle direction il fallait prendre. Ils remontèrent la Quarante-deuxième Rue jusqu'à la Cinquième Avenue. Les visages qui les croisaient paraissaient résolus et déterminés, comme si c'étaient ceux d'individus se consacrant aux destins de nobles industries. Evarts n'avait jamais vu autant de belles femmes, autant de visages jeunes et agréables et qui promettaient une conquête facile. C'était un après-midi d'hiver et la lumière dans la ville était limpide et teintée de violet, exactement comme la lumière dans les champs autour de Wentworth.

L'endroit où ils se rendaient, l'hôtel Mentone, se trouvait dans une petite rue transversale à l'ouest de la Sixième Avenue. C'était un hôtel sombre où les chambres étaient malodorantes, la cuisine exécrable, et où le plafond du hall d'entrée était décoré avec autant de dorures et de plâtre que les chapelles du Vatican. L'hôtel Mentone était prisé des vieilles gens, il attirait les individus louches, et les Malloy se retrouvaient là parce que le Mentone faisait sa publicité sur les panneaux d'affichage des gares à travers tout l'Ouest. De nombreux innocents y avaient séjourné avant eux, et leur gentillesse, leur modestie avaient triomphé de l'apparente atmosphère de splendeur dévastée et de vice ; il en restait dans toutes les pièces communes une senteur humble pareille à celle qui flotte dans un magasin d'alimentation pour animaux, à la campagne, par un après-midi d'hiver. Un groom les conduisit à leur chambre. Dès qu'il fut parti, Alice jeta un œil dans la salle de bains et ouvrit les rideaux de la fenêtre à guillotine. La fenêtre donnait sur un mur de brique mais, quand la jeune femme la souleva, elle put entendre le bruit de la circulation ; on aurait cru, comme à la gare, entendre la voix irrésistible et titanesque de la vie elle-même.

Cet après-midi-là, les Malloy se retrouvèrent au Broadway Automat. Ils poussèrent des cris de plaisir devant les robinets de café magique et les portes vitrées qui s'ouvraient brusquement. « Demain, je prendrai les haricots blancs à la sauce tomate, s'écria Alice, et la tourte au poulet le lendemain, et le cake au poisson le jour suivant ! » Après le dîner, ils se promenèrent dans la rue. Mildred-Rose marchait entre ses parents, tenant leurs mains calleuses dans les siennes. La nuit tombait, et les lumières de Broadway répondirent à toutes leurs prières simples. Très haut dans les airs, il y avait de grandes affiches brillamment éclairées représentant des héros ensanglantés, des amants criminels, des monstres et des desperados armés. Les noms des films et des boissons gazeuses, des restaurants et des cigarettes étaient écrits dans un feu d'artifice de lumière, et au loin on distinguait les dernières lueurs du jour d'hiver au-delà de l'Hudson River. Les immenses buildings à l'est de la ville étaient éclairés et semblaient être la proie des flammes, comme s'il avait plu du feu sur leurs silhouettes sombres. L'air était plein de musique et il faisait plus clair qu'en plein jour. Ils se laissèrent dériver dans la foule pendant des heures.

Mildred-Rose commença à avoir sommeil et se mit à pleurer, et enfin ses parents la ramenèrent au Mentone. Alice avait commencé à la déshabiller quand quelqu'un frappa doucement à la porte.

« Entrez », lança Evarts.

Un groom se tenait dans l'encadrement de la porte. Il avait la silhouette d'un adolescent, mais le visage gris et ridé.

« Je voulais juste voir si vous alliez bien, déclara-t-il. Je voulais juste voir si vous vouliez un peu de *ginger ale*[1], peut-être, ou d'eau bien fraîche.

— Oh, non, merci infiniment, répondit Alice. Mais c'est très gentil à vous de le demander.

— C'est la première fois que vous venez à New York ? » demanda le groom.

Il ferma la porte derrière lui et s'assit sur l'accoudoir du fauteuil.

« Oui, dit Evarts. Nous avons quitté Wentworth — c'est dans l'Indiana — hier par le train de 9 h 55 à destination de South Bend. Puis nous sommes allés à Chicago. Nous avons dîné là-bas.

— J'ai pris la tourte au poulet, précisa Alice. Elle était délicieuse. »

Elle enfila la chemise de nuit par-dessus la tête de Mildred-Rose.

« Ensuite, nous sommes arrivés à New York, reprit Evarts.

— Qu'est-ce que vous faites ici ? demanda le groom. C'est votre anniversaire de mariage ? »

Il se servit dans un paquet de cigarettes posé sur la commode et se laissa glisser dans le fauteuil.

« Oh, non, répondit Evarts. Nous avons touché le gros lot.

— Le jackpot ! ajouta Alice.

— Un concours ? s'enquit le groom. Quelque chose comme ça ?

— Oh, non, fit Evarts.

— Dis-lui, toi, Evarts, le pressa Alice.

1. Boisson gazeuse au gingembre.

— Oui, surenchérit le groom. Dites-moi, Evarts.

— Eh bien, voyez-vous, tout a commencé comme ça. (Il s'assit sur le lit et alluma une cigarette.) J'étais dans l'armée et puis, quand j'ai été démobilisé, je suis retourné à Wentworth... » Il répéta au groom l'histoire qu'il avait racontée au chef de train.

« Oh, bande de sacrés veinards ! s'exclama le groom quand il eut terminé. Tracey Murchison ! Madge Beatty ! Bande de sacrés veinards ! »

Il parcourut du regard la chambre pauvrement meublée. Alice était en train d'installer Mildred-Rose sur le canapé, où l'enfant allait dormir. Evarts était assis au bord du lit, balançant ses jambes.

« Ce qu'il vous faut maintenant, c'est un bon agent, décréta le groom. (Il écrivit un nom et une adresse sur un bout de papier, qu'il tendit à Evarts.) L'agence Hauser est la plus grosse agence du monde, et Charlie Leavitt est le meilleur dans cette agence. Je veux que vous n'hésitiez pas à aller lui parler de vos problèmes et s'il vous demande qui vous envoie, dites-lui que c'est Bitsey. (Il se dirigea vers la porte.) Bonne nuit, bande de veinards. Bonne nuit. Faites de beaux rêves, faites de beaux rêves. »

Les Malloy étaient les enfants industrieux d'une génération diligente et, le lendemain, ils furent sur pied à 6 h 30. Ils se nettoyèrent le visage, les oreilles, et se brossèrent les dents avec du savon. À 7 h 30, ils se mirent en route pour l'Automat. Evarts n'avait pas dormi de la nuit. Le bruit de la circulation l'avait tenu éveillé et il avait passé les premières heures du jour assis à la fenêtre. Il avait l'impression que sa bouche était écorchée par la fumée de cigarette, et le manque de sommeil le rendait nerveux. Ils furent très surpris de s'apercevoir que New York était encore endormi. Ils en furent abasourdis. Ils prirent leur petit déjeuner et retournèrent au Mentone. Evarts appela le bureau de Tracey Murchison, mais personne ne décrocha. Il rappela plusieurs fois. À 10 heures, une femme répondit au téléphone. « Mr Murchison vous recevra à 15 heures », déclara-t-elle, puis elle raccrocha. Puisqu'il n'y avait rien d'autre à faire qu'attendre, Evarts emmena sa femme et sa fille se promener sur la Cinquième Avenue. Ils admirèrent les vitrines. À 11 heures, quand le Radio Music City Hall ouvrit ses portes, ils y entrèrent.

C'était un excellent choix. Ils se promenèrent dans les salons et les toilettes pendant une heure avant d'aller s'asseoir à leur place et quand, au cours du spectacle, un énorme samovar s'éleva de la fosse d'orchestre et qu'il en sortit quarante hommes vêtus comme des cosaques chantant *Dark Eyes,* Alice et Mildred-Rose poussèrent des cris de joie. Au-delà de sa magnificence, le spectacle semblait posséder une intelligence simple et familière, comme si les courants d'air qui agitaient les kilomètres de rideaux dorés soufflaient tout droit de l'Indiana. Après la représentation, Alice et Mildred-Rose étaient toutes distraites de plaisir et, sur le chemin du Mentone, Evans dut les guider sur le trottoir pour les empêcher de se cogner dans les bouches d'incendie. Quand ils arrivèrent à l'hôtel, il était 14 h 45. Evarts embrassa sa femme et sa fille, et se mit en route pour aller chez Murchison.

Il se perdit. Il avait peur d'arriver en retard et se mit à courir. Il demanda son chemin à deux policiers et atteignit enfin l'immeuble.

Le hall d'entrée des bureaux de Murchison était miteux — intentionnellement miteux, Evarts l'espéra —, mais il n'était pas sans prestige, car il y avait là de nombreux hommes et femmes superbes qui attendaient pour rencontrer Mr Murchison. Aucun d'eux n'était assis, et ils bavardaient comme s'ils étaient enchantés de devoir patienter ainsi. La réceptionniste conduisit Evarts dans une autre pièce qui était pleine de monde, elle aussi, mais dont l'atmosphère était empreinte de hâte et de préoccupation, comme si elle se trouvait en état de siège. Murchison était là. Il accueillit Evarts avec énergie. « J'ai vos contrats ici », dit-il, et il tendit un stylo à Evarts et poussa une pile de contrats vers lui. « Et maintenant, je veux que vous vous dépêchiez d'aller voir Madge », reprit-il dès qu'Evarts eut signé les contrats. Il regarda le jeune homme, arracha l'œillet en plumes de son revers de veste et le jeta à la poubelle. « Vite, vite, vite, s'exclama-t-il. Elle habite au 400 Park Avenue. Elle brûle d'impatience de vous voir. Elle vous attend en cet instant même. Je vous verrai ce soir — je crois que Madge a prévu quelque chose — mais dépêchez-vous. »

Evarts se précipita dans le hall et appela l'ascenseur avec impatience. À peine fut-il sorti de l'immeuble qu'il se perdit et se retrouva dans le quartier des fourreurs. Un policier lui indiqua le chemin du Mentone. Alice et Mildred-Rose l'attendaient dans le hall de l'hôtel, et il leur raconta ce qui venait de se passer. «Je suis en route pour aller voir Madge Beatty, déclara-t-il. Il faut que je me dépêche ! » Bitsey, le groom, entendit leur conversation. Il laissa tomber les bagages qu'il portait et se joignit à la discussion. Il expliqua à Evarts comment se rendre à Park Avenue. Evarts embrassa à nouveau Alice et Mildred-Rose, et elles lui firent signe de la main tandis qu'il se précipitait au-dehors.

Evarts avait vu tant de films de Park Avenue que la largeur et l'austérité de celle-ci lui procurèrent un sentiment de familiarité. Il monta en ascenseur jusqu'à l'appartement de Murchison et une bonne le conduisit jusqu'à un joli salon. Un feu brûlait dans l'âtre, et des fleurs trônaient sur le manteau de cheminée. Quand Madge Beatty entra dans la pièce, il bondit sur ses pieds. Elle était frêle, animée et dorée, et sa voix rauque et mûre lui donna l'impression d'être nu.

« J'ai lu votre pièce, Evarts, s'exclama-t-elle, et je l'ai adorée, adorée, adorée. »

Elle déambulait d'un pas léger dans la pièce, lui parlant tantôt en face, tantôt par-dessus son épaule. Elle n'était pas aussi jeune qu'elle lui avait semblé l'être au premier regard et, dans la lumière de la fenêtre, elle paraissait presque flétrie.

« Vous allez donner plus d'importance à mon personnage quand vous écrirez le deuxième acte, j'espère, dit-elle. Vous allez le développer, le développer, le développer !

— Je ferai tout ce que vous voulez, Miss Beatty », répondit Evarts.

Elle s'assit et croisa ses belles mains. Elle avait de très grands pieds, remarqua-t-il. Ses chevilles étaient minces, et cela faisait paraître ses pieds très grands.

« Oh, nous adorons votre pièce, Evarts ! dit-elle. Nous l'adorons, nous la voulons, nous en avons besoin ! Savez-vous à quel point nous en avons besoin ? Nous sommes endettés, Evarts, nous sommes criblés de dettes. »

Elle posa une main sur ses seins et ajouta dans un murmure :

« Nous avons un million neuf cent soixante-cinq mille dollars de dettes. »

Puis elle laissa à nouveau la précieuse lumière envahir sa voix.

« Mais je vous empêche d'écrire votre magnifique pièce, reprit-elle. Je vous empêche de travailler et je veux que vous retourniez écrire, écrire, écrire, et je veux que votre épouse et vous-même veniez ici sur les coups de 9 heures, ce soir, pour rencontrer quelques-uns de nos plus chers amis. »

Evarts demanda au portier le chemin pour retourner au Mentone, mais il ne comprit pas ses indications et se perdit à nouveau. Il arpenta l'East Side jusqu'au moment où il tomba sur un policier qui lui indiqua comment regagner l'hôtel. Quand il arriva, il était si tard que Mildred-Rose pleurait de faim. Ils firent leur toilette et allèrent dîner à l'Automat, puis se promenèrent dans Broadway jusqu'à ce qu'il soit presque 9 heures. Ensuite, ils rentrèrent à l'hôtel, Alice enfila sa robe de soirée et ils dirent bonne nuit à Mildred-Rose en l'embrassant. Dans le hall de l'hôtel, ils croisèrent Bitsey et lui racontèrent où ils allaient. Il leur promit de garder un œil sur Mildred-Rose.

Il fallait plus longtemps pour se rendre à pied chez les Murchison qu'Evarts n'en avait gardé le souvenir. Le châle d'Alice était léger et la jeune femme était bleue de froid quand ils arrivèrent à l'immeuble. En sortant de l'ascenseur, ils entendirent quelqu'un jouer au piano et une femme chanter *A kiss is but a kiss, a sight is but a sight*[1]... Une bonne prit leurs vêtements et Mr Murchison, depuis le seuil d'une autre pièce, leur souhaita la bienvenue. Alice ébouriffa et redressa la pivoine en tissu accrochée sur le devant de sa robe, et ils entrèrent. La pièce était pleine de monde, la lumière était tamisée et la chanteuse arrivait à la fin de sa chanson. Une odeur entêtante de peaux d'animal et de parfum astringent flottait dans l'air.

1. « Un baiser n'est qu'un baiser, un soupir n'est qu'un soupir... »

Mr Murchison présenta les Malloy à un couple qui se trouvait près de la porte, puis les abandonna. Le couple tourna le dos aux Malloy. Evarts était timide et silencieux, mais Alice était excitée et se lança à voix basse dans des hypothèses concernant l'identité des gens qui se trouvaient autour du piano. Elle était sûre que c'étaient tous des vedettes de cinéma, et elle avait raison.

La chanteuse termina sa chanson, se leva du piano et s'éloigna. Il y eut quelques applaudissements, puis un curieux silence. Mr Murchison demanda à une autre invitée de chanter. « Je ne vais pas enchaîner après *elle* », répliqua la femme. La situation, quelle qu'elle soit, avait fait taire les conversations. Mr Murchison demanda à plusieurs personnes de chanter, mais toutes refusèrent.

« Peut-être que Mrs Malloy voudra bien chanter pour nous, dit-il avec amertume.

— Eh bien, d'accord », répondit Alice.

Elle se dirigea vers le milieu de la pièce. Elle se mit en position et, croisant les mains à la hauteur de sa poitrine, entonna une chanson.

Sa mère lui avait appris à chanter chaque fois que son hôtesse le lui demandait et elle n'avait jamais enfreint aucune des leçons de sa mère. Quand elle était enfant, elle prenait des cours de chant chez Mrs Bachman, une vieille femme qui était veuve et habitait Wentworth. Elle chantait à l'occasion des rassemblements d'élèves à l'école primaire et au lycée et, lors des vacances en famille, il y avait toujours un moment, en fin d'après-midi, où on lui demandait de chanter. Alors elle se levait du canapé inconfortable où elle était assise près du poêle ou sortait de la cuisine dans laquelle elle faisait la vaisselle, et chantait les chansons que lui avait apprises Mrs Bachman.

L'invitation de ce soir-là était si inattendue qu'Evarts n'avait pas eu le temps de retenir sa femme. Il avait perçu l'amertume teintant la voix de Murchison et il aurait arrêté Alice mais, dès qu'elle commença à chanter, il ne s'en soucia plus. Sa voix était bien placée, sa posture austère et touchante, et elle chantait pour tous ces gens parce que son cœur et ses bonnes manières lui avaient dicté de le faire. Quand Evarts eut surmonté sa propre surprise, il remarqua le respect et l'attention avec lesquels les invités de Murchison écoutaient sa femme chanter. Beaucoup avaient grandi dans des villes aussi modestes que Wentworth ; ils avaient le cœur bon, et la mélodie toute simple, interprétée par la voix assurée d'Alice, leur rappelait leurs débuts dans la vie. Personne ne murmurait ni ne souriait. Beaucoup avaient baissé la tête, et Evarts vit une femme se tamponner les yeux avec un mouchoir. Alice avait triomphé, songea-t-il, et alors il reconnut la chanson : c'était *Annie Laurie*[1].

Quand Mrs Bachman avait appris cette chanson à Alice, des années plus tôt, elle lui avait donné

1. Vieille chanson écossaise composée sur un poème de William Douglas.

l'habitude de terminer d'une façon qui était très appréciée quand elle était enfant, jeune fille et étudiante mais qui, même dans la salle à manger confinée de Wentworth où flottaient des odeurs inexorables de pauvreté et de cuisine, avait commencé à lasser et à inquiéter sa famille. À la dernière ligne, *Lay me doun and dee*[1], elle se laissait tomber à terre comme une masse. Elle le faisait moins brutalement depuis qu'elle avait pris de l'âge, mais elle le faisait toujours et ce soir-là Evarts devina, à son visage serein, qu'elle s'apprêtait à se laisser tomber au sol. Un instant il envisagea de s'approcher d'elle, de l'étreindre et de lui murmurer que l'hôtel était en feu ou que Mildred-Rose était malade. Au lieu de cela, il lui tourna le dos.

Alice prit une courte inspiration et entama le dernier vers. Evarts s'était mis à transpirer si abondamment que de l'eau salée lui coulait dans les yeux. Il entendit sa femme chanter *I'll lay me doun and dee*; il entendit un bruit sourd au moment où elle heurtait le sol ; il entendit des hurlements de rire incontrôlables, des toux tabagiques et les jurons d'une femme qui riait si fort qu'elle en avait cassé son pendentif en perles. Les invités de Murchison semblaient en transe. Ils pleuraient, ils tremblaient, ils se pliaient en deux, ils se tapaient dans le dos et tournaient en rond, comme des aliénés. Quand Evarts se retourna face à la scène, Alice était assise par terre. Il l'aida à se relever.

1. « M'allonger et me laisser mourir. »

« Viens, chérie, murmura-t-il. Viens. »

Il passa son bras autour d'elle et l'entraîna dans l'entrée.

« Ils n'ont pas aimé ma chanson ? » demanda-t-elle.

Elle fondit en larmes.

« Ça n'a pas d'importance, ma chérie, dit-il, ça n'a pas d'importance, ça n'a pas d'importance. » Ils allèrent chercher leurs manteaux et regagnèrent le Mentone dans le froid.

Bitsey les attendait devant leur chambre, dans le couloir. Il voulait tout savoir de la fête. Evarts envoya Alice dans la chambre et discuta seul à seul avec le groom. Il n'avait pas envie de décrire la réception.

« Je crois que je ne veux plus rien avoir à faire avec les Murchison, dit-il. Je vais prendre un nouveau producteur.

— Voilà une excellente idée, une excellente idée, s'exclama Bitsey. Mais d'abord, je veux que vous alliez voir Charlie Leavitt à l'agence Hauser.

— Très bien, dit Evarts. Très bien, j'irai voir Charlie Leavitt. »

Alice s'endormit à force de pleurer. De nouveau, Evarts ne put trouver le sommeil. Il resta assis dans un fauteuil à la fenêtre. Un peu avant l'aube, il s'assoupit, mais pas longtemps. À 7 heures du matin, il emmena sa famille à l'Automat.

Bitsey vint les voir dans leur chambre après le petit déjeuner. Il était tout excité ; dans l'un des journaux à six sous, un chroniqueur signalait l'arrivée d'Evarts à New York. Dans le même chapitre étaient mentionnés un membre du cabinet et un roi des Balkans. Alors, le téléphone commença à sonner. Ce fut tout d'abord un homme qui voulait vendre à Evarts un manteau d'occasion en vison. Puis un avocat, un teinturier, une couturière, un jardin d'enfants, plusieurs agences et un homme qui dit pouvoir leur trouver un bon appartement. Evarts refusa toutes ces propositions importunes mais il dut chaque fois argumenter avant de pouvoir raccrocher. Bitsey lui avait pris rendez-vous à midi avec Charles Leavitt et, l'heure venue, Evarts embrassa Alice et Mildred-Rose et s'en fut.

L'agence Hauser se trouvait dans l'un des buildings du Radio City. À présent, se dit Evarts, il était amené à franchir les portes impressionnantes de l'immeuble pour des raisons aussi légitimes que n'importe qui. Les bureaux de l'agence étaient au vingt-cinquième étage. Il n'annonça pas son étage avant que l'ascenseur ait commencé son ascension. « C'est trop tard maintenant, répliqua le liftier. Il faut me dire à quel étage vous allez au moment où vous entrez dans l'ascenseur. » Cela le cataloguait comme novice aux yeux de tous les autres occupants de l'ascenseur, il le savait, et son visage s'empourpra. Il monta jusqu'au soixantième étage, puis redescendit au vingt-cinquième. Quand il quitta l'ascenseur, le liftier eut un sourire méprisant.

Au bout d'un long couloir se trouvait une porte en bronze à deux battants qu'un aigle maintenait fermés. Evarts fit pivoter les ailes de l'oiseau impérial et s'introduisit dans un vaste hall d'entrée qui évoquait celui d'un manoir. Les lambris tapissant les murs étaient criblés de trous de ver et blancs de moisissure. Plus loin, derrière une petite fenêtre, il aperçut une femme portant des écouteurs sur les oreilles. Il s'approcha d'elle, lui dit ce qui l'amenait, et elle lui demanda de s'asseoir. Il s'installa dans un canapé en cuir et alluma une cigarette. La somptuosité du hall d'entrée l'impressionnait énormément ; puis il remarqua que le canapé était couvert de poussière, ainsi que la table, les magazines qui y étaient posés, la lampe, le moulage en bronze du *Baiser* de Rodin — tout, dans cette vaste pièce, était couvert de poussière. Au même instant, il remarqua l'étrange silence qui régnait dans le hall d'entrée. On n'y entendait aucun des bruits habituels d'un bureau. Dans ce silence s'élevait, en provenance de la terre lointaine, la musique de la patinoire où un carillon jouait *Joy to the World ! The Lord is Come !* Tous les magazines posés sur la table près du canapé étaient vieux de cinq ans.

Au bout d'un moment, la réceptionniste lui désigna une porte à deux battants au fond du hall et Evarts s'en approcha timidement. Le bureau qui se trouvait de l'autre côté de cette porte était plus petit que la pièce qu'il venait de quitter, mais il était moins lumineux, plus somptueux et plus impressionnant, et Evarts continuait à entendre la musique de la patinoire s'élever au loin. Derrière un bureau ancien était assis un homme. Il se leva dès qu'il vit Evarts.

« Bienvenue, Evarts, bienvenue à l'agence Hauser ! s'écria-t-il. D'après ce que j'ai compris, vous avez là quelque chose de très demandé, et Bitsey m'a dit que vous en aviez fini avec Tracey Murchison. Je n'ai pas lu votre pièce, bien sûr, mais si Tracey la veut, je la veux, et Sam Farley la veut aussi. J'ai un producteur pour vous, j'ai une vedette pour vous, j'ai un théâtre pour vous, et je pense que j'ai un accord de préproduction tout trouvé. Cent mille dollars minimum, avec un plafond de quatre cent mille. Asseyez-vous, asseyez-vous ! »

Mr Leavitt semblait soit être en train de manger quelque chose, soit avoir des problèmes de dents car, à la fin de chaque phrase, il faisait claquer ses lèvres bruyamment et pensivement, comme un gourmet. Peut-être était-il en train de manger quelque chose puisqu'il y avait des miettes autour de sa bouche. Ou peut-être avait-il des problèmes avec ses dents, car les clapotements se poursuivirent durant tout l'entretien. Mr Leavitt portait beaucoup d'or ; il avait plusieurs bagues, une gourmette et une montre en or, ainsi qu'un imposant étui à cigarettes en or incrusté de pierres précieuses. L'étui était vide, et Evarts fournit Mr Leavitt en cigarettes durant toute la durée de leur conversation.

« Et maintenant, je veux que vous retourniez à votre hôtel, Evarts, s'écria Mr Leavitt, et je veux que vous vous détendiez. Charlie Leavitt s'occupe de votre bien. Je veux que vous me promettiez de ne pas vous inquiéter. J'ai cru comprendre que vous aviez signé un contrat avec Murchison. Je vais déclarer ce contrat nul et non avenu, mon avocat va le déclarer nul et non avenu et si Murchison le conteste, nous le traînerons en justice et nous ferons en sorte que le juge le déclare nul et non avenu. Avant que nous allions plus loin, cependant, reprit-il d'une voix plus douce, je veux que vous signiez ces papiers qui me donneront toute autorité pour vous représenter. (Il tendit avec insistance des papiers et un stylo plume en or à Evarts.) Il vous suffit de signer ces papiers, ajouta-t-il tristement, pour gagner quatre mille dollars. Ah, vous, les auteurs ! s'exclama-t-il. Vous, les auteurs, vous en avez de la chance ! »

Dès qu'Evarts eut signé les papiers, le comportement de Mr Leavitt changea et il se remit à crier.

« Le producteur que j'ai pour vous, c'est Sam Farley. La vedette, c'est Susan Hewitt. Sam Farley est le frère de Tom Farley. Il est marié à Clarissa Douglas et c'est l'oncle de George Howland. Pat Levy est son beau-frère et Mitch Kababian et Howie Brown lui sont apparentés du côté de sa mère, qui était feu Lottie Mayes. C'est une famille très unie. C'est une petite équipe formidable. Quand votre spectacle sera monté à Wilmington, Sam Farley, Tom Farley, Clarissa Douglas, George Howland, Pat Levy, Mitch Kababian et Howie Brown seront là, à l'hôtel, occupés à prendre soin de votre pièce. Quand votre spectacle montera à

Baltimore, Sam Farley, Tom Farley, Clarissa Douglas, George Howland, Pat Levy, Mitch Kababian et Howie Brown iront à Baltimore avec lui. Et quand votre pièce sera jouée à Broadway avec une production de premier ordre, qui sera là au premier rang à vous applaudir ? »

Mr Leavitt avait forcé sa voix, et il acheva dans un murmure rauque :

« Sam Farley, Tom Farley, Clarissa Douglas, George Howland, Pat Levy, Mitch Kababian et Howie Brown.

« À présent, je veux que vous retourniez à votre hôtel et que vous vous amusiez, s'écria-t-il après s'être éclairci la gorge. Je vous appellerai demain pour vous dire à quel moment Sam Farley et Susan Hewitt pourront vous rencontrer, et je vais appeler immédiatement Hollywood pour annoncer à Max Raybun qu'il peut avoir votre pièce pour cent mille billets avec un plafond de quatre cent mille, et pas un iota de moins. »

Il tapota Evarts dans le dos et le guida en douceur vers la porte.

« Amusez-vous bien, Evarts », dit-il.

Evarts traversait le hall d'entrée en direction de la porte quand il remarqua que la réceptionniste était en train de manger un sandwich. Elle lui fit signe d'approcher.

« Vous voulez parier sur une nouvelle Buick décapotable ? murmura-t-elle. Dix cents le pari.

— Oh, non, merci, répondit Evarts.

— Des œufs frais ? Je les apporte du New Jersey tous les matins.

— Non merci », répéta Evarts.

Il se fraya en hâte un chemin dans la foule jusqu'au Mentone où Alice, Mildred-Rose et Bitsey l'attendaient. Il leur raconta son entretien avec Leavitt.

« Quand je recevrai ces quatre mille billets, déclara-t-il, j'enverrai de l'argent à Mama Finelli. » Puis Alice se souvint de beaucoup d'autres gens, à Wentworth, qui étaient aussi dans le besoin. Pour fêter l'événement, ce soir-là, ils allèrent dans un restaurant italien plutôt qu'à l'Automat. Après le dîner, ils allèrent au Radio City Music Hall. Cette nuit-là, de nouveau, Evarts n'arriva pas à dormir.

À Wentworth, Alice avait la réputation d'être celle qui, dans le couple, détenait l'esprit pratique. Cela donnait souvent lieu à des plaisanteries. Elle dressait le budget et s'occupait de leurs économies et on disait fréquemment que, sans Alice, Evarts aurait perdu sa tête. Ce trait pragmatique de sa personnalité la conduisit à rappeler à son mari, le lendemain, qu'il n'avait pas travaillé à sa pièce.

« Reste dans la chambre et écris, dit-elle. Mildred et moi allons nous promener dans la Cinquième Avenue pour que tu puisses être tranquille. »

Evarts essaya de travailler, mais le téléphone se mit à sonner de nouveau et il fut régulièrement interrompu par des vendeurs de bijoux, des avocats spécialisés dans le théâtre et des teinturiers. À

11 heures environ, quand il décrocha, il entendit une voix familière et fâchée. C'était Murchison.

« Je vous ai fait venir de Wentworth, vociféra ce dernier, et j'ai fait de vous ce que vous êtes aujourd'hui ! Et maintenant, j'entends dire que vous avez dénoncé mon contrat et que vous m'avez doublé avec Sam Farley. Je vais vous briser, je vais vous ruiner, je vais vous traîner en justice, je vais... »

Evarts raccrocha. Quand le téléphone sonna à nouveau, quelques instants plus tard, il ne décrocha pas. Il laissa un mot pour Alice, mit son chapeau, et s'en fut aux bureaux de l'agence Hauser en remontant la Cinquième Avenue.

Quand il fit pivoter l'aigle de la porte à doubles battants et entra dans le vaste hall, ce matin-là, il y trouva Mr Leavitt, en bras de chemise, qui balayait la moquette.

« Oh, bonjour, dit Leavitt. Thérapie par le travail. »

Il cacha le balai et la pelle derrière une tenture en velours.

« Entrez, entrez, reprit-il en enfilant sa veste et en entraînant Evarts vers son bureau. Cet après-midi, vous allez rencontrer Sam Farley et Susan Hewitt. Vous êtes l'un des hommes les plus chanceux de New York. Certains n'ont jamais vu Sam Farley. Pas même une seule fois — ils n'ont jamais entendu ses traits d'esprit, n'ont jamais senti la force de sa personnalité unique. Et pour ce qui est de Susan Hewitt... »

Il resta sans voix un instant. Puis il dit que le rendez-vous était fixé à 15 heures.

« Vous les rencontrerez dans la charmante maison de Sam Farley », précisa-t-il, et il donna l'adresse à Evarts.

Evarts essaya de lui faire le récit de la conversation qu'il venait d'avoir avec Murchison, mais Leavitt l'interrompit.

« Je vous ai demandé une chose, s'écria-t-il. Je vous ai demandé de ne pas vous inquiéter. Est-ce que c'est trop ? Je vous ai demandé de discuter avec Sam Farley et de rencontrer Susan Hewitt pour voir si vous pensez qu'elle convient pour le rôle. Est-ce que c'est trop ? Allez vous amuser ! Allez voir les actualités filmées ! Allez au zoo ! Allez voir Sam Farley à 15 heures ! »

Il tapota Evarts dans le dos et le poussa en direction de la porte.

Evarts déjeuna au Mentone avec Alice et Mildred-Rose. Il avait mal au crâne. Après le repas, ils se promenèrent dans la Cinquième Avenue et quand il fut presque 15 heures, Alice et Mildred-Rose l'accompagnèrent jusque chez Sam Farley. C'était un bâtiment impressionnant dont la façade était en pierre brute, comme une prison espagnole. Il embrassa Mildred-Rose et Alice et appuya sur la sonnette. Un majordome lui ouvrit ; Evarts sut que c'était un majordome parce qu'il portait un pantalon rayé. Le majordome le conduisit à un salon situé à l'étage.

« Je suis ici pour voir Mr Farley, annonça Evarts.

— Je sais, dit le majordome. Vous êtes Evarts Malloy. Vous avez rendez-vous. Mais il ne viendra pas. Il est en train de jouer dans un tripot à l'Acme Garage, dans la Cent Soixante-quatrième Rue, et il ne rentrera pas avant demain. Susan Hewitt est attendue, en revanche. Vous êtes supposé la voir. Oh, si vous saviez ce qui se passe ici ! (Il baissa la voix jusqu'au murmure et approcha son visage de celui d'Evarts.) Si seulement ces murs pouvaient parler ! Cette maison n'a pas été chauffée depuis que nous sommes rentrés d'Hollywood, et je n'ai pas été payé depuis le 21 juin. Ça ne me dérangerait pas outre mesure, si ce n'est que ce salopard n'a jamais appris à vider l'eau de sa baignoire. Il prend un bain et laisse l'eau sale. Stagnante. En plus de tout le reste, je me suis coupé le doigt en faisant la vaisselle hier. »

Il y avait un pansement sale sur l'index du majordome, et celui-ci entreprit de dérouler hâtivement la gaze ensanglantée.

« Regardez, s'exclama-t-il en brandissant la plaie sous les yeux d'Evarts. Coupé jusqu'à l'os. Hier, on voyait l'os. Du sang. Du sang partout. Il m'a fallu une heure pour tout nettoyer. C'est un miracle que ça ne se soit pas infecté. »

Il secoua la tête en songeant à ce miracle.

« Quand la petite nana arrive, je vous l'envoie. »

Il quitta la pièce d'un pas nonchalant en traînant le bandage ensanglanté dans son sillage.

Evarts avait les yeux qui le brûlaient d'épuisement. Il était si fatigué que, s'il avait appuyé sa tête n'importe où, il se serait endormi. Il entendit la sonnette retentir et le majordome accueillir Susan Hewitt. Celle-ci s'élança dans l'escalier, puis dans le salon.

Elle était jeune et, à la façon dont elle pénétra dans la pièce, on aurait dit qu'elle était chez elle et qu'elle venait juste de rentrer du lycée. Elle était légère, elle avait des traits délicats et très fins ; ses cheveux blonds étaient brossés avec simplicité et ils avaient commencé à foncer ; ils étaient légèrement striés de brun, comme le grain du bois de pin.

« Je suis si heureuse de vous rencontrer, Evarts, s'exclama-t-elle. Je tiens à vous dire que j'adore votre pièce ! »

Comment elle avait pu lire sa pièce, Evarts n'en avait pas la moindre idée, mais il était trop troublé par sa beauté pour s'en soucier ou pour parler. Il avait la bouche sèche. Peut-être était-ce à cause du rythme effréné des jours précédents, peut-être était-ce à cause du manque de sommeil — il n'aurait su le dire —, mais il avait le sentiment d'être tombé amoureux.

« Vous me faites penser à une fille que j'ai connue autrefois, dit-il enfin. Elle travaillait dans un camion-restaurant près de South Bend. Vous n'avez jamais travaillé dans un camion-restaurant près de South Bend, si ?

— Non.

— Ce n'est pas seulement ça. Vous me faites penser à tout le reste. Les trajets de nuit, je veux dire. Je conduisais un bus la nuit. C'est à cela que vous me faites penser — je veux dire les étoiles, les passages à niveau et le bétail aligné contre les barrières. Et des filles dans les restoroutes. Elles étaient toujours ravissantes. Mais vous n'avez jamais travaillé dans un restoroute.

— Non.

— Vous pouvez avoir ma pièce, reprit-il. Je veux dire que je vous trouve parfaite pour le rôle. Sam Farley peut avoir la pièce. Tout, absolument tout.

— Merci, Evarts, dit-elle.

— Est-ce que vous voulez bien me faire une faveur ? s'enquit-il.

— Quoi donc ?

— Oh, je sais que c'est idiot, s'exclama-t-il. (Il se leva et se mit à déambuler dans la pièce.) Mais il n'y a personne ici ; personne ne le saura. Cela me gêne terriblement de vous le demander.

— Qu'est-ce que vous voulez ?

— Est-ce que vous voulez bien me laisser vous porter ? demanda-t-il. Simplement me laisser vous porter. Simplement me laisser voir combien vous êtes légère.

— D'accord, dit-elle. Vous voulez que j'enlève mon manteau ?

— Oh oui, oui, oui. Enlevez votre manteau. »

Elle se leva. Elle laissa son manteau glisser sur le canapé.

« Je peux le faire maintenant ? demanda-t-il.

— Oui. »

Il plaça ses mains sous les aisselles de la jeune

femme. Il la souleva du sol, puis la reposa doucement.

« Oh, vous êtes si légère ! cria-t-il. Vous êtes si légère, vous êtes si fragile, vous ne pesez pas plus qu'une valise ! Je pourrais vous porter, je pourrais vous porter n'importe où, je pourrais vous porter d'un bout à l'autre de New York. »

Il prit son chapeau et son manteau et se précipita hors de la maison.

Evarts se sentait désorienté et épuisé quand il arriva au Mentone. Bitsey était dans la chambre avec Mildred-Rose et Alice. Il ne cessait de poser des questions au sujet de Mama Finelli ; il voulait savoir où elle habitait et quel était son numéro de téléphone. Evarts s'emporta contre le groom et lui ordonna de s'en aller. Il s'allongea sur le lit et s'endormit pendant qu'Alice et Mildred-Rose lui posaient des questions. Quand il se réveilla, une heure plus tard, il se sentait beaucoup mieux. Ils allèrent à l'Automat puis au Radio City Music Hall, et ils se couchèrent tôt de sorte qu'Evarts puisse travailler à sa pièce le lendemain matin. Il n'arriva pas à dormir.

Après le petit déjeuner, Alice et Mildred-Rose sortirent en laissant Evarts seul dans la chambre, et il essaya d'écrire. Il n'y arriva pas, mais ce n'est pas le téléphone qui le dérangea ce jour-là. Le blocage qui l'empêchait d'écrire sa pièce était profond et, tandis qu'il fumait et regardait fixement le mur de brique, il identifia ce dont il s'agissait.

Il était amoureux de Susan Hewitt. Cela aurait pu l'inciter à travailler, mais il avait laissé sa force créatrice dans l'Indiana. Il ferma les yeux et essaya de se souvenir de la voix forte et grivoise de Mama Finelli, mais avant qu'il ait pu coucher un mot sur le papier, elle s'était évanouie dans le bruit qui s'élevait de la rue.

S'il y avait eu quoi que ce soit pour libérer sa mémoire — un sifflement de train, un moment de silence, les odeurs d'une étable — il aurait pu trouver l'inspiration. Il arpenta la chambre, il fuma, il renifla le rideau noir de suie de la fenêtre mais, au Mentone, il semblait n'y avoir aucun moyen de se souvenir de l'Indiana. Il resta toute la journée près de son bureau. Il se priva de déjeuner. Quand sa femme et sa fille revinrent du Radio City Music Hall, où elles avaient passé l'après-midi, il leur annonça qu'il sortait se promener. Oh, songea-t-il en quittant l'hôtel, si je pouvais seulement entendre le croassement d'un corbeau !

Il parcourut la Cinquième Avenue à grandes enjambées, tête haute, essayant de percevoir dans le brouhaha une voix susceptible de le guider. Il marcha d'un pas rapide jusqu'au moment où il arriva au Radio City et entendit, au loin, la musique de la patinoire. Alors quelque chose l'arrêta. Il alluma une cigarette ; puis il entendit quelqu'un l'appeler. « Voici le majestueux orignal, Evarts », criait une femme. C'était la voix rauque et grivoise de Mama Finelli, et il crut que le désir lui avait troublé l'esprit jusqu'au moment où il se tourna et l'aperçut, assise sur l'un des bancs près d'un bassin vide. « Et voici le majestueux orignal, Evarts », répéta-t-elle, et elle plaça ses mains espacées comme des bois au-dessus de sa tête. C'est ainsi qu'elle saluait tout le monde à Wentworth.

« Voici le majestueux orignal, Mama Finelli », s'écria Evarts.

Il se précipita vers elle et s'assit à ses côtés.

« Oh, Mama Finelli, je suis si heureux de vous voir, dit-il. Vous n'allez pas le croire, mais j'ai pensé à vous toute la journée. J'ai souhaité toute la journée pouvoir vous parler. »

Il se tourna vers elle pour se repaître du spectacle de ses traits rusés et de son menton poilu.

« Comment diable vous êtes-vous retrouvée à New York, Mama Finelli ?

— Suis venue dans une machine volante, cria-t-elle. Suis venue dans une machine volante aujourd'hui. Prenez un sandwich. »

Elle était en train de manger des sandwiches à même un sachet en papier.

« Non, merci. Qu'est-ce que vous pensez de New York ? s'enquit-il. Qu'est-ce que vous pensez de ce grand building ?

— Eh ben, j'en sais trop rien », répliqua-t-elle, mais il voyait bien qu'elle le savait et qu'elle préparait son visage pour une réplique. « J'imagine qu'y a que çui-là, pace que si y en avait eu deux, y z'auraient pollinisé et y z'auraient porté des fruits ! »

Elle poussa des hurlements de rire et se tapa sur la cuisse.

« Qu'est-ce que vous faites à New York, Mama Finelli ? Comment est-ce que vous vous êtes retrouvée ici ?

— Eh ben, répondit-elle, y a un homme du nom de Tracey Murchison qui m'a passé un appel longue distance et qui m'a dit de venir à New York et de vous faire un procès pour diffamation. Y m'a dit que vous aviez écrit une pièce sur moi et que je pouvais vous faire un procès, recevoir beaucoup d'argent et le partager avec lui, équitablement, y m'a dit, et comme ça j'aurais plus besoin de tenir la station-service. Alors il m'a envoyé par mandat l'argent pour le billet de la machine volante et je vais vous intenter un procès et partager avec lui, soixante-quarante. C'est ça que je vais faire », conclut-elle.

Plus tard ce jour-là, les Malloy se retrouvèrent dans la salle d'attente en marbre de Grand Central Station et Evarts se mit à la recherche d'un train à destination de Chicago. Il en trouva un, acheta des billets, et ils montèrent dans un wagon. C'était une nuit pluvieuse et le sol sombre et humide des profondeurs de la gare ne scintillait pas, mais Alice restait convaincue que des diamants avaient été mélangés au bitume et c'est ainsi qu'elle raconterait son histoire. Ils avaient rapidement appris les leçons du voyage et s'installèrent adroitement sur plusieurs sièges. Après le départ du train, Alice sympathisa avec un couple d'allure quelconque, de l'autre côté du couloir central, qui se rendait à Los Angeles avec un bébé. Le frère de la jeune femme habitait là-bas et lui avait écrit des lettres enthousiastes sur le climat et les opportunités que recelait la ville.

« Allons à Los Angeles, proposa Alice à Evarts. Il nous reste encore un peu d'argent, nous pouvons acheter des billets à Chicago et tu vendras ta pièce à Los Angeles, où personne n'a entendu parler de Marna Finelli ni des autres. »

Evarts rétorqua qu'il prendrait sa décision à Chicago. Il était las et il s'endormit. Mildred-Rose enfouit son pouce dans sa bouche, et bientôt sa mère et elle perdirent conscience à leur tour. Mildred-Rose caressait les peaux flétries de son manteau et celles-ci lui disaient que tout allait bien, que tout allait bien.

Il est possible que les Malloy soient descendus du train à Chicago pour rentrer à Wentworth. Il n'est pas difficile d'imaginer leur retour au bercail : ils ont dû être fêtés par leurs amis et leurs connaissances, même s'il n'est pas certain que ceux-ci aient cru à leurs histoires. Il est aussi possible qu'ils aient pris, à Chicago, un autre train à destination de l'Ouest et cette éventualité, à dire vrai, est plus facile à concevoir. On les imagine aisément jouant aux cartes dans le wagon-restaurant et mangeant des sandwiches au fromage dans les gares tout au long de leur voyage à travers le Kansas et le Nebraska — par-dessus les montagnes et jusqu'à la Côte.

Clancy dans la tour de Babel

James et Nora Clancy venaient de fermes proches de la petite ville de Newcastle, qui se trouve non loin de Limerick. En Irlande, ils avaient connu la pauvreté et ils n'étaient guère mieux lotis dans leur nouveau pays, mais c'étaient des gens honnêtes, à l'esprit pur. L'ordre régnait dans les fermes où ils étaient nés, qui étaient habitées depuis des générations par les mêmes familles, et les Clancy vouaient un grand attachement aux traditions. Leurs manières simples de gens de la campagne étaient si profondément enracinées en eux que vingt années dans le Nouveau Monde ne les avaient que peu affectées. Nora se rendait au marché un panier en osier sous le bras, comme une femme faisant un tour dans son potager, et le visage avenant de Clancy reflétait la simplicité de son existence. Ils n'avaient qu'un enfant, un fils prénommé John, et ils étaient parvenus à lui transmettre leur vision paisible et satisfaite du monde. C'étaient des gens dont la vie tournait autour d'un demi-pâté d'immeubles, qui s'agenouillaient sur le sol pour réciter «Je vous salue Marie pleine de grâce» et se lavaient à tour de rôle dans la baignoire, à la cuisine, le samedi soir.

Clancy avait une quarantaine d'années et c'était encore un homme dans la force de l'âge quand il tomba dans un escalier à l'usine et se cassa la hanche. Il resta sans travail pendant presque un an et, bien qu'il touchât des indemnités, elles n'étaient pas aussi élevées que son salaire et la famille souffrit de l'endettement et de la pauvreté. Une fois rétabli, il garda un léger boitement et il lui fallut longtemps pour retrouver un emploi. Il allait chaque jour à l'église, et pour finir ce fut grâce à l'intervention d'un prêtre qu'il trouva un emploi de garçon d'ascenseur dans un des grands immeubles de l'East Side. Les bonnes manières de Clancy et son visage franc et avenant plaisaient aux locataires et, grâce à son salaire et aux pourboires qu'ils lui donnaient, il gagnait suffisamment pour rembourser ses dettes et subvenir aux besoins de sa femme et de son fils.

L'immeuble se trouvait non loin des quartiers pauvres où James et Nora habitaient depuis leur mariage mais, d'un point de vue financier et moral, c'était un autre monde, et dans un premier temps Clancy considéra les locataires comme s'ils étaient en sucre. Les dames portaient des manteaux et des bijoux qui coûtaient plus qu'il ne gagnerait durant toute une vie de dur labeur et quand il rentrait chez lui, le soir, il racontait à Nora ce qu'il avait vu, comme un voyageur de retour d'un périple. Il s'intéressait aux caniches, aux soirées, aux enfants et à leurs gouvernantes, et il disait à Nora que c'était comme la tour de Babel.

Il lui fallut un certain temps pour mémoriser le numéro des étages où logeaient ses locataires, pour associer les maris et les épouses, pour relier les enfants à leurs parents et les domestiques (qui prenaient l'ascenseur de service) à ces familles, mais enfin il y parvint, et il fut satisfait d'avoir assimilé tout cela. Parmi ses traits de caractère figurait une loyauté passionnée et il évoquait souvent l'Immeuble comme s'il s'agissait d'une école ou d'une corporation, le fruit d'une communauté de sentiments et d'aspirations. « Oh, je ne ferais jamais rien qui puisse nuire à l'Immeuble », disait-il souvent. Son attitude était respectueuse mais il n'était pas dénué d'humour et, quand 11-A envoyait son habit chez le teinturier, Clancy l'enfilait et paradait dans le hall à l'arrière du bâtiment. Il considérait la majorité des locataires avec la même bienveillance, mais il y avait quelques exceptions. C'était le cas d'un mari violent et alcoolique. Aux yeux de Clancy, c'était un abruti, corpulent, à la démarche en canard, et qui n'avait rien à faire dans l'Immeuble. C'était également le cas d'une jolie fille, au 11-B, qui sortait le soir en compagnie d'un homme faible de caractère — Clancy le voyait à son menton creusé d'un sillon. Il mit la jeune femme en garde, mais elle ne suivit pas ses conseils. Cependant, le locataire qui le préoccupait le plus était Mr Rowantree.

Mr Rowantree, qui était célibataire, vivait au 4-A. Il était en Europe au moment où Clancy avait commencé à travailler, et il n'était pas revenu à New York avant le début de l'hiver. Lors de ses premières apparitions, il donna à Clancy l'impression d'être un bel homme aux cheveux grisonnants, fatigué par son long voyage. Clancy attendit qu'il se réinstalle en ville, que des amis et des connaissances se mettent à téléphoner et à écrire, et que Mr Rowantree se lance dans la ronde des invitations à laquelle s'adonnaient la plupart des locataires.

Clancy avait fini par découvrir que les hommes et les femmes qui prenaient son ascenseur n'étaient pas en sucre. Ils étaient tous étroitement reliés au monde par des amis et des amants, des chiens et des oiseaux chanteurs, des dettes, des héritages, des entreprises et des emplois, et il attendit que les liens de Mr Rowantree se dévoilent, mais en vain. Mr Rowantree partait au travail à 10 heures du matin et rentrait à 18 heures ; aucun visiteur ne se montrait. Un mois s'écoula durant lequel Mr Rowantree ne reçut pas une seule visite. Il sortait parfois le soir, mais il rentrait toujours seul et pour ce qu'en savait Clancy, il était possible qu'il se soit rendu dans la même solitude au cinéma du coin de la rue. Le fait qu'il n'ait pas d'amis étonna Clancy, puis l'agaça et le troubla. Un soir qu'il était de service de nuit et que Mr Rowantree descendait seul, Clancy arrêta la cabine entre deux étages.

« Est-ce que vous sortez dîner, Mr Rowantree ? s'enquit-il.

— Oui, répondit l'homme.

— Eh bien, quand on veut dîner dans le quartier, Mr Rowantree, reprit Clancy, Bill's Clam Bar est le seul restaurant digne de ce nom. Je vis dans le coin depuis vingt ans, et j'en ai vu ouvrir et fermer, des restaurants. Les autres ont des éclairages sophistiqués et les prix qui vont avec, mais vous ne trouverez rien à manger qui vaille le coup nulle part, sauf chez Bill's Clam Bar.

— Merci, Clancy, dit Mr Rowantree. J'y penserai.

— Dites-moi, Mr Rowantree, poursuivit Clancy, je ne veux pas sembler indiscret, mais pourriez-vous me dire dans quoi vous travaillez ?

— J'ai un magasin sur la Troisième Avenue, répondit Mr Rowantree. Passez donc le voir un jour.

— Bien volontiers. Mais dites-moi, Mr Rowantree, j'aurais pensé que vous auriez envie de dîner avec des amis plutôt qu'être tout le temps seul. (Clancy savait qu'il se mêlait de la vie privée de Mr Rowantree, mais il était mû par la pensée que celui-ci avait peut-être besoin d'aide.) Un homme séduisant comme vous doit avoir des amis, poursuivit-il, et j'aurais pensé que vous dîneriez avec eux.

— Je vais dîner avec quelqu'un, Clancy », répliqua Mr Rowantree.

Cette réponse apporta un certain soulagement

à Clancy, et il chassa l'homme de ses pensées durant quelque temps. L'Immeuble lui donna un jour de congé pour la Saint-Patrick afin qu'il puisse participer au défilé et, une fois celui-ci dispersé, alors qu'il rentrait à pied chez lui, il décida de chercher le magasin. Mr Rowantree lui avait dit dans quel pâté d'immeubles il était situé, et Clancy le trouva sans peine. Il constata avec plaisir qu'il s'agissait d'un grand magasin. L'accès se faisait par deux portes, séparées par une large vitrine. Clancy regarda par la vitre pour voir si Mr Rowantree était occupé avec un client, mais il n'y avait personne. Avant d'entrer, il regarda les objets exposés en vitrine. Il vit avec déception qu'il ne s'agissait pas d'un magasin de vêtements ou d'un traiteur. On aurait plutôt dit un musée. Il y avait des verres et des chandeliers, des fauteuils et des tables, dont aucun n'était neuf. Il ouvrit la porte. Une cloche reliée à la porte tinta et Clancy, levant les yeux, regarda cette vieille cloche à l'ancienne suspendue à l'extrémité d'un cordon. Surgissant de derrière un paravent, Mr Rowantree l'accueillit cordialement.

L'endroit ne plut pas à Clancy. Il eut le sentiment que Mr Rowantree perdait son temps. Il était ennuyé à l'idée que quiconque puisse dépenser là l'énergie d'une journée de travail. Une étroite allée, se faufilant entre des tables et des bureaux, des urnes et des statues, s'enfonçait dans le magasin puis se scindait en embranchements partant dans différentes directions. Jamais Clancy n'avait vu autant de vieilleries. Il lui semblait inimaginable que tout ait été fabriqué dans un seul et même pays, et il supposa donc qu'on devait avoir rapporté cela des quatre coins du monde. Le fait d'avoir rassemblé tous ces objets dans un magasin sombre de la Troisième Avenue lui sembla être une perte de temps. Mais ce qui le troublait, c'était plus que l'impression de confusion et de gaspillage ; c'était le sentiment d'être entouré par les symboles de la frustration : toutes ces jeunes créatures en porcelaine figées dans des poses qui évoquaient l'amour lui semblaient être associées à l'amertume. C'est peut-être parce qu'il avait mené une existence heureuse dans des pièces nues qu'il assimilait l'accumulation de biens à la laideur.

Il prit soin de ne rien dire qui aurait offensé Mr Rowantree.

« Avez-vous des employés pour vous aider ? s'enquit-il.

— Oh, oui, répondit Mr Rowantree. Miss James est ici la plupart du temps. Nous sommes associés. »

C'est donc ça, songea Clancy. Miss James. Voilà où l'homme passait ses soirées. Mais pourquoi, alors, Miss James ne l'épousait-elle pas ? Était-ce parce qu'il était déjà marié ? Peut-être avait-il subi quelque terrible malheur ; peut-être son épouse était-elle devenue folle ou s'était-il vu retirer la garde de ses enfants.

« Avez-vous une photo de Miss James ? demanda-t-il.

— Non, répondit Mr Rowantree.

— Eh bien, je suis content d'avoir vu votre magasin. Je vous remercie beaucoup », dit Clancy.

Cette visite n'avait pas été une perte de temps, car il emporta du magasin obscur une vision précise de Miss James. C'était un nom honnête, un nom irlandais, et, à compter de ce jour, quand Mr Rowantree sortait le soir, Clancy lui demandait comment se portait Miss James.

Le fils de Clancy, John, était en terminale au lycée. Il était capitaine de son équipe de basket et jouait un rôle important dans la délégation d'élèves de son établissement et, ce printemps-là, il envoya un essai traitant de la démocratie à un concours sponsorisé par un industriel de Chicago. Il y eut des millions de participants mais John remporta une mention honorable, ce qui lui donna droit à un voyage en avion pour Chicago et un séjour d'une semaine tous frais payés. L'adolescent était bien naturellement excité par l'aubaine, de même que sa mère, mais Clancy, quant à lui, donnait l'impression d'avoir remporté le prix. Il en parla à tous les locataires de l'Immeuble et leur demanda quel genre de ville était Chicago et s'il n'était pas dangereux de voyager en avion. Il se levait au milieu de la nuit et allait dans la chambre de John regarder son merveilleux garçon endormi. La tête de l'adolescent était pleine à craquer de savoir, songeait-il. Son cœur était bon et fort. C'était un péché, Clancy ne l'ignorait pas, de confondre l'immortalité du Saint-Esprit et l'amour terrestre, mais quand il prenait conscience que John était sa chair et son sang, que le visage du jeune homme était *son* visage enrichi de mobilité et de pensée, et qu'une fois lui-même mort, il survivrait chez le jeune homme quelque habitude, quelque goût ayant été les siens, il lui semblait n'y avoir aucune douleur dans la mort.

L'avion de John décollait pour Chicago un samedi en fin d'après-midi. L'adolescent alla se confesser, puis il se rendit à l'Immeuble pour dire au revoir à son père. Clancy le retint dans le hall d'entrée aussi longtemps qu'il put et le présenta aux locataires qui passaient. Puis ce fut l'heure des adieux. Le portier se chargea de l'ascenseur et Clancy accompagna son fils jusqu'au coin de la rue. À Lent, l'après-midi était ensoleillé et clair. Il n'y avait pas un nuage dans le ciel. Le garçon portait son costume du dimanche et il était beau comme tout. Ils échangèrent une poignée de main au coin de la rue, puis Clancy regagna l'Immeuble en boitillant. Il y avait peu de gens qui prenaient l'ascenseur et Clancy se posta à la porte du bâtiment, regardant les gens passer dans la rue. La plupart étaient habillés en dimanche et s'en allaient prendre du bon temps. Clancy les accompagnait tous de ses meilleurs vœux. Au bout de la rue, il aperçut la tête et les épaules de Mr Rowantree et vit qu'il était avec un jeune homme. Il les attendit et leur ouvrit la porte.

« Bonsoir, Clancy, dit Mr Rowantree. J'aimerais

vous présenter mon ami Bobbie. Il va habiter ici, à partir d'aujourd'hui. »

Clancy poussa un grognement. Le jeune homme n'était pas un jeune homme. Ses cheveux étaient coupés court et il portait un pull jaune canari et un anorak, mais il était aussi âgé que Mr Rowantree, il était presque aussi âgé que Clancy. Toutes les qualités et tous les attributs de la jeunesse, auxquels un homme respectable renonce volontiers le moment venu, avaient été préservés, chez lui, de façon indécente. Il avait des gouttes dans les yeux pour les faire briller et il sentait le parfum, et Mr Rowantree lui saisit le bras pour l'aider à franchir la porte, comme si c'était une jolie jeune femme. Dès que Clancy vit à quoi il avait affaire, il prit position. Il resta à la porte. Mr Rowantree et son ami traversèrent le hall et entrèrent dans l'ascenseur. Ils tendirent la main, appuyèrent sur la sonnette.

« Je ne vous prendrai pas dans mon ascenseur ! cria Clancy à travers le hall.

— Venez ici, Clancy, dit Mr Rowantree.

— Je ne prendrai pas *ça* dans mon ascenseur, répliqua Clancy.

— Ça va vous coûter votre place, dit Mr Rowantree.

— Ça m'est fichtrement égal, répliqua Clancy. Je ne vous prendrai pas dans mon ascenseur.

— Venez ici, Clancy », répéta Mr Rowantree.

Clancy ne répondit pas. Mr Rowantree appuya son doigt sur la sonnette et l'y laissa. Clancy ne broncha pas. Il entendit Mr Rowantree et son ami tenir conseil. Un instant plus tard, il les entendit monter l'escalier. Toute la sollicitude qu'il avait éprouvée pour Mr Rowantree, toutes les fois où il l'avait imaginé se promenant dans Central Park en compagnie de Miss James, lui semblait être de l'argent perdu dans une affreuse escroquerie. Il était blessé et amer. L'idée que Bobbie se trouvait dans l'Immeuble lui était difficile à accepter, et il avait l'impression que cela remettait en question sa vision simple de l'existence. Il se montra cassant avec tout le monde pendant le reste de la journée. Il s'adressa même sèchement aux enfants. Quand il descendit au sous-sol pour ôter son uniforme, Mr Coolidge, le gardien de l'immeuble, le convoqua dans son bureau.

« Rowantree vient de passer une heure à essayer de vous faire renvoyer, Jim, déclara-t-il. Il m'a dit que vous aviez refusé de le prendre dans votre ascenseur. Je ne vais pas vous renvoyer, parce que vous êtes un brave homme, un homme sérieux, mais je vous mets en garde. Il connaît un grand nombre de gens riches et influents, et si vous ne vous occupez pas de vos affaires, il n'aura aucun mal à vous faire sacquer. »

Mr Coolidge était entouré de tous les trésors qu'il avait exhumés des poubelles de l'arrière-cour : des lampes cassées, des vases cassés, un déambulateur à trois roulettes.

« Mais il..., commença Clancy.

— Ça ne vous regarde pas, Clancy, répliqua

Mr Coolidge. Il s'est montré très discret depuis son retour d'Europe. Vous êtes un brave homme, un homme sérieux, Clancy, et je n'ai aucune envie de vous renvoyer, mais vous devez vous souvenir que vous n'êtes pas le patron ici. »

Le lendemain était le dimanche des Rameaux et, grâce à Dieu, Clancy ne vit pas Mr Rowantree. Le lundi, l'amertume qu'il éprouvait de devoir vivre à Sodome s'ajouta à l'abattement profond et généralisé qu'il ressentait immanquablement au début de ces événements s'achevant au Calvaire. C'était une journée morose. La ville était écrasée par les nuages et la pénombre. Il pleuvait par intermittence. À 10 heures, Clancy amena Mr Rowantree au rez-de-chaussée. Il ne dit pas un mot, mais lui décocha un regard méprisant. Les dames commencèrent à s'en aller déjeuner aux alentours de midi. Bobbie, l'ami de Mr Rowantree, sortit à ce moment-là.

À 14 h 30, l'une des dames revint de déjeuner, auréolée de vapeurs de gin. Elle fit une chose étrange. Quand elle entra dans l'ascenseur, elle se plaça le visage face à la paroi, de sorte que Clancy ne puisse la voir. Il n'était pas homme à dévisager quelqu'un qui n'en avait pas envie, et il fut irrité. Il arrêta l'ascenseur.

« Retournez-vous, dit-il. Retournez-vous. Vous me faites honte, une femme avec trois grands enfants, plantée face au mur comme une pleurnicheuse. »

Elle se retourna. Elle pleurait à propos de Dieu sait quoi. Clancy remit l'ascenseur en marche.

« Vous devriez jeûner, grommela-t-il. Vous devriez vous priver de cigarettes ou de viande pendant le Carême. Ça vous donnerait quelque chose à quoi penser. »

Elle sortit de l'ascenseur, et il répondit à un coup de sonnette provenant du rez-de-chaussée. C'était Mr Rowantree. Il monta ce dernier jusqu'à son étage. Puis il amena Mrs DePaul au neuvième. C'était une gentille femme, et il lui parla du voyage de John à Chicago. Alors qu'il retournait au rez-de-chaussée, il sentit une odeur de gaz.

Pour un homme qui a vécu toute sa vie dans un immeuble ancien, le gaz est l'odeur de l'hiver, de la maladie, du dénuement et de la mort. Clancy monta à l'étage de Mr Rowantree. C'était là. Il avait le passe-partout, et il ouvrit la porte et pénétra dans cette haleine démoniaque. Il faisait sombre. Il entendait les robinets du gaz siffler dans la cuisine. Il cala la porte à l'aide d'un tapis pour éviter qu'elle ne se referme et ouvrit à la volée une fenêtre de l'entrée. Il se pencha à l'extérieur pour inspirer de l'air frais. Puis, terrifié à la pensée qu'une explosion l'envoie lui-même en enfer, jurant, priant et fermant à moitié les yeux comme si l'air vicié pouvait l'aveugler, il se dirigea vers la cuisine et se cogna dans l'encadrement de porte, ce qui lui glaça les sangs de douleur. Il entra dans la cuisine en titubant, éteignit le gaz, ouvrit les portes et les fenêtres. Mr Rowantree était à genoux, la tête dans le four. Il se redressa. Il était en larmes.

« Bobbie est parti, Clancy, dit-il. Bobbie est parti. »

L'estomac de Clancy se retourna, sa gorge se dilata et s'emplit d'une bile amère.

« Doux Jésus ! vociféra-t-il. Doux Jésus ! »

Il sortit de l'appartement en titubant. Il tremblait de tous ses membres. Il redescendit en ascenseur au rez-de-chaussée, appela le portier à grands cris et lui raconta ce qui venait de se passer.

Le portier se chargea du fonctionnement de l'ascenseur, et Clancy se rendit dans le vestiaire et s'assit. Il n'aurait su dire depuis combien de temps il était là quand le portier entra et annonça que ça sentait à nouveau le gaz. Clancy remonta chez Mr Rowantree. La porte était fermée. Il l'ouvrit, se planta dans l'entrée et entendit les robinets du gaz.

« Sortez votre bon Dieu de tête de ce four, Mr Rowantree ! » hurla-t-il.

Il entra dans la cuisine et éteignit le gaz. Mr Rowantree était assis par terre.

« Je ne le ferai plus, Clancy, dit-il. Je vous le promets, je vous le promets. »

Clancy redescendit et alla chercher Mr Coolidge ; ils descendirent ensemble au sous-sol et coupèrent le gaz de Mr Rowantree. Clancy monta à nouveau. La porte était fermée. Quand il l'ouvrit, il perçut le sifflement du gaz. Il arracha la tête de l'homme du four.

« Vous perdez votre temps, Mr Rowantree ! cria-t-il. Nous avons coupé votre gaz ! Vous perdez votre temps ! »

Mr Rowantree se hissa sur ses pieds et s'enfuit hors de la cuisine. Clancy l'entendit courir à travers l'appartement, claquant des portes. Il le suivit et le trouva dans la salle de bains en train de verser les cachets d'un flacon dans sa bouche. Clancy fit voler le flacon hors de sa main, puis l'assomma. Il appela le commissariat avec le téléphone de Mr Rowantree. Il attendit sur les lieux jusqu'à ce qu'arrivent un policier, un médecin et un prêtre.

Clancy rentra chez lui à pied à 17 heures. Le ciel était noir. Il pleuvait de la suie et des cendres. Sodome, songea-t-il, la ville indigne de clémence, le lieu d'impossible rédemption, et, levant les yeux pour regarder la pluie et les cendres tomber, il éprouva un immense désespoir à l'égard des siens. Ils avaient perdu tout droit à la miséricorde, il n'y avait dans la ville autour de lui d'autre élan que vers l'autodestruction et le péché. Il avait la nostalgie de la vie simple de l'Irlande et de la Cité de Dieu, mais il avait l'impression d'avoir été contaminé par la puanteur du gaz.

Il raconta à Nora ce qui s'était passé et elle essaya de le réconforter. Il n'y avait ni lettre ni carte postale de John. Dans la soirée, Mr Coolidge téléphona. C'était au sujet de Mr Rowantree, dit-il.

« Est-ce qu'il est à l'asile ? demanda Clancy.

— Non, répondit Mr Coolidge. Son ami est revenu et ils sont sortis. Mais il menace à nouveau de vous faire renvoyer. Dès qu'il s'est senti à nouveau d'aplomb, il a dit qu'il allait vous faire sacquer. Je ne veux pas vous renvoyer, mais il faut que vous fassiez attention, il faut que vous fassiez attention. »

C'était un retournement de situation que Clancy ne pouvait comprendre, et il se sentit nauséeux. Il demanda à Mr Coolidge de faire appel à un employé du Syndicat pour le remplacer un ou deux jours et il alla se coucher.

Le lendemain matin, Clancy resta au lit. Son état empira. Il avait froid. Nora alluma un feu dans le fourneau, mais il frissonnait comme si son cœur et ses os étaient gelés. Il remonta ses genoux contre sa poitrine et serra les couvertures autour de lui, mais il n'arrivait pas à se réchauffer. Nora finit par appeler le médecin, un homme originaire de Limerick. Il était plus de 10 heures quand celui-ci arriva. Il déclara qu'il fallait que Clancy aille à l'hôpital. Il alla prendre les dispositions nécessaires tandis que Nora rassemblait les plus beaux vêtements de Clancy et l'aidait à les enfiler. Il y avait encore l'étiquette du prix sur son caleçon long, et des épingles piquées dans sa chemise. En fin de compte, personne ne vit le caleçon neuf ni la chemise propre. À l'hôpital, ils tirèrent un rideau autour de son lit et tendirent ces beaux habits à Nora. Puis Clancy s'allongea sur le lit, Nora l'embrassa et s'en fut.

Il geignit, il gémit pendant un moment, mais il

avait de la fièvre et cela le plongea dans le sommeil. Pendant les quelques jours qui suivirent, il ne sut pas où il était et ne s'en soucia pas davantage. Il dormait presque tout le temps. Quand John rentra de Chicago, la présence de l'adolescent et le récit de son voyage le réconfortèrent un peu. Nora lui rendait visite tous les jours et une fois, deux semaines environ après que Clancy était entré à l'hôpital, elle vint en compagnie de Frank Quinn, le portier. Ce dernier donna à Clancy une étroite enveloppe de papier kraft et quand Clancy l'ouvrit, demandant avec humeur de quoi il s'agissait, il s'aperçut qu'elle était pleine de billets.

« C'est de la part des locataires, Clancy, dit Frank.

— Mais enfin, pourquoi ont-ils fait ça ? murmura Clancy. (Il était bouleversé. Ses yeux s'embuèrent et il fut incapable de compter l'argent.) Pourquoi ont-ils fait ça ? répéta-t-il d'une voix faible. Pourquoi se sont-ils donné ce mal ? Je ne suis qu'un garçon d'ascenseur.

— Il y a presque deux cents dollars, dit Frank.

— Qui s'est occupé de la collecte ? demanda Clancy. C'est toi, Frank ?

— C'est un des locataires.

— C'est Mrs DePaul. Je parierais que c'est Mrs DePaul.

— Un des locataires, répéta Frank.

— C'est toi, Frank, dit Clancy avec chaleur. C'est toi qui t'es occupé de la collecte.

— C'est Mr Rowantree », répondit tristement Frank.

Il baissa la tête.

« Tu ne vas pas rendre l'argent, Jim ? demanda Nora.

— Je ne suis pas un crétin ! vociféra Clancy. Quand je ramasse un dollar dans la rue, je ne suis pas homme à courir l'apporter au bureau des objets trouvés !

— Personne d'autre n'aurait pu obtenir autant, Jim, reprit Frank. Il est allé d'un étage à l'autre. Il paraît qu'il pleurait. »

Clancy eut une vision. Il voyait l'église à travers le couvercle soulevé de son cercueil, posé devant l'autel. Le sacristain n'avait allumé qu'un petit nombre de lampes couleur de vaseline, car les seules personnes présentes étaient celles, toutes pauvres et vieilles, qui étaient venues de Limerick en bateau avec Clancy. Il entendait la voix juvénile du prêtre se mêler à la musique ténue des cloches. Puis, au fond de l'église, il aperçut Mr Rowantree et Bobbie. Ils pleuraient à gros sanglots. Ils pleuraient plus fort encore que Nora. Il voyait leurs épaules tressauter et il entendait leurs soupirs.

« Est-ce qu'il pense que je suis en train de mourir, Frank ? demanda Clancy.

— En effet, Jim. C'est ce qu'il pense.

— Il pense que je suis en train de mourir, répéta Clancy avec colère. Il est cinglé. Eh bien, je ne suis pas en train de mourir. Je n'ai pas besoin de son chagrin. Je fiche le camp d'ici. »

Il sortit du lit. Nora et Frank s'efforcèrent vainement de le retenir. Frank courut chercher une infirmière. Celle-ci pointa son index sur Clancy et lui ordonna de retourner au lit, mais il avait enfilé son pantalon et nouait ses lacets. Elle alla chercher une autre infirmière et les deux jeunes femmes s'efforcèrent de l'immobiliser, mais il les repoussa sans peine. La première infirmière alla chercher un médecin. Celui qu'elle ramena était un jeune homme, beaucoup plus frêle que Clancy. Il déclara que le malade pouvait rentrer chez lui. Frank et Nora le ramenèrent en taxi et, dès qu'il arriva dans l'immeuble, il téléphona à Mr Coolidge et lui annonça qu'il reprendrait le travail le lendemain matin. Entouré par les odeurs et les lumières familières, il se sentait beaucoup mieux. Nora lui prépara un bon dîner et il mangea à la cuisine.

Après le repas, il s'assit en bras de chemise près de la fenêtre. Il songea à la perspective de reprendre le travail, à l'homme au menton creusé d'un sillon, au mari violent, à Mr Rowantree et à Bobbie. Pourquoi un homme tombait-il amoureux d'un monstre ? Pourquoi un homme essayait-il de se tuer ? Pourquoi un homme essayait-il d'en faire renvoyer un autre puis faisait-il la collecte pour lui, les yeux embués de larmes, avant d'essayer peut-être, une semaine plus tard, de le faire renvoyer à nouveau ? Il ne rendrait pas l'argent, il ne remercierait pas Mr Rowantree, mais il se demandait quel jugement porter sur ce pervers. Il entreprit de choisir les mots qu'il adresserait à Mr Rowantree quand ils se croiseraient. « La prochaine fois que vous voudrez vous tuer, Mr Rowantree, dirait-il, je vous suggère de vous procurer une corde ou une arme. Je vous suggère d'aller chez un médecin vous faire soigner le cerveau, Mr Rowantree », dirait-il.

Le vent du printemps soufflait, ce vent du sud qui, en ville, sent les égouts. La fenêtre de Clancy donnait sur une étendue de cordes à linge et d'ailantes, de cours faisant office de dépotoirs et l'arrière nu d'immeubles, avec leurs fenêtres éclairées ou éteintes. La symétrie, la réalité de cette scène le réconfortèrent, comme si elle était en conformité avec quelque aspect honorable de lui-même. Ces bâtiments avaient été construits par des hommes pourvus d'un esprit ordinaire, comme le sien. Nora lui apporta un verre de bière et s'assit à la fenêtre. Il glissa un bras autour de sa taille. Elle était en combinaison, à cause de la chaleur. Ses cheveux étaient attachés avec des épingles. Aux yeux de Clancy, sa beauté était glorieuse mais un inconnu, devina-t-il, remarquerait peut-être l'accroc à sa combinaison et son corps épais et voûté. Une photographie de John était accrochée au mur. Clancy fut frappé par la force et l'intelligence du visage de son fils, mais il devina qu'un inconnu remarquerait peut-être les lunettes de l'adolescent et sa vilaine peau. Alors, en songeant à Nora et à John, et au fait que cet aveuglement partiel était tout ce qu'il connaissait lui-même de l'amour mortel, il décida de ne rien dire à Mr Rowantree. Ils se croiseraient en silence.

La chasteté de Clarissa

Le chargement de la cargaison était en cours sur le ferry du soir à destination de Vineyard Haven. Dans un instant, la sirène annonçant l'embarquement des passagers allait séparer les moutons des chèvres — ainsi songeait Baxter —, à savoir les habitants de l'île des touristes qui flânaient dans les ruelles de Woods Hole. Sa voiture, comme toutes celles enregistrées pour la traversée, était garée à proximité de l'embarcadère. Il était assis sur le pare-chocs avant et fumait une cigarette. Le bruit et l'agitation régnant dans le petit port semblaient indiquer que le printemps était fini et que les plages de West Chop, de l'autre côté du Sound, appartenaient à l'été, mais ce qu'impliquaient l'heure et la traversée laissait Baxter parfaitement indifférent. Il était ennuyé et irrité de devoir attendre. Quand quelqu'un cria son nom, il se leva avec soulagement.

C'était la vieille Mrs Ryan. Elle l'appelait depuis un vieux break poussiéreux, et il se dirigea vers elle pour bavarder.

« Je le savais, dit-elle. Je savais que je verrais ici quelqu'un de Holly Cove. J'en avais le pressentiment. Nous roulons depuis 9 heures du matin. Nous avons eu des ennuis avec les freins à la sortie de Worcester. Et maintenant, je me demande si Mrs Talbot a fait le ménage dans la maison. L'année dernière, elle avait exigé soixante-quinze dollars et je lui avais dit que je ne la paierais plus autant, aussi je ne serais pas surprise qu'elle ait jeté toutes mes lettres. Oh, je déteste arriver dans une maison sale à la fin d'un voyage mais, dans le pire des cas, nous pouvons faire le ménage nous-mêmes. N'est-ce pas, Clarissa ? demanda-t-elle, se tournant vers une jeune femme assise près d'elle à l'avant du véhicule. Oh, excusez-moi, Baxter ! s'exclama-t-elle. Vous ne connaissez pas encore Clarissa, si ? Voici l'épouse de Bob, Clarissa Ryan. »

La première pensée de Baxter fut qu'une jeune femme comme elle n'aurait pas dû avoir à voyager dans un break poussiéreux ; elle aurait mérité beaucoup mieux. Elle était jeune. Il estima qu'elle avait environ vingt-cinq ans. Rousse, la poitrine opulente, mince et indolente, elle semblait appartenir à une autre espèce que la vieille Mrs Ryan et ses filles à la charpente épaisse et aux manières franches. « Les filles de cap Cod n'ont pas de peigne, elles se peignent avec une arête de cabillaud », se dit-il, mais les cheveux de Clarissa étaient bien coiffés. Ses bras nus étaient très blancs. Woods Hole et l'animation qui régnait sur le quai semblaient l'ennuyer, et elle ne s'intéressait pas aux commérages insulaires de Mrs Ryan. Elle alluma une cigarette.

À l'occasion d'une pause dans le monologue de la vieille dame, Baxter s'adressa à la belle-fille de celle-ci.

« Quand Bob arrive-t-il, Mrs Ryan ? demanda-t-il.

— Il ne vient pas, répondit la belle Clarissa. Il est en France. Il...

— Il y a été envoyé par le gouvernement », l'interrompit Mrs Ryan, comme si elle ne pouvait confier à sa belle-fille le soin de communiquer cette explication toute simple. « Il travaille sur un projet incroyablement excitant. Il ne revient pas avant l'automne. Moi-même, je pars à l'étranger. Je vais laisser Clarissa seule. Évidemment, je suis sûre qu'elle va *adorer* l'île, ajouta-t-elle avec conviction. Tout le monde l'adore. Je suis sûre qu'elle trouvera à s'occuper. Je suis sûre que... »

La sirène du ferry l'interrompit. Baxter prit congé. L'une après l'autre, les voitures embarquèrent et le ferry entreprit la traversée des hauts-fonds séparant le continent de la station balnéaire. À l'intérieur de la cabine du ferry, Baxter but une bière et observa Clarissa et la vieille Mrs Ryan qui s'étaient assises sur le pont. N'ayant jamais vu Clarissa auparavant, il en concluait que Bob Ryan devait l'avoir épousée l'hiver précédent. Il ne comprenait pas comment cette beauté avait pu se retrouver avec les Ryan. C'était une famille de géologues et d'ornithologues amateurs passionnés. « Nous raffolons tous des oiseaux et des pierres », disaient-ils quand on les présentait à des inconnus. Leur cottage était situé à trois kilomètres environ de la première maison et, comme le disait souvent Mrs Ryan, « avait été construit de bric et de broc à partir des murs d'une étable en 1922 ». Ils faisaient de la voile, des randonnées, nageaient dans les rouleaux et organisaient des expéditions à Cuttyhunk et à Tarpaulin Cove. De l'avis de Baxter, ils prêtaient une importance démesurée au concept de *corpore sano*, et ils n'auraient pas dû laisser Clarissa seule au cottage. Le vent avait rabattu l'une de ses mèches couleur de flamme sur sa joue. Elle avait croisé ses longues jambes. Alors que le ferry entrait dans le port, elle se leva et se dirigea vers l'extrémité du pont dans la brise salée et Baxter, que son retour dans l'île avait laissé indifférent, eut le sentiment que l'été venait de commencer.

Baxter savait qu'il ne pouvait chercher à en apprendre davantage sur Clarissa Ryan sans se montrer prudent. Il était accepté à Holly Cove parce qu'il y passait l'été depuis toujours ; il savait se montrer agréable et il était séduisant, mais ses deux divorces, ses coucheries, son avarice et son teint méditerranéen avaient donné à ses voisins le vague sentiment qu'il était peu fréquentable. Il apprit que Clarissa avait épousé Bob Ryan en novembre, et qu'elle était originaire de Chicago. Il entendit dire qu'elle était belle et sotte. Ce fut tout ce qu'il découvrit à son sujet.

Il la chercha sur les courts de tennis et les plages.

Il ne la vit pas. Il se rendit à plusieurs reprises sur la plage la plus proche du cottage des Ryan. Elle n'y était pas. Il se trouvait sur l'île depuis peu de temps quand il reçut par courrier une invitation de Mrs Ryan à venir prendre le thé. C'était une invitation qu'en temps ordinaire il aurait déclinée, mais cet après-midi-là il s'empressa de se rendre en voiture au cottage des Ryan. Il arriva sur le tard. Les voitures de la plupart de ses amis et voisins étaient garées sur le terrain de Mrs Ryan. Leurs voix s'échappaient des fenêtres ouvertes donnant sur le jardin, où les rosiers grimpants de Mrs Ryan étaient en fleur. « Bienvenue à bord ! cria Mrs Ryan quand il franchit le seuil. C'est ma fête d'adieu. Je m'en vais en Norvège. »

Elle l'entraîna dans une pièce bondée de monde.

Clarissa était assise derrière les tasses à thé. Derrière elle, contre le mur, se trouvait un meuble vitré contenant les échantillons géologiques des Ryan. Elle avait les bras nus. Baxter les contempla tandis qu'elle lui versait du thé.

« Chaud ?... Froid ?... Citron ?... Crème ? » elle semblait n'avoir rien d'autre à dire, mais ses cheveux roux et ses bras blancs dominaient cette partie de la pièce. Baxter mangea un sandwich, et s'attarda près de la table.

« Étiez-vous déjà venue dans l'île, Clarissa ? demanda-t-il.

— Oui.

— Est-ce que vous vous baignez à la plage de Holly Cove ?

— C'est trop loin.

— Quand votre belle-mère sera partie, dit Baxter, vous devez me laisser vous y conduire le matin. J'y vais à 11 heures.

— Eh bien, merci. (Clarissa baissa son regard vert. Elle semblait mal à l'aise, et l'idée qu'elle puisse être émotive traversa l'esprit de Baxter avec exubérance.) Eh bien, merci, répéta-t-elle, mais j'ai ma propre voiture et... eh bien, je ne sais pas, je...

— Et de quoi êtes-vous donc en train de parler, tous les deux ? » s'enquit Mrs Ryan en surgissant entre eux et en souriant largement pour tenter de dissimuler un peu de la brutalité de son intervention. « Je sais que ce n'est pas de géologie, je sais que ce n'est pas d'oiseaux et je sais que ce n'est pas de livres ou de musique, car ce sont là des choses que Clarissa n'apprécie pas, n'est-ce pas, Clarissa ? Venez avec moi, Baxter. »

Elle l'entraîna de l'autre côté de la pièce et lui parla d'élevage de moutons. Quand la conversation s'acheva, la réception elle-même touchait à sa fin. La chaise de Clarissa était vide. La jeune femme n'était pas dans la pièce. Faisant halte à la porte pour remercier Mrs Ryan et prendre congé, Baxter dit qu'il espérait qu'elle ne partait pas immédiatement pour l'Europe.

« Oh, mais si, répliqua Mrs Ryan. Je prends le ferry de 6 heures pour le continent, demain, et je décolle de Boston à midi. »

Le lendemain matin, à 10 h 30, Baxter alla en voiture au cottage des Ryan. Mrs Talbot, la voisine qui aidait aux tâches ménagères, lui ouvrit. Elle déclara que la jeune Mrs Ryan était à la maison et le fit entrer. Clarissa descendit. Elle était plus belle que jamais, bien qu'elle semblât ennuyée de le trouver là. Elle accepta son invitation à aller nager, mais sans grand enthousiasme. « Oh, d'accord », dit-elle.

Quand elle redescendit, elle portait une robe bain de soleil sur son maillot, et un chapeau à large bord. Sur le chemin d'Holly Cove, Baxter lui demanda quels étaient ses projets pour l'été. Elle se montra évasive. Elle semblait préoccupée et peu désireuse de parler. Ils garèrent la voiture et se dirigèrent côte à côte vers la plage, où elle s'allongea sur le sable, les yeux clos. Quelques amis et voisins de Baxter firent halte auprès d'eux pour passer le temps, mais ils ne s'attardèrent pas, Baxter le remarqua. L'absence de réaction de Clarissa rendait la conversation difficile. Peu lui importait.

Il alla nager. Clarissa resta sur la plage, drapée dans sa robe. Quand il ressortit de l'eau, il s'allongea à nouveau près d'elle. Il observa ses voisins et leurs enfants. Il avait fait beau les jours et les semaines précédents, et les femmes étaient bronzées. Elles étaient toutes mariées et, contrairement à Clarissa, elles étaient mères de famille, mais en dépit des rigueurs du mariage et de l'enfantement, elles étaient ravissantes, agiles et épanouies. Tandis qu'il les admirait, Clarissa se leva et ôta sa robe bain de soleil.

C'était tout autre chose, et il en eut le souffle coupé. La force irrésistible de sa beauté résidait en partie dans la blancheur de cette peau, en partie dans le fait que, à l'inverse des autres femmes qui étaient à l'aise en maillot de bain, Clarissa paraissait humiliée et honteuse d'être si peu vêtue. Elle se dirigea vers l'océan comme si elle était nue. Quand elle entra en contact avec l'eau, elle s'arrêta net car, contrairement aux autres femmes, qui s'ébattaient comme des phoques autour du ponton, elle n'aimait pas le froid. Puis, tiraillée une seconde entre le froid et la nudité, Clarissa entra dans l'eau et nagea quelques mètres. Elle ressortit, s'enveloppa rapidement dans sa robe et s'allongea sur le sable. Puis elle s'exprima, pour la première fois ce matin-là — pour la première fois depuis que Baxter la connaissait —, avec chaleur et émotion.

« Vous savez, ces pierres sur le cap ont beaucoup grandi depuis ma dernière visite, déclara-t-elle.

— Quoi ? dit Baxter.

— Ces pierres sur le cap, répéta-t-elle. Elles ont beaucoup grandi.

— Les pierres ne grandissent pas, répliqua-t-il.

— Oh, mais bien sûr que si. Vous ne le saviez pas ? Les pierres grandissent. Il y a une pierre dans la roseraie de maman qui a grandi d'une trentaine de centimètres ces dernières années.

— Je ne savais pas que les pierres grandissaient.

— Eh bien, si », dit Clarissa.

Elle bâilla ; elle ferma les yeux. Elle sembla s'endormir. Quand elle rouvrit les yeux, elle demanda l'heure à Baxter.

« Midi, répondit-il.

— Je dois rentrer, déclara-t-elle. J'attends des invitées. »

Baxter ne pouvait rien objecter à cela. Il la reconduisit chez elle. Pendant le trajet, elle se montra peu loquace et, quand il lui demanda s'il pouvait l'emmener de nouveau à la plage, elle répondit non. C'était une belle et chaude journée et la plupart des portes, sur l'île, étaient grandes ouvertes, mais quand Clarissa dit au revoir à Baxter, elle lui ferma la porte au nez.

Le lendemain, Baxter prit le courrier et les journaux de Clarissa à la poste, mais lorsqu'il se présenta avec le paquet au cottage, Mrs Talbot déclara que Mrs Ryan était occupée. Cette semaine-là, il se rendit à deux fêtes auxquelles elle aurait pu être présente, mais elle n'y était pas. Le samedi soir, il alla à un bal campagnard et, en fin de soirée — ils dansaient sur la chanson *Lady of the Lake* —, il aperçut Clarissa, assise dos au mur.

C'était une splendide potiche. Elle était beaucoup plus belle que n'importe laquelle des femmes présentes, mais sa beauté semblait avoir intimidé les hommes. Dès qu'il le put, Baxter abandonna sa partenaire et s'approcha d'elle. Elle était assise sur une caisse d'emballage. Ce fut la première chose dont elle se plaignit.

« Il n'y a même pas de quoi s'asseoir, dit-elle.

— Vous n'avez pas envie de danser ? demanda Baxter.

— Oh, j'adore danser, répliqua-t-elle. Je pourrais danser toute la nuit, mais je ne pense pas que *ça*, ce soit danser. (La musique du piano et du violon lui arracha une grimace.) Je suis venue avec les Horton. Ils m'ont juste dit qu'il y avait une soirée dansante. Ils ne m'ont pas dit que ce serait ce genre de danse-là. Je n'aime pas tous ces bonds et ces sautillements.

— Vos invitées sont parties ? s'enquit Baxter.

— Quelles invitées ?

— Mardi, vous m'avez dit que vous attendiez des invitées. Quand nous étions à la plage.

— Je n'ai pas dit qu'elles arrivaient mardi, si ? répliqua Clarissa. Elles arrivent demain.

— Puis-je vous ramener chez vous ?

— D'accord. »

Il alla chercher sa voiture, la gara près de la grange et alluma la radio. La jeune femme monta et claqua la portière avec énergie. Il roula à vive allure sur les petites routes et, quand il se gara devant le cottage des Ryan, il éteignit les phares. Il regarda les mains de Clarissa. Elle les croisa sur son sac.

« Eh bien, merci beaucoup, dit-elle. Je m'ennuyais à mourir et vous m'avez sauvé la vie. Je ne comprends rien à cet endroit. J'ai toujours eu beaucoup de cavaliers, mais je suis restée assise sur cette caisse pendant presque une heure et personne ne m'a adressé la parole. Vous m'avez sauvé la vie.

— Vous êtes ravissante, Clarissa, murmura Baxter.

— Eh bien..., commença Clarissa, puis elle soupira. C'est juste mon apparence extérieure. Personne ne sait qui je suis au fond de moi-même. »

C'était donc ça, songea Baxter, et s'il réussissait seulement à ajuster ses flatteries à ce que la jeune femme croyait être, ses scrupules s'évanouiraient. Se voyait-elle comme une actrice, une nageuse traversant la Manche, une héritière ? Les signes d'émotivité qui émanaient d'elle dans la nuit estivale étaient si puissants, si grisants, que Baxter fut convaincu qu'il se trouvait devant une femme dont la chasteté ne tenait qu'à un fil.

« Je crois que je sais qui vous êtes au fond de vous-même, dit-il.

— Oh, non, vous ne le savez pas, répliqua-t-elle. Personne ne le sait. »

À la radio passait un air langoureux diffusé depuis un hôtel de Boston. Si l'on se fiait au calendrier, c'était encore le début de l'été, mais l'immobilité et l'immensité des arbres sombres donnaient l'impression que la saison était beaucoup plus avancée. Baxter enlaça Clarissa et déposa un baiser sur ses lèvres.

Elle le repoussa violemment et tendit la main vers la portière.

« Oh, vous avez tout gâché, s'exclama-t-elle en descendant de voiture. Vous avez tout gâché. Je sais à quoi vous pensez. Je sais que vous y pensez depuis le début. (Elle claqua la portière et lui parla à travers la vitre.) Eh bien, ce n'est pas la peine de revenir, Baxter. Mes amies arrivent de New York en avion demain matin, et je serai trop occupée pour vous revoir avant la fin de l'été. Bonsoir. »

Baxter savait qu'il était seul à blâmer ; il était allé trop vite en besogne. Il aurait dû le savoir. Il alla se coucher avec un sentiment de colère et de tristesse et dormit mal. Quand il s'éveilla, il était déprimé, et sa dépression fut accentuée par la rumeur de la pluie, portée par un vent de nord-est. Étendu dans son lit, il écouta la pluie, et les rouleaux s'échouant sur la côte. La tempête allait métamorphoser l'île. Les plages seraient désertes. Les tiroirs allaient se coincer. Soudain, il sortit du lit, se dirigea vers le téléphone et appela l'aéroport. L'avion en provenance de New York n'avait pu atterrir, lui dit-on, et aucun autre avion n'était attendu ce jour-là. La tempête semblait jouer en sa faveur. À midi, il se rendit en voiture à la petite ville et acheta le journal du dimanche et une boîte de bonbons. Les bonbons étaient pour Clarissa, mais il n'était pas pressé de les lui offrir.

Elle devait avoir rempli le réfrigérateur, sorti les serviettes de bain et organisé le pique-nique, mais à présent l'arrivée de ses amies était repoussée et la journée animée qu'elle s'apprêtait à vivre se révélait pluvieuse et désœuvrée. Elle aurait pu trouver des moyens de surmonter sa déception, bien sûr, mais à en juger d'après le bal campagnard, il avait l'intuition qu'elle était perdue sans son mari ou sa belle-mère et que peu de gens de l'île — voire aucun — ne lui rendraient visite ou ne l'inviteraient à prendre un verre. Il y avait de grandes chances pour qu'elle passe la journée à écouter la radio et la pluie et que, le soir venu, elle soit prête à accueillir avec plaisir n'importe qui, fût-ce Baxter. Mais tant que le pouvoir de la solitude et de l'ennui jouait pour lui, il était plus habile d'attendre, il le savait. Le mieux serait d'arriver juste avant la tombée du jour, et il attendit jusque-là. Il se rendit en voiture chez les Ryan avec sa boîte de bonbons. Les fenêtres étaient éclairées, et ce fut Clarissa qui lui ouvrit.

«Je voulais souhaiter la bienvenue à vos amies, commença Baxter. Je...

— Elles ne sont pas venues, répliqua-t-elle. L'avion n'a pas pu atterrir. Elles sont retournées à New York. Elles m'ont téléphoné. J'avais fait en sorte que leur visite soit si agréable. Tout est tombé à l'eau, maintenant.

— Je suis désolé, Clarissa, dit Baxter. Je vous ai apporté un cadeau.

— Oh ! (Elle s'empara de la boîte.) Quelle jolie boîte de bonbons ! Quel gentil cadeau ! Quel... (Son visage et sa voix semblèrent, l'espace d'un instant, ingénus et ouverts, puis il vit une volonté de résistance les transformer.) Vous n'auriez pas dû faire ça, dit-elle.

— Puis-je entrer ?

— Eh bien, je ne sais pas trop. Vous ne pouvez pas entrer si vous avez simplement l'intention de rester assis là.

— Nous pouvons jouer aux cartes.

— Je ne sais pas jouer.

— Je vous apprendrai, dit-il.

— Non, rétorqua-t-elle. Non, Baxter, il faut que vous partiez. Vous ne comprenez pas quel genre de femme je suis. J'ai passé toute la journée à écrire une lettre à Bob. Je lui ai écrit pour lui dire que vous m'aviez embrassée hier. Je ne peux pas vous laisser entrer. »

Elle referma la porte.

À l'expression de son visage quand il lui avait donné la boîte de bonbons, Baxter estima qu'elle aimait recevoir des cadeaux. Il aurait peut-être suffi de lui offrir un bracelet en or bon marché ou même un bouquet de fleurs, il le savait, mais il était extrêmement pingre et, tout en voyant qu'un cadeau serait utile, il ne put se résoudre à en acheter un. Il décida d'attendre.

La tempête fit rage toute la journée de lundi et de mardi. Elle se calma dans la nuit de mardi et, dès le mercredi après-midi, les courts de tennis furent secs et Baxter alla disputer quelques parties. Il joua jusqu'en fin de journée. Puis, après s'être douché et changé, il se rendit dans une réception pour prendre un verre. L'une de ses voisines, une femme mariée, mère de quatre enfants, s'assit près de lui et se lança dans une discussion générale concernant la nature de l'amour conjugal.

C'était une conversation, accompagnée de regards en coulisse et d'allusions, que Baxter avait eue bien souvent, et il savait dans les grandes lignes ce qu'elle promettait. Sa voisine était l'une des jolies mères qu'il avait admirées à la plage. Elle avait les cheveux bruns. Ses bras étaient minces et bronzés. Ses dents étaient saines. Mais, bien qu'il donnât l'impression de s'intéresser vivement aux opinions de la jeune femme sur le mariage, la vision toute de blancheur de Clarissa hantait son esprit, et il coupa court à la conversation et quitta la réception. Il se rendit en voiture chez les Ryan.

De loin, le cottage semblait fermé. La maison et le jardin étaient absolument silencieux. Il frappa, puis sonna. Clarissa s'adressa à lui depuis une fenêtre de l'étage.

« Oh, bonjour, Baxter, dit-elle.

— Je suis venu vous dire au revoir, Clarissa », dit Baxter.

Rien de mieux ne lui était venu à l'esprit.

« Oh, vraiment, dit Clarissa. Eh bien, attendez une seconde. Je descends.

— Je m'en vais, Clarissa, reprit Baxter lorsqu'elle ouvrit la porte. Je suis venu vous dire au revoir.

— Où allez-vous ?

— Je ne sais pas. »

Il prononça ces mots avec tristesse.

« Eh bien, entrez, dans ce cas, dit-elle d'un ton hésitant. Entrez un instant. C'est la dernière fois que je vous vois, j'imagine, n'est-ce pas ? Excusez le désordre de la maison, je vous en prie. Mr Talbot est tombé malade lundi et Mrs Talbot a dû l'emmener à l'hôpital sur le continent, et il n'y a eu personne pour m'aider. Je suis restée toute seule. »

Il la suivit dans le salon et s'assit. Elle était plus belle que jamais. Elle évoqua les problèmes qu'avait entraînés le départ de Mrs Talbot. La veilleuse de la chaudière permettant de chauffer l'eau s'était éteinte. Il y avait une souris à la cuisine. La baignoire était bouchée. Elle n'avait pas réussi à faire démarrer la voiture.

Dans la maison silencieuse, Baxter entendit le goutte-à-goutte d'un robinet qui fuyait et le balancier d'une pendule. La vitre protégeant les échantillons géologiques des Ryan reflétait le ciel qui s'assombrissait derrière la fenêtre. Le cottage était situé près de la mer et il entendait les vagues. Il remarqua ces détails sans émotion et sans leur accorder plus d'importance qu'ils n'en méritaient. Quand Clarissa eut fini ses commentaires au sujet de Mrs Talbot, il attendit une minute entière avant de prendre la parole.

« Il y a du soleil dans vos cheveux, dit-il.

— Quoi ?

— Il y a du soleil dans vos cheveux. Ils sont d'une couleur magnifique.

— Ils ne sont pas aussi beaux qu'autrefois, dit-elle. Les cheveux comme les miens foncent avec le temps. Mais je ne vais pas les teindre. Je ne pense pas qu'une femme doive se teindre les cheveux.

— Vous êtes tellement intelligente, dit-il.

— Vous ne parlez pas sérieusement ?

— À propos de quoi ?

— Quand vous dites que je suis intelligente.

— Oh, mais bien sûr que si, répliqua-t-il. Vous êtes intelligente. Vous êtes superbe. Je n'oublierai jamais le soir où je vous ai rencontrée sur le ferry. Je n'avais pas envie de venir dans l'île. J'avais prévu d'aller dans l'Ouest.

— Je ne peux pas être intelligente, dit Clarissa d'un air malheureux. Belle-maman Ryan dit que je suis sotte, Bob dit que je suis sotte, même Mrs Talbot dit que je suis sotte, et... »

Elle se mit à pleurer. Elle se dirigea vers une glace et se sécha les yeux. Baxter la suivit et l'enlaça.

« Ne me tenez pas dans vos bras, dit-elle avec plus de désespoir que de colère. Les hommes ne me prennent jamais au sérieux tant qu'ils ne me tiennent pas dans leurs bras. »

Elle se rassit et Baxter s'assit près d'elle.

« Mais vous n'êtes pas sotte, Clarissa, rétorqua-t-il. Vous avez une intelligence merveilleuse, un esprit merveilleux. Je l'ai souvent pensé. J'ai souvent eu le sentiment que vous deviez avoir beaucoup d'opinions très intéressantes.

— Eh bien, c'est drôle, dit-elle, parce que j'ai effectivement des opinions sur beaucoup de choses. Bien sûr, je n'ose jamais en parler à qui que ce soit, et Bob et Belle-maman Ryan ne me laissent jamais ouvrir la bouche. Ils passent leur temps à m'interrompre comme s'ils avaient honte de moi. Mais j'ai effectivement des opinions. Tenez, je pense que nous sommes comme les rouages d'une machine. Je suis arrivée à la conclusion que nous sommes comme les rouages d'une machine. Est-ce que vous pensez que nous sommes comme les rouages d'une machine ?

— Oh, oui, dit-il. Oh, oui, je le pense !

— Je pense que nous sommes comme les rouages d'une machine, répéta-t-elle. Par exemple, est-ce que vous pensez que les femmes devraient travailler ? J'y ai beaucoup réfléchi. Mon opinion, c'est que les femmes mariées ne devraient pas travailler. Je veux dire, à moins qu'elles n'aient pas beaucoup d'argent, bien sûr, mais même dans ce cas, je crois que prendre soin d'un homme est un travail à plein temps. Mais vous pensez peut-être que les femmes devraient travailler ?

— Qu'en pensez-vous ? s'enquit-il. Ça m'intéresse énormément de savoir ce que vous en pensez.

— Eh bien, mon opinion, reprit-elle timidement, c'est que comme on fait son lit, on se couche. Je ne pense pas que travailler ou fréquenter l'église va y changer quoi que ce soit, pas plus que les régimes spéciaux, d'ailleurs. Je ne crois pas beaucoup aux régimes compliqués. Nous avons un ami qui mange cent grammes de viande à chaque repas. Il a une balance directement sur la table et il pèse la viande. Ça fait très mauvais effet sur la table, et je ne vois pas ce que ça va lui apporter.

J'achète ce qui est raisonnable. Si le jambon est à un prix raisonnable, j'achète du jambon. Si l'agneau est à un prix raisonnable, j'achète de l'agneau. Vous ne pensez pas que c'est intelligent ?

— Je pense que c'est très intelligent.

— Et l'éducation moderne, poursuivit-elle. Je n'ai pas une bonne opinion de l'éducation moderne. Quand nous allons dîner chez les Howard, les enfants passent leur temps à faire du tricycle autour de la table ; mon opinion, c'est que c'est l'éducation moderne qui les rend comme ça, et qu'il faut dire aux enfants ce qui est bien et ce qui ne l'est pas. »

Le soleil qui éclairait ses cheveux avait disparu, mais il régnait encore assez de lumière dans la pièce pour permettre à Baxter de voir que, tandis qu'elle lui faisait part de ses opinions, son visage s'enflammait et ses pupilles se dilataient. Il écoutait patiemment, car il avait compris qu'elle voulait juste qu'on la prenne pour ce qu'elle n'était pas — que la pauvre fille était perdue.

« Vous êtes très intelligente, répétait-il de temps en temps. Vous êtes incroyablement intelligente. »

C'était aussi simple que ça.

Le bus pour St James

Le bus pour St James — une école protestante épiscopalienne pour garçons et filles — commençait sa ronde de ramassage à 8 heures du matin à un angle de Park Avenue, aux environs de la Soixantième Rue. En raison de l'heure matinale, certains des parents qui emmenaient leur enfant prendre le bus étaient encore ensommeillés et n'avaient pas eu le temps de boire leur café mais, quand le ciel était dégagé, la lumière frappait la ville selon un angle aigu, l'air était pur, et c'était un moment particulièrement gai de la journée. C'était l'heure où les cuisinières et les portiers promenaient les chiens et où les concierges récuraient les paillassons à l'eau et au savon. Les vestiges de la nuit — parents et enfants avaient observé, un jour, un homme dont le smoking était saupoudré de sciure qui rentrait chez lui d'un pas incertain — étaient rares.

À la rentrée de septembre, cinq enfants attendaient le bus à cet arrêt et ils habitaient tous les immeubles en pierre calcaire du voisinage. Deux de ces enfants, Louise et Emily Sheridan, étaient des nouveaux venus. Les autres — le fils Pruitt, Katherine Bruce et la petite Armstrong — venaient déjà attendre le bus pour St James l'année précédente.

Mr Pruitt amenait son fils au coin de la rue tous les matins. Leurs vêtements étaient confectionnés par le même tailleur et ils soulevaient tous deux leur chapeau devant les dames. Katherine Bruce était assez grande pour aller prendre le bus toute seule, mais elle était myope et son père l'accompagnait, sauf quand il était en voyage d'affaires, auquel cas une domestique s'en chargeait. La première femme de Stephen Bruce, la mère de Katherine, était morte et il était plus attentif à son enfant que ne le sont généralement les pères. C'était une grande fille, mais il lui prenait tendrement la main pour la faire traverser et patientait parfois à l'angle de la rue, un bras autour de ses épaules. La seconde Mrs Bruce n'avait pas d'enfant. Mrs Armstrong ne conduisait sa fille à l'arrêt de bus que quand sa domestique ou sa cuisinière refusait de le faire. Comme Mrs Armstrong, Mrs Sheridan s'acquittait de cette tâche en alternance avec une domestique, mais elle faisait preuve de plus d'assiduité. Au moins trois fois par semaine, elle se rendait à l'angle de la rue avec ses filles et un vieux terrier écossais en laisse.

St James était une école de petite taille et les parents qui patientaient au coin de la rue jusqu'à l'arrivée du bus bavardaient en confiance.

Mr Bruce connaissait le beau-frère de Mr Pruitt, et était cousin germain au deuxième degré d'une femme qui était la compagne de chambre de Mrs Armstrong à l'époque où celle-ci était en internat. Mrs Sheridan et Mr Pruitt avaient des amis communs. « Nous avons vu des amis à vous hier soir, déclara Mr Pruitt un matin. Les Murchison.

— Oh oui, répondit Mrs Sheridan, *oui.* »

Elle ne répondait jamais par un simple oui ; elle disait toujours « Oh oui, *oui* » ou « Oh oui, *oui*, oui ».

Mrs Sheridan était vêtue sans recherche et avait les cheveux striés de gris. Elle n'était ni jolie ni aguicheuse et, comparée à Mrs Armstrong, dont la chevelure était dorée, elle semblait dénuée de grâce ; mais elle avait les traits fins et son corps était gracieux et svelte. C'était une femme dotée de bonnes manières, âgée d'environ trente-cinq ans, estimait Mr Bruce, dont la maison était ordonnée et la digestion affective parfaite — l'une de ces femmes qui, grâce à leur bonté, sont capables de tout absorber. Sa douceur semblait reposer sur une autorité absolue. Elle devait avoir été élevée par des gens aux principes solides, se disait Mr Bruce, et respecter toutes les vertus du pensionnat : le courage, l'esprit sportif, la chasteté et l'honneur. Quand, le matin, il l'entendait s'exclamer « Oh oui, *oui* ! », il lui semblait s'agir d'un heureux mélange de savoir-vivre et d'enjouement.

Mr Pruitt continua à dire à Mrs Sheridan qu'il avait rencontré ses amis, mais leurs chemins semblaient ne jamais se croiser directement. Mr Bruce, qui prêtait l'oreille à leur conversation derrière son journal, en était satisfait car il ressentait de l'antipathie pour Mr Pruitt et du respect pour Mrs Sheridan ; mais il savait qu'il était inévitable que ces deux-là se rencontrent ailleurs que dans la rue et, un jour, Mr Pruitt souleva son chapeau pour saluer Mrs Sheridan et dit : « C'était une soirée très agréable, n'est-ce pas ? — Oh, oui, répondit Mrs Sheridan, oui. » Puis Mr Pruitt demanda à Mrs Sheridan à quelle heure son mari et elle-même étaient partis, et elle répondit qu'ils étaient rentrés à minuit. Elle semblait n'avoir guère envie de parler de la soirée, mais elle répondit avec politesse à toutes les questions de Mr Pruitt.

Mr Bruce se disait que Mrs Sheridan perdait son temps : Pruitt était un imbécile, et elle méritait mieux. Son aversion pour Mr Pruitt et son respect pour Mrs Sheridan semblaient oiseux, mais il fut heureux, un matin, de s'apercevoir en arrivant au coin de la rue que Mrs Sheridan s'y trouvait avec ses deux filles et le chien, et que Mr Pruitt n'y était pas. Il lui dit bonjour.

« Bonjour, dit-elle. Nous sommes en avance, on dirait. »

Katherine et l'aînée des Sheridan se mirent à bavarder.

« Je crois que je connaissais la mère de Katherine, dit Mrs Sheridan avec courtoisie. Votre première femme était Martha Chase, n'est-ce pas ?

— Oui.

— Je l'ai rencontrée à l'université. Je ne la connaissais pas très bien. Elle était dans la classe supérieure. Quel âge a Katherine aujourd'hui ?

— Elle a eu huit ans l'été dernier, répondit Mr Bruce.

— Nous avons un frère, déclara la plus jeune des fillettes Sheridan, qui se tenait près de sa mère. Il a huit ans.

— Oui, ma chérie, murmura Mrs Sheridan.

— Il s'est noyé, ajouta l'enfant.

— Oh, je suis désolé, dit Mr Bruce.

— Il savait bien nager, mais on pense qu'il a dû avoir une crampe. Il y avait un orage, vous voyez, et on est tous allés dans le hangar à bateaux et on ne regardait pas, et...

— C'était il y a longtemps, ma chérie, dit Mrs Sheridan d'une voix douce.

— Pas si longtemps que ça, rétorqua la fillette. C'était seulement l'été dernier.

— Oui, ma chérie, dit sa mère. Oui, oui. »

Mr Bruce remarqua qu'il n'y avait pas trace de souffrance ni d'effort visant à dissimuler un tel sentiment sur le visage de Mrs Sheridan, et ce sang-froid lui sembla être une prouesse d'intelligence et de grâce. Ils restèrent côte à côte en silence jusqu'à ce que les autres parents arrivent avec leurs enfants à l'instant où le bus surgissait dans la rue. Mrs Sheridan rappela le vieux chien et s'éloigna dans Park Avenue, et Mr Bruce monta dans un taxi et s'en fut au travail.

Vers la fin du mois d'octobre, un vendredi soir

pluvieux, Mr et Mrs Bruce se rendirent en taxi à l'école St James. C'était la réunion d'information des parents d'élèves. L'un des élèves des plus grandes classes les conduisit à un banc au fond de la chapelle. L'autel était dépouillé de tout son mystère et le directeur était debout sur l'estrade entre les stalles du chœur, attendant que les retardataires soient installés. Il réarrangea nerveusement ses vêtements cléricaux, puis réclama le silence en s'éclaircissant la gorge.

« Au nom du corps enseignant et du conseil d'administration, dit-il, je souhaite la bienvenue aux parents de nos élèves de St James ici présents ce soir. Je regrette que le temps soit si peu clément, mais cela semble n'avoir empêché personne de venir jusqu'ici. »

Il prononça ces paroles avec condescendance, comme si la salle comble était l'illustration de son pouvoir d'intimidation.

« Commençons par une prière pour la bonne marche de notre école, reprit-il : Notre Père, créateur du ciel et de la terre ! »

L'assemblée des fidèles, agenouillés, têtes inclinées, paraissait indestructible, et donnait l'impression que la permanence de la société reposait et pourrait toujours reposer sur ses épaules. Et quand la prière s'acheva, le directeur évoqua leur pérennité.

« J'ai de très intéressantes statistiques à vous communiquer ce soir, déclara-t-il. Cette année, nous avons seize enfants inscrits à l'école dont les parents *et* les grands-parents ont été élèves à St James. Je pense que c'est un chiffre impressionnant. Je doute qu'aucune autre école de la ville puisse l'égaler. »

Pendant le bref discours qui suivit, et qui faisait l'apologie de l'éducation conservatrice, Mr Bruce remarqua que Mrs Sheridan était assise quelques rangées devant lui. À ses côtés se trouvait un homme de grande taille — son mari, sans doute — qui se tenait très droit et avait les cheveux noirs. Quand le discours s'acheva, le public fut invité à poser des questions. La première fut celle d'une mère qui désirait des conseils sur la façon de restreindre le temps que ses enfants passaient devant la télévision. Tandis que le directeur répondait à cette question, Mr Bruce remarqua que les Sheridan étaient en train de se disputer. Ils chuchotaient, et semblaient en vif désaccord. Soudain, Mrs Sheridan se désintéressa de la dispute. Elle n'avait plus rien à dire. La nuque de Mr Sheridan s'empourpra. Il continua de défendre ses arguments avec insistance, en se penchant vers sa femme et en secouant la tête. Mrs Sheridan leva la main.

« Oui, Mrs Sheridan », lança le directeur.

Mr Sheridan prit son manteau et son chapeau melon et, disant « Excusez-moi, s'il vous plaît », « Merci », « Excusez-moi », il passa devant les autres personnes assises sur le banc et quitta la chapelle.

« Oui, Mrs Sheridan ? répéta le directeur.

— Je me demandais, Dr Frisbee, dit Mrs Sheridan, si le conseil d'administration et vous-même aviez jamais envisagé d'accepter des enfants noirs à St James.

— Cette question a été soulevée il y a trois ans, répliqua le directeur avec impatience, et un rapport traitant de la question a été soumis au conseil d'administration. Très peu de personnes ont souhaité le consulter ; mais si vous désirez en avoir un exemplaire, je vous en ferai envoyer un.

— Oui, j'aimerais le lire », répliqua-t-elle.

Le directeur hocha la tête et Mrs Sheridan se rassit.

« Mrs Townsend ? demanda le directeur.

— J'ai une question concernant la science et la religion, déclara Mrs Townsend. Il me semble que la faculté des sciences privilégie la science au détriment du sentiment religieux, tout particulièrement en ce qui concerne la Création. Il me semble... »

Mrs Sheridan s'empara de ses gants et, souriant poliment et murmurant « Excusez-moi », « Merci », « Excusez-moi, je vous prie », elle passa devant ses voisins de banc. Mr Bruce entendit ses talons résonner sur les dalles de l'entrée et, en se tordant le cou, il parvint à l'apercevoir. La rumeur de la circulation et de la pluie devint plus forte quand elle poussa l'une des lourdes portes, et diminua quand celle-ci se referma.

En fin d'après-midi, un jour de la semaine suivante, Mr Bruce fut interrompu au milieu d'une réunion d'actionnaires par un coup de téléphone de sa femme. Elle voulait qu'il aille chercher Katherine au centre équestre où la fillette prenait des cours d'équitation et qu'il la ramène à la maison. Il fut exaspéré d'avoir dû quitter la réunion pour prendre ce message et, à son retour, un vieil homme qui s'était muni du *Robert's Rules of Order* s'était emparé des rênes de la discussion. Des affaires qui auraient dû être réglées rapidement et simplement traînèrent en longueur, et la réunion s'acheva par une dispute pénible et animée. Aussitôt après, Mr Bruce prit un taxi jusqu'à la Quatre-vingt-dix-neuvième Rue et, arrivé au centre équestre, gagna le manège en passant par la sellerie. Katherine et d'autres fillettes, qui portaient des bombes et des vêtements de couleur sombre, étaient à cheval. Le manège était froid et humide, les plafonniers diffusaient une lumière blanche, les glaces tapissant les murs étaient embuées et striées d'humidité, et le professeur d'équitation s'adressait à ses élèves avec une courtoisie étudiée. Mr Bruce regarda sa fille. Katherine portait des lunettes, son visage était dénué de grâce, et ses cheveux clairs étaient longs et filasse. C'était une fillette attentive et obéissante, et l'atmosphère de St James avait commencé à imprimer légèrement sa marque sur ses traits. Quand la leçon s'acheva, Mr Bruce regagna la sellerie. Mrs Sheridan se trouvait là, attendant ses deux filles.

« Puis-je vous déposer chez vous en taxi ? demanda-t-il.

— Très certainement, répondit Mrs Sheridan. Nous allions prendre le bus. »

Les enfants les rejoignirent, après quoi ils sortirent et attendirent qu'un taxi passe. Il faisait nuit.

« J'ai trouvé la question que vous avez posée lors de la réunion très intéressante », déclara Mr Bruce.

C'était faux. Il ne la trouvait pas intéressante, et si St James avait accueilli des Noirs, il en aurait retiré Katherine.

« Je suis heureuse que cela ait intéressé quelqu'un, dit-elle. Le directeur était fou de rage.

— C'est surtout ça qui m'a intéressé », répondit Mr Bruce, essayant de se rapprocher de la vérité.

Un taxi passa, et ils y montèrent. Il déposa Mrs Sheridan à la porte de son immeuble et la regarda entrer avec ses deux filles dans le hall éclairé.

Mrs Sheridan avait oublié ses clefs et une domestique lui ouvrit. Il était tard et elle avait invité des gens à dîner. La porte de la chambre de son mari était fermée, et elle fit sa toilette et s'habilla sans le voir. Elle était en train de se brosser les cheveux quand elle l'entendit aller au salon et allumer la télévision. En société, Charles Sheridan parlait toujours de la télévision avec mépris. « Bon sang, disait-il, je ne comprends pas comment on peut regarder ces âneries. Ça doit faire un an que je n'ai pas allumé notre poste. » À présent, sa femme l'entendait rire à gorge déployée.

Elle quitta sa chambre et se dirigea vers la salle

à manger pour s'assurer que tout y était en ordre. Puis elle gagna l'office qui permettait d'accéder à la cuisine. Dès que la porte se referma derrière elle, elle devina que quelque chose n'allait pas. Helen, la servante, était assise à une table près de l'évier. Elle pleurait. Anna, la cuisinière, posa la casserole qu'elle était occupée à récurer pour être sûre d'entendre tout ce qui allait se dire.

« Que se passe-t-il, Helen ? demanda Mrs Sheridan.

— De ma paie il a enlefé douze dollars, Mrs Seridan », répondit Helen.

Elle était autrichienne.

« Pourquoi donc, Helen ?

— Le jour où je me fuis brûlée. Vous m'afez dit d'aller chez le docteur.

— Oui.

— À cause de ça, il a enlefé douze dollars à ma paie.

— Je vous ferai un chèque demain, Helen, dit Mrs Sheridan. Ne vous inquiétez pas.

— Oui, m'dame, soupira Helen. Merci. »

Mr Sheridan franchit la porte menant de l'office à la cuisine. Il avait belle allure dans ses vêtements de couleur sombre.

« Oh, te voilà, dit-il à sa femme. Prenons un verre avant qu'ils arrivent. »

Puis, se tournant vers la servante, il demanda :

« Avez-vous eu des nouvelles de votre famille récemment ?

— Non, Mr Seridan, répondit Helen.

— Où habite votre famille ?

— Dans le Missigan, Mr Seridan. »

Elle gloussa, mais elle avait entendu cette plaisanterie un nombre incalculable de fois au cours des années passées et elle en avait assez.

« Où ça ? répéta Mr Sheridan.

— Dans le Missigan, Mr Seridan. »

Il éclata de rire.

« Sapristi, je trouve ça hilarant ! » dit-il.

Il prit sa femme par la taille et ils allèrent boire un verre.

Bruce retrouva un foyer bien plus agréable. Son épouse, Lois, était une jolie femme et elle l'accueillit avec affection. Ils s'assirent pour prendre un verre.

« Marguerite m'a appelée ce matin et m'a dit que Charlie avait perdu son travail, annonça-t-elle. Quand j'ai entendu le téléphone sonner, j'ai senti que quelque chose n'allait pas ; je l'ai *senti.* Avant même de décrocher, je savais qu'il y avait un problème. Au début, j'ai pensé que ça allait être cette pauvre Helen Luckman. Tant de malheurs lui sont arrivés ces derniers temps que je pense souvent à elle. Puis j'ai entendu la voix de Marguerite. Elle m'a dit que le pauvre Charlie faisait contre mauvaise fortune bon cœur et qu'il était bien décidé à trouver un emploi encore meilleur. Il a sillonné tous les États-Unis pour cette société, et voilà qu'ils se débarrassent de lui. Elle a appelé alors que j'étais au lit, et si je suis restée au lit ce matin, c'est parce que mon dos me fait à nouveau un peu souffrir. Ce n'est rien de grave — rien du tout — mais je souffre atrocement et je vais aller consulter le docteur Parminter demain pour voir s'il peut m'aider. »

La santé de Lois était déjà fragile quand Mr Bruce l'avait rencontrée. C'était l'un des grands charmes de la jeune femme. La pâleur et la délicatesse extrêmes de sa peau étaient dues en partie à l'année durant laquelle les médecins, comme elle l'expliquait, l'avaient crue condamnée. Sa santé fragile était une réalité, un mélange de hasard et d'hérédité, et on ne pouvait pas lui reprocher d'être sensible au sumac vénéneux, aux microbes et à la fatigue.

« Je suis vraiment désolé que ton dos te fasse souffrir, ma chérie, dit Mr Bruce.

— Enfin, je n'ai pas passé toute la journée au lit, reprit-elle. Je me suis levée vers 11 heures et j'ai déjeuné avec Betty, puis je suis allée faire les boutiques. »

Lois Bruce, comme de très nombreuses femmes à New York, passait un temps proprement phénoménal à faire les magasins de la Cinquième Avenue. Elle lisait les réclames des journaux avec plus d'attention que son mari ne parcourait les pages financières. Faire les boutiques constituait sa principale occupation. Malade et couchée, elle se serait relevée pour aller faire les boutiques. L'atmosphère des grands magasins avait sur elle un effet fortifiant. Elle commençait son après-midi chez Altman — elle achetait une paire de gants au rez-de-chaussée, puis prenait l'escalier mécanique jusqu'au premier étage pour jeter un œil aux chenets. Elle achetait un sac à main et de la crème pour le visage chez Lord & Taylor, et s'enquérait du prix des tables basses, des tissus d'ameublement et des verres à cocktail. « Vous descendez ? » demandait-elle au garçon d'ascenseur quand les portes s'ouvraient, et si ce dernier répondait : « Nous montons », elle s'engouffrait quand même dans l'ascenseur, décidant brusquement que ce qu'elle voulait, quoi que ce puisse être, se trouvait peut-être au rayon du linge ou du mobilier. Elle s'offrait une paire de chaussures et une combinaison chez Saks, faisait envoyer à sa mère des serviettes de chez Mosse, achetait un bouquet de fleurs en tissu chez De Pinna, de la crème pour les mains chez Bonwit et une robe chez Bendel. À ce moment-là, son esprit et ses pieds étaient agréablement fatigués, le portier de chez Tiffany descendait le drapeau, les lanternes des calèches près du Plazza étaient allumées. Elle achetait un gâteau chez Dean, sa dernière halte, et rentrait à pied dans la pénombre du crépuscule comme un travailleur honnête, satisfait et las.

Quand ils passèrent à table, Lois regarda son mari goûter sa soupe et sourit en voyant qu'il l'appréciait.

« Elle est bonne, n'est-ce pas ? dit-elle. Elle me semble insipide — ça fait une semaine que tout me semble insipide — mais je ne veux pas le dire à Katie, la brave fille, parce que ça lui ferait de la peine, et je ne voulais pas la complimenter sans raison. Katie, lança-t-elle en direction de l'office, votre soupe est délicieuse ! »

On ne vit pas Mrs Sheridan au coin de la rue de toute la semaine suivante. Le mercredi soir, Mr Bruce passa chercher Katherine à son cours de danse en sortant du travail. Les petites Sheridan fréquentaient le même cours et il chercha Mrs Sheridan du regard dans le hall d'entrée du Chardin Club, mais elle n'y était pas. En fait, il ne la revit pas avant d'aller chercher Katherine à un goûter d'anniversaire, le dimanche après-midi.

Parce que Lois jouait parfois aux cartes jusqu'à 19 heures, il revenait souvent à Mr Bruce d'aller chercher Katherine à une adresse ou une autre, en fin de journée, pour l'encourager à formuler les remerciements et les au revoir guindés par lesquels se terminent les goûters d'enfants. Les rues étaient froides et sombres ; les pièces bien chauffées où avaient lieu les goûters dégageaient des effluves de bonbons et de fleurs. Parmi la famille et les amis présents, Mr Bruce avait souvent le plaisir de croiser des gens avec qui il avait passé l'été ou fait ses études. Certains de ces goûters étaient très élaborés et, un jour, il était allé chercher Katherine dans un appartement des Waldorf Towers où six petites filles assistaient au spectacle d'un souffleur de verre.

Dans le hall d'entrée, ce dimanche après-midi, une domestique irlandaise ramassait des épluchures de cacahuètes à l'aide d'un balai mécanique, des ballons s'étaient perdus au plafond audessus de sa chevelure blanche, et Mr Bruce vit un nain habillé en clown qui animait les goûters d'anniversaire quand lui-même était enfant. Le vieil homme n'avait pas changé son programme ni son boniment, et il était fier de se souvenir du nom et du visage de la plupart des générations d'enfants devant lesquels il s'était produit. Il retint Mr Bruce dans l'entrée de l'appartement jusqu'à ce qu'il se rappelle son nom, après s'être trompé plusieurs fois. Au salon, une dizaine d'amis et parents buvaient des cocktails. De temps à autre un enfant fatigué, un panier rempli de bonbons ou un ballon à la main, errait sans but parmi la foule des adultes. À l'autre bout du salon, un couple qui animait un théâtre de marionnettes démontait son décor. La femme avait les cheveux teints et elle s'activait en souriant et en gesticulant, bien que personne ne la regardât.

Pendant que Mr Bruce attendait que Katherine enfile son manteau, Mrs Sheridan surgit du hall d'entrée. Ils échangèrent une poignée de main.

« Puis-je vous raccompagner chez vous ? » demanda-t-il.

Elle répondit « Oui, *oui* », et partit en quête de sa fille aînée.

Katherine se dirigea vers l'hôtesse des lieux et fit une révérence.

« C'est très gentil de m'avoir invitée à votre goûter, Mrs Howells, dit-elle en articulant clairement. Et merci beaucoup.

— Elle est adorable. C'était un plaisir de l'avoir chez nous ! » dit Mrs Howells à Mr Bruce, et elle posa une main distraite sur la tête de Katherine.

Mrs Sheridan réapparut avec sa fille. Louise Sheridan fit la révérence et récita ses remerciements, mais Mrs Howells pensait à autre chose et ne l'entendit pas. La fillette répéta ses remerciements d'une voix plus forte.

« Eh bien, merci d'être venue ! » s'exclama Mrs Howells d'un ton brusque.

Mr Bruce, Mrs Sheridan et les deux petites filles prirent l'ascenseur pour descendre. Quand ils sortirent de l'immeuble et se retrouvèrent sur la Cinquième Avenue, il faisait encore jour.

« Rentrons à pied, proposa Mrs Sheridan. Il n'y a que quelques pâtés d'immeubles. »

Les enfants partirent devant. C'était aux alentours de la Quatre-vingtième Rue et la vue portait loin ; elle englobait l'avenue, le Musée et Central Park. Soudain, la double rangée de lampadaires bordant l'avenue s'alluma avec un faible cliquetis. À cause de la brume flottant dans l'air, les lampadaires diffusaient une lumière jaune et les colonnades du Musée, les toits mansardés du Plazza au-dessus des arbres et les innombrables lumières jaunes rappelèrent à Stephen Bruce de nombreuses toiles de Paris et de Londres (*Un après-midi d'hiver*) peintes au début du siècle. Cette ressemblance trompeuse l'enchantait, et le ravissement que lui procurait ce spectacle était accru par la présence de Mrs Sheridan. Il avait le sentiment qu'elle voyait tout cela avec une grande clarté. Ils firent presque tout le chemin en silence. À une ou deux rues de l'immeuble où elle habitait, elle ôta son bras du sien.

« J'aimerais discuter avec vous de l'école St James un de ces jours, dit Mr Bruce. Et si vous déjeuniez avec moi ? Pourriez-vous déjeuner avec moi mardi ?

— Je serais ravie de déjeuner avec vous », répondit-elle.

Le restaurant où Mrs Sheridan et Mr Bruce se retrouvèrent pour déjeuner le mardi suivant était le genre d'endroit où il était peu probable qu'ils croisent quelqu'un de leur connaissance. Le menu était maculé de taches, ainsi que le smoking du serveur. Il existe un millier d'endroits comme celui-là à New York. Quand ils se saluèrent, ils auraient pu passer pour un couple marié depuis quinze ans. Elle portait des paquets et un parapluie. Elle aurait pu être venue de banlieue afin d'acheter des vêtements pour les enfants. Elle lui dit qu'elle avait passé la matinée à faire des courses, qu'elle avait pris un taxi, qu'elle avait dû se dépêcher, qu'elle avait faim. Elle ôta ses gants, joua avec le menu et regarda autour d'elle. Il prit un whisky et elle commanda un verre de sherry.

« Je voudrais savoir ce que vous pensez vraiment de St James », déclara-t-il, et elle se lança dans un monologue animé.

Un an plus tôt, ils avaient quitté New York pour Long Island, dit-elle, parce qu'elle voulait envoyer ses enfants dans une petite école de province. Elle-même avait fréquenté des petites écoles de province. Celle de Long Island s'était révélée décevante et ils avaient regagné New York en septembre. Mr Bruce avait fréquenté St James et cela avait été déterminant dans leur choix. Elle parlait de l'éducation de ses filles avec fougue, comme Mr Bruce s'y attendait, et il devina qu'il s'agissait là d'un sujet dont elle ne pouvait discuter avec son mari de manière aussi satisfaisante. Elle était excitée d'avoir rencontré quelqu'un qui semblait s'intéresser à ses opinions et elle se mit en position de faiblesse, comme l'espérait Mr Bruce, en parlant trop. La joie profonde que nous éprouvons en compagnie de l'être dont nous venons de tomber amoureux est impossible à dissimuler, même aux yeux d'un serveur aveugle, et ils rayonnaient tous les deux. Il lui appela un taxi à l'angle de la rue. Ils se dirent au revoir.

« Est-ce que vous déjeunerez encore avec moi ? demanda-t-il.

— Bien sûr, répondit-elle, bien sûr. »

Elle déjeuna à nouveau avec lui. Puis elle dîna avec lui — son mari était en voyage d'affaires. Dans le taxi, il l'embrassa et ils se quittèrent devant l'immeuble où elle habitait. Quand il l'appela, quelques jours plus tard, une gouvernante ou une domestique répondit au téléphone et lui dit que

Mrs Sheridan était malade et ne pouvait être dérangée. Il s'affola. Il téléphona à de nombreuses reprises au cours de l'après-midi, et enfin Mrs Sheridan décrocha. Elle n'était pas gravement malade, dit-elle. Elle serait sur pied dans un jour ou deux et elle l'appellerait quand elle serait rétablie. Ce qu'elle fit au début de la semaine suivante, et ils se retrouvèrent pour déjeuner dans un restaurant situé dans un immeuble au nord de Manhattan. Elle avait passé la matinée à faire les courses. Elle ôta ses gants, joua avec le menu et balaya du regard un restaurant qui, comme les précédents, semblait péricliter, était pauvrement éclairé et où les clients étaient rares. L'une de ses filles souffrait d'un cas de rougeole bénin, déclara Mrs Sheridan, et Mr Bruce manifesta de l'intérêt pour ses symptômes. Mais, pour un homme qui prétendait s'intéresser aux maladies infantiles, il paraissait maussade et fourbe. Il avait mauvaise mine. Il était renfrogné et se massait le front comme s'il souffrait d'une migraine. Il s'humectait sans cesse les lèvres et croisait et décroisait les jambes. Très vite, sa gêne sembla traverser la table. Pendant le reste du temps qu'ils passèrent là, la conversation tourna autour de sujets d'ordre général, mais une émotion pour laquelle ils semblaient ne pas avoir de mots teintait la discussion, en assombrissait et en élargissait les contours. Mrs Sheridan ne finit pas son dessert. Elle laissa refroidir son café. Pendant un moment, ils restèrent tous deux silencieux. Un inconnu les remarquant dans ce restaurant aurait pu s'imaginer qu'il s'agissait de deux vieux amis s'étant donné rendez-vous pour discuter d'un quelconque malheur. Le visage de Mr Bruce était grisâtre. Les mains de Mrs Sheridan tremblaient. Enfin, se penchant vers elle, il dit :

« Si je vous ai demandé de venir ici, c'est parce que la société pour laquelle je travaille possède un appartement dans les étages de cet immeuble.

— Oui, dit-elle. *Oui.* »

Pour les amants, la caresse est une métamorphose. Leur corps tout entier paraît changer, et il semble devenir quelque chose de différent et de meilleur. Ce qui, dans leur expérience, est distinct et indépendant de l'autre, l'intégralité des années écoulées avant qu'ils se rencontrent, est transformé, réorienté vers ce moment. Ils ont le sentiment d'avoir atteint un degré d'intensité identique, et chaque souvenir qui leur revient à l'esprit adopte cette clarté suprême, qu'il s'agisse de la trotteuse de la pendule d'un aéroport, d'une chouette arctique, d'une gare de Chicago le soir de Noël, du souvenir d'avoir jeté l'ancre d'une yole dans un port inconnu tandis que, tout au long d'une côte battue par la pluie, des inconnus actionnent leurs sirènes à l'intention du bateau ravitailleur du club nautique, ou d'avoir descendu une piste de ski à l'heure où, bien que le soleil soit toujours dans le ciel, le versant nord de chaque montagne est baigné d'ombre.

« Veux-tu redescendre seule ? Les garçons d'ascenseur, dans ces immeubles..., dit Stephen Bruce quand ils se furent rhabillés.

— Je me fiche pas mal des garçons d'ascenseur de ces immeubles », rétorqua-t-elle d'un ton léger.

Elle glissa son bras sous le sien, et ils prirent l'ascenseur ensemble. Quand ils quittèrent l'immeuble, ils n'avaient pas envie de se séparer et ils décidèrent qu'au Metropolitan Museum, ils couraient peu de risques d'être vus par quelqu'un de leur connaissance. À cette heure-là, la rotonde presque déserte ressemblait à une gare après le passage du dernier train. On y sentait une odeur de charbon en combustion. Ils admirèrent des chevaux de pierre et des pans d'étoffe. Dans un couloir sombre, ils découvrirent une représentation extravagante de la fête de l'Amour. Au seuil de chaque porte ouverte surgissait le dieu — déguisé tantôt en bûcheron, tantôt en vacher, en marin ou en prince. Près d'un bosquet de houx, trois esprits s'apprêtaient à lui ôter son armure des épaules et à détacher son bouclier. De nombreux spectateurs adressaient des encouragements à son amante. La Création tout entière était en accord, la civette et l'ours, le lion et la licorne, le feu et l'eau.

Alors que Mr Bruce et Mrs Sheridan revenaient sur leurs pas dans la rotonde, ils tombèrent sur une amie de la mère de Lois. Il était impossible de l'éviter et ils échangèrent des Comment-allez-vous, Ravie-de-vous rencontrer, et Stephen promit qu'il transmettrait ses salutations à sa belle-mère.

Mr Bruce et Mrs Sheridan allèrent à pied jusqu'à Lexington et se séparèrent. Il retourna à son bureau et rentra chez lui à 18 heures. Mrs Bruce n'était pas encore arrivée, lui annonça la domestique. Katherine était invitée à un goûter et il était censé aller la chercher. La domestique lui donna l'adresse et il ressortit sans avoir ôté son manteau. Il pleuvait. Le portier, qui portait un imperméable blanc, sortit sous l'orage et revint perché sur le marchepied d'un taxi. Les sièges du taxi étaient couleur orange et, tandis que le véhicule roulait vers le haut de la ville, Mr Bruce entendit l'autoradio diffuser un tango. Un autre portier l'accueillit à l'arrivée du taxi et il entra dans un hall qui, comme celui de l'immeuble où il habitait, était décoré de façon à ressembler à celui d'un manoir. À l'étage, des épluchures de cacahuètes jonchaient le tapis, des ballons étaient agglutinés au plafond ; les amis et la famille buvaient des cocktails au salon et, à l'autre bout de la pièce, les marionnettistes démontaient à nouveau leur théâtre. Il but un Martini et bavarda avec un ami en attendant que Katherine ait enfilé son manteau. Il entendit Mrs Sheridan s'exclamer « Oh oui, *oui* ! », puis la vit entrer dans la pièce avec son aînée.

Katherine survint avant qu'ils aient pu se parler, et il alla trouver l'hôtesse en compagnie de sa fille. Katherine fit sa révérence et récita d'une voix gaie : « C'est très gentil à vous de m'avoir invitée à votre goûter, Mrs Bremont, et je vous remercie beaucoup. »

Mr Bruce se dirigea vers l'ascenseur tandis que la plus jeune fille des Sheridan faisait sa révérence et disait : « C'était une très belle fête, Mrs Bremont... »

Il attendit Mrs Sheridan au rez-de-chaussée, avec Katherine, mais elle était retenue par quelque chose ou quelqu'un et, quand l'ascenseur fut descendu deux fois sans qu'elle s'y trouve, il s'en alla.

Mr Bruce et Mrs Sheridan se revirent à l'appartement quelques jours plus tard. Puis il l'aperçut dans la foule à la patinoire de Rockefeller Center, attendant ses enfants. Il l'aperçut à nouveau dans le hall du Chardin Club, parmi les autres parents, les gouvernantes et les chauffeurs qui attendaient la fin de la leçon de danse. Il ne lui adressa pas la parole, mais il l'entendit derrière lui qui disait à quelqu'un : « Oui, Mère se porte très bien, merci. Oui, je l'embrasserai pour vous. » Ensuite, il l'entendit parler à quelqu'un qui se trouvait plus loin de lui, puis sa voix fut couverte par la musique. Ce soir-là, il partit en voyage d'affaires et ne revint que le dimanche suivant ; le dimanche après-midi, il alla assister à un match de football américain avec un ami. Le match était lent, et le dernier quart de la partie se joua sous la lumière artificielle. Quand Mr Bruce rentra, Lois l'accueillit à la porte de l'appartement. Il y avait du feu dans la cheminée du salon. Elle leur prépara un verre, puis s'assit en face de lui dans un fauteuil près de la cheminée.

« J'ai oublié de te dire que Tante Helen avait

téléphoné mercredi, annonça-t-elle. Elle quitte Gray Hill's pour s'installer plus près de la mer. »

Il essaya de trouver quelque chose à répondre, mais en fut incapable. Après cinq ans de mariage, il semblait ne plus rien avoir à dire. Sa gêne était la même que celle qu'on éprouve à être à court d'argent. Il passa désespérément en revue le match et le voyage à Chicago dans l'espoir de trouver une anecdote susceptible de lui plaire, et pas un mot ne lui vint à l'esprit. Lois le sentit lutter, et échouer. Elle se tut à son tour. Je n'ai eu personne avec qui parler depuis mercredi, songea-t-elle, et à présent il n'a rien à dire.

« Pendant ton absence, je me suis à nouveau bloqué le dos en essayant d'attraper une boîte à chapeaux, reprit-elle. Cela fait atrocement mal et le docteur Parminter semble incapable de me soulager, alors je vais chez un autre médecin, un certain Walsh, qui...

— Je suis vraiment désolé que ton dos te fasse souffrir, dit-il. J'espère que le docteur Walsh pourra faire quelque chose. »

L'absence d'intérêt sincère dans sa voix la blessa.

« Oh, et j'ai oublié de te dire — nous avons eu un *problème*, reprit-elle avec humeur. Katherine a passé l'après-midi avec Helen Woodruff et d'autres enfants. Il y avait des garçons. Quand la bonne est allée dans la salle de jeux pour les appeler à l'heure du goûter, elle les a trouvés tous déshabillés. Mrs Woodruff était très contrariée, et je lui ai dit que tu lui téléphonerais.

— Où est Katherine ?

— Dans sa chambre. Elle refuse de me parler. Je préférerais que ce soit quelqu'un d'autre qui le dise, mais je pense que tu devrais envoyer cette gamine chez un psy.

— Je vais aller lui parler.

— Est-ce que tu comptes dîner, ensuite ?

— Oui, répondit-il, j'aimerais bien dîner. »

Katherine avait une grande chambre donnant sur le côté de l'immeuble. Les meubles de la fillette ne l'avaient jamais remplie. Quand Mr Bruce entra, il la vit assise au bord du lit, dans le noir. L'odeur des deux rats qu'elle avait dans une cage emplissait la pièce. Il alluma la lumière et lui donna un bracelet à breloques qu'il lui avait acheté à l'aéroport. Elle le remercia poliment. Il ne mentionna pas l'incident chez les Woodruff mais, quand il passa son bras autour de ses épaules, elle se mit à pleurer à chaudes larmes.

« Je ne voulais pas faire ça cet après-midi, dit-elle, mais *elle* m'a forcée, et c'était l'hôtesse, et on doit toujours faire ce que dit l'hôtesse.

— Peu importe que tu aies voulu le faire ou pas, répliqua-t-il. Tu n'as rien fait de bien grave. »

Il la tint serrée contre lui jusqu'à ce qu'elle arrête de pleurer, puis il alla dans sa chambre et téléphona à Mrs Woodruff.

« C'est le père de Katherine Bruce à l'appareil, dit-il. J'ai cru comprendre qu'un incident désagréable s'était produit chez vous cet après-midi. Je voulais juste vous dire que Katherine avait été grondée et qu'en ce qui concerne Mrs Bruce et moi-même, l'incident est clos.

— Eh bien, il n'est pas clos ici, rétorqua Mrs Woodruff. Je ne sais pas qui a commencé, mais j'ai mis Helen au lit sans dîner. Mr Woodruff et moi n'avons pas encore décidé de quelle façon nous allons la punir, mais nous allons la punir sévèrement. (Il entendit Lois lui crier depuis le salon que son dîner était prêt.) J'imagine que vous savez que l'immoralité est en train d'envahir notre pays, poursuivit Mrs Woodruff. De toute sa vie, notre fille n'a jamais entendu un mot grossier sous notre toit. Le vice n'a pas sa place ici. S'il faut combattre le feu par le feu, c'est ce que je ferai ! »

La femme ignorante et acariâtre le mit en colère, mais il l'écouta, impuissant, jusqu'à ce qu'elle ait terminé, puis il retourna voir Katherine.

Lois jeta un regard à la pendulette sur le manteau de cheminée et appela sèchement son mari pour la seconde fois. Elle n'avait eu aucune envie de lui préparer à dîner. Qu'il se montre aussi indifférent à l'égard de ses sentiments, puis qu'elle doive trimer pour lui à la cuisine, lui semblait incarner une éternelle condition humaine. Les fantômes de son sexe outragé s'étaient pressés autour d'elle quand elle avait ouvert d'un geste brusque le tiroir où était rangée l'argenterie, et à nouveau quand elle lui avait versé sa bière. Elle avait préparé le plateau avec recherche afin d'approfondir le déplaisir qu'elle ressentait à le faire. Elle avait jeté des tranches de viande froide et de la salade sur l'assiette de son mari comme si elles étaient empoisonnées. Puis elle s'était remis du rouge à lèvres et avait porté elle-même le lourd plateau dans le salon, malgré son dos douloureux.

À présent, fumant une cigarette et déambulant dans la pièce, elle laissa passer cinq minutes. Puis elle rapporta le plateau à la cuisine, jeta la bière et le café dans l'évier, et mit la viande et la salade au frigo. Quand Mr Bruce revint de la chambre de Katherine, il la trouva qui pleurait de colère — non à cause de lui, mais à cause de sa propre sottise.

« Lois ? » lança-t-il, mais elle s'enfuit hors de la cuisine, s'engouffra dans sa chambre et claqua la porte.

Au cours des deux mois qui suivirent, Lois Bruce entendit dire par de nombreuses sources qu'on avait vu son mari avec une certaine Mrs Sheridan. Elle confia à sa mère qu'elle était en train de le perdre et, sur l'insistance de celle-ci, elle engagea un détective privé. Lois n'était pas vindicative, elle ne voulait ni le piéger ni l'intimider ; de fait, elle avait le sentiment que cette manœuvre serait, d'une manière ou d'une autre, le salut de son mari.

Un jour, le détective lui téléphona, alors qu'elle était en train de déjeuner chez elle, pour lui dire que son mari et Mrs Sheridan venaient de monter dans un certain hôtel. Il appelait depuis le hall, dit-il. Lois ne termina pas son déjeuner, mais elle changea de vêtements. Elle mit un chapeau avec une voilette parce que ses traits étaient tendus et, grâce à la voilette, elle parvint à parler calmement au portier qui lui appela un taxi. Le détective l'attendait sur le trottoir. Il l'informa de l'étage et du numéro de l'appartement, et lui offrit de s'y rendre avec elle. Alors elle le renvoya officiellement, comme si sa proposition était une réflexion désobligeante sur sa capacité à gérer la situation. Elle n'était jamais entrée dans l'immeuble mais, parce qu'elle se sentait dans son bon droit, elle ne fut nullement impressionnée par le fait de se trouver dans un bâtiment inconnu.

Quand elle sortit de l'ascenseur, au neuvième étage, le liftier referma la porte derrière elle et elle se retrouva seule dans un long couloir dépourvu de fenêtres. Les douze portes identiques, peintes du même rouge sombre que la moquette poussiéreuse, la faible lumière des plafonniers et le silence absolu régnant dans le couloir la firent hésiter un bref instant, puis elle se dirigea tout droit vers la porte de l'appartement et sonna. Il n'y eut aucun bruit, aucune réponse. Elle sonna plusieurs fois. Puis elle s'adressa à la porte close.

« Laisse-moi entrer, Stephen. C'est Lois. Laisse-moi entrer. Je sais que tu es là. Laisse-moi entrer. »

Elle attendit. Elle enleva ses gants. Elle appuya son pouce sur la sonnette et l'y laissa. Puis elle écouta. Il n'y avait toujours aucun bruit. Elle regarda les portes closes autour d'elle. Elle appuya violemment sur la sonnette.

« Stephen ! appela-t-elle. Stephen. Laisse-moi entrer là-dedans. Laisse-moi entrer. Je sais que tu es là. Je t'ai vu entrer. Je t'entends. Je t'entends marcher. Je t'entends chuchoter. Laisse-moi entrer, Stephen. Laisse-moi entrer. Si tu ne me laisses pas entrer, je vais le raconter à son mari. »

Elle attendit un moment, lequel fut rempli par le silence du début d'après-midi. Puis elle s'attaqua à la poignée de la porte. Elle tambourina sur la porte avec l'armature de son sac. Elle lui décocha des coups de pied.

« Laisse-moi entrer, Stephen Bruce ! hurla-t-elle. Laisse-moi entrer, tu m'entends ! Laisse-moi entrer, laisse-moi entrer, laisse-moi entrer ! »

Une autre porte s'ouvrit dans le couloir ; Lois se retourna et vit un homme en bras de chemise qui secouait la tête. Elle se précipita vers la porte de service et, en larmes, s'engagea dans l'escalier de secours. Comme celui d'un monument, il semblait n'avoir ni début ni fin, mais enfin elle parvint dans une pièce plongée dans l'obscurité où étaient rangés des tricycles et des déambulateurs, et elle réussit à retrouver le chemin du hall.

Quand Mr Bruce et Mrs Sheridan quittèrent l'hôtel, ils s'enfoncèrent dans Central Park où il flottait, au soleil de la fin d'hiver, une odeur un peu pareille à celle d'un bois. Ils traversaient une piste cavalière quand ils aperçurent Miss Prince, la monitrice d'équitation des enfants. Elle donnait une leçon à une grosse petite fille dont le cheval était attaché à une longe.

« Mrs Sheridan ! s'exclama-t-elle. Mr Bruce ! Quel

heureux hasard ! (Elle arrêta les chevaux.) Je voulais justement vous parler. J'organise un petit gymkhana la semaine prochaine et je veux que vos filles y participent. Je veux qu'elles montent toutes les trois dans la catégorie des meilleurs cavaliers... Et peut-être que l'an prochain, ajouta-t-elle en se tournant vers la grosse petite fille, tu pourras monter toi aussi dans la catégorie des meilleurs cavaliers. »

Ils promirent de laisser leurs enfants participer au gymkhana, et Miss Prince les salua et reprit sa leçon d'équitation. À la hauteur de la Soixante-dixième Rue, ils entendirent le rugissement d'un lion. Ils allèrent jusqu'à l'extrémité sud de Central Park. Il était alors tard dans l'après-midi. Depuis le Plazza, Mr Bruce téléphona à son bureau. Parmi les messages, il y en avait un de la domestique ; il devait aller chercher Katherine au Chardin Club.

Du trottoir situé devant l'école de danse, ils entendirent un bruyant air de piano. La *Grand March*[1] avait commencé. Ils se frayèrent un chemin parmi la foule emplissant le hall d'entrée et, s'immobilisant au seuil de la salle, cherchèrent leurs filles du regard. Par la porte ouverte, ils voyaient Mrs Bailey, le professeur de danse, et ses deux assistantes faire une révérence guindée tandis que les enfants se présentaient devant elles deux par deux. Les garçons portaient des gants blancs. Les filles étaient vêtues avec simplicité. Deux par deux les enfants s'inclinaient, ou faisaient la révérence,

1. Voir *supra*, note p. 39.

et rejoignaient les adultes à la porte. Puis Mr Bruce aperçut Katherine. Tandis qu'il regardait sa fille faire docilement ce qu'on attendait d'elle, il songea soudain que lui-même et les gens qui l'entouraient étaient tous coulés dans le même moule. Ils étaient désorientés et ambivalents, trop égoïstes ou malchanceux pour rester fidèles au mode de vie qui garantit la permanence d'une société, comme leurs pères et leurs mères l'avaient fait. Ils préféraient faire peser le fardeau de l'ordre sur leurs enfants et remplir leurs journées de cérémonies et de rites spécieux.

L'une des professeurs de danse s'approcha d'eux et s'exclama :

« Oh, je suis contente de vous voir, Mrs Sheridan. Nous avions peur que vous ne soyez malade. Très peu de temps après le début du cours, cet après-midi, Mr Sheridan est venu chercher vos deux filles. Il a dit qu'il les emmenait à la campagne, et nous nous sommes demandé si vous étiez malade. Il semblait bouleversé. »

Puis l'assistante sourit et s'éloigna.

Le visage de Mrs Sheridan perdit ses couleurs et s'assombrit. Elle avait l'air très vieille. Il faisait chaud dans la salle de danse et Mr Bruce l'entraîna dehors dans la fraîcheur d'une soirée d'hiver, la serrant contre lui, la soutenant, en fait, car elle aurait pu tomber.

« Tout va s'arranger, répétait-il sans cesse. Tout va s'arranger, ma chérie, tout va s'arranger. »

Les ennuis de Marcie Flint

« J'écris ces mots à bord de l'*Augustus*, après trois jours de mer. Ma valise est pleine de beurre de cacahuète et je fuis les banlieues de toutes les grandes villes. Quels trous ! Les banlieues, veux-je dire. Dieu me garde de toutes ces adorables dames qui rentrent leurs asters et leurs rosiers au crépuscule, de crainte que le gel ne les tue, et de celles à qui leur conscience citoyenne tourne la tête. Je suis en route pour Turin, où les filles aiment le beurre de cacahuète, où le monde appartient aux hommes et où... » Il n'y avait absolument rien à reprocher à la banlieue (Shady Hill) que fuyait Charles Flint, l'âge de ce dernier est sans importance et Turin ne lui était pas inconnu, puisqu'il y avait passé trois mois récemment pour affaires.

« Dieu me garde, continua-t-il, des femmes qui s'habillent comme des toreros pour aller au supermarché, des porte-documents en peau de vache, des pantalons de flanelle et des gabardines. Préservez-moi des jeux de lettres et des adultères, des bassets et des piscines, des canapés surgelés et des bloody mary, de la suffisance, des seringas et des réunions de parents d'élèves. » Son stylo courait inlassablement sur le papier tandis que l'*Augustus*, progressant à dix-sept nœuds de l'heure, naviguait plein est ; ils devaient atteindre les Açores le lendemain.

Comme tous les hommes amers, Flint connaissait moins de la moitié de l'histoire et était plus désireux de se soulager de son irritation que d'apprendre la vérité. Marcie, l'épouse qu'il fuyait, avait les cheveux et les yeux bruns et n'était plus toute jeune, même en déployant des trésors d'imagination, mais elle était dotée de grandes ressources de douceur et de bravoure féminine. Elle n'avait pas dit à ses amis que Charlie l'avait quittée ; elle n'avait même pas appelé son avocat ; mais elle avait renvoyé la cuisinière, et elle gardait à présent un cap sud-sud-est entre le fourneau et l'évier afin de cuisiner le dîner des enfants. Il n'était pas dans sa nature de ressasser le passé, comme le faisait son mari, ni d'analyser les forces qui pouvaient mettre un océan entre un mari et une femme qui avaient vécu heureux pendant quinze ans. Il y avait eu, d'après elle, une légère divergence de point de vue entre eux lors du récent voyage d'affaires de Charlie car, bien qu'il lui écrivît qu'elle lui manquait, il lui écrivait aussi qu'il dînait au Superga six soirs par semaine et qu'il s'amusait énormément. Il avait prévu de n'être absent que pendant six semaines et quand trois mois avaient passé, elle s'était rendu compte qu'il lui faudrait en pendre son parti.

Ses voisines l'avaient soutenue généreusement durant les premières semaines mais elle savait bien, elle-même, qu'une femme seule peut gâcher un dîner et, comme Flint prolongeait son absence, elle s'était aperçue qu'elle devait passer de plus en plus de soirées en solitaire. Il faut savoir que la vie nocturne à Shady Hill avait deux visages ; il y avait les réceptions, bien sûr, mais il y avait aussi une véritable débauche de concerts de madrigaux, de groupes de discussions politiques, d'orchestres de flûte à bec, d'écoles de danse, de classes de confirmation, de réunions de comités et de conférences sur la littérature, la philosophie, l'urbanisme et la dératisation. La bannière étoilée des cieux ne s'est sans doute jamais déployée sur un paysage nocturne aussi fourmillant d'activités. Marcie, qui avait une voix harmonieuse et claire, s'était inscrite dans un ensemble de madrigal le jeudi et un atelier politique le lundi. Une fois qu'elle s'était déclarée disponible, elle avait été très recherchée par les différents comités, bien qu'il fût difficile de dire pourquoi ; elle n'ouvrait presque jamais la bouche. Charlie était absent depuis trois mois quand elle avait accepté d'être membre du conseil municipal, principalement pour s'occuper.

Les ennuis de la pauvre Marcie lui avaient été causés à part égale par la vertu, la raison, une conscience civique aiguë et la solitude. Charlie, dans la ville lointaine de Turin, parvenait fort bien à imaginer sa femme dans l'embrasure éclairée de leur maison le soir de son retour, mais l'imaginait-il cherchant à tâtons les chaussures des enfants sous le lit ou versant de la graisse de bacon dans une vieille boîte de conserve ayant contenu de la soupe ? « Papa doit rester en Italie pour gagner l'argent qui nous permet d'acheter ce dont nous avons besoin », disait-elle aux enfants. Mais quand Charlie lui téléphonait de l'étranger, comme il le faisait une fois par semaine, il semblait toujours avoir bu. Imaginez cette charmante femme, alors, chantant *Hodie Christus Natus Est*, étudiant Karl Marx et passant les réunions du conseil municipal assise sur une chaise dure.

S'il y avait quelque chose qu'on puisse reprocher à Shady Hill, quelque chose sur quoi il soit possible de mettre le doigt, c'est le fait que la ville n'ait pas de bibliothèque — pas d'ouvrages roussâtres de Pascal dégageant des relents de chou ; pas de collections incomplètes de Dostoïevski et de George Eliot ; aucun Galsworthy, même ; aucun Barrie et aucun Bennett. Ce fut la préoccupation principale du conseil municipal durant le mandat de Marcie. Les partisans de la bibliothèque étaient essentiellement des nouveaux venus en ville ; le porte-parole de l'opposition était Mrs Selfredge, qui était membre du conseil municipal, une femme très convenable, aux yeux bleus extraordinairement brillants et inexpressifs. Mrs Selfredge évoquait souvent la tranquillité délibérée de sa vie. « Nous ne sortons jamais », disait-elle, mais d'une telle manière qu'elle semblait exprimer non pas un choix, mais une profonde solitude. Elle était mariée à un homme riche beaucoup plus âgé qu'elle, et ils n'avaient pas d'enfants ; de fait, l'allusion la plus indirecte à la sexualité amenait de vives couleurs sur le visage de Mrs Selfredge. Elle campait sur la position selon laquelle une bibliothèque s'inscrivait dans la catégorie de services publics qui risquait de faire de Shady Hill un endroit attractif pour un lotissement. Ce n'était pas un préjugé aveugle. Carsen Park, la ville la plus proche, avait permis qu'un lotissement s'installe sur le territoire de la commune et les conséquences avaient été désastreuses pour les gens qui y vivaient déjà. Leurs taxes avaient doublé, la qualité de leurs écoles avait dégringolé. Les partisans de la bibliothèque avaient contesté le fait qu'il pût y avoir la moindre relation entre lecture et immobilier jusqu'à ce qu'un horrible meurtre — trois meurtres, en fait — se produise dans les pavillons en forme de boîte à camembert du lotissement de Carsen Park, et le projet de bibliothèque avait été enterré avec les victimes.

Depuis les terrasses du Superga, on voyait tout Turin et les montagnes enneigées environnantes, et il était possible qu'un homme y prenant un verre de vin ne pense pas à sa femme qui assistait à une réunion du conseil municipal. Celui-ci était constitué d'un comité de dix hommes et de deux femmes, présidé par le maire, dont le rôle était d'examiner les projets qui lui étaient présentés. Le conseil municipal se réunissait au centre administratif, un vieil hôtel particulier saisi pour des arriérés d'impôts. L'ancien petit salon était devenu la salle du conseil. On y avait caché des œufs de Pâques, des enfants avaient épinglé des queues en papier sur des ânes en papier, des feux avaient brûlé dans l'âtre et un sapin de Noël s'était tenu dans l'angle de la pièce, mais une fois la demeure devenue la propriété de la ville, il semblait qu'un effort consciencieux ait été fait pour exorciser ces tendres fantômes. L'autoportrait de Raphaël et les photographies du pont d'Avignon et de l'Avon de Stratford avaient été décrochés des murs et ceux-ci peints d'une nuance de vert déprimant. La cheminée avait été laissée en place, mais le foyer avait été condamné et les briques barbouillées de peinture également verte. Une rangée de néons fluorescents projetait une lumière peu flatteuse sur le visage des membres du conseil et leur donnait à tous l'air hagard et fatigué. Cette pièce mettait Marcie mal à l'aise. Dans sa lumière crue, la douceur de la jeune femme était vaine et non seulement elle s'ennuyait mais, d'une certaine manière, elle se sentait douloureusement étrangère.

Ce soir-là, ils avaient débattu de la taxe de l'eau et des horodateurs, puis le maire avait évoqué pour la dernière fois le sujet de la bibliothèque publique.

« Le débat est clos, bien sûr, avait-il déclaré, mais nous avons toujours donné la parole à qui le souhaitait, dans l'un et l'autre camp. Il y a encore un homme qui veut s'exprimer et je pense que nous devrions l'écouter. Il habite Maple Dell. »

Puis il avait ouvert la porte de la salle du conseil donnant sur le couloir et avait fait entrer Noël Mackham.

Il faut savoir que le quartier de Maple Dell, à Shady Hill, ressemblait plus à un lotissement qu'à autre chose. Les pavillons y étaient bâtis côte à côte, tous en bois blanc, tous construits vingt ans plus tôt ; à côté de chacun était garée une voiture qui paraissait plus imposante que la maison elle-même, comme s'il s'agissait là d'un fragment de quelque culture nomade. Et c'était une sorte de frayère, un endroit où concevoir et élever sa progéniture et rien d'autre — car qui reviendrait jamais à Maple Dell ? Qui, dans la plus sombre des nuits, songerait jamais avec regret aux trois chambres situées à l'étage, aux toilettes qui fuyaient et aux couloirs qui sentaient l'aigre ? Qui reviendrait jamais dans le salon exigu où l'on ne pouvait se retourner sans jeter à terre la photo en couleurs du mont Rainier ? Qui voudrait retrouver le fauteuil qui vous pinçait les fesses, le poste de télévision obsolète et le cendrier tordu, avec sa statuette en acier représentant une femme nue faisant la danse des voiles ?

« Je crois comprendre que le débat est clos, avait commencé Mackham, mais je voulais dire publiquement que j'étais partisan d'une bibliothèque publique. Cela me pesait sur la conscience. »

C'était un piètre avocat. Il était grand. Ses cheveux avaient entamé une retraite capricieuse, ne lui laissant qu'un duvet clairsemé à rabattre sur un front chauve. Ses traits étaient anguleux, et il avait une vilaine peau. Il n'y avait aucune note grave dans sa voix, dont le registre semblait se limiter à un délicat timbre rauque — un son monotone et laryngien qui éveilla en Marcie un sentiment de mélancolie mêlé d'irritation, comme si c'était une sorte de musique hongroise.

« Je voulais juste dire quelques mots en faveur de la bibliothèque publique, avait-il déclaré de sa voix râpeuse. Quand j'étais gamin, nous étions pauvres. Il n'y avait pas grand-chose d'agréable dans notre mode de vie, mais il y avait la Carnegie Library. J'ai commencé à y aller quand j'avais environ huit ans. Je crois que j'y suis allé régulièrement pendant dix ans. Je lisais absolument de tout — de la philosophie, des romans, des manuels techniques, de la poésie, des journaux de bord de marins. J'ai même lu un livre de cuisine. Pour moi, cette bibliothèque équivalait à la différence entre la réussite et l'échec. Quand je me souviens de la joie que j'éprouvais à tomber sur un bon livre, je déteste l'idée d'élever mes gamins dans un endroit où il n'y a aucune bibliothèque.

— Eh bien, nous comprenons ce que vous voulez dire, bien sûr, avait dit le maire Simmons. Mais je ne crois pas que ce soit vraiment la question. La question n'est pas de priver les enfants de livres. La plupart d'entre nous, à Shady Hill, avons nos propres bibliothèques. »

Mark Barrett s'était levé.

« Et *moi*, j'aimerais dire un mot au sujet des garçons pauvres et des livres, si je puis me permettre, avait-il lancé d'une voix si pleine de caractère et de virilité que tout le monde sourit. Je viens d'une famille pauvre, moi aussi, avait-il repris avec jovialité, je n'ai pas peur de le dire, et j'aimerais juste préciser — pour ce que ça vaut — que je n'ai jamais mis les pieds dans une bibliothèque publique, sauf pour me mettre à l'abri de la pluie, ou peut-être pour suivre une jolie fille. Je ne veux pas que quiconque ait le sentiment qu'une bibliothèque publique soit le chemin de la réussite, c'est tout.

— Je n'ai pas dit qu'une bibliothèque publique était...

— Mais vous l'avez *sous-entendu* ! » s'était écrié Barrett, et il s'était rassis théâtralement. Sa chaise avait craqué et, en gonflant un peu ses muscles, il avait fait gémir ses fixe-chaussettes, ses bretelles et ses chaussures.

« Je voulais juste dire..., avait repris Mackham.

— Vous l'avez *sous-entendu* ! s'était écrié Barrett.

— Le fait que *vous* ne sachiez pas lire, avait dit Mackham, ne signifie pas forcément que...

— Bon Dieu, je n'ai jamais dit que je ne savais pas lire ! »

Barrett avait de nouveau bondi sur ses pieds.

« S'il vous plaît, messieurs. S'il vous plaît ! S'il vous plaît ! s'était exclamé le maire Simmons. Faisons en sorte de mesurer nos propos.

— Je ne vais pas rester assis là pendant que quelqu'un qui habite Maple Dell me raconte que, s'il est devenu un crack, c'est parce qu'il a lu beaucoup de livres ! avait vociféré Barrett. Les livres ont une certaine place. Je ne le conteste pas. Mais aucun livre ne m'a aidé à arriver là où je suis aujourd'hui, et de là où je suis, je peux cracher sur Maple Dell ! Et quant à mes enfants, je veux qu'ils soient au grand air à jouer au football, pas qu'ils lisent des livres de cuisine !

— S'il vous plaît, Mark, avait dit le maire. S'il vous plaît ! »

Puis il s'était tourné vers Mrs Selfredge et lui avait demandé de prononcer une suspension de séance.

« Le jour, l'heure, le moment où j'ai eu cette révélation, écrivit Charlie dans sa cabine du pont supérieur de l'*Augustus*, a été un dimanche. J'étais rentré depuis huit jours. Oh, mon Dieu, ce que j'étais heureux ! Je passais la plus grande partie de la journée à installer des doubles fenêtres, et j'adore bricoler chez moi. Par exemple, installer des doubles fenêtres. Une fois que j'ai eu terminé, j'ai rangé l'échelle, j'ai pris une serviette et mon maillot de bain et je suis allé à pied jusqu'à la piscine des Townsend. Ils n'étaient pas là, mais la piscine n'avait pas été vidée. J'ai mis mon maillot et j'ai plongé, et je me souviens d'avoir vu — très, très haut au sommet d'un des pins — un soutien-gorge que les petits Townsend avaient dû chiper et hisser tout là-haut au milieu de l'été ; les cris de désarroi de leur victime avaient été depuis longtemps emportés par le vent d'ouest. L'eau était très froide et la tension artérielle ou je ne sais quelle raison médicale explique peut-être pourquoi, quand je suis sorti de la piscine et que je me suis habillé, j'étais presque ivre de joie. Je suis rentré à la maison et, lorsque j'ai franchi la porte, il régnait un tel silence que je me suis demandé s'il s'était passé quelque chose. Ce n'était pas un silence menaçant ; simplement, je me suis demandé pourquoi l'horloge faisait un tel bruit. Je suis monté à l'étage et j'ai trouvé Marcie endormie dans sa chambre, sous une couverture légère qui avait glissé de ses épaules et de ses seins. Puis j'ai entendu la voix de Henry et de Katie et je suis allé à la fenêtre de la chambre. Elle donnait sur le jardin, où un sentier de gravier qui avait besoin d'être désherbé gravissait une petite colline. Henry et Katie étaient là. Ma fille traçait quelque chose dans le gravier à l'aide d'un bâton — un message d'amour, j'imagine. Henry avait entre les mains l'un de ces avions aux ailes larges — des avions talismans, vraiment — en balsa, propulsés à l'aide d'un élastique. Il imprimait une torsion à l'élastique en faisant tourner l'hélice, et je voyais ses lèvres remuer tandis qu'il comptait. Puis, une fois l'élastique tendu, il s'est planté jambes écartées sur le gravier, comme un tireur d'élite — Katie ne regardait rien de tout cela — et il a envoyé l'avion dans les airs. Les ailes de l'avion étaient pâles dans le crépuscule naissant, et je l'ai vu s'élever au-dessus de l'ombre jusqu'à ce que le soleil l'inonde de lumière jaune. Sans plus de force qu'un papillon de nuit, il est monté en flèche et a accompli des cercles et a volé en zigzag et est redescendu lentement dans l'ombre avant de s'écraser dans la bordure de pivoines. "Je l'ai envoyé là-haut ! ai-je entendu Henry crier. Je l'ai envoyé dans la lumière !" Katie a continué à écrire son message par terre. Alors, à la façon d'un effet spécial dans un film, je me suis vu semblable à mon fils, debout dans un jardin similaire et envoyant plus haut que l'ombre un avion, une flèche, une balle de tennis, une pierre — n'importe quoi — pendant que ma sœur dessinait des cœurs dans le gravier. Je me suis rappelé combien cette impulsion qui nous pousse à atteindre la lumière était profonde et, complètement sous le charme, j'ai regardé mon fils envoyer sans se lasser l'avion dans les airs.

« Alors, me sentant encore très alerte et plein d'entrain, je me suis dirigé vers la porte, m'arrêtant pour admirer la courbe des seins de Marcie et décidant, dans un bel élan de charité, de la laisser dormir. Je me sentais si bien que j'avais besoin d'un verre — non pas pour me réconforter, mais pour modérer mon enthousiasme — d'une libation, en tout cas — et j'ai versé du whisky dans un verre. Puis je suis allé chercher des glaçons à la cuisine et je me suis aperçu que des fourmis s'étaient débrouillées pour entrer dans la maison. C'était surprenant, parce que nous n'avions jamais eu beaucoup de problèmes avec les fourmis. Les araignées, oui. Avant les tempêtes d'équinoxe — avant même que le baromètre n'ait commencé à chuter —, la maison semblait s'emplir d'araignées, comme si elles sentaient les turbulences dans l'air. On trouvait des araignées dans les baignoires, des araignées dans le salon, des araignées dans la cuisine, et, quand on parcourait le long couloir de l'étage avant un orage, on sentait parfois les fils d'une toile d'araignée se rompre sur son visage. Mais nous n'avions presque jamais eu de problème avec les fourmis. À présent, en cet après-midi d'automne, des milliers de fourmis surgissaient des boiseries de la cuisine et traçaient une double file sur l'égouttoir et dans l'évier, où il semblait y avoir quelque chose qu'elles convoitaient.

« J'ai trouvé du produit contre les fourmis au fond de l'étagère du placard à balais, un petit flacon empli de granulés marron que j'avais acheté chez Timmons, dans notre petite ville, des années plus tôt. J'en ai versé une dose généreuse dans une soucoupe et j'ai posé celle-ci sur l'égouttoir. Puis j'ai emporté mon verre et quelques pages du journal du dimanche sur la terrasse située devant la maison. Elle était orientée à l'ouest, de sorte que j'avais plus de soleil que les enfants, et j'étais si heureux que même les nouvelles du journal me semblaient gaies. Aucun roi n'avait été assassiné dans les rues sombres et pluvieuses de Marseille ; aucune tempête ne menaçait dans les Balkans ; aucun Anglais discret et bien élevé — l'admiration de sa logeuse et de ses tantes — n'avait dissous les restes d'une jeune femme dans un bain d'acide ; aucun bijou n'avait même été volé. Et le journal du dimanche semblait avoir perdu le pouvoir qu'il a parfois de faire se matérialiser un monde pluvieux, rongé d'anxiété, un monde de couronnes déchues et d'inévitable guerre. Puis le soleil s'est retiré du journal et de la chaise où j'étais assis et j'ai regretté de n'avoir pas mis un pull.

« La saison était bien avancée — on sentait le sel du changement dans l'air — et cela aussi m'enchantait. Le dimanche précédent, ou celui d'avant, à cette heure-là, la terrasse aurait été inondée de soleil. Puis j'ai pensé aux autres endroits où j'aurais aimé être ; Nantucket, où les gens ne devaient plus être qu'une poignée, où la flottille de voiliers s'était réduite et où les dunes projetaient, comme elles ne le font jamais l'été, une ombre sur la plage destinée à la baignade. Et j'ai songé à Vineyard, aux falaises couleur de fécule, à la mer mauve de l'automne et au silence dans lequel on peut entendre s'élever bien plus au sud le grincement d'un palan sur un anneau d'acier tandis qu'un voilier vire de bord. J'ai goûté mon whisky et j'ai donné une secousse à mon journal, mais la vue de la lumière dorée sur l'herbe et les arbres était plus fascinante que les nouvelles, et à présent la blancheur des cuisses de Marcie se mêlait à mes souvenirs des îles.

« Alors j'ai été saisi par un orgueil enivrant à la pensée de ce moment, de la joie et du naturel de ma relation à cette scène, à la pensée aussi que tout ce dont j'avais besoin me soit si facilement accessible. J'ai songé de nouveau à Marcie endormie et au fait que je la retrouverais bientôt. Alors, tendant l'oreille pour entendre la voix de mes enfants et ne l'entendant pas, j'ai décidé de fêter le moment présent. J'ai posé le journal et j'ai gravi l'escalier en courant. Marcie était encore endormie ; je me suis déshabillé et je me suis allongé près d'elle, l'éveillant de ce qui semblait être un rêve agréable, car elle a souri et m'a attiré à elle. »

Pour en revenir à Marcie et à ses ennuis : après la suspension de séance, elle avait enfilé son manteau et avait dit : « Bonsoir. Bonsoir... Il devrait revenir la semaine prochaine. » Elle n'était pas facilement contrariée, mais elle avait soudain le sentiment d'avoir regardé la bêtise et l'injustice droit dans les yeux. Tandis qu'elle descendait l'escalier derrière Mackham, elle avait éprouvé un mélange puissant de pitié et de compassion pour cet inconnu, et une colère intense envers son vieil ami Mark Barrett. Elle voulait s'excuser et avait retenu Mackham à la porte pour lui dire qu'elle avait elle-même des souvenirs heureux de bibliothèque publique.

Or, Mrs Selfredge et le maire Simmons étaient les derniers à quitter la salle de réunion. Le maire patientait, la main sur l'interrupteur, tandis que Mrs Selfredge enfilait ses gants blancs. « Je suis content que la bibliothèque soit enterrée, avait-il déclaré. J'ai quelques doutes, mais en ce moment je suis contre tout ce qui est public, tout ce qui ferait de cette ville un endroit attrayant pour un lotissement. » Il s'exprimait avec conviction et, au moment où il prononçait le mot « lotissement », une arête couverte de pavillons tous identiques s'était élevée dans son esprit. Il ne lui semblait pas normal que ces maisons soient identiques et qu'elles soient construites en bois vert et en imitation pierre. Il ne lui semblait pas normal que de jeunes couples commencent leur vie dans une atmosphère dénuée de grâce, et que les rangées de pavillons ne puissent garder longtemps leur maigre prétention à la bienséance et deviennent rapidement des lotissements disgracieux. « La question n'est pas d'empêcher les enfants de lire, bien sûr, avait-il répété. Nous avons tous nos propres bibliothèques. Il n'y a aucun problème. J'imagine que vous avez grandi dans une maison où il y avait une bibliothèque ?

— Oui, oui », avait dit Mrs Selfredge. Le maire avait éteint la lumière, et l'obscurité était venue masquer et adoucir son mensonge. Quand elle était petite, son père était agent de police à Brooklyn et il n'y avait pas un livre chez eux. C'était un homme affable — un peu malodorant — qui parlait à tous les enfants pendant sa ronde. Il avait passé ses années de retraite à boire de la bière à la cuisine en sous-vêtements, négligé et jovial, au grand désespoir et à la grande honte de sa fille unique.

Le maire avait pris congé de Mrs Selfredge sur le trottoir. Tandis qu'elle était là, elle avait entendu Marcie parler à Mackham. « Je suis affreusement désolée au sujet de Mark, au sujet de ce qu'il a dit, déclarait la jeune femme. Nous avons tous eu affaire à lui à un moment ou à un autre. Mais pourquoi ne viendriez-vous pas boire un verre chez moi ? Il est peut-être possible de remettre le projet de la bibliothèque à l'ordre du jour. »

Ainsi, ce n'était donc pas enterré, avait songé Mrs Selfredge avec indignation. Ils n'auraient pas de repos avant que Shady Hill soit entièrement couverte de lotissements, d'un bout à l'autre de la ville. Les habitants ternes et laborieux du lotissement de Caren Park, avec leurs tribus d'enfants, leurs traites mensuelles, leurs fenêtres panoramiques qui donnaient sur des pavillons tous identiques et des rues boueuses, sans arbres et sans bitume semblaient menacer les concepts qui lui étaient les plus chers — ses pelouses, ses plaisirs, ses droits fonciers, et jusqu'à son amour-propre.

Mr Selfredge, un vieux monsieur intelligent et élégant, attendait sa Petite Princesse et elle lui avait confié ses soucis. Mr Selfredge avait cessé ses activités dans le secteur bancaire — ce qui était une chance car, chaque fois qu'il s'aventurait dans la société, aujourd'hui, il était confronté à la détérioration du sens des responsabilités et de l'esprit d'initiative grâce auquel le monde de sa jeunesse était sélectif, vigoureux et sain. Il en savait long sur

Shady Hill — il se souvenait même du nom de Mackham.

« La banque a une hypothèque sur sa maison, avait-il déclaré. Je me souviens de l'époque où il l'a souscrite. Il est employé par une entreprise de manuels scolaires qui a été accusée par au moins un comité du Congrès de publier des versions subversives de l'histoire des États-Unis. À ta place, je ne m'en ferais pas pour lui, ma chérie, mais si cela te tranquillisait l'esprit, il me serait facile d'écrire une lettre au journal. »

« Mais les enfants n'étaient pas aussi loin que je l'imaginais, écrivit Charlie à bord de l'*Augustus*. Ils se trouvaient encore dans le jardin. Et pour eux, le sens de cette heure de la journée était, j'imagine, qu'il fallait voler à manger. Il me faut inventer ou imaginer ce qui s'est passé. Peut-être ont-ils été attirés dans la maison par une faim aussi ardente que la mienne ; s'introduisant dans l'entrée et tendant l'oreille, ils n'ont rien entendu, et ils ont ouvert le réfrigérateur tout doucement, de sorte qu'on n'entende pas le bruit du lourd loquet. Le frigo a dû finalement être décevant, parce que Henry s'est aventuré jusqu'à l'évier et qu'il a commencé à manger l'arsenic de sodium. “Des bonbons”, a-t-il dit. Katie l'a rejoint et ils se sont disputés ce qui restait du poison. Ils ont dû rester un bon moment dans la cuisine, car ils y étaient toujours quand Henry a commencé à avoir des haut-le-cœur. “Bon, ne va pas en mettre *partout*, a dit Katie. Viens dehors." Elle commençait à se sentir nauséeuse elle aussi. Ils sont sortis et se sont cachés sous un seringa, où je les ai trouvés quand je me suis habillé et que je suis descendu.

« Ils m'ont dit ce qu'ils avaient mangé et je suis allé réveiller Marcie, puis j'ai dévalé à nouveau l'escalier et j'ai téléphoné à Doc Mullens. "Bon Dieu ! s'est-il exclamé. J'arrive tout de suite." Il m'a demandé de lui lire l'étiquette du flacon, mais il y était seulement marqué arsenic de sodium ; cela ne disait pas le pourcentage. Quand je lui ai dit que je l'avais acheté chez Timmons, il m'a conseillé de l'appeler et de lui demander le nom du fabricant. La ligne était occupée et, tandis que Marcie courait de l'un à l'autre des deux enfants malades, j'ai sauté dans la voiture et je suis allé en ville. Le ciel était très lumineux, je m'en souviens, mais il faisait presque nuit dans les rues. Le drugstore de Timmons était le seul endroit éclairé ; c'était le genre de boutique qui semble subsister grâce aux miettes des autres commerçants. Cette heure tardive où tous les autres magasins étaient fermés était la meilleure pour Timmons. Le fouillis insensé exposé dans la vitrine — fers à repasser, cendriers, Vénus au cœur d'un bouquet, poches de glace et parfums — se prolongeait dans le magasin lui-même, qui ressemblait à une boutique de curiosités pharmaceutiques ou à une attraction foraine, un stock où étaient rangés des beautés en carton s'enduisant d'huile solaire, des chaînes de montagnes en carton baignées de lumière alpine faisant la publicité de savons parfumés au pin, des étagères à livres, des coffres remplis de nappes pour des tables de jeu et des pistolets à eau en plastique. Le drugstore ressemblait aussi un peu à une maison, en ceci que Mrs Timmons, une femme soignée à l'air anxieux, se tenait derrière la buvette avec les photographies de ses trois fils (dont un était mort) en uniforme disposées contre le miroir derrière elle. Quand Timmons lui-même s'est approché du comptoir, il mâchait quelque chose et il a essuyé les miettes d'un sandwich de sa bouche avec le dos de sa main. Je lui ai montré le flacon et je lui ai dit :

« "Les enfants en ont avalé il y a environ une heure. J'ai téléphoné au docteur Mullens, qui m'a dit de venir vous voir. Le pourcentage d'arsenic n'y est pas indiqué et il a pensé que si vous pouviez vous souvenir de l'endroit où vous vous l'êtes procuré, nous pourrions téléphoner au fabricant et savoir ce qu'il en est.

« — Les enfants ont été empoisonnés ? a demandé Timmons.

« — Oui ! ai-je dit.

« — Vous n'avez pas acheté ce produit chez moi", a-t-il affirmé.

« La maladresse de son mensonge et le silence qui régnait dans cette boutique démentielle m'ont inspiré un sentiment d'impuissance désespérée.

« "Je l'ai bel et bien acheté chez vous, Mr Timmons, ai-je répliqué. La question ne se pose même pas. Mes enfants sont mortellement malades. Je veux que vous me disiez où vous avez acheté ce produit.

« — Vous n'avez pas acheté ce produit chez moi", a-t-il répété.

« J'ai regardé Mrs Timmons, mais elle essuyait le comptoir ; elle était sourde.

« "Allez au diable, Timmons ! ai-je crié, et je me suis penché par-dessus le comptoir pour l'agripper par la chemise. Regardez dans vos registres ! Regardez dans vos foutus registres et dites-moi d'où vient ce produit !

« — Nous savons ce que c'est que de perdre un fils, déclara Mrs Timmons dans mon dos. (Sa voix n'avait aucune ampleur ; on n'y entendait que la musique monotone, râpeuse, du chagrin et de l'absence.) Vous n'avez rien à nous apprendre à ce sujet.

« — Vous n'avez pas acheté ce produit chez moi", a répété Mr Timmons encore une fois.

« J'ai tordu l'étoffe de sa chemise jusqu'à ce que les boutons sautent, puis je l'ai lâché. Mrs Timmons a continué à essuyer le comptoir. Son mari était immobile, baissant tellement la tête sous l'effet de la honte que je ne voyais pas ses yeux. Je suis sorti du magasin.

« Quand je suis rentré, Mullens était dans le couloir de l'étage, et le pire était passé.

« "Un peu plus ou un peu moins et vous auriez pu les perdre, a-t-il dit d'un ton jovial. Mais je leur ai fait un lavage d'estomac et je pense qu'ils vont s'en tirer. C'est un poison violent, bien sûr, et Marcie devra garder des échantillons d'urine pendant une semaine — le poison est susceptible de rester dans les reins — mais je pense qu'ils vont s'en tirer." Je l'ai remercié et je l'ai raccompagné à sa voiture, puis je suis retourné à l'intérieur, je suis monté à l'étage où les enfants avaient été couchés dans la même chambre pour se tenir compagnie et je leur ai dit quelques bêtises. Puis j'ai entendu Marcie sangloter dans notre chambre et je suis allé la voir.

« "Tout va bien, mon ange, ai-je dit. Tout va bien maintenant. Ils sont tirés d'affaire." Mais quand je l'ai prise dans mes bras, ses plaintes et ses sanglots se sont intensifiés et je lui ai demandé ce qu'elle voulait.

« "Je veux divorcer, a-t-elle sangloté.

« — Quoi ?

« — Je veux divorcer. Je ne supporte plus de vivre comme ça. Je ne le supporte plus. Chaque fois qu'ils ont un rhume de cerveau, chaque fois qu'ils rentrent en retard de l'école, chaque fois qu'il y a un problème, je me dis que c'est une punition.

« — Une punition pour quoi ?

« — Pendant que tu n'étais pas là, j'ai fait n'importe quoi.

« — Qu'est-ce que tu veux dire ?

« — Avec quelqu'un.

« — Avec qui ?

« — Noël Mackham. Tu ne le connais pas. Il habite Maple Dell."

« Alors, pendant un long moment, je n'ai rien dit — que pouvais-je dire ? Et soudain, elle m'a apostrophé avec fureur.

« "Oh, je savais que tu le prendrais comme ça, je savais que tu le prendrais comme ça, je savais que tu m'en voudrais ! Mais ce n'était pas ma faute, ce n'était vraiment pas ma faute. Je savais que tu m'en voudrais, je savais que tu m'en voudrais, je savais que tu le prendrais comme ça, et je..."

« Je n'ai pas entendu grand-chose d'autre, car j'étais en train de faire ma valise. Puis j'ai embrassé les enfants, j'ai pris un train pour New York, et le lendemain matin j'ai embarqué à bord de l'*Augustus.* »

Voici ce qui était arrivé à Marcie : le lendemain de la réunion du conseil municipal, le journal du soir avait publié la lettre de Selfredge et la jeune femme l'avait lue. Elle avait téléphoné à Mackham, lequel lui avait dit qu'il allait demander au rédacteur en chef de publier la réponse qu'il avait écrite, et qu'il passerait chez elle à 20 heures pour lui montrer sa copie carbone. Elle avait prévu de dîner avec ses enfants mais, juste avant qu'elle ne passe à table, la sonnette avait retenti ; c'était Mark Barrett.

« Bonjour, mon chou, avait-il dit. Tu m'offres un verre ? »

Elle lui avait préparé un Martini, il avait ôté son chapeau et son pardessus et était entré dans le vif du sujet.

« Je crois savoir que tu as invité ce péquenaud à prendre un verre chez toi hier soir.

— Qui te l'a dit, Mark ? Qui diable te l'a dit ?

— Helen Selfredge. Ce n'est pas un secret. Elle ne veut pas que l'affaire de la bibliothèque revienne sur le tapis.

— J'ai l'impression d'avoir été suivie. Je déteste ça.

— Ne te tracasse pas pour ça, ma chérie. (Il lui avait tendu son verre et elle l'avait rempli à nouveau.) Je suis simplement là en tant que voisin — en tant qu'ami de Charlie — et à quoi bon avoir des amis et des voisins s'ils ne peuvent pas te donner de conseils ? Mackham est un péquenaud, et Mackham est un loup. En l'absence de Charlie, je me sens un peu dans la peau d'un frère aîné — je veux garder un œil sur toi. Je veux que tu me promettes que tu ne recevras plus ce péquenaud chez toi.

— Je ne peux pas te le promettre, Mark. Il va passer ce soir.

— Eh bien non, ma chérie. Tu vas lui téléphoner et lui dire de ne pas passer.

— C'est un être humain, Mark.

— Maintenant écoute-moi, ma chérie. Écoute-moi. Je vais te raconter quelque chose. Bien sûr que c'est un être humain, mais l'éboueur et la femme de ménage aussi. Je vais te raconter une histoire très intéressante. Quand j'étais au lycée, j'ai connu un crétin exactement comme ce Mackham. Personne ne l'aimait. Personne ne lui parlait. Eh bien, j'étais un gosse plein d'entrain, Marcie, avec beaucoup d'amis, et j'ai commencé à me poser des questions au sujet de ce péquenaud. J'ai commencé à me demander si ce n'était pas mon devoir de me lier d'amitié avec lui et de m'arranger pour qu'il ait l'impression de faire partie de notre groupe. Eh bien, je lui ai parlé, et je ne serais pas surpris d'apprendre que j'ai été le premier à le faire. Je suis allé me promener avec lui, je l'ai invité dans ma chambre, j'ai fait tout mon possible pour lui donner l'impression d'être accepté.

« C'était une terrible erreur. D'abord, il a commencé à se promener dans le lycée en racontant à tout le monde que lui et moi allions faire ceci et cela. Puis il est allé voir le proviseur et il a obtenu d'emménager dans ma chambre sans me consulter. Puis sa mère s'est mise à m'envoyer des biscuits infects, et sa sœur — que je n'avais jamais vue de ma vie — s'est mise à m'écrire des lettres d'amour, et il est devenu une telle sangsue que j'ai été obligé de lui dire de me ficher la paix. J'ai été franc ; je lui ai dit que la seule raison pour laquelle je lui avais parlé, c'est qu'il me faisait pitié. Ça n'a rien changé. Quand un péquenaud s'accroche à toi, peu importe ce que tu lui dis. Il a continué à traîner dans les parages, à m'attendre après les cours, et après l'entraînement de foot il était toujours dans les vestiaires. C'en est arrivé au point où on a dû sortir le grand jeu. On l'a invité à venir boire une tasse de chocolat dans la chambre de Pete Fenton, puis on l'a passé à tabac, on a jeté ses vêtements par la fenêtre, on lui a peint les fesses à la teinture d'iode et on a enfoncé sa tête dans un seau d'eau jusqu'à ce qu'il manque se noyer. »

Mark avait allumé une cigarette et avait fini son verre en quelques gorgées. « Mais ce que je veux dire, c'est que si tu commences à fréquenter un péquenaud, tu vas le regretter. Ça part peut-être d'un sentiment bon et généreux, mais au bout du compte, tu vas faire plus de mal que de bien. Je veux que tu appelles Mackham et que tu lui dises de ne pas venir. Dis-lui que tu es malade. Je ne veux pas de lui chez toi.

— Mackham ne me rend pas une visite amicale, Mark. Il vient me parler de la lettre qu'il a écrite pour le journal.

— Je t'ordonne de lui téléphoner.

— Je ne le ferai pas, Mark.

— Va chercher ce téléphone.

— Je t'en prie, Mark. Ne crie pas.

— Va chercher ce téléphone.

— S'il te plaît, sors de chez moi, Mark.

— Tu es une espèce d'imbécile butée ! avait-il crié. Voilà ton problème ! »

Puis il était parti.

Elle avait dîné seule, et Mackham était arrivé avant qu'elle ait fini. Il pleuvait et il portait un épais manteau et un chapeau défraîchi — qu'il réservait aux jours d'orage, avait-elle deviné. Le chapeau lui donnait l'air d'un vieil homme. Il paraissait morose et fatigué, et il avait déroulé une longue écharpe jaune qu'il avait autour du cou. Il avait vu le rédacteur du journal ; celui-ci refusait de publier sa réponse. Marcie lui avait demandé s'il voulait boire quelque chose et, devant son silence, avait répété sa question. « Oh, non, merci », avait-il répondu d'une voix accablée, et il l'avait regardée dans les yeux avec un sourire d'une telle lassitude qu'elle s'était dit qu'il devait être malade. Puis il s'était approché d'elle comme s'il allait la toucher, et elle avait battu en retraite dans la bibliothèque et s'était assise sur le canapé. Il avait traversé la moitié de la pièce avant de s'apercevoir qu'il avait oublié d'enlever ses bottes en caoutchouc.

« Oh, je suis désolé, avait-il dit. J'ai bien peur d'avoir mis de la boue...

— Ça n'a pas d'importance.

— Ça en aurait, si c'était chez moi.

— Ici, ça n'a aucune importance. »

Il s'était assis dans un fauteuil près de la porte et avait entrepris d'ôter ses bottes. C'étaient les bottes qui avaient été la cause de tout. Le regardant croiser une jambe sur l'autre et ôter un pied, puis l'autre, Marcie avait été envahie par une telle pitié devant cette vision maladroite de l'humanité et de son émouvante détermination face à l'adversité que Mackham avait dû voir, à sa pâleur ou à ses yeux dilatés, qu'elle était sans défense.

La mer et les ponts sont noirs. Charlie entend des voix s'élever du bar au bout du couloir ; il a raconté son histoire, mais il ne s'arrête pas d'écrire. Ils entrent dans des eaux plus chaudes et du brouillard, et la corne de brume se met à retentir à intervalles d'une minute. Il le vérifie à sa montre. Et soudain, il se demande ce qu'il fait à bord de l'*Augustus* avec une valise pleine de beurre de cacahuète. « Fourmis, poison, beurre de cacahuète, cornes de brume, écrit-il, amour, pression artérielle, voyages d'affaires, impénétrabilité. Je sais que je retournerai là-bas. » La corne de brume mugit une fois encore et, dans cette note qui se prolonge, il lui semble voir sa famille venir à lui, gravissant en courant quelques marches — la pierre friable, les œillets sauvages, les lézards, et leurs visages tant aimés. « Je vais prendre un avion à Gênes, écrit-il. Je vais regarder mes enfants grandir et prendre leur envol, et je caresserai Marcie — ma douce Marcie, ma chère Marcie, Marcie, mon amour. De la courbe de mon corps, je la protégerai contre tous les maux des ténèbres. »

Le camion de déménagement rouge écarlate

Adieu à l'ennui mortel qu'on éprouve à diviser un maigre poulet entre les membres d'une famille de sept personnes, adieu à tous les autres rites des villes des collines ! Je ne parle pas des vraies villes des collines, Assise, Pérouse ou Saracinesco, perchées sur un rocher escarpé de mille mètres de haut, dont les murs ont la couleur désolante des cartons d'emballage de chemises et où du lichen fleurit sur les toits tout de guingois. Le paysage, de fait, était plat, les maisons étaient en bardeaux. C'était l'est des États-Unis, et le genre d'endroit où vit la majorité d'entre nous. Il s'agissait de la commune de B——, dont la population s'élevait à deux cents couples mariés peut-être, tous avec chiens et enfants, et beaucoup avec domestiques ; elle ressemblait à une ville des collines en ceci seulement que les êtres à la santé fragile, minés par le découragement ou rongés par la pauvreté, ne pouvaient gravir le sentier moral abrupt qui représentait sa défense naturelle : sitôt qu'un de ses habitants était contaminé par la tristesse ou le mécontentement, il percevait à quel point il était vain de vivre à une telle altitude spirituelle et s'en allait habiter dans la plaine. La vie y était inhabituellement agréable et paisible. B——— était exclusivement destiné aux âmes heureuses. Les femmes au foyer embrassaient leur mari avec tendresse le matin et avec passion le soir. Presque chaque foyer abritait de l'amour, de la bienveillance et de grands espoirs. Les écoles étaient excellentes, les routes planes, les égouts et autres services publics étaient parfaits et, un jour de printemps, au crépuscule, un gigantesque camion de déménagement rouge écarlate avec des lettres couleur or imprimées sur le côté remonta la rue et se gara devant le pavillon des Marple, vide depuis trois mois.

Les dorures et le rouge du camion, éclatants même dans la pénombre, étaient une tentative inspirée visant à camoufler le véritable caractère de l'errance, qui est la tristesse. « Nous Transportons Vos Biens ou une Partie de Vos Biens sur toutes les Longues Distances », proclamaient les lettres or sur les flancs du véhicule, et cette légende faisait l'effet d'un lointain sifflement de train.

Martha Folkestone, qui habitait le pavillon voisin, regarda par la fenêtre les meubles de ses voisins franchir le porche dans les bras des déménageurs.

« On dirait d'authentiques Chippendale, déclara-t-elle, bien qu'il soit difficile d'en juger dans cette lumière. Ils ont deux enfants. Ils ont l'air de gens sympathiques. Oh, j'aimerais pouvoir leur apporter quelque chose afin qu'ils se sentent chez eux. Crois-tu que des fleurs leur feraient plaisir ? J'imagine qu'on pourrait les inviter à prendre un verre. Est-ce que tu crois que ça leur ferait plaisir de venir prendre un verre ? Veux-tu aller leur demander si ça leur ferait plaisir ? »

Plus tard, une fois les meubles rentrés et le camion parti, Charlie Folkestone traversa la pelouse séparant les pavillons et se présenta à Peaches et à Gigi. Voici ce qu'il vit. Peaches était jolie comme un cœur — blonde et chaleureuse, avec une robe décolletée et un buste splendide. Gigi avait été bel homme et l'était peut-être encore, bien que ses cheveux blonds et bouclés fussent clairsemés. Son visage paraissait tout à la fois angélique et menaçant. Il n'avait jamais été boxeur (Charlie l'apprit plus tard), mais ses yeux étaient légèrement plissés, et son beau front carré semblait constitué d'épaisseurs de tissus cicatrisés. On aurait pu juger que son expression était réfléchie, jusqu'au moment où l'on prenait conscience que ce n'était pas un homme réfléchi. C'était l'expression sérieuse et réservée des hommes qui sont un peu durs d'oreille ou un peu idiots.

Ils seraient ravis de prendre un verre. Ils arrivaient tout de suite, le temps que Peaches se mette du rouge à lèvres et dise bonne nuit aux enfants, et ils seraient prêts. Ils arrivèrent, et commença ce qui semblait être une soirée exceptionnellement plaisante. Les Folkestone s'étaient demandé avec inquiétude qui seraient leurs nouveaux voisins, et le fait que ce soit un couple aussi sympathique que Gigi et Peaches les mettait de très belle humeur. Comme tout un chacun, ils adoraient donner leur point de vue sur les gens du quartier et, naturellement, cela intéressait Gigi et Peaches. C'était le commencement d'une amitié, et les Folkestone négligèrent leur vigilance habituelle quant à l'heure et la sobriété. Il se fit tard — il était minuit passé — et Charlie ne remarqua pas la quantité de whisky versée, ni le fait que Gigi semblait sombrer dans l'ivresse. Celui-ci devint silencieux — il cessa de participer à la conversation — puis, soudain, il interrompit Martha d'une voix désagréablement plate et traînante.

« Bon Dieu, mais ce que vous pouvez être coincés, dit-il.

— Oh non, Gigi, gémit Peaches. Pas le premier soir !

— Tu as trop bu, Gigi, intervint Charlie.

— Tu parles, répliqua Gigi. (Il se pencha et entreprit de dénouer ses lacets.) J'ai pas trop bu, loin de là.

— S'il te plaît, Gigi, dit Peaches.

— Je dois leur faire comprendre, ma chérie, répliqua Gigi. Il faut qu'ils comprennent. »

Puis il se leva et, avec la ruse et la dextérité d'un ivrogne, il se débarrassa de la plus grande partie de ses vêtements avant que quiconque ait pu l'en empêcher.

« Sors d'ici, ordonna Charlie.

— Tout le plaisir est pour moi, cher voisin », dit Gigi.

Sur le chemin de la sortie, il renversa d'un coup de pied un porte-parapluie en cuivre martelé.

« Oh, je suis affreusement navrée, soupira Peaches. Je suis morte de honte.

— Ne t'en fais pas, ma chérie, dit Martha. Il est sans doute très fatigué et nous avons tous trop bu.

— Oh, non, rétorqua Peaches. C'est toujours comme ça. Partout. Nous avons déménagé huit fois au cours des huit dernières années, et il n'y a jamais eu personne pour nous dire au revoir. Absolument personne. Oh, c'était un si bel homme quand je l'ai rencontré ! C'était l'être le plus séduisant, le plus fort et le plus généreux qui ait jamais existé. À l'Université, ils l'appelaient le Dieu Grec[1]. Il a joué deux fois dans une équipe All-America, mais il n'a jamais été intéressé par l'argent — il a toujours joué par amour du jeu. Tout le monde l'adorait. À présent il ne reste plus rien de tout ça, mais je me dis qu'un jour j'ai connu l'amour d'un homme bon. Je ne crois pas que ce soit le cas de beaucoup de femmes. Oh, j'aimerais qu'il revienne en arrière. J'aimerais qu'il soit à nouveau comme autrefois. Avant-hier, dans la soirée, alors que nous faisions des cartons de vaisselle dans notre ancienne maison, il s'est soûlé ; alors je l'ai giflé et j'ai crié : “Reviens ! Reviens ! Reviens-

1. En anglais, Greek God, d'où les initiales G. G. se prononçant Dgidgi.

moi, Gigi !" Mais il ne m'a pas écoutée. Il ne m'a pas entendue. Il n'entend plus jamais personne, pas même la voix de ses enfants. Je me demande chaque jour ce que j'ai fait pour être punie aussi cruellement.

— Je suis désolée, ma chérie, dit Martha.

— Vous ne serez pas là pour nous dire adieu quand nous partirons, poursuivit Peaches. Nous tiendrons un an. Vous verrez. Certaines personnes se voient offrir d'affectueuses fêtes d'adieu, mais même l'éboueur de la ville où nous habitions a été content de nous voir partir. »

Elle entreprit, avec une grâce et une résignation qui transcendaient la soirée gâchée, de rassembler les vêtements que son mari avait éparpillés sur le tapis.

« Chaque fois que nous déménageons, je m'imagine que le changement va lui être bénéfique, dit-elle. Quand nous sommes arrivés ici, ce soir, tout était si calme et charmant que je me suis dit qu'il allait peut-être changer. Bon, eh bien, ce n'est pas la peine de nous réinviter. Vous savez comment ça se passe avec lui. »

Quelques jours ou peut-être une semaine plus tard, un matin, Charlie vit Gigi sur le quai de la gare, et il constata combien son voisin était bien de sa personne quand il était à jeun. B——— n'était pas une ville facile à conquérir, mais Gigi semblait avoir déjà gagné le respect affectueux de ses voisins. En l'observant au soleil parmi les autres voyageurs, Charlie comprit qu'il serait invité partout où il était possible d'être invité. Gigi le salua avec chaleur, et il n'y avait pas trace en lui du comportement odieux dont il avait fait preuve ce soir-là. De fait, il était impossible de croire que cet homme charmant et séduisant s'était montré aussi déplaisant. À la lumière du matin, entouré de nouveaux amis, il semblait jeter le doute sur le souvenir lui-même. Il semblait presque capable d'en faire porter la faute à Charlie.

Des dispositions visant à l'initiation sociale du nouveau couple furent prises avec une célérité et un soin inhabituels, et le premier dîner eut lieu chez les Waterman. Charlie était déjà sur place quand Gigi et Peaches arrivèrent, et leur entrée fut royale. Bras dessus bras dessous, rayonnants et splendides, ils semblèrent, par leur arrivée, donner le coup d'envoi de la soirée. Il y avait beaucoup de monde et Charlie vit à peine le couple jusqu'au moment du dîner. Il était assis non loin de Peaches, mais Gigi se trouvait à l'autre bout de la table. Ils en étaient au dessert quand la voix désagréablement plate et traînante de Gigi s'éleva, comme un commandement dans un défilé militaire, au-dessus de la conversation générale.

« Quelle bande de fichus bonnets de nuit ! s'exclama-t-il. Mettons un peu d'animation dans la conversation, hein ? »

D'un bond, il fut au milieu de la table, entonna une chanson grivoise et se lança dans une gigue. Des femmes hurlèrent. De la vaisselle fut renversée et cassée. Des robes furent souillées. Peaches s'efforça de faire revenir à la raison son mari incontrôlable. Ce spectacle scandaleux eut pour effet de vider la salle à manger de tous les convives, à l'exception de Gigi et de Charlie.

« Descends de là, Gigi, ordonna Charlie.

— Je dois leur faire comprendre, répliqua Gigi, je dois leur faire comprendre !

— Tu ne fais rien comprendre à personne, si ce n'est que tu es ivre mort.

— Il faut qu'ils comprennent, répéta Gigi. Je dois leur faire comprendre ! »

Il descendit de la table en brisant encore un peu de vaisselle au passage, se dirigea d'une démarche incertaine vers la cuisine, où il enlaça la domestique, puis disparut dans la nuit.

On aurait pu croire que cet épisode suffirait à mettre en garde une communauté avisée, mais Gigi se vit offrir des sommes d'indulgence exceptionnelles. Il était apprécié, et il était toujours possible qu'il ne fasse pas des siennes. Le charmant individu du matin confondait encore ses ennemis, mais il semblait de plus en plus s'agir d'un leurre qui lui permettait de s'introduire dans des foyers où il pourrait briser la vaisselle. Il ne cherchait pas à se faire pardonner, et s'il semblait ne pas avoir réussi à offenser la susceptibilité de son hôtesse, il intensifiait sa conduite scandaleuse et en accroissait la complexité. Personne n'avait jamais rien vu de tel. Chez les Biker, il ôta ses vêtements. Chez les Levy, il envoya d'un coup de pied un saladier de fromage à pâte molle au plafond. Il dansa le *Highland fling*[1] en caleçon, mit le feu à des corbeilles à papier, se balança au lustre des Townsend — le fameux lustre. En l'espace de six semaines, il n'y avait pas une maison à B——— où il fût le bienvenu.

Les Folkestone le voyaient toujours, bien sûr ; ils le voyaient dans son jardin, le soir, et ils discutaient avec lui par-dessus la haie. Le spectacle d'un homme tombant si rapidement en disgrâce troublait profondément Charlie, et il aurait aimé se rendre utile. Martha et lui discutaient avec Peaches, mais celle-ci ne nourrissait aucun espoir. Elle ne comprenait pas ce qui était arrivé à son adonis, et son intelligence ne lui permettait pas de réfléchir plus avant. De temps à autre, un innocent inconnu habitant une ville voisine ou un nouveau venu était séduit par Gigi et l'invitait à dîner. Le numéro était toujours le même, la vaisselle était toujours cassée. Les Folkestone étaient voisins — il ne faut pas oublier ce lien ancien — et Charlie s'imaginait peut-être pouvoir sauver Gigi. Parfois, quand celui-ci et Peaches se disputaient, elle téléphonait à Charlie pour lui demander de la protéger. Un soir d'été, il se rendit chez eux après l'un de ces coups de fil. La dispute était terminée ; Peaches lisait une bande dessinée au salon, et Gigi était assis à la table de la salle à manger, un verre à la main. Charlie se planta auprès de son ami.

1. Danse d'origine écossaise datant du XVIIIe siècle.

« Gigi.

— Oui.

— Est-ce que tu vas arrêter de boire ?

— Non.

— Est-ce que tu vas arrêter de boire si j'arrête aussi ?

— Non.

— Est-ce que tu vas aller voir un psy ?

— Pourquoi ? Je me connais. Il suffit que je fasse avec.

— Est-ce que tu vas faire quoi que ce soit pour que ça s'arrange ?

— Il faut que je leur fasse comprendre. (Puis il rejeta la tête en arrière et se mit à sangloter.) Oh, mon Dieu... »

Charlie se détourna. Gigi semblait, à cet instant, avoir entendu s'élever de quelque étendue sauvage à laquelle lui seul avait accès une corne lointaine prophétisant les conditions et l'heure de sa mort. L'ivrogne semblait possédé par une terrible vérité. Folkestone sentit son esprit en proie à un bouleversement soudain. Il eut l'intuition qu'il comprenait le message de l'ivrogne ; il l'avait toujours deviné. Ce message constituait le fondement de leur amitié. Gigi était le défenseur des estropiés, des malades, des pauvres, de tous ceux qui, sans que ce soit leur faute, vivent dans la peine et la souffrance. Aux heureux, aux bien-nés et aux riches, il avait à dire ceci : toutes les affections, le confort et les privilèges dont ils jouissaient ne leur épargneraient pas les assauts de la colère et du désir, ni les souffrances de la mort. Il voulait seulement qu'ils soient prêts à subir le coup, quand celui-ci arriverait. Mais n'était-il pas possible d'accepter cette vérité sans avoir à subir la vision de Gigi dansant la gigue dans son salon ? Ses paroles émanaient de sa vision de la souffrance de l'existence, mais était-il nécessaire de souffrir soi-même pour accepter son message ? Il semblait que oui.

« Gigi ? demanda Charlie.

— Oui.

— Mais *qu'est-ce* que tu essaies de leur faire comprendre ?

— Tu ne pigeras jamais. Tu es foutrement trop coincé. »

Ils ne tinrent même pas un an. En novembre, quelqu'un leur fit une proposition raisonnable pour la maison, et ils la vendirent. Le camion de déménagement rouge écarlate et doré revint et ils franchirent les limites de l'État pour s'installer dans la ville de Y———, où ils achetèrent un autre pavillon. Les Folkestone furent heureux de les voir s'en aller. Un jeune couple bien élevé prit leur place, et tout redevint comme avant. Il était rare qu'on se souvienne d'eux. Mais l'hiver suivant, par l'intermédiaire d'amis d'amis, Charlie apprit que Gigi s'était cassé la hanche en jouant au football américain un ou deux jours avant Noël. Pour une raison quelconque, l'information lui resta en mémoire et, un dimanche après-midi où il n'avait rien de mieux à faire, il obtint le numéro de téléphone de Gigi par les renseignements et appela son ancien voisin pour lui dire qu'il venait prendre un verre. Gigi manifesta bruyamment son enthousiasme et lui indiqua comment se rendre chez lui.

Le trajet en voiture s'avéra long et, à mi-chemin, Charlie se demanda pourquoi il l'avait entrepris. Le standing de la ville de Y——— était bien inférieur à celui de B———. Le pavillon était situé dans un lotissement, et le constructeur ne s'était pas limité à la simple laideur ; il avait bâti une communauté qui, avec ses fenêtres rectilignes, évoquait une colonie pénitentiaire. Les rues portaient des noms d'universités, Princeton Street, Yale Street, Rutgers Street, et ainsi de suite. Seuls quelques-uns des pavillons avaient été vendus et celui de Gigi était environné de maisons vides. Charlie sonna et entendit Gigi lui crier d'entrer. À l'intérieur, il régnait un monstrueux désordre et, tandis que Charlie ôtait son manteau, Gigi arriva lentement dans le couloir, à demi juché sur un chariot d'enfant qu'il propulsait en s'aidant d'une béquille. Sa hanche et sa jambe droites étaient emprisonnées dans un gigantesque plâtre.

« Où est Peaches ? demanda Charlie.

— Elle est à Nassau. Elle a emmené les enfants à Nassau pour Noël.

— Et ils t'ont laissé tout seul ?

— Oh, je voulais qu'ils y aillent. Je les ai forcés à partir. On ne peut rien faire pour moi. Je me débrouille très bien avec ce chariot. Quand j'ai faim, je me prépare un sandwich. Je voulais qu'ils y aillent. Je les ai forcés à partir. Peaches avait besoin de vacances, et ça me plaît d'être seul. Viens dans le salon et sers-moi un verre. Je n'arrive pas à sortir le bac à glaçons — c'est à peu près la seule chose que je ne puisse pas faire. Je peux me raser et me mettre au lit et ainsi de suite, mais je n'arrive pas à sortir le bac à glaçons. »

Charlie alla chercher des glaçons. Il était content d'avoir quelque chose à faire. Le spectacle de Gigi dans son chariot le choquait, et il sentait planer un calme terrifiant dans la maison. Par la fenêtre de la cuisine, il apercevait d'innombrables rangées de pavillons inhabités et laids. Il avait l'impression que quelque abominable mélodrame approchait de son apogée. Mais au salon Gigi se montra aussi plaisant qu'il savait l'être et, grâce à son sourire et à sa voix, l'après-midi trouva un équilibre momentané. Charlie demanda à Gigi s'il ne pouvait faire en sorte qu'une infirmière s'occupe de lui. N'était-il pas possible de trouver quelqu'un pour s'occuper de lui ? Ne pouvait-il pas au moins louer un fauteuil roulant ? Gigi écarta toutes ces suggestions d'un éclat de rire. Il était satisfait de son sort. Peaches lui avait écrit de Nassau ; ils s'amusaient beaucoup.

Charlie voulait bien croire que Gigi les avait convaincus de partir. C'était ce détail, en particulier, qui donnait toute son atrocité à la situation. Peaches avait certainement envie, bien naturellement, d'aller à Nassau, mais elle n'aurait jamais insisté pour le faire. Elle était beaucoup trop naïve pour nourrir de tels rêves de voyage. Gigi avait dû insister pour qu'elle y aille ; il avait dû rendre le voyage si tentant que, dans son innocence, elle n'avait pu résister. Avait-il envie d'être livré à lui-même, seul, ivre et estropié, dans une maison isolée ? Avait-il besoin de se sentir maltraité ? Il semblait que oui. Le désordre régnant dans la maison et la vision de sa femme et de ses enfants courant, courant, courant sur une plage de corail semblait être une combinaison victorieuse — une sorte de triomphe.

Gigi alluma une cigarette et, oubliant celle-ci, en alluma une autre, manipulant les allumettes avec une telle maladresse que Charlie vit qu'il pouvait bien mourir carbonisé. En se hissant du chariot jusqu'à la chaise, il faillit tomber ; s'il était seul et tombait, il pouvait bien mourir de faim et de soif sur son propre tapis. Mais il était possible que sa maladresse, sa façon de jouer avec le feu, fût une ruse d'ivrogne. Il eut un sourire malin en surprenant l'expression du visage de Charlie.

« Ne t'en fais pas, dit-il. Tout ira bien pour moi. J'ai un ange gardien.

— C'est ce que tout le monde croit, dit Charlie.

— Oh, mais j'en ai bel et bien un. »

Dehors, il s'était mis à neiger. Le ciel hivernal était couvert et il allait bientôt faire nuit. Charlie dit qu'il devait partir.

« Assieds-toi, dit Gigi. Assieds-toi et bois un autre verre. »

La conscience de Charlie le retint encore un

moment. Comment pouvait-il délibérément abandonner un ami — un voisin, du moins — en danger de mort ? Mais il n'avait pas le choix ; sa famille l'attendait, et il devait partir.

« Ne t'inquiète pas pour moi, répéta Gigi au moment où Charlie enfilait son manteau. J'ai un ange gardien. »

Il était plus tard que Charlie ne l'avait cru. À présent il neigeait à gros flocons, et il avait devant lui deux heures de conduite sur de petites routes sinueuses. À la sortie de Y——— se trouvait une petite côte, et la neige fraîchement tombée était si glissante qu'il eut du mal à gravir la colline. Des collines plus pentues encore l'attendaient. Seul l'un de ses essuie-glaces fonctionnait et la neige recouvrit rapidement le pare-brise, ne lui laissant qu'une petite trouée pour voir le monde. La neige surgissait dans la lumière des phares à un rythme étourdissant et, à un endroit où la route était étroite, la voiture dérapa sur le bas-côté et il dut faire ronfler le moteur pendant dix minutes pour regagner le bitume. C'était un bout de route isolé — à des kilomètres de chez lui — et il aurait eu bien du mal à rentrer à pied avec ses mocassins. La voiture gravissait chaque colline en dérapant et en zigzaguant, et il semblait atteindre d'extrême justesse le sommet de chacune d'elles.

Après deux heures de route, il était encore loin de chez lui. La neige était si épaisse que guider la voiture s'apparentait à un mode de navigation extrêmement complexe. Il lui fallut trois heures pour arriver chez lui et il était fatigué quand il entra dans l'obscurité et le calme de son garage — fatigué, et infiniment reconnaissant. Les enfants et Martha avaient dîné, et celle-ci voulait aller chez les Lissom pour discuter d'une histoire de conseil d'établissement. Il lui dit que les routes étaient mauvaises et, puisque c'était si près, elle décida d'y aller à pied. Il fit du feu et se servit un verre, et les enfants s'assirent à table à ses côtés pendant qu'il dînait. Après le repas, le dimanche soir, les Folkestone jouaient, ou essayaient de jouer, en trio, Charlie à la clarinette, sa fille au piano et son fils aîné à la flûte à bec ténor. Le bébé rampait ici et là à leurs pieds. Ce dimanche soir, ils interprétèrent des arrangements simples de musique du XVIIIe siècle dans une atmosphère familiale des plus agréables, se félicitant lorsqu'ils parvenaient à exécuter un passage difficile, et projetant dans la musique ce que leur relation avait de meilleur. Ils étaient en train de jouer une sonate de Vivaldi quand le téléphone sonna. Charlie sut immédiatement qui était au bout du fil.

« Charlie, Charlie, s'exclama Gigi. Bon Dieu. Je suis dans un sale pétrin. Juste après ton départ, je suis tombé de ce foutu chariot. Il m'a fallu deux heures pour arriver jusqu'au téléphone. Il faut que tu rappliques. Tu es mon seul ami. Il faut que tu rappliques, Charlie ? Tu m'entends ? »

Sans doute est-ce l'étrangeté de l'expression de Charlie qui fit hurler le bébé. La petite fille le prit dans ses bras et, comme son frère, elle fixa son père du regard. Ils semblaient comprendre la situation dans ses moindres détails, et ils regardaient leur père avec calme, comme s'ils s'attendaient à le voir prendre une décision qui était sans rapport aucun avec le prolongement d'une agréable soirée dans une maison bloquée par la neige — mais une décision qui aurait un profond impact sur ce qu'ils savaient de lui et sur leur bonheur futur. Leurs regards, songea-t-il, étaient limpides et émouvants et, quoi qu'il fasse, ce serait irréversible.

« Tu m'entends, Charlie ? répéta Gigi. Tu m'entends ? J'ai mis presque deux heures à ramper jusqu'à ce foutu téléphone. Il faut que tu m'aides. Personne d'autre ne le fera. »

Charlie raccrocha. Gigi avait dû entendre le bruit de sa respiration et les pleurs du bébé, mais Charlie n'avait pas dit un mot. Il ne donna aucune explication aux enfants, et ils n'en demandèrent pas. Ils savaient. Sa fille retourna s'asseoir au piano et, quand le téléphone sonna à nouveau et que Charlie ne répondit pas, personne ne s'en étonna. Les enfants semblèrent heureux et soulagés lorsqu'il cessa de sonner, et ils jouèrent du Vivaldi jusqu'à 9 heures, puis Charlie les envoya au lit.

Il se servit un verre pour atténuer le sentiment qu'il venait de se produire un cataclysme émotionnel, que quelque chose de violent avait ébranlé l'air. Il ne savait pas ce qu'il avait fait, pas plus qu'il ne savait comment s'arranger avec sa conscience. Il se dit qu'il en parlerait à Martha à son retour. Ce serait un premier pas vers la compréhension. Mais quand elle arriva, il ne dit rien. Il craignait que, si elle appliquait son intelligence au problème, sa propre culpabilité n'en soit que confirmée. « Mais pourquoi ne m'as-tu pas appelée chez les Lissom ? aurait-elle peut-être demandé. J'aurais pu rentrer, et tu aurais pu y aller. » Elle était trop compatissante pour accepter passivement, comme lui, la pensée qu'un ami, un voisin, gise à terre en souffrant le martyre. Elle monta à l'étage. Il se resservit du whisky. S'il avait téléphoné chez les Lissom, si elle était revenue s'occuper des enfants — ce qui lui aurait permis de porter secours à Gigi —, aurait-il pu retourner là-bas dans cette neige épaisse ? Il aurait pu mettre les chaînes, mais où étaient-elles ? Dans la voiture ou à la cave ? Il l'ignorait. Il ne s'en était pas servi cette année. Mais peut-être les routes avaient-elles été déneigées. Peut-être la tempête avait-elle cessé. Cette dernière et pénible possibilité lui donna la nausée. Le ciel l'avait-il trahi ? Il alluma la lampe du porche et se dirigea avec hésitation et réticence vers la fenêtre.

De la neige fraîche émanait un éclat inoffensif et, dans le faisceau de lumière, l'air était vide et paisible. La neige avait dû s'arrêter de tomber quelques minutes après son retour. Mais comment aurait-il pu le savoir ? Comment pouvait-on lui demander de prendre en considération les caprices du temps ? Et puis, il y avait le regard que les enfants avaient posé sur lui — si sévère, si limpide, déclarant sans mot dire que sa place, à cette heure, était à leurs côtés, et non dans le sauvetage d'ivrognes qui avaient perdu leur dernière chance d'être pris au sérieux.

Puis la vision de Gigi revint le hanter, accablante de détresse, et il se souvint de Peaches plantée dans le hall d'entrée de chez les Waterman et criant : « Reviens ! Reviens ! » Elle appelait le jeune homme que Charlie n'avait jamais connu, mais il était facile d'imaginer Gigi tel qu'il avait dû être — honnête, débordant d'entrain, généreux et fort — et pourquoi n'en restait-il plus rien ? *Reviens ! Reviens !* Son cri semblait s'adresser à la douceur d'une journée d'été : les roses épanouies, et les portes et les fenêtres ouvertes sur le jardin. Tout cela était là, dans sa voix ; cela ressemblait à l'illusion d'une maison à l'abandon baignée par les derniers rayons du soleil. Une vaste demeure tombant en ruine que les enfants croient hantée et qui fait s'arracher les cheveux à la police et aux pompiers ; mais quand on voit ses fenêtres flamboyer dans le coucher du soleil, on s'imagine que tout le monde est revenu. La cuisinière est à la cuisine, roulant la pâte. Le fumet du poulet rôti s'élève dans l'escalier de service. Les chambres de devant sont prêtes à accueillir les enfants et leurs nombreux amis. Un feu de braises brûle dans la cheminée. Puis, au moment où la lumière déserte les vitres, la véritable laideur des lieux s'affiche dans le crépuscule avec une force redoublée ; de même, quand les notes de cet été lointain avaient quitté la voix de Peaches, la fatalité, la confusion et le trouble s'étaient imprimés sur son visage innocent. *Reviens ! Reviens !* Charlie se resservit du whisky et, à l'instant où il portait le verre à ses lèvres, il entendit le vent tourner et il vit — la lumière du porche était toujours allumée — la neige se remettre à tomber avec le tourbillonnement vindicatif d'un blizzard. La route était impraticable ; il n'aurait pu faire le trajet. Le changement de temps lui avait apporté une douce absolution et il regarda tomber la neige avec un sourire bienheureux, mais il veilla jusqu'à 3 heures du matin avec la bouteille.

Le lendemain il avait les yeux rouges et il était chamboulé ; il s'esquiva du bureau à 11 heures pour aller boire deux Martini. Il en but deux de plus avant le déjeuner, un autre à 16 heures et deux dans le train, et rentra dîner en titubant. Les détails cliniques de l'alcoolisme nous sont familiers ; seul l'aspect humain nous intéresse ici, et Martha fut finalement amenée à lui parler. Elle le fit avec une extrême douceur.

« Tu bois trop, mon chéri, dit-elle. Cela fait trois semaines que tu bois trop.

— Si je bois, répliqua-t-il, ce sont mes foutus oignons. Occupe-toi des tiens, et je m'occuperai des miens. »

Cela alla de mal en pis, et elle dut faire quelque chose. Elle finit par aller trouver leur pasteur — un jeune célibataire au physique agréable qui pratiquait à la fois la psychologie et la liturgie — pour lui demander conseil. Il lui prêta une oreille compatissante.

« Je suis passée au presbytère cet après-midi, dit Martha en rentrant ce soir-là, et j'ai discuté avec le père Hemmings. Il se demande pourquoi tu ne vas plus à l'église, et il aimerait te parler. Il est si bel homme, ajouta-t-elle, essayant de faire en sorte que ce qu'elle venait de dire ne ressemble pas à un discours planifié ; je me demande pourquoi il ne s'est jamais marié. »

Charlie — qui était ivre, comme d'habitude — se dirigea vers le téléphone et appela le pasteur.

« Écoutez voir, mon père, dit-il. Ma femme me dit que vous lui avez fait la causette cet après-midi. Eh bien, ça ne me plaît pas. Ne vous avisez pas de toucher à ma femme. Vous m'entendez ? Le foutu costume noir que vous portez ne m'impressionne pas. Ne vous avisez pas de toucher à ma femme, ou je vous écrabouillerai votre joli petit nez. »

Il finit par perdre son travail, ils durent déménager et commencèrent leur errance, comme Gigi et Peaches, dans le camion rouge écarlate et doré.

Et qu'arriva-t-il à Gigi — qu'advint-il de lui ? Son pochard d'ange gardien, avec ses cheveux ébouriffés et les cordes de sa harpe cassées, semblait continuer à voleter au-dessus de lui. Après avoir téléphoné à Charlie, ce soir-là, Gigi appela la caserne des pompiers. Ils arrivèrent en huit minutes tapantes, dans un concert de cloches et de sirènes. Ils le mirent au lit, lui resservirent un verre, et l'un des pompiers, qui n'avait rien de mieux à faire, s'installa avec lui jusqu'à ce que Peaches rentre de Nassau. Ils se donnèrent du bon temps, finirent tous les steaks du congélateur et descendirent un litre de whisky par jour. Le temps que Peaches et les enfants rentrent, Gigi était à nouveau capable de marcher et il reprit la vie désordonnée pour laquelle il semblait tellement mieux fait que son voisin ; mais ils durent déménager à la fin de l'année et, comme les Folkestone, disparurent des villes des collines.

Brimmer

Un personnage comme Brimmer n'intéresse personne parce qu'il est indécent et obscène ; mais dans ce cas, que l'on sorte des musées, des jardins et des ruines où l'obscénité est aussi répandue que les marguerites à Nantucket. Dans la population dense de statues aux alentours des plages de la Méditerranée, on trouve plus de satyres que de dieux et de héros. Être indésirables au sein d'une société structurée semble n'avoir fait qu'attiser leur virulence, et ils sont partout : à Paestum et Syracuse, et dans les vérandas et les cours du nord pluvieux de Florence. Ils sont même dans les jardins de l'ambassade des États-Unis. Je ne parle pas des beaux jeunes hommes aux longues oreilles — bien qu'il soit possible que Brimmer ait été l'un d'eux autrefois. Je parle des vieux satyres au visage ridé et à la queue bien visible. Ils ont toujours une grappe de raisin ou un pipeau à la main, la tête haute et rejetée en arrière dans une attitude de jubilation. À l'exception de leurs longues oreilles, leurs visages n'ont rien de bestial — ce sont des visages d'hommes, parfois beaux et juvéniles, mais la vieillesse ne change rien à la vivacité du port de tête et à l'expression de jubilation obscène.

Je parle d'un ami, ou du moins d'une connaissance — rencontrée à bord d'un paquebot pendant une traversée agitée qui nous menait de New York à Naples. Telle était son attitude dans le bar où je le voyais principalement. La pupille de ses yeux était pâle et horizontale, comme celle d'une chèvre. Des yeux rieurs, aurait-on pu dire, si ce n'est qu'ils étaient parfois très froids. En ce qui concerne le pipeau, il ne jouait, pour autant que je sache, d'aucun instrument de musique, mais la grappe de raisin était symbolisée par le verre qu'il avait presque toujours à la main. Beaucoup de satyres ont une jambe croisée par-dessus l'autre — les orteils dirigés vers le sol, le talon vers le haut — et c'est ainsi que Brimmer se tenait au bar, les jambes croisées, la tête levée dans cette attitude d'allégresse permanente, et la grappe de raisin, pour ainsi dire, dans la main droite. Il était plein d'entrain — spirituel, courtois et l'esprit vif —, mais l'aurait-il été bien moins que j'aurais quand même été obligé de boire et de discuter avec lui. À l'exception de Mme Troyan, il n'y avait personne avec qui bavarder à bord.

Comme il est ennuyeux de voyager, en réalité ! À midi, quand la sirène retentit, que l'orchestre joue et que les confettis sont jetés par poignées, nous semblons avoir été incités par quelque tromperie à nous associer à une entreprise inscrite sous le patronage des âmes solitaires et perdues — des ratés affectifs de toute sorte. La sirène retentit une seconde fois. On retire les passerelles et les cordages, et le paquebot se met en mouvement. Nous voyons le visage des amis et parents chers à nos cœurs être gommés par la distance et, allant à bâbord dans l'intention de faire des adieux chargés d'émotion à la ligne des toits de Manhattan, nous nous apercevons que la pluie cache les buildings. Puis la cloche retentit et nous descendons prendre un déjeuner qui nous reste sur l'estomac. Peut-être le côté suranné explique-t-il le pénible sentiment de malaise que l'on éprouve en observant l'élégance des salons et le déchaînement de la mer. Qu'allons-nous faire entre le moment présent et l'heure du thé ? Entre le thé et le dîner ? Entre le dîner et les courses de chevaux ? Qu'allons-nous faire entre le moment présent et l'accostage ?

C'était le plus vieux paquebot de la compagnie et, en ce mois d'avril, il accomplissait sa dernière traversée de l'Atlantique. De nombreux habitués des voyages étaient venus dire adieu à ses intérieurs célèbres et voler un ou deux cendriers, mais c'étaient, sans exception, des sentimentaux et, quand la sirène a retenti, ils ont regagné le quai, nous laissant, pour ainsi dire, seuls. C'était au milieu de la journée, le temps était maussade et pluvieux, il y avait une forte houle dans le chenal et, au-delà du chenal, de violentes bourrasques de vent et une mer démontée. La vétusté du paquebot, que l'on percevait aussitôt, ne se limitait pas aux cheminées en marbre et aux pianos à queue ; c'était un rafiot. Il a été impossible de dormir pendant la première nuit en mer et, quand je suis monté sur le pont, au matin, j'ai vu que la tempête avait endommagé l'un des canots de sauvetage. Au-dessous, en seconde classe, quelques voyageurs que rien ne semblait pouvoir décourager essayaient de jouer au ping-pong sous la pluie. C'était un morne spectacle et une entreprise vouée à l'échec, et les joueurs ont fini par abandonner. Quelques minutes plus tard, une erreur du timonier a envoyé un mur d'eau par-dessus le flanc du bateau et a empli le pont arrière d'une mer bouillonnante. La table de ping-pong s'est mise à flotter, et je l'ai vue passer par-dessus bord puis danser sur l'eau dans le sillage du paquebot, nous rappelant combien le monde doit sembler mystérieux à un homme tombé à la mer.

En bas, tous les meubles avaient été rassemblés et attachés à l'aide d'une corde, comme si le paquebot était à vendre. On avait aussi tiré des cordes le long de tous les couloirs et installé les palmiers en pot dans une sorte de cale. Il faisait chaud — terriblement chaud et humide — et les salons élégants, désertiques et où régnait une atmosphère d'abandon paraissaient, si c'est possible, plus mornes encore à cause de la musique que l'orchestre du paquebot jouait en permanence. Ils avaient commencé à jouer ce matin-là et ils ont joué jusqu'à la fin de la traversée, sans jamais avoir le moindre public. Ils se produisaient jour et nuit devant ces pièces vides où les fauteuils étaient vissés au sol. Ils jouaient de l'opéra. Ils jouaient d'anciens airs de danse. Ils jouaient un choix de morceaux tirés de *Show Boat*[1]. Par-dessus le fracas de la mer démontée retentissait sans cesse cette musique endiablée et assommante. Et il n'y avait absolument rien à faire. Il était impossible d'écrire une lettre, tellement tout penchait ; et si vous vous asseyiez dans un fauteuil pour lire, il se dérobait puis remontait à votre rencontre comme une balançoire accrochée à une branche d'arbre. Il n'était pas possible de jouer aux cartes, il n'était pas possible de jouer aux échecs, il n'était même pas possible de jouer au Scrabble. La grisaille, la musique incessante et gaie, les meubles attachés avec des cordes, tout cela donnait le sentiment qu'il s'agissait d'un mauvais songe et j'errais sans savoir où aller comme un rêveur jusqu'à midi et demi, heure à laquelle je me rendais au bar. Les habitués y étaient une famille originaire du Sud — la mère, le père, la sœur et le frère. Ils allaient passer un an à l'étranger. Le père venait de prendre sa retraite, et c'était leur premier voyage. Il y avait également deux femmes que le barman désignait comme une « femme d'affaires romaine » et sa secrétaire. Et il y avait Brimmer, moi-même et, au début du voyage, Mme Troyan. Le deuxième jour de mer, j'ai pris l'apéritif en compagnie de Brim-

1. Comédie musicale datant de 1951.

mer. C'était un homme d'environ mon âge, dirais-je, mince, avec des mains soignées que l'on remarquait on ne sait pour quelle raison, une voix claire mais jamais monotone, et qui dégageait une charmante impression d'empressement, de vivacité, qui semblait n'être en rien de la nervosité. Nous avons déjeuné et dîné ensemble, et nous avons pris quelques verres au bar après le repas. Nous connaissions les mêmes lieux, mais pas les mêmes gens, et pourtant il semblait être un excellent compagnon. Quand nous sommes descendus dans nos cabines — la sienne était contiguë à la mienne —, j'étais heureux d'avoir trouvé quelqu'un avec qui discuter durant les dix jours suivants.

Le lendemain, à midi, Brimmer était au bar et, tandis que nous prenions un verre, Mme Troyan a jeté un coup d'œil dans la pièce. Brimmer l'a invitée à se joindre à nous, ce qu'elle a fait. À mon âge, qui était celui de la maturité, celui de Mme Troyan était insignifiant. Un homme plus jeune lui aurait peut-être donné aux alentours de trente-cinq ans, et aurait remarqué que les rides entourant ses yeux ne s'effaceraient plus. Pour moi, ces rides symbolisaient seulement un don avéré pour l'intelligence et la passion. C'était une femme charmante à qui une description ne rendrait pas justice. Ses cheveux bruns, sa pâleur, ses beaux bras, sa vivacité, sa tristesse quand le barman nous a parlé de son fils malade à Gênes, ses imitations du capitaine — l'impression qu'elle donnait d'être une femme adorable et brillante, qui n'avait pas l'habitude de séduire, ne pouvait être résumée à la liste de ses attraits.

Nous avons déjeuné et dîné tous les trois, nous avons dansé dans la salle de bal après dîner — nous étions les seuls danseurs — mais, quand la musique s'est arrêtée et que Brimmer et Mme Troyan ont repris le chemin du bar, je leur ai souhaité bonne nuit et je suis allé me coucher. J'avais pris grand plaisir à la soirée et, en fermant la porte de ma cabine, je me suis dit qu'il aurait été très agréable d'avoir la compagnie de Mme Troyan. C'était impossible, bien sûr, mais le souvenir de ses cheveux bruns et de ses bras blancs était toujours bien présent et réjouissant quand j'ai éteint la lumière et que je me suis mis au lit. Tandis que j'attendais patiemment le sommeil, il m'est apparu que Mme Troyan se trouvait dans la cabine de Brimmer.

J'en ai été indigné. Elle m'avait dit qu'elle avait un mari et trois enfants à Paris — et eux, songeai-je, y pensait-elle ? Seul le hasard avait fait que Brimmer et elle se rencontrent ce matin-là, et quelle anarchie charnelle aurait ravagé le monde si toutes les rencontres fortuites avaient été consommées ! S'ils avaient attendu au moins un ou deux jours, assez longtemps pour donner au moins l'impression que leur liaison reposait sur quelque base romantique ou sentimentale, je pense que j'aurais trouvé cela plus acceptable. Le fait qu'ils passent si rapidement à l'acte me semblait douteux et dépravé. Tandis que j'écoutais le grondement des moteurs du paquebot et les faibles échos amoureux me parvenant de la cabine voisine, j'ai réalisé que j'avais laissé le mode de vie qui était le mien à mille nœuds derrière moi et que je n'avais aucune inclination à l'internationalisme. Brimmer et Mme Troyan étaient tous les deux, en un sens, européens.

Mais les bruits de la pièce voisine ont agi comme une sorte de fil de détente : il m'a semblé trébucher et tomber la tête la première, m'écorchant et me meurtrissant, éparpillant mes possessions émotionnelles et intellectuelles. Il ne servait à rien de prétendre que je n'étais pas tombé car, quand nous sommes étendus dans la poussière, il nous faut nous relever et épousseter nos vêtements. Voilà donc ce que j'ai fait, d'une certaine manière, reconsidérant mes idées mûrement réfléchies sur le mariage, la constance, la nature de l'homme et l'importance de l'amour. Quand j'ai eu ramassé mes biens et rectifié mon apparence, je me suis endormi.

Le lendemain matin, le temps était sombre et pluvieux — à présent le vent était froid — et je me suis promené sur le pont supérieur, d'une circonférence de quatre cents mètres, sans voir personne. Le caractère immoral de ce qui se passait dans la cabine voisine aurait dû changer ma relation à Brimmer et à Mme Troyan, mais je n'avais d'autre choix que de me réjouir de les retrouver au bar à midi. Je ne disposais d'aucune ressource pour égayer un paquebot désertique et une mer houleuse. Quand je suis allé au bar, à midi et demi, mes amis dépravés s'y trouvaient et ils m'avaient commandé un verre. J'étais heureux d'être avec eux et je me suis dit qu'ils regrettaient peut-être ce qu'ils avaient fait. Nous avons déjeuné ensemble, dans une belle entente, mais lorsque j'ai suggéré de trouver un quatrième partenaire pour jouer au bridge, Brimmer a déclaré qu'il devait envoyer des télégrammes et Mme Troyan qu'elle voulait se reposer. Les salons et les ponts étaient déserts et quand l'orchestre a entrepris, lamentablement, d'accorder ses instruments pour le concert de l'après-midi, je suis descendu dans ma cabine, où j'ai découvert que les télégrammes de Brimmer et la sieste de Mme Troyan étaient des inventions destinées, j'imagine, à me duper. Elle se trouvait à nouveau dans sa cabine. Je suis remonté et j'ai fait une longue promenade sur le pont en compagnie d'un homme d'Église épiscopalien. Je l'ai trouvé extrêmement intéressant mais il ne m'a pas changé les idées, dans la mesure où il était en voyage pour se distraire d'une paroisse où l'alcoolisme et la débauche étaient monnaie courante. Plus tard, j'ai pris un verre au bar avec l'homme d'Église, mais Brimmer et Mme Troyan ne se sont pas montrés pour le dîner.

Le lendemain, ils sont venus prendre l'apéritif au bar avant le déjeuner. Je leur ai trouvé à tous les deux l'air fatigué. Ils ont dû manger des sandwiches au bar ou s'arranger autrement, car je ne les ai pas vus à la salle à manger. Ce soir-là, le ciel s'est éclairci brièvement — c'était la première embellie du voyage — et j'ai assisté au spectacle depuis la poupe en compagnie de mon ami le pasteur. Comme on voit plus de lumière depuis un vieux bateau que depuis le sommet d'une montagne ! Les déchirures dans les nuages, emplies d'une lumière colorée, le ciel haut et vaste m'ont rappelé ma femme et mes enfants chéris, notre ferme du New Hampshire et les modestes feux d'artifice du coucher de soleil là-bas. Quand je suis descendu au bar avant le dîner, Mme Troyan et Brimmer s'y trouvaient déjà, mais ils ne savaient pas que le ciel s'était éclairci.

Ils n'ont pas vu les Açores et n'étaient pas là quand, deux jours plus tard, nous avons aperçu le Portugal. Il était 16 h 30 ou 17 heures. Tout d'abord, le roulis s'est atténué. Le bateau roulait toujours, mais on pouvait aller d'un endroit à un autre sans tomber la tête la première et les stewards avaient entrepris de détacher les cordes et de remettre les meubles à leur place. Puis, à bâbord, nous avons aperçu des falaises et, au-dessus de ces falaises, des collines rondes s'élevant jusqu'à former une montagne au sommet de laquelle se trouvait un fort ou un bastion en ruine — de faible hauteur, mais magnifique — et, à l'arrière-plan, un amas de nuages si denses que nous n'avons pu distinguer la montagne des nuages avant de nous être approchés du rivage. Quelques mouettes se sont mises à escorter le paquebot, puis des villas sont apparues; on sentait l'odeur vieille comme le monde des bas-fonds, cette odeur qui m'évoque toujours les sandales de bain de mon grand-père. La mer, ici, était différente : des petits bateaux à une seule voile, des villas, des filets et des châteaux de sable surmontés de drapeaux, et des gens criant à leurs enfants jouant sur la plage de rentrer dîner. C'était la terre. Je me dirigeais vers la proue quand j'ai entendu la cloche du Sanctus sonner dans la salle de bal où le prêtre récitait des actions de grâces au-dessus d'eaux qui avaient sans doute vu un millier, un million de fois les cloches et les cierges de la messe. Tous les passagers étaient à la proue, heureux comme des enfants de voir le Portugal. Tous les passagers sont restés longtemps dehors pour voir les villas prendre forme, les lumières briller, et pour respirer l'odeur des bas-fonds. Tous les passagers, à l'exception de Mme Troyan et de Brimmer, qui se trouvaient toujours dans la cabine quand je suis descendu, et qui n'avaient pu voir quoi que ce soit.

Mme Troyan a quitté le bateau le lendemain matin, à Gibraltar, où elle devait rejoindre son mari. Nous y sommes arrivés à l'aube — il faisait très froid pour un mois d'avril, froid et morne, avec de la neige sur les montagnes africaines et une odeur de neige dans l'air. Je n'ai pas vu Brimmer, mais il est possible qu'il se soit trouvé sur un autre pont. J'ai regardé un matelot charger les bagages sur le cotre, puis Mme Troyan elle-même monter d'un pas rapide à bord de l'embarcation, un manteau jeté sur les épaules et un foulard à la main. Elle s'est postée à la proue et s'est mise à agiter son foulard à l'intention de Brimmer, de moi-même ou des musiciens du paquebot — puisque nous étions les seules personnes à qui elle ait adressé la parole durant la traversée. Mais le cotre était plus rapide que mes émotions ; il m'a fallu quelques minutes pour rassembler mes sentiments de tendresse, mais déjà le bateau s'était éloigné du paquebot et la forme et la couleur du visage de Mme Troyan avaient disparu.

Quand nous avons quitté Gibraltar, les palmiers en pot ont à nouveau été retirés de la circulation, les cordes ont été tendues, et l'orchestre s'est mis à jouer. La mer restait houleuse et morne. À midi et demi, Brimmer était au bar, l'air absent ; sans doute Mme Troyan lui manquait-elle. Je ne l'ai revu qu'à la fin du dîner, quand il m'a rejoint au bar. Il semblait préoccupé par quelque chose, son chagrin, je suppose, et quand nous nous sommes mis à parler de Nantucket (où nous avions tous les deux passé quelques étés), ses immenses réserves de courtoisie ont semblé lui faire défaut. Il a pris congé et s'est retiré ; une demi-heure plus tard, j'ai vu qu'il prenait un verre au salon avec la mystérieuse femme d'affaires et sa secrétaire.

C'est le barman qui, le premier, avait reconnu dans ce couple une « femme d'affaires romaine » voyageant avec sa secrétaire. Puis, quand il était apparu que la femme parlait un mélange grossier d'espagnol et d'italien, le barman avait décrété qu'elle était brésilienne — bien que le commissaire de bord m'ait dit qu'elle voyageait avec un passeport grec. La secrétaire était une blonde au visage dur, et la femme d'affaires elle-même était un personnage si incroyablement déplaisant — diabolique, pourrait-on dire — que personne ne lui adressait la parole, pas même les serveurs. Ses cheveux étaient teints en noir, ses yeux étaient maquillés de façon à ressembler à ceux d'une vipère et, quelles que soient ses activités, elles l'avaient dépouillée de tout attrait en tant qu'être humain. Ces deux femmes étaient au bar chaque soir, buvant du gin et parlant un méli-mélo de langues. Elles étaient toujours seules, jusqu'à ce que Brimmer se joigne à elles ce soir-là.

Cette nouvelle situation a suscité ma désapprobation la plus profonde et la plus légitime. J'étais en train de bavarder avec la famille originaire du Sud quand, une heure plus tard peut-être, la secrétaire est entrée dans le bar, seule, et a commandé un whisky. Elle semblait en proie à un tel désarroi que, plutôt que de cultiver des soupçons obscènes à propos de Brimmer, j'ai vu la scène à la lumière d'un optimisme artificiel et je me suis absorbé dans une conversation animée portant sur l'immobilier avec les gens du Sud. Cependant, quand je suis descendu, j'ai compris que la femme d'affaires se trouvait dans la cabine de Brimmer. Ils faisaient beaucoup de bruit et, à un moment donné, ils ont semblé tomber du lit. Un choc sourd a retenti. J'aurais pu frapper à la porte — comme

Carrie Nation [1] — et leur intimer l'ordre de cesser, mais qui aurait été le plus ridicule ?

Cependant je ne pouvais pas dormir. De mes expériences et de mes observations, j'ai pu conclure que de pareilles débauches engendrent des personnalités incarnant un degré particulièrement avancé d'échec humain. Je parle de mes observations et de mes expériences, parce que je n'accepterais les principes d'aucune autre autorité — d'aucune idée préconçue qui irait à l'encontre du sentiment que la vie est une aventure morale périlleuse. Je pense qu'il est difficile d'être un homme ; mais ces difficultés ne sont pas insurmontables. Pourtant, si nous relâchons notre vigilance un instant, le prix à payer est exorbitant. Je n'ai jamais vu une relation comme celle de Brimmer et de la femme d'affaires qui ne soit pas fondée sur l'amertume, la faiblesse d'esprit et la lâcheté — c'est-à-dire précisément les caractéristiques inverses de l'amour — et quant à moi, m'autoriser un tel comportement aurait fait, j'en étais sûr, blanchir mes cheveux en l'espace d'un instant, m'aurait conduit à minauder et m'aurait doté d'une queue poilue enroulée dans mon pantalon. Je ne connaissais personne qui ait adopté un tel mode de vie sans que ce soit l'expression d'une incapacité d'adaptation, d'un refus choquant et répugnant de faire face aux forces généreuses de

1. Militante très influente (1846-1911) dans le combat pour la défense des bonne mœurs aux États-Unis.

la vie. Brimmer était mon ami et, par conséquent, avait suffisamment de cran pour avoir honte de ce qu'il faisait. Et, avec cette pensée en guise de consolation, je me suis endormi.

Le lendemain, Brimmer était au bar à midi trente, mais je ne lui ai pas adressé la parole. J'ai bu mon gin en compagnie d'un homme d'affaires allemand qui avait embarqué à Lisbonne. Peut-être est-ce parce que mon ami allemand était ennuyeux que je n'ai cessé d'observer Brimmer à la recherche d'un défaut révélateur — de l'insipidité ou de l'amertume dans sa voix. Mais tout le poids du préjudice que j'avais subi, et qui était immense, ne pouvait projeter sur lui, comme je l'aurais souhaité, des signes extérieurs de son infamie. Il était exactement pareil à lui-même. La femme d'affaires et sa secrétaire se sont retrouvées après le dîner et Brimmer s'est joint à la famille originaire du Sud, qui était si obtuse ou naïve qu'elle n'avait rien vu, et n'a rien eu à redire au fait que Brimmer danse avec la petite sœur et l'emmène faire un tour sous la pluie.

Je ne lui ai pas adressé la parole du reste de la traversée. Nous avons accosté à Naples à 7 heures par un matin pluvieux ; j'avais passé la douane et je quittais le port avec mes bagages quand Brimmer m'a appelé. Il était en compagnie d'une séduisante blonde aux longues jambes qui devait avoir vingt ans de moins que lui, et il m'a proposé de m'emmener en voiture jusqu'à Rome. Pourquoi j'ai accepté, pourquoi je me suis élevé avec une telle agilité au-dessus de mon immense désapprobation, semble être, rétrospectivement, mon aversion pour la solitude. Je n'avais pas envie de prendre le train tout seul. J'ai accepté leur offre et je suis allé en voiture avec eux jusqu'à Rome, en faisant halte à Terracina pour le déjeuner. Ils avaient prévu de continuer leur route jusqu'à Florence le lendemain matin et, puisque c'était ma destination, je les ai accompagnés.

Si l'on considère la séduction que Brimmer exerçait sur les animaux et les petits enfants — ils étaient tous sous son charme — et son goût pour les formes de culte franciscain (ce que j'allais découvrir plus tard), il est peut-être intéressant de relater ce qui s'est passé ce jour-là, lorsque nous avons fait un détour pour aller déjeuner à Assise. Les présages sont dénués de signification mais la vérité est que, quand une journée en Italie commence par un coup de tonnerre et un ciel noir d'hirondelles, nous prêtons plus attention à ce spectacle que nous ne le ferions en Amérique. Il avait fait beau toute la matinée, mais alors que nous prenions la direction d'Assise, le vent s'est mis à souffler et, avant même que nous n'ayons atteint les portes de la ville, le ciel est devenu noir. Nous avons déjeuné dans une auberge proche de la cathédrale, d'où nous voyions la vallée et l'orage qui gravissait la route et frappait la ville sainte. Il faisait sombre, il ventait, et la pluie tombait avec une soudaineté et une force inhabituelles. Il y avait un store à la fenêtre près de laquelle nous étions assis et un palmier dans le jardin en contrebas, et au cours du repas nous avons vu l'un et l'autre mis en pièces par le vent. Le temps de finir de déjeuner, il faisait nuit dans les rues. Un jeune frère nous a ouvert la porte de la cathédrale, mais il faisait trop sombre pour voir la fresque de Cimabue. Puis il nous a menés à la sacristie et nous a ouvert la porte fermée à clef. À l'instant où Brimmer est entré dans le lieu saint, les fenêtres ont volé en éclats sous la force du vent et seule la chance nous a valu de ne pas être tous déchiquetés par les bris de verre qui ont cinglé le coffre où sont conservées les reliques. Pendant les quelques secondes où la porte est restée ouverte, le vent a parcouru l'église, éteignant tous les cierges, et Brimmer, le frère et moi avons dû unir nos efforts pour la refermer. Puis le frère s'est éloigné en hâte pour aller chercher de l'aide et nous sommes montés dans la partie supérieure. Au moment où nous avons quitté Assise, le vent est tombé et, regardant derrière nous, j'ai vu les nuages passer sur la ville et celle-ci resplendir de la lumière du jour.

Nous nous sommes dit au revoir à Florence, et je n'ai jamais revu Brimmer. C'est la blonde aux longues jambes qui m'a écrit en juillet ou en août, après mon retour aux États-Unis, dans ma ferme du New Hampshire. Elle m'écrivait d'un hôpital de Zurich, et la lettre m'avait été réexpédiée depuis mon ancienne adresse à Florence. « Le pauvre Brimmer est mourant, écrivait-elle. S'il vous était possible de venir lui rendre visite, je sais que cela lui ferait très plaisir. Il parle souvent de vous, et je sais que vous étiez l'un de ses meilleurs amis. Je joins à cette lettre quelques textes qui vous intéresseront peut-être, puisque vous êtes écrivain. Les médecins pensent qu'il lui reste à peine une semaine à vivre... » Le fait qu'il parle de moi comme d'un ami révélait quelle avait dû être l'immensité de sa solitude ; et il semblait que, depuis le début, j'avais su qu'il allait mourir et que la luxure à laquelle il s'adonnait représentait une relation non avec la vie, mais avec la mort. C'était l'après-midi — il était 16 ou 17 heures —, avec une lumière éclatante et le calme agréable qui envahit la campagne avec les tout premiers signes du soir. Je n'ai pas parlé de cela à ma femme. Pourquoi l'aurais-je fait ? Elle n'avait jamais rencontré Brimmer, et pourquoi mêler la mort à une scène aussi tranquille ? Ce que je me souviens d'avoir éprouvé, c'est de la joie. La lettre datait de six semaines. Il devait être mort.

Je n'imagine pas que la jeune femme ait pu lire les textes qu'elle m'envoyait. Ils devaient correspondre à une époque où Brimmer souffrait d'une sorte de dépression. Le premier était un essai facétieux critiquant avec virulence le siège des W-C modernes et affirmant que la position accroupie qu'ils imposaient nuisait aux muscles et aux organes sollicités. Il était suivi d'une prière passionnée en faveur de la pureté du cœur. Cette prière semblait n'avoir pas été entendue, puisque le texte qui lui succédait était un essai obscène sur la domination sexuelle, suivi d'une longue ballade intitulée *Les hauts et les bas de Jeremy Funicular.* Il s'agissait du récit répugnant des aventures érotiques de Jeremy, décrivant de nombreuses femmes, mariées ou non, ainsi qu'un mécanicien, un lutteur et un gardien de phare. La ballade était longue, et chaque strophe s'achevait par les mêmes mots déplorant que Jeremy n'ait jamais éprouvé de remords — hormis quand il était méchant avec les enfants, qu'il dépensait son argent sans compter et mangeait trop de pain et de viande à table. Le dernier manuscrit était constitué de fragments d'un journal. « *Gratissimo Signore,* écrivait Brimmer, pour le grincement des volets, l'amour de Mrs Pigott, les senteurs de la pluie, la franchise des amis, les poissons dans la mer, et tout particulièrement pour l'odeur du pain et celle du café, puisqu'elles incarnent le matin et le renouveau de la vie. » Et ainsi de suite, avec piété et lubricité, mais je n'en ai pas lu davantage.

Ma femme était merveilleuse, mes enfants étaient merveilleux, ainsi que cette fin d'après-midi, et Brimmer et ses propos obscènes semblaient morts et bien morts dans la lumière estivale. La nouvelle que je venais d'apprendre me remplissait de joie, et sa mort semblait avoir supprimé le sentiment de perplexité qu'il m'inspirait. Je me souvenais avec tristesse qu'il parvenait à donner l'impression que la richesse et la douleur de l'existence étaient une vitre contre laquelle s'écrasait son nez ; qu'il paraissait capable de dramatiser le sentiment d'urgence et de mortelle gravité de la vie. Je me souvenais de la beauté de ses mains, de sa voix claire, du voile dans son œil qui faisait ressembler sa pupille à celle d'une chèvre ; mais je me demandais pourquoi il avait échoué, car à mon sens il avait lamentablement échoué. Qui parmi nous n'est pas suspendu par un fil au-dessus de l'anarchie des sens, et qu'est-ce que ce fil, sinon la lumière du jour ? La différence entre la vie et la mort semblait se résumer à la différence entre le fait de monter sur le pont voir l'escale de Lisbonne et rester au lit avec Mme Troyan. Je me souvenais de la terre entraperçue alors — l'odeur agréable et saumâtre des bas-fonds, pareille à celle des sandales de bain de mon grand-père, les voix lointaines sur la plage, les cloches du paquebot et celles du Sanctus, le chant du prêtre et les visages des passagers tous levés vers le ciel, souriant d'émerveillement à la vue de la terre, comme si on n'avait jamais rien vu de pareil.

Mais je me trompais. Situez n'importe où l'endroit où j'ai découvert mon erreur, du moment qu'il est possible d'y trouver un vieil exemplaire d'*Europa* ou d'*Epoca*. C'est un lundi, et je suis en train de pêcher au harpon avec mon fils sur la côte rocheuse de Porto San Stefano. Mon fils et moi ne sommes pas en excellents termes, et c'est au plus profond de nous-mêmes que nous sommes en désaccord. Il semble que nous voulons la même place au soleil. Mais sous l'eau, nous sommes très bons compagnons. J'aime le voir là, comme une silhouette dans un film, la tête en bas et les pieds en haut, armé d'un harpon, des colonnes de bulles d'air s'échappant de son tuba — et le sable s'élevant comme de la fumée sous sa main ou son pied. Là, dans l'eau profonde parmi les rochers, nous semblons échapper aux tensions qui, dans d'autres lieux, empoisonnent nos relations. C'est un endroit merveilleux. Le soleil transperce la surface de l'eau, puis tombe jusqu'au fond dans un grand filet de lumière. On aperçoit des étoiles de mer de la couleur de rouges à lèvres et tous les rochers sont couverts de fleurs blanches. Et après une *festa*, un dimanche où les plages ont été bondées de monde, d'autres choses reposent sur le fond marin — des lambeaux de papier ayant servi à envelopper des sandwiches, la page des mots croisés de *Il Messaggero* et des exemplaires imbibés d'eau d'*Epoca*. Dans les dernières pages d'un de ces magazines, Brimmer regarde depuis le fond de la mer. Il n'est pas mort. Il vient d'épouser une actrice italienne. Son bras gauche entoure la taille fine de la jeune femme, son pied droit est croisé sur son pied gauche, et il tient le verre rempli à ras bord dans la main droite. Il n'a l'air ni mieux ni moins bien, et j'ignore s'il a vendu son âme au diable ou s'il a seulement découvert sa vraie nature. Je remonte à la surface, je secoue mes cheveux pour en chasser l'eau, et je me dis que je suis à des années-lumière de chez moi.

Le gardien d'immeuble

L'alarme se mit à sonner à 6 heures du matin. Elle retentissait faiblement dans l'appartement du rez-de-chaussée attribué à Chester Coolidge en guise de salaire en nature pour son poste de gardien, mais elle l'éveilla aussitôt : il dormait sans jamais perdre conscience des bruits percutants de la machinerie de l'immeuble, comme si son propre bien-être en dépendait. Dans l'obscurité, il s'habilla rapidement et traversa en courant le hall d'entrée jusqu'à l'escalier de service où un panier en osier empli de roses et d'œillets fanés lui barra la route. Il l'écarta d'un coup de pied et dévala d'un pas léger l'escalier métallique menant au sous-sol, puis s'élança dans un couloir dont les murs de brique, recouverts d'une épaisse couche de peinture, ressemblaient à ceux d'un souterrain dans quelque catacombe. La sonnerie devint plus forte au fur et à mesure qu'il approchait de la pièce dans laquelle se trouvait la pompe. L'alarme signifiait que le réservoir d'eau situé sur le toit était presque vide et que le mécanisme régulant l'alimentation en eau ne fonctionnait pas. Dans la pièce où se trouvait la machinerie, Chester mit la pompe auxiliaire en route.

Le sous-sol était silencieux. Là-haut, dans la cage de l'ascenseur de service, Chester entendait la cabine descendre lentement, s'arrêtant à chaque étage, accompagnée par le tintement des bouteilles de lait s'entrechoquant. Il allait falloir une heure à la pompe auxiliaire pour remplir le réservoir du toit, et Chester décida de surveiller lui-même la jauge et de laisser dormir l'homme à tout faire. Il remonta chez lui, se rasa et fit sa toilette pendant que sa femme préparait le petit déjeuner. Ce jour-là, des déménagements étaient prévus ; avant de s'asseoir à table, il vit que le baromètre avait chuté et, regardant par la fenêtre au-dessus des dix-huit étages, il constata que le ciel était presque noir. Il aimait que les déménagements se fassent par temps sec et ensoleillé ; autrefois, quand tout le monde déménageait le 1er octobre, il y avait de bonnes chances qu'il fasse beau, mais à présent tout avait changé, et pas en mieux : les gens déménageaient sous la neige et la pluie. Les Bestwick (9-E) quittaient l'immeuble, et les Negus (1-A) s'installaient quelques étages plus haut. C'était tout. Tandis que Chester buvait sa première tasse de café, sa femme lui parla des Bestwick, dont le départ éveillait en elle des souvenirs et des inquiétudes. Chester ne répondit pas à ses questions, et d'ailleurs elle ne s'attendait pas à ce qu'il le fasse de si bon matin. Elle parlait dans le vide et, comme elle le disait elle-même, pour entendre le son de sa propre voix.

Mrs Coolidge était arrivée du Massachusetts vingt ans plus tôt en compagnie de son mari. Le déménagement s'était fait à son initiative. De santé fragile et sans enfants, elle s'était dit qu'elle serait plus heureuse dans une grande ville qu'à New Bedford. Bien établie dans un appartement de gardien d'immeuble de l'East Side, aux alentours de la Cinquantième Rue, elle était parfaitement satisfaite de son sort. Elle passait ses journées au cinéma et dans les boutiques, et elle avait vu le shah de Perse de ses propres yeux. Le seul aspect de la vie citadine qui la gênât, c'étaient les entraves imposées à sa générosité naturelle.

« La pauvre Mrs Bestwick, soupira-t-elle. Oh, la pauvre femme ! Tu m'as dit qu'ils avaient envoyé les enfants chez leur grand-mère, n'est-ce pas, en attendant d'être bien installés ? J'aimerais pouvoir faire quelque chose pour l'aider. Si nous étions à New Bedford, nous aurions pu l'inviter à dîner ou lui donner un panier avec de bonnes choses à manger. Elle me rappelle nos voisines de New Bedford, tu sais — les Fenner. Les deux sœurs. Elles avaient des diamants gros comme des avelines, exactement comme Mrs Bestwick, et pas l'électricité. Elles devaient aller chez Georgiana Butler pour prendre un bain. »

Chester ne regardait pas son épouse, mais sa simple présence était stimulante et enchanteresse : il était convaincu que c'était une femme extraordinaire. Il trouvait qu'il y avait une touche de génie dans sa cuisine, que sa façon d'accomplir les tâches ménagères était empreinte de génie, qu'elle possédait une mémoire digne d'un génie et que sa capacité à accepter le monde tel qu'il était portait la marque du génie. Elle avait fait du gâteau de maïs pour le petit déjeuner et il le goûta avec une appréciation qui confinait à l'émerveillement. Il savait de source sûre que personne au monde ne savait faire le gâteau de maïs comme son épouse, et que personne même n'aurait essayé ce matin-là à Manhattan.

Une fois terminé son petit déjeuner, il alluma un cigare et, toujours assis à table, il songea aux Bestwick. Depuis que Chester était gardien, l'immeuble avait connu plusieurs vies et il semblait qu'une autre soit sur le point de commencer. L'année 1943 [1] avait permis de diviser les locataires en deux catégories, les « permanents » et les « plafonnés ». La direction s'était vu autoriser une hausse des loyers et il savait que cela allait chasser un grand nombre des « plafonnés ». Les Bestwick étaient les premiers à partir et, comme son épouse, Chester était désolé qu'ils s'en aillent. Mr Bestwick travaillait dans les quartiers sud de Manhattan. Mrs Bestwick était une citoyenne consciencieuse, et avait collecté des fonds pour la Croix-Rouge, la March of Dimes [2] et les Éclaireuses. Quel que

1. Date à laquelle a été instauré le contrôle des loyers.
2. Institution caritative ainsi nommée à cause d'une « opération pièces jaunes » menée dans les années 1940.

puisse être le salaire de Mr Bestwick, il n'était pas suffisant — pas pour ce quartier. Le caviste le savait. Le boucher le savait. Le portier et le laveur de vitres le savaient et, depuis un an, Retail Credit et la Corn Exchange Bank le savaient également. Les Bestwick avaient été les dernières personnes du quartier à se rendre à l'évidence. Mr Bestwick portait un chapeau haut de forme en feutre, des vestes de costume amples autour de la taille, des pantalons serrés et un imperméable blanc. Il partait au travail tous les matins à 8 heures, d'une démarche guindée, dans une paire de souliers anglais qui semblaient trop étroits. Les Bestwick avaient eu plus d'argent autrefois qu'ils n'en avaient aujourd'hui et si les tailleurs en tweed de Mrs Bestwick étaient usés, ses diamants, comme l'avait remarqué Mrs Coolidge, étaient gros comme des avelines. Les Bestwick avaient deux filles et n'avaient jamais causé le moindre problème à Chester.

Mrs Bestwick avait téléphoné à Chester en fin d'après-midi, environ un mois plus tôt, et lui avait demandé s'il pouvait monter la voir. Ce n'était pas urgent, avait-elle expliqué de sa voix agréable, mais si cela ne le dérangeait pas, elle aurait aimé s'entretenir avec lui. Elle l'avait fait entrer avec courtoisie, comme elle faisait toute chose. C'était une femme mince — une femme trop mince dotée d'un buste magnifique et d'une façon gracieuse de se mouvoir. Cet après-midi-là, il l'avait suivie au salon, où une vieille dame était assise sur un canapé.

« Chester, je vous présente ma mère, Mrs Doubleday, avait déclaré Mrs Bestwick. Mère, voici Chester Coolidge, notre gardien. »

Mrs Doubleday avait dit qu'elle était heureuse de le rencontrer et, sur son invitation, Chester s'était assis. Dans l'une des chambres, il entendait chanter l'aînée des Bestwick. « *Up with Chapin/ Down with Spence,* chantait-elle. *Hang Miss Hewitt/ To a back-yard fence.* »

Chester connaissait chacun des salons de l'immeuble et, de son point de vue, celui des Bestwick était aussi agréable que n'importe quel autre. Il trouvait tous les appartements de cet immeuble intrinsèquement laids et malcommodes. Quand il regardait ses locataires convaincus de leur importance traverser le hall, il songeait parfois qu'ils incarnaient une catégorie particulière de la pauvreté. Ils étaient pauvres en espace, en lumière, en calme, en repos, et en intimité — pauvre en tout ce qui fait du foyer d'un homme son royaume. Il savait quels efforts ils déployaient pour surmonter ces inconvénients : la ventilation, par exemple, pour chasser les odeurs de cuisine. Un appartement de six pièces n'est pas une maison et, si l'on fait cuire des oignons à un bout, il est très probable qu'on les sente à l'autre, mais ils installaient tous des hottes aspirantes et les faisaient fonctionner en permanence, comme si un système de ventilation pouvait faire en sorte qu'un appartement embaume comme une maison dans les bois. Tous les salons étaient, à son avis, trop hauts de plafond et trop étroits, trop bruyants et trop sombres, et il savait avec quel acharnement les femmes gaspillaient leur temps et leur argent dans les magasins de meubles dans l'espoir qu'un autre genre de moquette, d'autres tables basses, deux lampes assorties, allaient enfin rendre l'appartement conforme à l'image qu'elles se faisaient d'un foyer bien établi. Mrs Bestwick s'en était mieux sortie que la plupart, se dit-il, ou peut-être était-ce parce qu'il l'appréciait qu'il appréciait son salon.

« Êtes-vous au courant des nouveaux loyers, Chester ? avait demandé Mrs Bestwick.

— Je ne suis jamais au courant de rien en ce qui concerne les loyers ou les baux, avait menti Chester. Tout ça est géré dans les bureaux.

— Notre loyer a été augmenté, avait repris Mrs Bestwick, et nous ne voulons pas payer autant. J'ai pensé que vous sauriez peut-être s'il y avait un appartement moins cher libre dans l'immeuble.

— Je suis navré, Mrs Bestwick, avait rétorqué Chester. Il n'y a rien.

— Je vois », avait murmuré Mrs Bestwick.

Il devinait qu'elle avait quelque chose derrière la tête ; sans doute espérait-elle qu'il lui propose de parler à la direction pour les convaincre que les Bestwick, en leur qualité de locataires anciens et exemplaires, devraient être autorisés à conserver leur appartement à son loyer actuel. Mais, apparemment, elle n'allait pas se mettre dans une position gênante en sollicitant son aide et il s'abstint, par tact, de lui dire qu'il lui était impossible d'exercer la moindre pression pour influer sur la situation.

« Ce sont les Marshall Cavis qui s'occupent de la gestion de cet immeuble, n'est-ce pas ? s'enquit Mrs Doubleday.

— Oui, répondit Chester.

— Je suis allée à Farmington avec Mrs Cavis, dit Mrs Doubleday à sa fille. Crois-tu que ce serait utile que je lui parle ?

— Mrs Cavis n'est pas très souvent là, intervint Chester. Je travaille ici depuis quinze ans, et je n'ai jamais vu ni l'un ni l'autre.

— Mais ils s'occupent bien de la gestion de l'immeuble ?

— C'est la Marshall Cavis Corporation qui s'en occupe.

— Maude Cavis était fiancée à Benton Towler, dit Mrs Doubleday.

— Je ne pense pas qu'ils s'en occupent beaucoup personnellement, dit Chester. Je n'en jurerais pas, mais il me semble avoir entendu dire qu'ils n'habitaient même pas New York.

— Je vous remercie beaucoup, Chester, soupira Mrs Bestwick. Je m'étais dit qu'il y avait peut-être un appartement libre, c'est tout. »

Quand l'alarme retentit à nouveau, cette fois pour signaler que le réservoir du toit était plein, Chester se hâta de traverser le hall, dévala l'escalier métallique et arrêta la pompe. Stanley, l'homme à tout faire, était réveillé et s'activait dans sa pièce ; Chester lui dit qu'à son avis le flotteur contrôlant la pompe du réservoir était cassé et lui recommanda de garder un œil sur la jauge. Au sous-sol, la journée avait commencé. Le lait et les journaux avaient été distribués ; Delaney, le portier, avait vidé les poubelles du hall à l'arrière du bâtiment ; à présent, les cuisinières et les domestiques qui n'étaient pas hébergés par leurs employeurs arrivaient. Chester les entendait saluer Ferarri, le liftier de l'ascenseur de service, et leurs « bonjours » sonores le renforcèrent dans sa conviction que le niveau de courtoisie était un cran plus élevé au sous-sol que dans le hall d'entrée.

Un peu avant 9 heures, Chester appela le cabinet de gestion. Une secrétaire dont il ne reconnut pas la voix prit son message. « Le flotteur du réservoir est cassé, déclara-t-il, et nous faisons fonctionner la pompe de secours manuellement. Dites à l'équipe d'entretien de passer ce matin.

— L'équipe d'entretien se trouve dans un autre immeuble, dit la voix inconnue, et elle ne sera pas de retour avant 4 heures de l'après-midi.

— C'est une urgence, bon Dieu ! cria Chester. J'ai plus de deux cents salles de bains ici. Cet immeuble est aussi important que ceux de Park Avenue. Si l'eau vient à manquer dans mes salles de bains, vous pourrez venir recevoir les plaintes vous-mêmes. Des déménagements sont prévus aujourd'hui et l'agent d'entretien et moi-même nous avons trop à faire pour passer notre temps assis près de la pompe de secours. »

Son visage s'empourpra. Sa voix tonnait dans le sous-sol. Quand il raccrocha, il se sentait mal à l'aise, et son cigare lui brûlait la bouche. Puis Ferarri arriva avec de mauvaises nouvelles. Le déménagement des Bestwick allait être retardé. Le couple avait pris des dispositions pour qu'une petite entreprise de déménagement transporte ses meubles et ses cartons jusqu'à Pelham et le camion était tombé en panne dans la nuit alors qu'il rentrait de Boston avec un chargement.

Ferarri fit monter Chester au 9-E dans l'ascenseur de service. L'une des domestiques que Mrs Bestwick avait employées ces derniers temps quelques heures par semaine pour un salaire dérisoire avait punaisé une feuille sur la porte de service. « À l'intention des personnes concernées, avait-elle écrit en majuscules. Je ne joue pas au Loto, je n'ai jamais joué au Loto et je ne jouerai jamais au Loto. » Chester jeta la feuille à la poubelle et sonna à la porte de service. Mrs Bestwick lui ouvrit. Elle tenait une tasse fêlée remplie de café, et Chester remarqua que sa main tremblait.

« Je suis absolument désolée pour le camion de déménagement, Chester, dit-elle. Je ne sais pas vraiment quoi faire. Tout est prêt », ajouta-t-elle en désignant d'un geste les cartons à vaisselle qui emplissaient presque toute la cuisine.

Elle emmena Chester dans le salon dont les murs, les fenêtres et les sols étaient nus.

« Tout est prêt, répéta-t-elle. Mr Bestwick est allé m'attendre à Pelham. Mère a pris les enfants chez elle.

— C'est dommage que vous ne m'ayez pas demandé conseil au sujet des déménageurs, dit Chester. Ce n'est pas qu'ils me fassent des réductions ni rien, mais j'aurais pu vous indiquer une entreprise fiable qui ne vous aurait pas coûté plus cher que celle que vous avez engagée. Les gens essaient d'économiser de l'argent en faisant appel à des entreprises bon marché, et en fin de compte ils n'économisent rien du tout. Mrs Negus — qui habite au 1-A — veut emménager ici ce matin. »

Mrs Bestwick garda le silence.

« Oh, vous allez me manquer, Mrs Bestwick, reprit Chester, ayant le sentiment qu'il s'était peut-être montré désagréable. N'en doutez pas. Mr Bestwick, vos petites filles et vous, vous allez me manquer. Vous étiez de bons locataires. En huit ans, je ne crois pas qu'un de vous se soit plaint une seule fois. Mais les choses changent, Mrs Bestwick. Il est en train de se passer quelque chose. Le coût élevé de la vie. Oh, je me souviens d'une époque où la majeure partie des locataires de cet immeuble n'était ni riche ni pauvre. À présent, il n'y a que des riches. Et, oh, les choses dont ils se plaignent, Mrs Bestwick ! Vous ne me croiriez pas. Avant-hier, la divorcée du 7-F m'a téléphoné, et vous savez de quoi elle voulait se plaindre ? Elle m'a dit que le siège des toilettes de l'appartement n'était pas assez grand. »

Sa plaisanterie ne fit pas rire Mrs Bestwick. Elle esquissa un sourire, mais son esprit semblait ailleurs.

« Eh bien, dit Chester, je vais descendre dire à Mrs Negus qu'il y aura un contretemps. »

Mrs Negus, qui allait remplacer Mrs Bestwick, prenait des leçons de piano. L'une des portes de son appartement donnait sur le hall d'entrée de l'immeuble et, l'après-midi, on l'entendait faire ses gammes. Ce n'était pas un instrument qu'elle maîtrisait facilement et elle ne connaissait encore que quelques accords. Il y avait peu de temps qu'elle s'était lancée dans les leçons de piano. Quand elle avait emménagé dans l'immeuble, pendant la guerre, elle s'appelait Mary Toms et partageait l'appartement avec Mrs Lasser et Mrs Dobree. Chester soupçonnait ces dernières d'avoir des mœurs légères et, quand Mary Toms avait emménagé avec elles, il s'était inquiété à son sujet, parce qu'elle était très jeune et jolie. Son inquiétude était sans fondement ; cette vie dissolue ne l'avait absolument pas déprimée, pas plus qu'elle ne l'avait rendue vulgaire. Pauvre et vêtue d'un manteau en tissu à son arrivée, elle possédait à la fin de l'année plus de fourrures que les autres et semblait gaie comme un pinson. Mr Negus avait commencé à lui rendre visite au cours du deuxième hiver. Il était arrivé là par hasard, supposait Chester, et sa vie en avait été changée. C'était un homme entre deux âges qui avait des allures de dur, et Chester se souvenait de lui à l'époque car, quand il traversait le hall d'entrée pour aller au 1-A, il enfouissait son nez dans le col de son manteau et tirait le bord de son chapeau jusqu'à ses yeux.

À partir du moment où Mr Negus avait commencé à fréquenter régulièrement Mary Toms, elle avait cessé de voir tous ses autres amis. L'un d'eux, un officier de la marine française, avait fait du grabuge et il avait fallu un portier et un policier pour le chasser de l'immeuble. Après cela, Mr Negus avait mis Mrs Lasser et Mrs Dobree à la porte. Mary Toms n'y était pour rien, et elle s'était efforcée de trouver à ses amies un autre appartement dans l'immeuble. Mr Negus avait été intraitable, et les deux femmes d'âge mûr avaient dû faire leurs valises et déménager dans un appartement de la Cinquante-huitième Rue, dans le West Side. Après leur départ, un décorateur était venu tout refaire. Il avait été suivi par le piano à queue, les caniches, l'adhésion au Grand Livre du Mois et la domestique irlandaise revêche. L'hiver suivant, Mary Toms et Mr Negus étaient allés à Miami et s'y étaient mariés mais, même une fois marié, Mr Negus avait continué à traverser furtivement le hall d'entrée, comme s'il bravait la voix de la raison. À présent, les Negus allaient déménager tout leur fourbi au 9-E, quelques étages plus haut. Chester n'en était ni content ni mécontent, mais il était d'avis que l'installation n'était que provisoire. Mrs Negus était ambitieuse. Après un an ou deux au 9-E, elle s'installerait sans doute dans l'un des appartements penthouse. De là, elle déménagerait probablement dans l'un des immeubles plus luxueux de la Cinquième Avenue, au nord de Manhattan.

Quand Chester sonna à la porte, ce matin-là, Mrs Negus lui ouvrit. Elle était restée jolie comme un cœur.

« Bonjour, Chet, s'exclama-t-elle. Entrez. Je pensais que vous ne vouliez pas que je commence à emménager avant 11 heures.

— Eh bien, il se peut qu'il y ait un contretemps, dit Chester. Le camion de déménagement de l'autre dame n'est pas là.

— Mais il faut que j'emmène tout ça là-haut, Chet.

— Eh bien, si ses déménageurs ne sont pas là à 11 heures, je demanderai à Max et Delaney de descendre ses affaires dans le hall.

— Salut, Chet, dit Mr Negus.

— Qu'est-ce qu'il y a sur ton fond de pantalon, mon chéri ? demanda Mrs Negus.

— Il n'y a rien sur mon pantalon, répliqua Mr Negus.

— Mais si. Il y a une tache.

— Écoute, ce pantalon sort juste de chez le teinturier.

— Eh bien, si tu as mangé de la marmelade au petit déjeuner, tu as pu t'asseoir dedans. Je veux dire, tu as pu mettre de la marmelade dessus.

— Je n'ai pas mangé de marmelade.

— Eh bien, du beurre, alors. Ça se voit terriblement.

— Je vous passerai un coup de fil, dit Chester.

— Virez ses affaires de là-haut, Chet, dit Mrs Negus, et je vous donnerai dix dollars. C'est mon appartement depuis minuit. Je veux y installer mes affaires. »

Puis elle se tourna vers son mari et se mit à frotter son pantalon avec une serviette. Elle ne raccompagna pas Chester à la porte.

Dans le bureau du sous-sol, le téléphone sonnait. Chester décrocha, et une domestique l'informa qu'une salle de bains débordait au 5-A. Le téléphone sonna sans discontinuer pendant qu'il était là et il prit note de nombreuses plaintes concernant des problèmes pratiques dont lui firent part des domestiques ou des locataires — une fenêtre bloquée, une porte coincée, un robinet qui fuyait et une canalisation bouchée. Chester prit la boîte à outils et se chargea des réparations lui-même. La plupart des locataires étaient respectueux et aimables, mais la divorcée du 7-F le convoqua dans son salon et s'adressa sèchement à lui.

« Vous êtes le concierge ?

— Je suis le gardien d'immeuble, répondit Chester. L'agent d'entretien est occupé.

— Eh bien, je veux vous parler du hall à l'arrière de l'immeuble, reprit-elle. Je pense que cet immeuble n'est pas aussi propre qu'il devrait l'être. Ma domestique croit avoir vu des cafards à la cuisine. Nous n'avons jamais eu de cafards.

— C'est un immeuble propre, rétorqua Chester. C'est l'un des immeubles les plus propres de New York. Delaney lave les escaliers de service tous les deux jours, et nous les faisons repeindre aussi souvent que possible. Un jour, quand vous n'aurez rien de mieux à faire, vous devriez descendre voir mon sous-sol. Je me donne autant de mal pour mon sous-sol que pour mon hall d'entrée.

— Je ne vous parle pas du sous-sol, répliqua-t-elle. Je vous parle du hall à l'arrière de l'immeuble. »

Chester regagna son bureau avant de perdre son sang-froid. Ferarri l'informa que les hommes de l'équipe d'entretien étaient arrivés et se trouvaient sur le toit en compagnie de Stanley. Chester aurait aimé qu'ils viennent d'abord le trouver ; puisqu'il était le gardien de l'immeuble et que la charge des lieux reposait entièrement sur ses épaules, il estimait qu'ils auraient dû le consulter avant d'intervenir sur son domaine. Il monta au penthouse F et gravit l'escalier permettant d'accéder au toit depuis le palier à l'arrière du bâtiment. Le vent du nord mugissait dans les antennes de télévision et il restait un peu de neige sur les toits et les terrasses. Des bâches goudronnées protégeaient le mobilier de jardin et un grand chapeau de paille, recouvert de glace, était accroché au mur d'une des terrasses. Chester se dirigea vers le réservoir et vit deux hommes en salopette perchés tout en haut de l'échelle métallique, occupés à réparer le flotteur. Quelques barreaux plus bas, Stanley leur passait des outils. Chester gravit l'échelle métallique et leur donna son avis sur la question. Ils l'écoutèrent respectueusement mais, au moment où il redescendait l'échelle, il entendit l'un des hommes de l'équipe d'entretien demander à Stanley : « Qui c'était, ce type — le concierge ? »

Blessé dans son amour-propre pour la seconde fois de la journée, Chester s'approcha du bord du toit et balaya la ville du regard. Le fleuve était à sa droite. Il vit un bateau approcher, un cargo qui avançait porté par la marée, toutes lampes allumées sur le pont et à la proue dans la grisaille. Il allait prendre la mer, mais la lumière et le silence qui l'auréolaient donnèrent à Chester l'impression qu'il était aussi bien chauffé et tranquille qu'une ferme dans une prairie. Il descendait le fleuve comme une ferme naviguant sur les flots. Comparé au domaine qui était le sien, songea Chester, un cargo n'était rien. À ses pieds, il y avait des milliers d'artères résonnant sourdement sous la pression de la vapeur ; il y avait des centaines de toilettes, des kilomètres de canalisations et une liste de passagers de plus de cent personnes, chacun susceptible en cet instant même d'envisager le suicide, le vol, l'incendie volontaire ou la mise à sac. C'était une responsabilité colossale, et Chester songea avec commisération à celles, triviales en comparaison, d'un capitaine prenant la mer avec son cargo.

Quand il retourna au sous-sol, le téléphone sonnait ; c'était Mrs Negus qui voulait savoir si

Mrs Bestwick était partie. Il dit qu'il la rappellerait et raccrocha. Les dix dollars qu'elle lui avait promis semblaient donner à Chester l'obligation de déloger Mrs Bestwick, mais il n'avait pas envie d'ajouter aux problèmes de cette dernière et il se remémora avec regret quelle locataire exemplaire elle avait été. Le temps couvert, la pensée de Mrs Bestwick et les gens qui l'avaient traité de concierge le convainquirent qu'il avait besoin de réconfort, et il décida d'aller faire cirer ses chaussures.

Mais la boutique, ce matin-là, était silencieuse et vide et Bronco, le cireur de chaussures, se pencha avec mélancolie sur les souliers de Chester.

« J'ai soixante-deux ans, Chester, soupira-t-il, et j'ai l'esprit mal tourné. Vous croyez que c'est parce que je passe ma vie le nez sur des chaussures ? Vous croyez que l'odeur du cirage y est pour quelque chose ? »

Il enduisit de cirage les souliers de Chester et entreprit de faire pénétrer la pâte à l'aide d'une brosse à poils durs.

« C'est ce que pense ma légitime, poursuivit Bronco. Elle pense que c'est parce que je passe ma vie le nez sur des chaussures. La seule chose que j'aie en tête, dit-il avec tristesse, c'est l'amour, l'amour, l'amour. C'est répugnant. Mettons que je voie dans le journal une photo d'un jeune couple attablé pour dîner. Pour ce que j'en sais, ce sont deux gentils jeunes gens à l'esprit sain, mais j'imagine tout autre chose. Ou alors, une dame vient faire poser des talons sur ses chaussures. “Oui, madame. Non, madame. Ce sera prêt demain, madame”, voilà ce que je lui dis, mais j'aurais honte de vous raconter ce qui me traverse l'esprit. Mais si ça vient du fait que je passe ma vie le nez sur des chaussures, qu'est-ce que je peux y faire ? C'est mon seul moyen pour gagner ma vie. Pour avoir une place comme la vôtre, il faut être charpentier, peintre, politicien, et il faut être une vraie nounou. Oh, ça doit être un sacré boulot que le vôtre, Chester ! Disons qu'une fenêtre reste coincée. Un plomb a grillé. On vous demande de monter arranger ça. La maîtresse de maison ouvre la porte. Elle est toute seule. Elle est en chemise de nuit. Elle... »

Bronco s'interrompit et mania vigoureusement le chiffon à chaussures.

Quand Chester regagna l'immeuble, le camion de déménagement de Mrs Bestwick n'était toujours pas arrivé, et il monta tout droit au 9-E et sonna. Il n'y eut pas de réponse. On n'entendait aucun bruit. Il sonna à plusieurs reprises, puis il ouvrit avec son passe-partout à l'instant même où Mrs Bestwick entrait dans la cuisine.

« Je n'ai pas entendu sonner, dit-elle. Je suis tellement ennuyée par ce retard que je n'ai pas entendu sonner. J'étais dans la pièce à côté. »

Elle s'assit à la table de la cuisine. Elle était pâle et semblait préoccupée.

« Ne soyez pas triste, Mrs Bestwick, dit Chester. Vous allez vous plaire à Pelham. C'est à Pelham que vous déménagez, non ? Des arbres, des oiseaux. Les enfants auront de bonnes joues. Vous aurez une belle maison.

— C'est une petite maison, Chester, murmura Mrs Bestwick.

— Bon. Je vais demander aux portiers de débarrasser vos trucs — vos affaires — maintenant et de les mettre dans l'allée, reprit-il. Elles seront autant en sécurité que dans votre appartement et, s'il pleut, je m'assurerai que tout soit couvert et reste au sec. Pourquoi est-ce que vous n'allez pas tout de suite à Pelham, Mrs Bestwick ? Je m'occuperai de tout. Pourquoi est-ce que vous ne prenez pas tout simplement le train pour Pelham ?

— Je crois que je préfère attendre, Chester, merci », dit Mrs Bestwick.

Quelque part, une sirène d'usine annonça midi. Chester descendit au rez-de-chaussée et passa le hall d'entrée en revue. Les tapis et le sol étaient propres, et les sous-verres protégeant les gravures de scènes de chasse à courre étincelaient. Il sortit sous le porche le temps de s'assurer que les montants en cuivre étaient bien astiqués, le paillasson en caoutchouc récuré, que sa marquise était une belle marquise et que, contrairement à d'autres, elle avait résisté aux tempêtes de l'hiver.

Pendant qu'il se tenait là, une voix distinguée lui dit : « Bonjour », et il répondit : « Bonjour, Mrs Wardsworth » avant de s'apercevoir qu'il s'agissait de Katie, la vieille domestique de Mrs Wardsworth. C'était une erreur compréhensible, dans la mesure où Katie portait un chapeau et un manteau dont s'était débarrassée Mrs Wardsworth et le fond d'une bouteille de parfum ayant appartenu à celle-ci. Dans la faible lumière, la vieille femme ressemblait au fantôme de sa maîtresse.

Puis un camion de déménagement, le camion de déménagement de Mrs Bestwick, se gara à reculons contre le trottoir. Cela remonta le moral de Chester et il alla déjeuner de bon appétit.

Mrs Coolidge ne s'assit pas à table avec lui et, la voyant vêtue de sa robe mauve, il devina qu'elle allait au cinéma.

« Aujourd'hui, la femme du 7-F m'a demandé si j'étais le concierge, dit-il.

— Oh, ne t'en fais donc pas pour ça, Chester, dit Mrs Coolidge. Quand je pense à toutes les choses que tu as en tête — tout ce que tu dois faire —, il me semble que tu as plus de pain sur la planche que presque tous les gens que je connais. Pense donc, l'immeuble pourrait prendre feu en pleine nuit, et personne ici ne sait où se trouvent les tuyaux d'incendie à part Stanley et toi. Sans oublier les ascenseurs, l'électricité, le gaz et la chaudière. Combien de pétrole m'as-tu dit que la chaudière avait consommé l'an dernier, Chester ?

— Presque trente mille litres, répondit-il.

— Imagine un peu », dit Mrs Coolidge.

Quand Chester retourna au rez-de-chaussée, le déménagement se déroulait en bon ordre. Les déménageurs lui dirent que Mrs Bestwick était toujours dans l'appartement. Il alluma un cigare, s'assit à son bureau et entendit quelqu'un chanter *Did you ever see a dream walking?* La chanson, qu'accompagnaient des rires et des claquements de main, provenait de l'extrémité du sous-sol, et Chester suivit la voix le long du couloir obscur et jusqu'à la buanderie. C'était une pièce brillamment éclairée qu'emplissait l'odeur du sèche-linge. Des peaux de bananes et des papiers gras jonchaient les tables à repasser et aucune des six blanchisseuses ne travaillait. Au milieu de la pièce, l'une d'elles, vêtue d'un déshabillé qui avait dû être envoyé au lavage, valsait dans les bras d'une autre, qui était vêtue d'une nappe. Les autres tapaient dans leurs mains et s'esclaffaient. Chester hésitait à intervenir quand le téléphone de son bureau sonna à nouveau. C'était Mrs Negus.

« Virez-moi cette garce de là, Chester, ordonna-t-elle. C'est mon appartement depuis minuit. Je monte là-haut maintenant. »

Chester demanda à Mrs Negus de l'attendre dans le hall d'entrée. Quand il la rejoignit, elle portait une veste en fourrure et des lunettes noires. Ils montèrent ensemble au 9-E, et il sonna à la porte principale. Il présenta les deux femmes l'une à l'autre, mais Mrs Negus ne prêta guère attention à son interlocutrice ; elle s'intéressait à un meuble que les déménageurs transportaient dans l'entrée.

« C'est un meuble superbe, dit-elle.

— Merci, dit Mrs Bestwick.

— Vous ne voudriez pas le vendre ?

— Je crains que ce ne soit pas possible. Je suis désolée de laisser les lieux dans un tel état, poursuivit-elle. Je n'ai pas eu le temps de faire venir quelqu'un pour le ménage.

— Oh, ça n'a pas d'importante, rétorqua Mrs Negus. De toute façon, je vais faire repeindre et redécorer tout l'appartement. Je voulais juste y mettre mes affaires.

— Pourquoi est-ce que vous n'allez pas à Pelham à présent, Mrs Bestwick ? dit Chester. Votre camion est là, et je m'assurerai que rien ne soit oublié.

— Je m'en irai dans un instant, Chester, dit Mrs Bestwick.

— Vous avez des diamants magnifiques, dit Mrs Negus en regardant les bagues de Mrs Bestwick.

— Merci, dit Mrs Bestwick.

— Allons, descendez avec moi, Mrs Bestwick, insista Chester. Je vais vous appeler un taxi, et je m'assurerai que tout soit chargé dans le camion. »

Mrs Bestwick mit son chapeau et son manteau. « J'imagine qu'il y a des choses que je devrais vous dire à propos de l'appartement, dit-elle à Mrs Negus, mais je n'arrive pas à me souvenir de quoi que ce soit. Je suis ravie de vous avoir rencontrée. J'espère que vous vous plairez autant dans l'appartement que nous nous y sommes plu. »

Chester ouvrit la porte, et elle le précéda sur le palier.

« Attendez un instant, Chester, dit-elle. Attendez un instant, s'il vous plaît. »

Alors Chester eut peur qu'elle ne se mette à pleurer, mais elle ouvrit son sac à main et se mit à en inspecter soigneusement le contenu.

Le chagrin qu'elle éprouvait à cet instant allait bien au-delà, Chester le savait, du simple fait de s'en aller d'un endroit apparemment familier pour un autre, apparemment inconnu ; c'était le regret douloureux de quitter un lieu où son intonation et son allure, son manteau usé et ses bagues en diamant pouvaient encore imposer une trace de respect ; le regret de rompre avec une classe sociale et d'en rejoindre une autre, et ce regret était deux fois plus aigu en ceci que la rupture ne serait jamais consommée. Quelque part à Pelham, Mrs Bestwick trouverait une voisine ayant étudié à Farmingdale ou Dieu sait où ; elle trouverait une amie avec des diamants gros comme des avelines et des trous dans ses gants.

Dans le hall d'entrée, elle salua le garçon d'ascenseur et le portier. Chester sortit sur le porche avec elle, s'attendant à ce qu'elle lui fasse ses adieux sous la marquise, et il était prêt à chanter à nouveau les louanges de la locataire qu'elle avait été, mais elle lui tourna le dos sans un mot et se dirigea d'un pas rapide vers l'angle de la rue. Se voir ainsi négligé surprit Chester et le blessa, et il la suivait des yeux avec indignation quand, soudain, elle pivota sur elle-même et revint sur ses pas.

« Mais j'ai oublié de vous dire au revoir, Chester,

n'est-ce pas ? dit-elle. Au revoir et merci, et dites au revoir à Mrs Coolidge pour moi. Mes meilleurs souvenirs à Mrs Coolidge. »

Puis elle s'en alla.

« Eh bien, on dirait que ça va se lever, qu'en dites-vous ? » lança Katie Shay en franchissant la porte, quelques minutes plus tard.

Elle tenait à la main un sachet en papier rempli de grain. Dès qu'elle traversa la rue, les pigeons qui nichaient sur le Queensboro Bridge la reconnurent, mais elle ne leva pas la tête pour les voir, au nombre d'une centaine, quitter leur perchoir et voler en cercles irréguliers, comme s'ils étaient portés par le vent. Elle entendait le vrombissement de leurs ailes au-dessus de sa tête et voyait leurs ombres obscurcir les flaques d'eau dans la rue, mais elle semblait n'avoir pas conscience des oiseaux. Elle s'y prenait d'une manière ferme et douce, comme une gouvernante avec des enfants pénibles et, quand les pigeons se posèrent sur le trottoir et se pressèrent à ses pieds, elle les obligea à patienter. Puis elle entreprit d'éparpiller le grain jaune, d'abord à destination des oiseaux vieux et malades, à l'extérieur du groupe, puis vers les autres.

Un ouvrier qui descendait d'un bus au coin de la rue remarqua les oiseaux et la vieille femme. Il ouvrit sa boîte à sandwich et vida les miettes de son déjeuner sur le trottoir. Un instant plus tard, Katie fut à ses côtés.

« J'aimerais mieux que vous ne les nourrissiez pas, dit-elle sèchement. J'aimerais autant que vous ne les nourrissiez pas. Vous voyez, j'habite cet immeuble, là-bas, et je peux garder un œil sur eux et m'assurer qu'ils ont tout ce qu'il leur faut. Je leur donne du bon grain deux fois par jour. Du maïs l'hiver. Ça me coûte neuf dollars par mois. Je m'assure qu'ils ont tout ce qu'il leur faut et je n'aime pas que des inconnus les nourrissent. (Tout en parlant, elle chassait à coups de pied les miettes de pain de l'inconnu dans le caniveau.) Je change leur eau deux fois par jour, et en hiver je m'assure toujours qu'elle n'est pas gelée. Mais j'aime autant que des inconnus ne les nourrissent pas. Je sais que vous comprendrez. »

Elle était bizarre, songea Chester, elle était aussi bizarre que la langue que parlent les Chinois. Mais qui était le plus bizarre — elle, parce qu'elle nourrissait les oiseaux ou lui, parce qu'il la regardait ?

Ce qu'elle avait dit du temps était vrai. Les nuages s'éloignaient et Chester remarqua la lumière emplissant le ciel. Les jours rallongeaient ; la lumière semblait s'attarder. Il sortit de sous la marquise, joignit les mains dans son dos et regarda en l'air et au loin. Quand il était enfant, on lui avait enseigné que les nuées dissimulaient la Cité de Dieu, et le plafond nuageux éveillait encore en lui la curiosité d'un enfant qui s'imagine regarder l'endroit où vivent les saints et les prophètes. Mais il ne s'agissait pas seulement des habitudes de pensée liturgiques qu'il avait conservées de son enfance pieuse. La journée avait été dénuée de sens, et le ciel semblait promettre une explication littérale.

Mais pourquoi avait-elle été dénuée de sens ? Pourquoi lui laissait-elle un tel sentiment d'insatisfaction ? Pourquoi Bronco, les Bestwick, les Negus, la divorcée du 7-F, Katie Shay et l'inconnu étaient-ils aussi parfaitement insignifiants, en fin de compte ? Était-ce parce que les Bestwick et les Negus, Bronco et lui-même avaient été incapables de s'entraider, était-ce parce que la vieille domestique n'avait pas laissé l'inconnu nourrir les oiseaux ? Pourquoi donc ? demanda Chester, scrutant l'air bleu comme s'il s'attendait à ce qu'une réponse y soit inscrite sous forme de vapeur. Mais le ciel lui répondit seulement que c'était une longue journée de la fin de l'hiver, qu'il était tard et que c'était l'heure de rentrer.

Une femme sans patrie

Je l'ai vue ce printemps-là entre la troisième et la quatrième course de Campino en compagnie du comte de Capra, celui à la moustache, buvant du Campari dans cet hippodrome à l'atmosphère détendue et plaisante, sur un arrière-plan de montagnes surmontées d'un amas de cumulus qui, chez nous, aurait signifié qu'un orage à foudroyer les arbres allait éclater avant l'heure du dîner mais qui, ici, est sans conséquence. Je l'ai vue à nouveau au Tennerhof de Kitzbühel où un Français interprétait des chansons de cow-boys devant un public dans lequel se trouvait la reine des Pays-Bas, mais je ne l'ai jamais aperçue sur les pistes ; je pense qu'elle ne skiait pas mais qu'elle allait là-bas, comme tant d'autres, pour le monde et l'animation. Puis je l'ai revue au Lido et de nouveau à Venise, en fin de matinée, alors que je m'apprêtais à prendre une gondole jusqu'à la gare et que je buvais un café à la terrasse du Gritti. Je l'ai vue à Erl, au « Mystère de la Passion » — non pas au Mystère de la Passion à proprement parler, mais à l'auberge du village où l'on déjeune à l'entracte —, puis au concours hippique à la Piazza de Sienne, et je l'ai revue l'automne suivant à Trévise, embarquant dans l'avion pour Londres. L'aventure européenne avait fait long feu.

Mais cela n'avait peut-être rien de surprenant. Elle était de ces voyageurs infatigables qui rêvent chaque nuit de sandwiches bacon-laitue-et-tomate. Bien qu'elle ait grandi dans une petite ville de scieries du nord des États-Unis où l'on fabrique des cuillères en bois, l'un de ces coins isolés qui sont le vivier de la haute société internationale, cela n'avait rien à voir avec son existence nomade. Son père était le concessionnaire de la scierie, et la scierie appartenait à la famille Tonkin, laquelle possédait de nombreux biens, des comtés entiers, et dont la presse à sensation suivait les procédures de divorce. Le fils Tonkin, prénommé Marchand, passa un mois sur place pour apprendre le métier et tomba amoureux d'Anne. C'était une fille sans grande beauté, au caractère doux et modeste — qualités qu'elle ne perdit jamais — et ils se marièrent un an plus tard. Bien qu'immensément riches, les Tonkin se plaignaient d'être pauvres et le jeune couple vécut modestement dans une petite ville proche de New York où Marchand était employé dans les bureaux de l'entreprise familiale. Ils eurent un enfant, et ils menèrent une vie heureuse et sans histoires jusqu'à un matin humide et chaud, au cours de leur septième année de mariage.

Marchand avait un rendez-vous à New York et devait prendre le train de bonne heure. Il avait prévu de petit-déjeuner en ville. Il était environ 7 heures quand il embrassa Anne pour lui dire au revoir. Elle n'était pas habillée et était au lit quand elle entendit grincer à plusieurs reprises le démarreur de la voiture qu'il prenait pour se rendre à la gare. Puis elle entendit la porte d'entrée s'ouvrir et son mari l'appeler depuis le rez-de-chaussée : la voiture ne voulait pas démarrer, Anne pouvait-elle le conduire à la gare avec la Buick ? Elle n'avait pas le temps de s'habiller, aussi elle jeta une veste sur ses épaules et l'emmena prendre son train. Ce qu'on voyait d'elle était correctement vêtu ; en revanche, sous la veste, la chemise de nuit était transparente. Son mari l'embrassa à nouveau et la pressa d'aller s'habiller ; elle quitta la gare mais, au croisement d'Alewives Lane et de Hill Street, elle tomba en panne d'essence.

Elle était immobilisée devant chez les Bearden et elle savait qu'ils lui donneraient de l'essence, ou au moins lui prêteraient un manteau. Elle klaxonna, klaxonna à d'innombrables reprises, jusqu'au moment où elle se souvint qu'ils étaient à Nassau. Elle n'avait d'autre solution, de ce fait, qu'attendre dans la voiture, pratiquement nue, qu'une de ses amies femme au foyer survienne et lui propose son aide. Tout d'abord Mary Pym passa en voiture ; bien qu'Anne lui fît signe, elle ne sembla pas l'apercevoir. Puis ce fut au tour de Julia Weed qui emmenait Francis à la gare, pied au plancher, mais elle allait trop vite pour remarquer quoi que ce soit. Enfin arriva Jack Burden, le coureur de jupons de la ville qui, sans qu'Anne lui fasse signe ou l'appelle de quelque façon que ce soit, sembla attiré de façon magnétique par la voiture. Il se gara et lui demanda si elle avait besoin d'aide. Elle monta dans sa voiture — que pouvait-elle faire d'autre —, en pensant à lady Godiva et à sainte Agnès. Le pire était qu'elle semblait incapable de s'éveiller — d'accomplir la transition entre les ombres du sommeil et la clarté du jour. Et la journée était sombre, lourde et oppressante comme l'atmosphère d'un mauvais rêve. Des arbustes cachaient leur allée de la route et, quand elle descendit de voiture et remercia Jack Burden, celui-ci gravit les marches à sa suite et abusa d'elle dans l'entrée, où Marchand les surprit quand il revint chercher son attaché-case.

Marchand quitta la maison, et Anne ne le revit jamais. Il mourut d'une crise cardiaque dans un hôtel de New York dix jours plus tard. Les beaux-parents d'Anne l'assignèrent en justice pour obtenir la garde de son fils unique et, durant le procès, la jeune femme, dans son innocence, commit l'erreur d'attribuer son écart de conduite à l'humidité dans l'air. Les journaux à scandale s'emparèrent du bon mot — « JE NE POUVAIS RIEN Y FAIRE, IL Y AVAIT DE L'HUMIDITÉ DANS L'AIR », qui se répandit dans le pays entier. Une chanson populaire naquit, *Humide Isabella*. Il lui semblait l'entendre chanter partout où elle allait :

Oh, Humide Isabella
N'embrassait jamais un gars
À moins qu'il n'y ait de l'humidité dans l'air,
Mais quand le ciel était bas,
Elle était dans tous ses états...

Au milieu du procès, elle renonça à ses revendications, mit des lunettes fumées et prit le bateau incognito pour Gênes, paria d'une société dont l'implacable censure lui semblait n'être modérée que par un humour grivois.

Elle avait de quoi vivre, bien sûr — ses souffrances étaient seulement morales —, mais elle avait été meurtrie, et ses souvenirs étaient amers. D'après ce qu'elle savait de l'existence, elle avait droit au pardon, mais elle n'en avait pas reçu le moindre et son pays, qu'elle se remémorait depuis l'autre côté de l'Atlantique, semblait avoir prononcé à son encontre un jugement irréaliste et féroce. On avait fait d'elle un bouc émissaire ; on l'avait mise au pilori ; et, parce qu'elle avait le cœur véritablement pur, elle était en proie à une profonde colère. Elle fondait son expatriation sur des motifs non pas culturels, mais moraux. En se faisant passer pour une Européenne, elle voulait exprimer sa désapprobation quant à ce qui s'était produit dans son pays. Ses pérégrinations l'entraînèrent dans toute l'Europe, mais elle finit par acheter une villa à Tavola Calda où elle passa au moins la moitié de l'année. Non seulement elle apprit l'italien, mais elle apprit également toutes les onomatopées et les gestes de la main qui accompagnent ce langage. Dans le fauteuil du dentiste, elle s'exclamait « *aïeee* » au lieu de « *ouch* », et elle pouvait chasser un frelon de son verre de vin avec beaucoup d'élégance. Elle se montrait possessive envers son expatriation — celle-ci lui était propre, et avait été acquise au prix d'une extrême souffrance — et elle était irritée d'entendre d'autres étrangers s'exprimer dans cette langue. Sa villa était charmante : des rossignols chantaient dans les chênes, des fontaines cascadaient dans le jardin et elle-même se tenait sur la plus haute terrasse, les cheveux teints dans la nuance de bronze qui était à la mode à Rome cette année-là, s'exclamant à l'adresse de ses invités : « *Bentornati ! Quanto piacere !* » mais la scène sonnait toujours un peu faux. Il semblait s'agir d'une reproduction, entachée des légers défauts qu'on trouve dans un agrandissement — la perte de la perfection. La jeune femme semblait ne pas tant être là, en Italie, que n'être plus là-bas, aux États-Unis.

Elle passait une grande partie de son temps en compagnie de gens qui, comme elle, se disaient être les victimes d'un climat moral sévère et répressif. Leurs cœurs se trouvaient sur la voie de navigation, fuyant leur pays natal. Elle payait sa mobilité au prix d'une certaine solitude. Le groupe d'amis qu'elle projetait de rejoindre à Wiesbaden partit sans laisser d'adresse. Elle les chercha à Heidelberg et à Munich, mais ne les retrouva jamais. Les faire-part de mariages et les bulletins météo (« épaisse couche de neige dans le nord-est des États-Unis ») lui donnaient terriblement le mal du pays. Elle continua à peaufiner son rôle d'Européenne et, si elle y parvenait admirablement bien, elle demeurait d'une sensibilité maladive envers les critiques, et détestait qu'on la prenne pour une touriste. Un jour, à la fin de la saison estivale, à Venise, elle prit un train en direction du sud et arriva à Rome en fin d'après-midi par une chaude journée de septembre. La plupart des habitants étaient endormis et les seuls signes de vie étaient les bus à touristes qui sillonnaient inlassablement les rues comme une installation mécanique rudimentaire — pareille aux canalisations et aux gaines électriques. Elle tendit son ticket de bagages à un porteur et lui décrivit ses valises dans un italien courant, mais il sembla la percer à jour et marmonna quelque chose à propos des Américains. Oh, ils étaient si *nombreux*. Cela l'irrita et elle répliqua vertement : « Je ne suis pas américaine.

— Excusez-moi, madame, dit-il. De quel pays venez-vous, alors ?

— Je suis, dit-elle, grecque. »

L'énormité, le tragique de son mensonge la plongèrent dans la consternation. Qu'est-ce qui m'a pris ? se demanda-t-elle, éperdue. Son passeport était vert comme l'herbe, et elle voyageait sous le protectorat du Grand Sceau des États-Unis.

Pourquoi avait-elle menti au sujet d'une partie si importante de son identité ?

Elle prit un taxi jusqu'à un hôtel de la Via Veneto, fit monter ses bagages et alla prendre un verre au bar. Il n'y avait là qu'un seul autre Américain, un homme aux cheveux blancs portant une prothèse auditive. Il était seul, il semblait avoir besoin de compagnie et il finit par se tourner vers la table où elle était assise et lui demander avec une grande courtoisie si elle était américaine.

« Oui, dit-elle.

— Comment se fait-il que vous parliez cette langue ?

— Je vis ici.

— Je m'appelle Stebbins. Charles Stebbins. De Philadelphie.

— Enchantée, dit-elle. Où vivez-vous à Philadelphie ?

— Eh bien, je suis né à Philadelphie, mais je n'y suis pas retourné depuis quarante ans. Ma vraie maison, c'est à Shoshone, en Californie. On appelle cet endroit la porte de la vallée de la Mort. Ma femme était née à Londres. Londres, dans l'Arkansas. Ah ah. Ma fille est allée à l'école dans six États du pays. Californie. Washington. Nevada. Dakota du Nord et du Sud, et Louisiane. Mrs Stebbins est décédée l'an dernier, et je me suis dit que j'allais visiter un peu le monde. »

La bannière étoilée sembla se déployer dans l'air au-dessus de sa tête, et Anne réalisa qu'en Amérique les feuilles étaient en train de jaunir.

« Où êtes-vous allé ? demanda-t-elle.

— Eh bien, vous savez, c'est drôle, mais je n'en sais trop rien moi-même. Une agence de Californie a organisé mon voyage et on m'a dit que je serais avec un groupe d'Américains, mais dès que je me suis retrouvé en pleine mer, je me suis aperçu que je voyageais seul. Je ne le referai jamais. Pensez donc, parfois il s'écoule des journées entières sans que j'entende parler américain correctement. Il m'arrive de rester assis dans ma chambre et de parler tout seul pour le simple plaisir d'entendre de l'américain. Imaginez un peu, j'ai pris un car de Francfort à Munich, et personne dans ce car ne parlait un mot d'anglais ! Puis j'ai pris un car de Munich à Innsbruck, et personne ne parlait anglais non plus. Ensuite, j'ai pris un car d'Innsbruck à Venise, et personne ne parlait anglais dans ce car-là non plus jusqu'à ce que des Américains y montent à Cortina. Mais je n'ai pas à me plaindre des hôtels. On y parle généralement anglais, et je suis descendu dans de très bons hôtels. »

Cet inconnu, assis sur un tabouret de bar dans un sous-sol de Rome sembla, aux yeux d'Anne, racheter son pays. Il semblait rayonner de timidité et d'honnêteté. La radio était réglée sur la station des Forces armées de Vérone, qui diffusait un enregistrement de *Star Dust*.

« *Star Dust*, dit l'inconnu. Mais je suppose que je ne vous apprends rien. C'est un de mes amis qui a écrit cette chanson. Hoagy Carmichael. Rien qu'avec elle, il touche six ou sept mille dollars de droits d'auteur par an. C'est un bon ami à moi. Je ne l'ai jamais rencontré, mais nous correspondons par courrier. J'imagine que ça doit vous sembler étrange que j'aie un ami que je n'ai jamais rencontré, mais Hoagy est un véritable ami. »

Cette déclaration sembla à Anne beaucoup plus mélodieuse et expressive que la musique. La juxtaposition des phrases, leur apparente futilité, le rythme auquel elles étaient prononcées lui semblèrent incarner la musique de son pays natal, et elle se souvint de l'époque où, adolescente, elle passait devant les tas de sciure de l'usine de cuillères sur le chemin de chez sa meilleure amie. Quand c'était l'après-midi, elle devait parfois attendre au passage à niveau qu'un train de marchandises ait défilé sur les voies. On entendait d'abord un bruit s'élever au loin, pareil à celui du vent soufflant dans une grotte, puis le fracas du tonnerre, le vacarme des roues. À cet endroit, les trains de marchandises défilaient à pleine vitesse ; ils passaient tel un ouragan. Mais elle se sentait émue en lisant les mots imprimés sur le flanc des wagons ; ils lui faisaient penser non à quelque somptueuse promesse à l'extrémité de la ligne de chemin de fer, mais à l'ampleur et l'étendue de son pays, comme si tous les États d'Amérique — les États qui cultivaient le blé et les États qui exploitaient le pétrole et ceux qui exploitaient le charbon ou la mer — étaient attirés le long des rails jusqu'à l'endroit où elle se tenait, immobile, déchiffrant Southern Pacific, Baltimore & Ohio, Nickel Plate, New York Central, Great Western, Rock Island, Santa Fe, Lackawanna, Pennsylvanie, clac-tic-clac, avant de disparaître.

« Ne pleurez pas, madame, dit Mr Stebbins. Ne pleurez pas. »

Le moment était venu de rentrer. Elle prit un avion pour Orly ce soir-là, et un autre pour Idlewild le lendemain soir. Elle tremblait d'excitation bien avant que la terre n'apparaisse. Elle rentrait à la maison ; elle rentrait à la maison. Elle avait la gorge nouée. Comme les eaux de l'Atlantique semblaient sombres et fraîches après toutes ces années passées au loin ! Dans la lumière du matin, les îles dénuées de relief portant des noms indiens défilèrent sous l'aile droite de l'avion ; et même les maisons de Long Island, disposées comme les fers sur un gaufrier, l'emplirent d'exaltation. Ils firent un tour au-dessus de la piste d'atterrissage, puis se posèrent. Elle avait prévu de trouver une cafétéria à l'aéroport et de commander un sandwich bacon-laitue-et-tomate. Elle s'empara de son parapluie (acheté à Paris) et de son sac (acheté à Sienne) et attendit que son tour vienne de quitter l'avion mais, alors qu'elle descendait l'escalier, avant même que ses chaussures (achetées à Rome) ne foulent le sol de son pays natal, elle entendit un mécanicien qui travaillait sur un DC-7 à la porte d'embarquement voisine chanter :

Oh, Humide Isabella
N'embrassait jamais un gars...

Elle ne sortit jamais de l'aéroport. Elle prit l'avion suivant pour Orly et rejoignit les centaines, les milliers d'Américains qui sillonnent l'Europe, gais ou tristes, comme s'ils n'avaient véritablement pas de maison. Ils tournent au coin d'une rue à Innsbruck, au nombre de trente, et se volatilisent. Ils traversent en masse un pont à Venise et disparaissent. On les entend demander du ketchup dans une *Gästehaus* au-dessus des nuages sur les flancs du grand massif et on les voit explorer les grottes sous-marines, avec masque et tuba, dans les eaux profondes de Porto San Stefano. Elle passa l'automne à Paris. Kitzbühel l'entraperçut. Elle séjourna à Rome au moment du concours hippique et à Sienne au moment du Palio. Elle voyageait sans cesse, en rêvant de sandwiches bacon-laitue-et-tomate.

Retrouvailles

La dernière fois que j'ai vu mon père, c'était à Grand Central Station. Je devais me rendre de chez ma grand-mère, dans les monts Adirondacks, à la villa que ma mère avait louée à cap Cod, et j'ai écrit à mon père pour lui dire que je passerais une heure et demie à New York entre deux trains et lui demander si nous pouvions déjeuner ensemble. Sa secrétaire m'a répondu qu'il me retrouverait au guichet d'information de la gare à midi et, à midi tapant, je l'ai vu approcher dans la foule. Pour moi, c'était un inconnu — ma mère avait divorcé trois ans plus tôt et je ne l'avais pas revu depuis — mais, dès que j'ai posé les yeux sur lui, j'ai su qu'il était mon père, ma chair et mon sang, mon avenir et mon destin. J'ai su qu'une fois adulte je serais quelqu'un comme lui, et qu'il me faudrait dresser les plans de mes campagnes en tenant compte de ses limites. C'était un homme de forte stature, séduisant, et j'étais incroyablement heureux de le revoir. Il m'a tapé dans le dos et m'a serré la main.

« Salut, Charlie, s'est-il exclamé. Salut, mon garçon. J'aimerais t'inviter dans mon club mais c'est dans la Soixantième Rue et quelques, et si tu dois prendre un train en début d'après-midi, j'imagine qu'on ferait mieux de manger un morceau par ici. »

Il a entouré mes épaules de son bras et j'ai senti mon père à la façon dont ma mère hume le parfum d'une rose. C'était un riche mélange de whisky, de lotion après-rasage, de cirage, de lainages et de l'odeur forte de la virilité. J'espérais qu'on nous verrait ensemble. J'aurais aimé qu'on puisse être pris en photo. Je voulais qu'il reste une trace de notre rencontre.

Nous sommes sortis de la gare et nous avons remonté une rue transversale jusqu'à un restaurant. Il était encore tôt et la salle était déserte. Le barman était en train de se disputer avec un livreur, et un très vieux serveur portant une veste rouge se trouvait près de la porte des cuisines. Nous nous sommes assis et mon père a apostrophé le serveur d'une voix forte.

« *Kellner !* a-t-il crié. *Garçon** *! Cameriere !* Vous ! »

Son exubérance paraissait déplacée dans le restaurant vide.

« Serait-il possible qu'on s'occupe un peu de nous ! a-t-il crié. Allez, allez ! »

Puis il a frappé dans ses mains. Cela a attiré l'attention du serveur, qui s'est dirigé vers notre table d'un pas traînant.

* Les mots en italique suivis d'un astérisque sont en français dans le texte.

« C'est pour moi que vous frappez dans vos mains ? a-t-il demandé.

— Du calme, du calme, *sommelier**, a répliqué mon père. Si ce n'est pas trop vous demander — si ce n'est pas au-dessus de vos fonctions —, nous aimerions prendre deux Beefeater Gibsons.

— Je n'aime pas qu'on m'appelle en frappant dans ses mains, a déclaré le serveur.

— J'aurais dû apporter mon sifflet, a dit mon père. J'ai un sifflet qui n'est audible qu'aux oreilles des vieux serveurs. Maintenant, prenez votre petit carnet et votre petit stylo et voyons si ce n'est pas trop compliqué pour vous : deux Beefeater Gibsons. Répétez après moi : deux Beefeater Gibsons.

— Je crois que vous feriez mieux d'aller ailleurs, a dit le serveur d'un ton calme.

— Voici, a répliqué mon père, l'une des plus brillantes suggestions que j'aie jamais entendues. Viens, Charlie, tirons-nous d'ici. »

J'ai suivi mon père hors de ce restaurant, puis dans un autre. Il ne s'est pas montré si exubérant, cette fois-ci. Nos cocktails sont arrivés et il m'a fait subir un interrogatoire au sujet de la saison de base-ball. Puis il a cogné sur le bord de son verre vide avec son couteau et il s'est remis à crier.

« *Garçon* * *! Kellner! Cameriere!* Vous ! Est-ce que vous pourriez nous en apporter deux autres, si ce n'est pas trop vous demander ?

— Quel âge a ce garçon ? a demandé le serveur.

— Ça, a répliqué mon père, ce ne sont pas vos oignons.

— Je suis désolé, monsieur, a dit le serveur, mais je ne servirai pas un autre verre à ce garçon.

— Eh bien, je vais vous apprendre quelque chose, a rétorqué mon père. Je vais vous apprendre quelque chose de très intéressant. Il s'avère que ce n'est pas le seul restaurant de New York. On vient d'en ouvrir un autre au coin de la rue. Viens, Charlie. »

Il a réglé l'addition et je l'ai suivi hors de ce restaurant, puis dans un autre. Ici, les serveurs étaient vêtus de vestes rouges pareilles à celles que portent les chasseurs, et de nombreux articles de sellerie étaient accrochés aux murs. Nous nous sommes assis et mon père s'est remis à vociférer.

« Piqueur ! Taïaut et ainsi de suite. Nous aimerions boire quelque chose dans le genre du coup de l'étrier. À savoir deux Bibson Geefeaters.

— Deux Bibson Geefeaters ? a répété le serveur en souriant.

— Vous savez fichtrement bien ce que je veux dire, s'est exclamé mon père avec colère. Je veux deux Beefeater Gibsons et que ça saute. Les choses ont changé dans notre douce vieille Angleterre. C'est ce que m'a dit mon ami le duc. Voyons ce que l'Angleterre peut nous offrir en matière de cocktail.

— Vous n'êtes pas en Angleterre, a dit le serveur.

— Ne discutez pas, a ordonné mon père. Contentez-vous de faire ce qu'on vous dit.

— Je pensais juste que vous aimeriez peut-être savoir où vous êtes, a répondu le serveur.

— S'il y a une chose que je ne peux pas supporter, a dit mon père, c'est un domestique insolent. Viens, Charlie. »

Le quatrième restaurant où nous sommes entrés était italien.

« *Buon giorno,* s'est exclamé mon père. *Per favore, possiamo avere due cocktail americani, forti, forti. Molto gin, poco vermut.*

— Je ne comprends pas l'italien, a répliqué le serveur.

— Oh, arrêtez votre cirque, a dit mon père. Vous comprenez l'italien, et vous le savez parfaitement. *Vogliamo due cocktail americani. Subito.* »

Le serveur s'est éloigné et a échangé quelques mots avec le responsable, qui s'est approché de notre table et a dit :

« Je suis désolé, monsieur, mais cette table est réservée.

— Très bien, a dit mon père. Donnez-nous-en une autre.

— Toutes les tables sont réservées.

— Je vois, a dit mon père. Nous sommes des clients indésirables. C'est ça ? Eh bien, allez au diable. *Vada all' inferno.* Partons d'ici, Charlie.

— Je dois aller prendre mon train, ai-je dit.

— Je suis désolé, mon garçon, a soupiré mon père. Je suis affreusement désolé. (Il a passé son bras autour de moi et m'a serré contre lui.) Je vais te raccompagner à la gare. Si seulement nous avions eu le temps d'aller à mon club !

— Ce n'est pas grave, papa, ai-je dit.

— Je vais t'acheter un journal, a-t-il repris. Je vais t'acheter un journal pour que tu puisses lire dans le train. »

Il s'est approché d'un kiosque, alors, et a lancé :

« Mon bon monsieur, auriez-vous l'obligeance de me faire l'honneur de me vendre un de vos fichus torchons à dix cents ? »

Le vendeur s'est détourné et a rivé ses yeux sur la couverture d'un magazine.

« Est-ce trop vous demander, mon bon monsieur, a poursuivi mon père, est-ce trop vous demander que de me vendre l'un de vos répugnants exemplaires de journaux à sensation ?

— Il faut que j'y aille, papa, ai-je dit. Il est tard.

— Non, attends une minute, fiston, répliqua-t-il. Attends juste une minute. J'ai envie de me payer la tête de ce type.

— Au revoir, papa », ai-je dit, et j'ai descendu l'escalier, j'ai pris mon train, et c'est la dernière fois que j'ai vu mon père.

Une Américaine instruite

Citation : « Je suis toujours unie par les liens sacrés du mariage à mon *quarterback* de quatre-vingt-six kilos dénué de toutes prétentions intellectuelles, et j'occupe mes journées à conduire mon fils Bibber à l'école privée du coin, que j'ai contribué à mettre sur pied, et à l'en ramener. Je crois avoir été, à un moment ou à un autre, présidente de toutes les associations civiques de notre ville et, l'an dernier, j'ai dirigé l'agence de voyages du quartier pendant neuf mois. Un éditeur new-yorkais s'intéresse (touchons du bois) à ma biographie critique de Gustave Flaubert. L'an dernier, je me suis présentée pour le siège de conseillère municipale sur la liste des démocrates et j'ai obtenu la plus grande majorité de ce parti de toute l'histoire de la ville. Polly *Coulter* Mellow (1942) nous a rendu visite pendant une semaine alors qu'elle se rendait de Paris à Minneapolis et nous avons parlé, mangé, bu, et pensé en français durant tout son séjour. Voilà qui nous a fait penser à Mlle de Grasse ! Je trouve encore le temps de baguer des oiseaux et de tricoter des chaussettes à losanges. »

Cette note destinée au journal des anciens élèves de son université aurait pu donner le sentiment qu'il s'agissait d'une femme aux dents longues, mais ce n'était nullement le cas. Jill *Chidchester* Madison occupait ces différentes fonctions grâce à ses compétences, son charme et son intelligence, et elle était en fait plutôt timide. À l'époque dont je vous parle, elle coiffait ses cheveux châtains avec simplicité et d'une façon qui rappelait précisément son allure quand elle était dans un pensionnat à l'étranger, vingt ans plus tôt. Peut-être l'internat avait-il affecté ses goûts vestimentaires ; l'internat, et le fait qu'elle avait un buste menu et faisait partie de ces femmes qui vivent cette faiblesse plus mal que s'il leur manquait une jambe. Étant donné la vision très large qu'elle avait de la vie, il semble étrange qu'une telle chose ait pu la gêner, mais, de fait, ça la gênait terriblement. Elle avait de jolies jambes, le teint frais et coloré. Ses yeux étaient marron et trop rapprochés, de sorte qu'il lui suffisait de perdre un peu de sa vivacité pour avoir l'air effacé.

Sa mère, Amelia Faxon Chidchester, était vigoureuse et trapue, avait de splendides cheveux blancs et un visage rougeaud, ainsi qu'un accent emphatique qui semblait moins régional qu'il n'était lié à son tempérament. Ses paroles étaient formulées de façon à exprimer son infatigable vigueur, son triomphe sur la douleur, son enthousiasme culturel et sa confiance en l'humanité. Elle était l'auteur de dix-sept livres non publiés. Le père de Jill était mort quand elle avait six ans. La fillette était née à San Francisco, où il tenait une petite maison d'édition et administrait quelques biens. Il avait laissé à sa femme et à sa fille suffisamment d'argent pour les protéger de la pauvreté et de toute inquiétude matérielle, mais elles étaient beaucoup moins riches que le reste de la famille. Jill s'était révélée être précoce et, à l'âge de trois ans, sa mère l'avait emmenée à Munich, où l'enfant avait participé au Gymnasium für Kinder organisé par le docteur Stock dans l'intention d'observer les jeunes prodiges. La compétition était féroce et les résultats des tests que la fillette avait passés pour évaluer ses réactions furent moyens, sans plus, mais c'était une enfant gentille et intelligente. Elle avait cinq ans quand sa mère l'avait emmenée à la Scuola Pantola de Florence, un établissement du même genre. De là, elles étaient allées en Angleterre, à la célèbre Tower Hill School située dans le Kent. Puis Amelia, ou Melee, comme on l'appelait, avait décidé que l'enfant devait avoir des racines, aussi elle avait loué une maison à Nantucket et avait inscrit Jill à l'école publique.

Je ne sais pas pourquoi les enfants expatriés ont l'air sous-alimentés, mais c'est souvent le cas et Jill, avec ses vêtements venant d'un pays ou d'un autre, ses langues d'un pays ou d'un autre, ses jambes nues et ses sandales, donnait le sentiment que les privilèges de son éducation avaient engendré chez elle quelque chose de pathétique. Elle faisait partie de ces enfants qui passent leur temps à sautiller. Elle allait à l'école en sautillant. Elle rentrait à la maison en sautillant. Elle était timide. Elle n'avait pas l'esprit pratique, et sa mère l'encourageait dans ce sens. « Ce n'est pas à toi de faire la vaisselle, ma chérie, disait-elle. Une fille de ton intelligence n'est pas censée perdre son temps à faire la vaisselle. » Elles avaient une fidèle domestique — toutes les domestiques de Melee lui avaient été dévouées corps et âme — et la seule idée que Jill se faisait des travaux ménagers, c'est que, s'il s'agissait de travail, elle n'était pas censée s'en occuper. Elle avait, à l'âge d'environ dix ans, appris à tricoter des chaussettes à losanges et sa mère lui permettait de le faire pour se distraire. Elle était romantique et, dans son cahier, il était écrit : « Mrs Amelia Faxon Chidchester requiert l'honneur de votre présence au mariage de sa fille Jill avec le vicomte Ludley-Hungtington, comte d'Ashmead, à l'abbaye de Westminster. Cravates blanches. Décorations. » La maison de Nantucket était agréable, et Jill apprit à faire du voilier. C'est à Nantucket que sa mère lui parla, un jour, du thème pour lequel nous ne disposons d'aucun vocabulaire en anglais — l'amour. C'était en fin d'après-midi. Il y avait du feu dans la cheminée et des fleurs sur la table. Jill était en train de lire et sa mère écrivait. Puis celle-ci s'interrompit et lança par-dessus son épaule : « Je crois qu'il faut que je te dise, ma chérie, que je me suis occupée d'une cantine à l'Embarcadero pendant la guerre et que je me suis donnée à de nombreux soldats esseulés. »

Cette déclaration fut dévastatrice. Aux yeux de la jeune fille, c'était intellectuellement et affectivement incompréhensible. Elle avait envie de pleurer. Elle ne pouvait imaginer sa mère se donnant, comme elle l'avait formulé, à un défilé de soldats esseulés. L'attitude de Melee affirmait de façon ferme et autoritaire son indifférence à ces choses-là. Il semblait n'y avoir aucun moyen de s'arranger des paroles qui venaient d'être prononcées ; elles restaient prisonnières de la conscience de la jeune fille comme une météorite tombée du ciel. Peut-être était-ce un mensonge, mais sa mère n'avait jamais menti. Alors, pour la première fois, Jill fut confrontée aux limites du seul membre de sa famille. Sa mère n'était pas une menteuse, mais c'était une simulatrice. Son accent était une simulation, ses goûts étaient une simulation, et l'expression séraphique qu'elle arborait quand elle écoutait de la musique était celle d'une femme qui essaie de se souvenir d'un vieux numéro de téléphone. Avec sa bonne humeur à toute épreuve, ses petits maux perpétuels, son snobisme implacable, les droits qu'elle s'octroyait à la culture, ses amies hautaines et ses déclarations énergiques et dénuées de sens, elle sembla pendant un instant incarner un manque suprême de discernement à l'égard de la nature. Mais Jill était-elle censée tisser à elle seule un cordon d'amour et de sagesse entre cette inconnue qui lui avait donné la vie et la vie elle-même telle qu'elle la voyait derrière les fenêtres, déployée sous forme de champs et de bois, splendide et merveilleuse ? Ne pouvait-elle pas plutôt — mais elle se sentait trop jeune, trop frêle, trop vulnérable pour mener sa vie sans père ni mère à ses côtés ; aussi décida-t-elle que sa mère n'avait pas dit ce qu'elle avait dit, et elle scella ce déni d'un léger baiser.

Jill s'en alla en pension à l'étranger à l'âge de douze ans, et elle remporta tous les prix. Ses prouesses sur le plan scolaire, social et sportif étaient sans précédent. Elle était en deuxième année à l'université quand elle rendit visite à sa famille à San Francisco et rencontra Georgie Madison, dont elle tomba amoureuse. Ce n'était pas, étant donné l'intelligence de la jeune fille, le genre d'homme qu'on aurait pu s'attendre à la voir choisir, mais il était peut-être raisonnable de sa part de jeter son dévolu sur un homme dont les centres d'intérêt étaient si différents des siens. Il était d'un tempérament calme, avec une charpente robuste, des cheveux noirs, et l'air doux qui brise le cœur des orphelines de tout âge ; et Jill était, ne l'oublions pas, une orpheline. Il était cadre junior dans un chantier naval de San Francisco. Il avait étudié à Yale mais quand Melee, un jour, lui demanda quel était son Thackeray[1] pré-

1. La bibliothèque de Yale possède un fonds William Makepeace Thackeray, célèbre romancier anglais du XIXe siècle.

féré, il répondit avec courtoisie et sincérité qu'il n'en avait jamais goûté. Au fil du temps, l'anecdote se transforma en plaisanterie familiale. Les deux jeunes gens se fiancèrent au cours de la troisième année de Jill à l'université et se marièrent une semaine après ses derniers examens, à l'occasion desquels elle rafla une fois encore tous les prix. Georgie fut muté dans un chantier naval de Brooklyn et ils s'installèrent à New York, où Jill fut engagée dans les relations publiques d'un grand magasin.

Au cours de leur deuxième ou troisième année de mariage, elle eut un fils, qu'ils appelèrent Bibber. L'accouchement fut difficile et elle apprit qu'elle ne pourrait plus avoir d'enfants. Le garçon était encore tout petit quand la famille déménagea à Gordenville. Jill fut plus heureuse à la campagne qu'elle ne l'avait été à la ville, dans la mesure où plus d'opportunités semblaient s'offrir à ses talents. Les associations de droits civiques la nommèrent présidente, les unes après les autres, et, quand la veuve qui tenait l'agence de voyages de la ville tomba malade, Jill prit le relais avec succès. Le seul problème, à la campagne, consistait à trouver quelqu'un pour s'occuper de Bibber. Toute une série de vieilles femmes incompétentes défilèrent chez eux, et s'y s'ajoutèrent des lycéennes et des femmes de ménage. Georgie vouait à son fils un amour passionné. Le garçon avait certes l'esprit vif, mais son père trouvait l'éclat de son intelligence proprement aveuglant. Il emmenait l'enfant en promenade, jouait avec lui, lui donnait son bain à l'heure du coucher et lui racontait une histoire. Il s'occupait en tout de son fils quand il était à la maison et c'était aussi bien, puisque Jill rentrait souvent plus tard que lui.

Quand Jill lâcha les rênes de l'agence de voyages, elle décida d'organiser un voyage de groupe en Europe. Elle n'était pas retournée à l'étranger depuis son mariage et, si elle émettait son propre billet, elle aurait la possibilité de voyager tout en faisant un bénéfice. C'est, du moins, ce qu'elle prétendait. Le chantier naval de Georgie marchait bien et elle n'avait pas vraiment de raison de chercher à obtenir un billet gratuit, mais son mari devinait que la perspective d'être guide de voyage lui apparaissait comme un défi et une stimulation, et il finit par lui donner sa bénédiction et ses encouragements. Vingt-huit clients s'inscrivirent et, au début du mois de juillet, Georgie vit Jill et ses agneaux — comme elle les appelait — s'envoler dans un jet pour Copenhague. Leur itinéraire devait s'achever à Naples, où la jeune femme mettrait les touristes dont elle avait la charge dans un avion à destination des États-Unis. Puis Georgie la retrouverait à Venise, où ils passeraient une semaine. Jill envoya chaque jour des cartes postales à son mari, et plusieurs de ses clients étaient si enthousiastes quant à ses compétences de guide qu'ils écrivirent eux-mêmes à Georgie pour lui dire combien sa femme était charmante, compétente et cultivée. Les voisins du couple étaient sympathiques et il dînait presque tous les soirs chez eux.

Avant de s'envoler pour l'Europe, Georgie alla en voiture dans le New Hampshire voir comment se portait Bibber. Le petit garçon lui manquait cruellement et il apparaissait dans ses rêveries bien plus souvent que le visage animé de sa femme. Pour trouver le sommeil, il imaginait une improbable escalade dans les Dolomites avec Bibber, quand celui-ci serait plus grand. Jour après jour, il aidait son fils à se hisser d'une saillie à l'autre. Au-dessus d'eux, la mince couche de neige recouvrant les pics étincelait au soleil estival. Chargés de sacs et de cordes, ils arrivaient à Cortina, en contrebas des sommets, un peu après la nuit. La réalité du voyage qu'il entreprit vers le nord de l'État contrasta vivement avec sa rêverie alpine.

Le trajet lui prit presque une journée entière. Il passa une nuit agitée dans un motel et, au matin, partit à la recherche de la colonie de vacances. Il était dans la montagne, et le temps était changeant. Les averses et les pâles éclaircies se succédaient ; il y avait une atmosphère non tant de morosité que d'austérité. La plupart des fermes devant lesquelles il passait étaient abandonnées. En approchant des lieux, il eut le sentiment que le camp de vacances et la campagne environnante avaient la puissance d'une création isolée — ou peut-être était-ce parce que dans son expérience, étés et colonies étaient des interludes déconnectés du reste du temps. Enfin, depuis une hauteur, il aperçut le camp en contrebas. Il y avait là un lac — ou plutôt un petit étang, en fait, l'un de ces étangs dont l'eau couleur de thé et les bosquets de pins donnent une impression d'épuisement géologique. Ses réminiscences de colonie de vacances étaient lumineuses et ensoleillées et ce trou d'eau désolé, avec ces cabanes en lattes bouvetées pourrissantes, se heurta violemment à ses souvenirs enjoués. Il se dit — il se répéta avec conviction — que tout devait paraître très différent quand le soleil brillait. Des flèches indiquaient la direction du bâtiment administratif, où la directrice l'attendait. C'était une jeune femme aux yeux bleus dont l'efficacité n'avait pas complètement éclipsé la beauté.

« Nous avons quelques problèmes avec votre fils, déclara-t-elle. Il ne s'adapte pas franchement bien. C'est très inhabituel. Nous n'avons que rarement, voire jamais, des cas d'enfants qui se languissent de chez eux. La seule exception, c'est quand nous accueillons des enfants provenant de familles séparées, et nous essayons de ne jamais le faire. Nous pouvons gérer les problèmes habituels, mais pas ceux d'un enfant qui arrive avec plus que sa part de chagrins. En règle générale, nous refusons les demandes d'inscription concernant les enfants de familles divorcées.

— Mais Mrs Madison et moi ne sommes pas divorcés, rétorqua Georgie.

— Oh, je l'ignorais. Vous êtes séparés ?

— Non, nous ne sommes pas séparés. Mrs Madison est en voyage en Europe, mais je la rejoins demain.

— Oh, je vois. Eh bien, dans ce cas, je ne comprends pas pourquoi Bibber met tellement de temps à s'adapter. Mais voici Bibber, qui nous a raconté toutes ses petites histoires ! »

L'enfant rejeta la main de la femme qui l'accompagnait et se précipita vers son père. Il était en larmes.

« Là, là, dit la directrice. Papa n'a pas fait tout ce chemin pour voir un pleurnichard, hein, Bibber ? »

Georgie sentit son cœur se serrer d'amour et de confusion. Il embrassa l'enfant pour sécher ses larmes et le serra contre sa poitrine.

« Vous aimeriez peut-être faire une petite promenade avec Bibber, suggéra la directrice. Peut-être qu'il aimerait vous faire visiter les lieux. »

Georgie, sa main prisonnière de celle de l'enfant, se dut d'affronter certaines responsabilités qui transcendaient l'amour qu'il éprouvait pour son fils. Son instinct lui dictait d'emmener Bibber avec lui ; son devoir était de l'encourager à endosser les fardeaux de l'existence.

« Quel est ton endroit préféré ici, Bibber ? » demanda-t-il sans enthousiasme, avec une conscience aiguë de la stupidité de son intonation, et la conviction qu'elle était nécessaire. « Je veux que tu me montres ton endroit préféré dans le camp tout entier.

— Je n'ai pas d'endroit préféré », dit Bibber.

Il essayait vainement de se retenir de pleurer.

« Ça, c'est le réfectoire », dit-il en désignant une baraque longue et laide.

On avait cloué des planches neuves de bois jaune à la place de celles qui avaient pourri.

« C'est là que vous jouez vos pièces de théâtre ? demanda Georgie.

— Il n'y a pas de pièces de théâtre, dit l'enfant. La dame qui s'occupait de ça est tombée malade et elle a dû rentrer chez elle.

— C'est là que vous chantez ?

— Papa, ramène-moi à la maison, s'il te plaît.

— Mais je ne peux pas, Bibber. Maman est en Europe et je prends l'avion demain pour la rejoindre.

— Mais je peux rentrer à la maison *quand* ?

— Pas avant la fin de la colonie de vacances. »

Georgie lui-même sentit un peu du poids implacable de cette phrase. Il entendit le souffle de l'enfant se précipiter sous l'effet de la douleur. Quelque part s'éleva la sonnerie d'un clairon. Luttant pour concilier son devoir et ses instincts, Georgie s'agenouilla et prit le petit garçon dans ses bras.

« Je ne peux pas envoyer un télégramme à maman et lui dire que je ne viens pas, tu comprends. Elle m'attend. Et de toute façon, ce n'est pas pareil à la maison quand maman n'est pas là. Je dîne dehors et je ne suis pas là de la journée. Il n'y aurait personne pour s'occuper de toi.

— J'ai participé à toutes les activités », déclara le petit garçon d'un ton plein d'espoir.

C'était son dernier appel à la clémence et, quand il vit que c'était inutile, il murmura :

« Il faut que j'y aille. C'est l'heure de la troisième leçon. »

Il s'éloigna dans un sentier de terre battue entre les pins. Georgie regagna le bâtiment administratif en réfléchissant au fait que lui-même avait aimé les colonies de vacances, qu'il y avait été l'un des garçons les plus populaires et qu'il ne voulait jamais rentrer chez lui.

« Je pense que les choses vont certainement s'arranger, déclara la directrice. Dès qu'il arrêtera de bouder, il s'amusera beaucoup plus que les autres. Je vous suggérerais néanmoins de ne pas rester trop longtemps. Il a une leçon d'équitation maintenant. Et si vous alliez le regarder, et que vous partiez avant la fin du cours ? Il est fier de sa façon de monter à cheval, et de cette façon vous éviterez des adieux pénibles. Ce soir, nous avons une soirée feu de camp et nous allons chanter tous ensemble. Je suis sûre qu'il ne souffre de rien qui ne puisse être guéri par quelques chansons avec ses camarades autour d'une belle flambée. »

Tout cela semblait plausible à Georgie, qui pour sa part aimait chanter devant un bon feu de camp. Y avait-il des chagrins d'enfant qui ne puissent être soignés par une interprétation exaltante de *The Battle Hymn of the Republic*[1] ? Il se dirigea vers la car-

1. Chant patriotique américain datant de la guerre de Sécession.

rière en chantant : *They have builded him an altar in the evening dews and damps...* Il s'était remis à pleuvoir, et Georgie ne pouvait dire si le visage du petit garçon était mouillé à cause des larmes ou des gouttes de pluie. Bibber se trouvait sur un cheval que le palefrenier conduisait autour de la carrière. Il adressa un signe de la main à son père et faillit être désarçonné. Quand l'enfant eut le dos tourné, Georgie s'en alla.

Il prit l'avion jusqu'à Trévise puis le train jusqu'à Venise, où Jill l'attendait dans un hôtel suisse situé au bord d'un des petits canaux. Leurs retrouvailles furent ardentes et s'il remarqua qu'elle était fatiguée et avait maigri, il ne l'en aima pas moins. Cela avait dû être une tâche rigoureuse et épuisante que de guider ses agneaux à travers l'Europe. Il eut envie, alors, de quitter leur hôtel médiocre pour Cipriani, de louer une cabine au Lido et de passer une semaine sur la plage. Mais Jill refusa d'aller à Cipriani — ce serait plein de touristes — et, au matin de leur deuxième jour à Venise, elle se leva à 7 heures, prépara du café instantané dans un verre à dents et entraîna son mari à la messe de 8 heures à Saint-Marc. Il connaissait déjà Venise, et Jill savait — ou aurait dû savoir — qu'il ne s'intéressait pas à la peinture ou aux mosaïques mais elle le traîna, pour ainsi dire, d'un monument à l'autre. Il songea qu'elle avait dû prendre l'habitude de courir les lieux touristiques et que la meilleure chose à faire était d'attendre avec tact que cela lui passe. Il proposa qu'ils aillent déjeuner chez Harry et elle répliqua : « Grands dieux, mais comment peux-tu dire une chose pareille, Georgie ? » Ils déjeunèrent dans une *trattoria* et visitèrent des églises et des musées jusqu'à l'heure de la fermeture. Le lendemain matin, il lui suggéra d'aller au Lido, mais elle avait déjà pris ses dispositions pour qu'ils aillent visiter les villas de Maser.

Pendant leur séjour à Venise, Jill déploya toutes ses compétences de guide touristique, sans que Georgie puisse comprendre pourquoi. Nous aimons, dans notre grande majorité, faire étalage de notre connaissance du monde, mais il ne pouvait déceler la moindre trace de plaisir dans cette frénésie. Certains aiment passionnément la peinture et l'architecture, mais il n'y avait aucune passion dans la façon dont Jill abordait les trésors de Venise. Pour Georgie, le culte du beau était un mystère, mais la beauté était-elle censée réduire à néant tout sens de l'humour ? Un après-midi très chaud, plantée devant la façade d'une église, elle lui asséna une conférence tirée de son guide, lui récitant des dates, les détails de combats navals et ainsi de suite, lui brossant les grandes lignes de l'histoire de la République comme si elle le préparait pour un examen. La lumière était vive et peu flatteuse et, à cause de l'ambiance généralement festive de Venise, l'érudition, la sévérité de l'enthousiasme de la jeune femme étaient dénués de grâce. Elle essayait de bien lui faire comprendre qu'il fallait prendre Venise au sérieux. Et était-ce cela, se demandait-il, la signification, la somme de ces marbres scintillants, de ce lieu labyrinthique et délabré, baigné par l'odeur forte et ancienne de l'eau de cale ? Il passa un bras autour d'elle et dit :

« Laisse tomber, ma chérie. »

Elle le repoussa et répliqua :

« Je ne sais pas du tout de quoi tu parles. »

Si elle avait perdu une adresse, un enfant, un portefeuille, un collier de perles ou quelque autre objet de valeur, elle n'aurait pas arpenté Venise de façon plus éreintante ou exhaustive. Il passa le reste de leur séjour à Venise à l'accompagner dans cette quête mystérieuse. De temps en temps, il songeait à Bibber dans sa colonie de vacances. Ils repartirent pour les États-Unis de l'aéroport de Trévise et, dans la lumière moins crue et plus familière de Gordenville, Jill sembla redevenir celle qu'elle était. Ils reprirent leur existence heureuse et firent fête à Bibber quand celui-ci revint de colonie.

« N'est-elle pas divine, n'est-ce pas la période la plus divine de l'architecture américaine contemporaine ? » avait coutume de demander Jill en faisant visiter à leurs invités la grande maison à bardeaux. Celle-ci avait été construite en 1870 et avait de longues fenêtres, une salle à manger ovale et une écurie surmontée d'un belvédère. Elle devait être difficile à entretenir, mais ces difficultés — lors des soirées, du moins — n'étaient jamais perceptibles. Les pièces hautes de plafond étaient remplies de lumière et dotées d'une certaine grâce

— austères, mornes et superbement équilibrées. Les responsabilités sociales évidentes incombaient toutes à Jill ; la conversation de Georgie se limitait à l'industrie navale, mais il préparait les cocktails, découpait le rôti et versait le vin. Il y avait un feu dans la cheminée, il y avait des fleurs, les meubles et l'argenterie brillaient, et personne ne savait, personne n'aurait deviné que c'était lui qui polissait les meubles et les fourchettes.

« Ce n'est pas mon style de faire le ménage », avait décrété Jill, et il était assez intelligent pour voir ce que sa remarque avait de fondé ; assez intelligent pour ne pas attendre de son épouse qu'elle modifiât l'image de femme instruite qu'elle se faisait d'elle-même. C'était la source d'une grande partie de sa vitalité et de son bonheur.

Lors d'un hiver très rude, ils ne parvinrent pas à trouver la moindre domestique. Une cuisinière excentrique venait quand ils avaient des invités, mais Georgie devait se charger du reste du ménage. C'est l'année où Jill étudiait la littérature française à Columbia et essayait de finir d'écrire son livre sur Flaubert. Lors d'une soirée familiale typique, Jill, assise à son bureau dans leur chambre, rédigeait son livre. Bibber dormait. Georgie, à la cuisine, astiquait les cuivres et l'argenterie. Il buvait du whisky. Il était environné par des coffrets à cigarettes, des chenets, des coupes, des aiguières, et un grand coffre d'argenterie de table. Il n'aimait pas astiquer l'argenterie, mais s'il ne le faisait pas, elle noircirait. Comme l'avait dit

Jill, ce n'était pas son style. Ce n'était pas non plus celui de Georgie, pas plus qu'il n'avait été éduqué ainsi, mais si ce n'était pas un intellectuel, comme le disait Jill, il n'était pas fruste au point d'accepter les vulgarités et les lieux communs qu'on associe à la lutte pour l'égalité des sexes. Cette lutte était récente, il le savait ; elle était bien réelle ; elle était inexorable ; et, si Jill se dérobait devant ses tâches domestiques, il devinait qu'il n'était pas impossible que ce fût à contrecœur. Elle avait reçu une éducation de femme instruite, son émancipation était encore fragile dans de nombreux domaines et, puisqu'elle paraissait avoir plus de latitude, détenir une position traditionnelle plus forte, c'est à lui, l'homme, qu'il revenait de céder sur des sujets tels que les tâches ménagères. Il savait qu'elle n'avait pas choisi d'avoir reçu cette éducation mais ce choix, que d'autres avaient fait, semblait irrévocable. De par la nature de son sexe, il prêtait à sa femme douceur, chaleur, et les forces absolues de l'amour ; mais pourquoi, se demandait-il en astiquant les fourchettes, semblait-il y avoir une contradiction entre ces attributs et le fait d'avoir un esprit affûté ? L'intelligence, il le savait, n'était pas un attribut masculin, bien que la tradition eût mis les pouvoirs décisifs entre les mains des hommes depuis de si nombreux siècles que cette suprématie ancestrale nécessiterait une désaccoutumance. Mais pourquoi son instinct l'amenait-il à attendre de la femme dans les bras de laquelle il reposait chaque nuit qu'elle se donne au moins la peine de dissimuler sa culture ? Pourquoi l'immense amour qu'il éprouvait pour son épouse semblait-il ne pas s'accommoder de la capacité de cette dernière à comprendre la théorie des quantas ?

Jill descendit au rez-de-chaussée et, se plantant dans l'embrasure de la porte de la cuisine, le regarda travailler. Elle était emplie de tendresse. Quel homme bon, gentil, déterminé et séduisant elle avait épousé ! Quelle fierté lui inspirait leur maison ! Mais alors, tandis qu'elle continuait à l'observer, elle éprouva un frisson spirituel, un doute intense. Était-il, penché au-dessus de la table de la cuisine et attelé à une tâche féminine, réellement un homme ? Avait-elle épousé une moitié d'homme, une aberration ? Prenait-il du plaisir à porter un tablier ? Était-ce un travesti ? Et elle-même, était-elle anormale ? Mais c'était une chose inadmissible, et le raisonnement qui l'aurait amenée à comprendre qu'il astiquait l'argenterie parce qu'il y était obligé l'était tout autant. Soudain, un individu vague et bestial apparut dans un coin de son imagination, un marin velu et ivre qui l'aurait battue le samedi soir, l'aurait corrompue avec ses appétits grossiers et l'aurait obligée à frotter le sol à quatre pattes. Voilà le genre d'homme qu'elle aurait dû épouser. Voilà quel était son destin. Il leva les yeux, lui sourit avec gentillesse et lui demanda comment son travail avançait. « *Ça marche, ça marche** », dit-elle d'un ton las, et elle retourna s'asseoir à son bureau à l'étage. « Le petit

Gustave ne s'entendait pas du tout avec ses camarades d'école, écrivit-elle. Il était impopulaire au plus haut point... »

Une fois ses tâches ménagères terminées, il entra dans la chambre. Il fit courir une main légère dans les cheveux de sa femme.

« Laisse-moi juste finir ce paragraphe », dit-elle.

Elle l'entendit prendre une douche, entendit ses pieds nus sur la moquette tandis qu'il traversait la chambre et, d'un bond, se mettait joyeusement au lit. Mue autant par le devoir que par le désir, mais l'esprit toujours habité par les chefs-d'œuvre de Flaubert, elle fit sa toilette, se parfuma et rejoignit son mari dans leur vaste lit qui, avec ses draps propres et odorants et ses flaques de lumière régulières, évoquait en effet une tonnelle. « *Bosquet**, songea-t-elle, *brume, bruit**. » Alors, se redressant dans ses bras, elle s'exclama : « *Elle avait lu* Paul et Virginie *et elle avait rêvé la maisonnette de bambous, le nègre Domingo, le chien Fidèle, mais surtout l'amitié douce de quelque bon petit frère, qui va chercher pour vous des fruits rouges dans des grands arbres plus hauts que des clochers, ou qui court pieds nus sur le sable, vous apportant un nid d'oiseau**... »

« Bon Dieu de bon Dieu ! » s'exclama-t-il.

Sa voix était empreinte d'une profonde amertume. Il sortit du lit, prit une couverture dans le placard et alla se coucher au salon.

Elle se mit à pleurer. Il était jaloux de son intelligence, elle le voyait bien. Mais était-elle censée se faire passer pour une idiote pour paraître séduisante ? Pourquoi s'emporter parce qu'elle avait dit quelques mots en français ? Présumer que l'intelligence, le savoir, les fruits mêmes de l'éducation étaient des attributs masculins était une attitude dépassée depuis une bonne centaine d'années. Puis il lui sembla que la tension à laquelle cette cruauté soumettait son cœur était trop forte. Elle eut l'impression de sentir l'une de ses attaches céder, comme si cet organe était un tonneau empli de tant de peine que — à l'image des coffres aux trésors brisés de l'enfance — ses flancs avaient cédé. « Intelligence » fut le mot auquel elle revint — ce qui se jouait était l'intelligence. Et, pourtant, ce mot n'aurait pas dû être empreint de la souffrance qu'elle éprouvait en cet instant. Ce n'était qu'un sujet de discussion, mais il avait la sensibilité, alors, de la chair et du sang. Elle se trouvait face aux os nus de la souffrance, nettoyés dans la cocotte et polis par les crocs du chien de chasse ; cette intelligence avait le goût de la mort. Elle s'endormit à force de pleurer.

Plus tard, un grand fracas la réveilla. Elle fut prise de frayeur. Se pouvait-il qu'il lui fasse du mal ? Quelque chose s'était-il détraqué dans la machinerie complexe de la vieille demeure ? Étaient-ce des cambrioleurs ? Un incendie ? Le bruit avait retenti dans leur salle de bains. Elle trouva Georgie nu, à quatre pattes par terre. Il avait la tête sous le lavabo. Elle se dirigea rapidement vers lui et l'aida à se hisser sur ses pieds.

« Je vais bien, marmonna-t-il. Je suis juste complètement ivre. »

Elle l'aida à regagner leur lit, où il s'endormit aussitôt.

Quelques jours plus tard, ils recevaient à dîner et toute l'argenterie que Georgie avait astiquée fut mise en service. La soirée se déroula sans accroc. L'un de leurs invités, un avocat, leur raconta un scandale du coin. L'État et les gouvernements locaux venaient de donner leur feu vert pour la construction d'un segment de route nationale de quatre cents mètres de long, destiné à relier deux routes à plusieurs voies bordées d'espaces verts. Le coût était estimé à trois millions de dollars, d'après le devis fait par un entrepreneur du nom de Felici. La route allait détruire un vaste parc à la française qui était entretenu et ouvert au public depuis un demi-siècle. Le propriétaire du parc, un octogénaire, vivait à San Francisco et était soit impuissant, soit indifférent, soit paralysé par l'indignation. Le segment de route n'était d'aucune utilité. Il n'existait aucune étude des flux de circulation prouvant qu'il était le moins du monde utile. Un parc magnifique et une bonne part de l'argent des contribuables allaient être offerts sur un plateau à un entrepreneur cupide et dénué de scrupules.

C'était le genre d'histoires qu'aimait Jill. Elle avait les yeux brillants et les joues en feu. Georgie l'observait avec un mélange de fierté et de consternation. Le zèle citoyen de son épouse avait été titillé, et il savait qu'elle s'attaquerait au scandale jusqu'à obtenir un résultat. Elle était ravie de ce défi mais c'était, ce soir-là, un bonheur qui englobait sa maison, son mari, son mode de vie. Le lundi matin, elle prit d'assaut les différentes commissions qui contrôlaient la construction des grandes routes et vérifia les faits concernant le scandale. Puis elle mit sur pied un comité et fit circuler une pétition. Ils trouvèrent une vieille femme du nom de Mrs Haney pour prendre soin de Bibber, et une lycéenne vint lui faire la lecture l'après-midi. Jill se consacrait à son travail, les yeux brillants, excitée.

Cela se passait en décembre. Un jour, en fin d'après-midi, Georgie quitta son bureau de Brooklyn et alla faire des achats à New York. Tous les hauts buildings situés aux alentours de la Quarantième Rue étaient cachés par des nuages, mais il sentait leur présence au-dessus de sa tête comme celle d'une chaîne de montagnes familière. Il avait les pieds mouillés, et mal à la gorge. Les rues étaient bondées de monde et les décorations dans les vitrines étaient pour la plupart disposées à un angle tel que leur sens lui échappait. Il voyait la marquise de lumière chez Lord & Taylor's, mais n'apercevait que les mentons et les habits de cérémonie du chœur planté le long de la vitrine de Saks. Des rafales de musique sainte s'élevaient en vacillant dans la pluie. Il marcha dans une flaque. Il faisait aussi sombre qu'en pleine nuit ; cela semblait être, par contraste avec les innombrables lumières, la plus sombre des nuits. Il entra chez

Saks. À l'intérieur du magasin, les scènes de pillage perpétrées dans une éclatante lumière par des individus bien vêtus l'arrêta. Il resta immobile sur le côté pour éviter d'être piétiné par la foule qui se frayait un chemin de part et d'autre des portes. Il sentait clairement les premiers symptômes d'un rhume. Une femme qui se tenait à ses côtés laissa tomber des paquets, et il les ramassa. Elle avait des traits agréables, portait un manteau de vison noir et ses pieds, il le remarqua, étaient encore plus mouillés que les siens. Elle le remercia, et il lui demanda si elle allait se lancer à l'assaut des comptoirs.

« Je me disais que oui, répondit-elle, mais à présent je pense que non. J'ai les pieds mouillés, et j'ai l'impression affreuse d'avoir attrapé un rhume.

— Moi aussi. Trouvons un endroit tranquille et buvons un verre.

— Oh, mais je ne peux pas faire une chose pareille, répliqua-t-elle.

— Pourquoi pas ? C'est la fête, non ? »

La soirée obscure parut métamorphosée par ce mot. Elle était censée être festive ; c'était le sens des chants et des lumières.

« Je n'y avais jamais pensé sous cet angle-là, dit-elle.

— Venez. »

Il lui prit le bras et l'entraîna dans l'avenue jusqu'à un bar tranquille. Il leur commanda à boire et éternua.

« Vous devriez prendre un bain chaud et aller au lit », dit-elle.

Son inquiétude semblait purement maternelle. Il se présenta. Elle lui dit qu'elle s'appelait Betty Landers. Elle avait un mari médecin, une fille mariée et un fils en dernière année à Cornell University. Elle était très souvent seule, mais récemment elle s'était mise à la peinture. Elle fréquentait l'Art Students League trois fois par semaine, et elle avait un atelier dans le Village. Ils burent trois ou quatre verres, puis ils prirent un taxi pour aller voir son atelier.

Ce n'était pas l'idée que Georgie se faisait d'un tel lieu. Il s'agissait d'un deux-pièces situé dans l'un des immeubles neufs près de Washington Square, qui ressemblait un peu à la bonbonnière d'une vieille fille. Elle lui montra ses trésors — c'est le nom qu'elle leur donnait : le bureau qu'elle avait acheté en Angleterre, le fauteuil qu'elle avait acheté en France, la lithographie signée Matisse... Elle avait les cheveux et les sourcils bruns, un visage mince, et elle aurait pu être vieille fille. Elle lui servit un verre et, quand il demanda à voir ses toiles, elle refusa avec modestie ; il eut néanmoins l'occasion de les voir plus tard, empilées dans la salle de bains où son chevalet et son matériel de peinture étaient soigneusement rangés. Pourquoi ils devinrent amants, pourquoi, en présence de cette inconnue, il se retrouva soudain sans inhibitions et sans ses vêtements, il ne le comprit jamais. Elle n'était plus très jeune. Ses coudes et ses genoux étaient un peu noueux, comme si elle était une lointaine cousine de Daphné et qu'elle allait bientôt être transformée non pas en un arbuste fleuri, mais en un arbre rustique et commun.

Ils prirent l'habitude de se retrouver deux ou trois fois par semaine. Il n'apprit jamais grand-chose à son sujet, si ce n'est qu'elle habitait Park Avenue et qu'elle était souvent seule. Elle s'intéressait à la façon dont il s'habillait et le tenait au courant des soldes des grands magasins. Elle lui parlait essentiellement de cela. Assise sur ses genoux, elle lui annonçait que les cravates étaient en soldes chez Saks, les chaussures en soldes chez Brooks et les chemises en soldes chez Altman. À cette époque, Jill était si absorbée dans sa campagne qu'elle remarquait à peine quand il arrivait et s'en allait, mais un soir qu'il était assis au salon tandis qu'elle téléphonait à l'étage, il eut le sentiment de s'être conduit d'une façon minable. Il eut le sentiment qu'il était temps que sa liaison, qui avait commencé par un sombre après-midi avant Noël, s'achève. Il prit du papier à lettres et écrivit à Betty : « Ma chérie, je pars pour San Francisco ce soir et je serai absent pendant six semaines. Je pense, et je suis sûr que tu seras d'accord avec moi, qu'il est mieux que nous ne nous revoyions pas. » Il rédigea une seconde version de la lettre, remplaçant San Francisco par Rome, et l'envoya à l'atelier de sa maîtresse, dans le Village.

Le lendemain soir, quand il rentra, Jill menait

campagne au téléphone. Mathilde, la lycéenne, faisait la lecture à Bibber. Il échangea quelques mots avec son fils, puis alla se servir un verre à l'office. Il s'y trouvait encore quand il entendit les talons de Jill dans l'escalier. Ils semblaient résonner selon un rythme rapide et vengeur et, quand elle entra dans l'office, elle avait le visage pâle et tiré. Ses mains tremblaient, et dans l'une d'elles se trouvait la première des lettres qu'il avait écrites.

« Qu'est-ce que ça veut dire ? lança-t-elle.

— Où as-tu trouvé ça ?

— Dans la corbeille à papier.

— Je vais t'expliquer, dit-il. Assieds-toi, s'il te plaît. Assieds-toi un instant, et je vais t'expliquer toute l'histoire.

— Je suis obligée de m'asseoir ? J'ai énormément de travail.

— Non, tu n'es pas obligée, mais est-ce que tu pourrais fermer la porte ? Mathilde peut nous entendre.

— Je n'arrive pas à croire que tu aies quoi que ce soit à dire qui nécessite de fermer une porte.

— Voici ce que j'ai à dire, dit-il. (Il ferma la porte.) En décembre, juste avant Noël, j'ai pris une maîtresse, une femme qui se sentait seule. Je ne peux pas expliquer pourquoi je l'ai choisie. C'est peut-être parce qu'elle a son propre appartement. Elle n'est plus très jeune ; ce n'est pas une beauté. Ses enfants sont grands. Son mari et elle habitent Park Avenue.

— Oh, mon Dieu, dit Jill. Park Avenue ! (Elle

éclata de rire.) J'adore ce détail. J'aurais pu me douter que si tu t'inventais une maîtresse, elle habiterait Park Avenue. Tu es un tel péquenaud.

— Tu crois que j'ai inventé tout ça ?

— Oui, je le crois. Je crois que tu as imaginé toute cette histoire pour essayer de me faire souffrir. Tu n'as jamais eu beaucoup d'imagination. Tu t'en serais peut-être mieux tiré si tu avais goûté des Thackeray. Franchement. Une matrone de Park Avenue. Tu n'aurais pas pu inventer quelque chose de plus savoureux ? Une étudiante de Vassar aux flamboyants cheveux roux ? Une chanteuse de night-club de couleur ? Une princesse italienne ?

— Tu crois vraiment que j'ai tout imaginé ?

— Oui, en effet. Je pense que c'est une pure invention, et une invention méprisable, mais dis-m'en plus, dis-m'en plus sur ta matrone de Park Avenue !

— Je n'ai rien de plus à dire.

— Tu n'as rien de plus à dire parce que tes facultés d'imagination te font défaut. Je me trompe ? Si je peux te donner un conseil, mon vieux, c'est de ne jamais t'embarquer dans quoi que ce soit qui nécessite d'avoir beaucoup d'imagination. Ça n'a jamais été ton fort.

— Tu ne me crois pas.

— En effet, et si je te croyais, je ne serais pas jalouse. Les femmes comme moi ne sont pas jalouses. J'ai des choses autrement plus importantes à faire. »

À cette période de leur vie conjugale, les démarches entreprises par Jill contre la commission des routes firent office de pont suspendu sur lequel il leur était possible de se déplacer, de se voir, de discuter et de dîner, juchés en sécurité audessus de leurs sentiments. La jeune femme se battait pour obtenir une audience publique et devait se présenter devant la commission avec des pétitions et des documents établissant la gravité du dossier, et le nombre de sympathisants influents qu'elle était parvenue à rallier à sa cause. Par malchance, Bibber, au même moment, attrapa un mauvais rhume et il fut difficile de trouver quelqu'un pour le garder. De temps en temps, Mrs Haney venait s'asseoir à son chevet et, l'aprèsmidi, Mathilde lui faisait la lecture. Quand Jill dut se rendre à Albany, Georgie s'absenta une journée du bureau afin qu'elle puisse y aller. Il resta également à la maison le jour où elle eut un rendez-vous important alors que Mrs Haney ne pouvait pas venir. Elle lui était sincèrement reconnaissante de ces sacrifices, et il n'éprouvait qu'admiration pour l'intelligence et la ténacité de son épouse. Ses qualités d'avocate et d'organisatrice étaient très supérieures aux siennes. Elle devait se présenter devant la commission un vendredi, et il se réjouissait à l'idée que cette partie-là de leur combat, au moins, soit derrière eux. Ce vendredi-là, il rentra du bureau vers 18 heures. Il appela : « Jill ? Mathilde ? Mrs Haney ? » mais il n'y eut pas de réponse. Il se débarrassa en hâte de son chapeau et de son manteau et monta quatre à quatre l'escalier menant à la chambre de Bibber. Il y avait de la lumière, mais le petit garçon était seul et paraissait dormir. Épinglé à son oreiller se trouvait le mot suivant : « Chère Mrs Madison ma tante et mon oncle sont venus nous rendre visite et je dois rentrer chez moi pour aider ma mère. Bibber est endormi il ne s'en apercevra même pas. Excusez-moi. Mathilde. » Sur l'oreiller, près du mot, il y avait une tache de sang rouge foncé. George toucha légèrement l'enfant et le sentit brûlant de fièvre. Puis il essaya de le réveiller, mais Bibber n'était pas endormi : il était inconscient.

Georgie humidifia les lèvres de l'enfant avec de l'eau, et celui-ci reprit conscience le temps de jeter ses bras autour de son père. Il était bouleversant de voir un être si jeune et innocent accablé par une maladie grave, et Georgie fondit en larmes. Un amour tumultueux et puissant emplissait la petite pièce et il dut réfréner ses sentiments de crainte que la force de son étreinte ne blesse l'enfant. Ils se tinrent étroitement enlacés. Puis Georgie appela le médecin. Il l'appela dix fois, et chaque fois il entendit la tonalité idiote et frustrante indiquant que la ligne était occupée. Puis il téléphona à l'hôpital et demanda à ce qu'on lui envoie une ambulance. Il enveloppa le petit garçon dans une couverture et le porta en bas de l'escalier, immensément reconnaissant d'avoir au moins cela à faire. Il ne fallut que quelques minutes à l'ambulance pour arriver.

Jill s'était arrêtée le temps de prendre un verre avec l'une de ses assistantes, et elle franchit la porte une demi-heure plus tard. « Acclamez l'héroïne victorieuse ! s'écria-t-elle en entrant dans la maison vide. Nous obtiendrons notre audience, et les perfides chacals sont en fuite. Felici lui-même a semblé ému par mon éloquence, et Carter a dit que j'aurais dû être avocate. J'ai été tout simplement sensationnelle. »

Citation : « INTL PD FLORENCE VIA RCA 22 23 9 H 35 AMELIA FAXON CHIDCHESTER C/O AMEXCO : BIBBER EST MORT D'UNE PNEUMONIE MARDI DERNIER. PEUX-TU VENIR ICI OU PUIS-JE TE REJOINDRE. BAISERS, JILL. »

Amelia Faxon Chidchester séjournait chez son amie de longue date, Louisa Trefaldi, à Fiesole. Le 21 janvier, en fin d'après-midi, elle se rendit en vélo à Florence. C'était une vieille Dutheil au siège très en hauteur, qui l'élevait un peu au-dessus des petites voitures. Elle pédalait, imperturbable, parmi les pires conducteurs du monde. Sa vie était menacée à chaque instant par une Vespa ou un tram, mais elle ne cédait devant personne et l'expression de son visage coloré était sereine. Juchée entre ciel et terre, se déplaçant à l'allure somnambulique propre aux cyclistes, souriant avec douceur à la mort qui la menaçait à chaque intersection, elle paraissait quelque peu surnaturelle, et peut-être était-ce parce qu'elle croyait l'être. Son sourire était paisible, mystérieux et imperturbable, et l'on avait le sentiment que, si elle avait été désarçonnée, elle n'aurait pas perdu cette expression de patience tandis qu'elle volait dans les airs. Elle traversa un pont, descendit de vélo avec grâce et longea le fleuve jusqu'au bureau de l'American Express. Elle glapit une formule de salutation en italien, car elle tenait beaucoup à se distinguer des cow-boys américains sans chevaux, et surtout de ses pareils, hommes et femmes perdus, indésirables, qui errent comme des feuilles mortes à la périphérie du monde, et se regroupent juste le temps de faire la queue pour voir s'ils ont reçu du courrier. La pièce était pleine de monde et elle lut son câble tragique au milieu de la foule. Son expression n'aurait pu permettre d'en déchiffrer le contenu. Elle soupira profondément et releva la tête. Elle semblait avoir gagné en noblesse. Elle rédigea sur-le-champ sa réponse : « NO POSSO TORNARE TANTI BACI FERVIDI. MELEE. »

« Ma chérie, écrivit-elle ce soir-là, je suis absolument désolée d'apprendre cette dramatique nouvelle. Je ne peux que remercier le ciel de ne pas l'avoir mieux connu, mais j'ai dans ce domaine une expérience considérable et je suis arrivée à un âge où je n'aime pas particulièrement m'attarder sur le sujet de la mort. Il n'est ici aucune rue, aucun bâtiment, aucun tableau qui ne me rappelle Berenson, mon cher Berenson. La dernière fois que je l'ai vu, j'étais assise à ses pieds et je lui ai demandé devant quel tableau du monde entier il demanderait à être transporté s'il possédait un tapis volant. Sans un instant d'hésitation, il a choisi la *Madone* de Raphaël à l'Ermitage. Il m'est impossible de rentrer. Voici la vérité : je n'aime pas mes compatriotes. En ce qui concerne ta venue, j'habite à présent chez ma chère Louisa et, comme tu le sais, elle considère qu'à partir de trois personnes, il y en a au moins une de trop. Peut-être qu'à l'automne, quand ton deuil sera moins douloureux, nous pourrons nous retrouver quelques jours à Paris et revoir certains de nos lieux préférés. »

Georgie fut anéanti par la mort de son fils. Il en rejeta la faute sur Jill, ce qui était cruel et injuste, et il sembla pour finir qu'il était capable d'être les deux. À sa demande, elle alla à Reno et obtint un divorce par consentement mutuel. Tout cela fut orchestré par Georgie de façon à prendre l'allure d'un châtiment. Par la suite, Jill trouva du travail chez un éditeur de manuels scolaires à Cleveland. Sa perspicacité et son charme furent rapidement reconnus à leur juste valeur et sa réussite professionnelle fut incontestable, mais elle ne se remaria pas ou, du moins, ne s'était pas remariée la dernière fois que j'eus de ses nouvelles. Ce fut par l'intermédiaire de Georgie, qui me téléphona un soir et décréta que nous devions *absolument* déjeuner ensemble. Il était environ 11 heures. Je pense qu'il était soûl. Il ne s'était pas remarié non plus, et au ton amer qu'il a employé pour parler des femmes, ce soir-là, j'ai deviné qu'il ne le ferait jamais. Il m'a parlé de l'emploi de Jill à Cleveland et m'a dit que Mrs Chidchester était en train de traverser l'Écosse à vélo. J'ai pensé alors qu'il était bien inférieur à Jill, bien immature. Quand j'ai dit que je le rappellerais pour convenir d'un déjeuner, il m'a donné son téléphone au chantier naval, son numéro de poste, son téléphone chez lui, le téléphone de sa maison de campagne du Connecticut et celui du club où il déjeunait et jouait aux cartes. J'ai écrit tous ces numéros sur un bout de papier et, quand nous avons raccroché, j'ai jeté le papier à la corbeille.

Une autre histoire

Peignez-moi donc un mur à Vérone, une fresque au-dessus d'une porte ; un champ de fleurs au premier plan, des maisons ou des palais jaunes, et au loin les tours de la ville. Sur la droite, un messager drapé dans une cape cramoisie dévale un escalier. Par l'embrasure d'une porte, on voit une vieille femme étendue sur un lit. Autour du lit se pressent des membres de la cour. Plus haut dans l'escalier, deux hommes se battent en duel. Au milieu du champ, une princesse ceint de fleurs le front d'un saint ou d'un héros. Un cercle de chiens de chasse et d'autres animaux, dont un lion, contemplent la scène avec un profond respect. À l'extrême gauche se déploie une étendue d'eau verte sur laquelle une flottille de voiliers — au nombre de cinq — se dirige vers le port. Se découpant contre le ciel, deux hommes vêtus d'habits de cour sont pendus à un gibet. Mon ami était un prince et Vérone était sa ville natale, mais, à présent, les navettes en train, les pavillons blancs plantés d'ifs, les rues et les bureaux de New York étaient le cadre dans lequel il vivait ; il portait un chapeau pelucheux vert et un imperméable miteux à la ceinture étroitement nouée, avec une brûlure de cigarette à la manche.

Marcantonio Parlapiano — ou Boobee, comme on l'appelait — était un prince pauvre. Il vendait des machines à coudre pour une entreprise milanaise. Son père avait perdu ce qu'il restait de son patrimoine au Casino de Venise, et il y avait eu beaucoup à perdre. Il restait un château Parlapiano non loin de Vérone, mais le seul privilège qu'avait encore la famille consistait à être enterrée dans la crypte. Boobee adorait son père, bien que celui-ci eût perdu toute une fortune d'une façon insensée. Un jour, il m'a emmené prendre le thé à Vérone avec le vieil homme, et il s'est comporté vis-à-vis du flambeur d'une façon respectueuse et sereine. L'une des grand-mères de Boobee était anglaise, et il avait les cheveux blonds et les yeux bleus. C'était un homme grand et mince au nez immense, dont les gestes donnaient l'impression qu'il portait des apparats de la Renaissance. Il retirait ses gants un doigt après l'autre, serrait la ceinture de son imperméable comme si une épée y était fixée, et portait son chapeau incliné à un angle particulier, comme s'il était couvert de plumes. À l'époque où je l'ai rencontré, il avait une maîtresse — une jeune femme française superbe et intelligente. Il voyageait pour son entreprise et, à l'occasion d'un voyage à Rome, il a rencontré Grace Osborn, qui travaillait au consulat des États-

Unis, et s'est épris d'elle. Elle était très belle. Son caractère était teinté d'une trace d'intransigeance qu'une femme plus habile aurait dissimulée. Elle avait des opinions politiques réactionnaires, et était terriblement à cheval sur la propreté. Un ennemi pris de boisson a déclaré un jour que Grace Osborn était le genre de femmes pour qui les verres à eau et les sièges de toilettes des motels et des hôtels sont mis sous plastique. Boobee l'aimait pour différentes raisons, mais avant tout parce qu'elle était américaine. Il adorait les États-Unis, et c'est le seul Italien que j'ai jamais rencontré dont le restaurant préféré, à Rome, était le Hilton. Ils se sont mariés sur la Piazza del Campidoglio et ont passé leur lune de miel au Hilton. Plus tard, il a été muté aux États-Unis et m'a écrit pour me demander si je pouvais l'aider à trouver un logement. Il y avait un pavillon disponible dans notre quartier, et les Parlapiano ont pris les dispositions nécessaires pour le louer.

Boobee et Grace sont arrivés d'Italie en mon absence et mes retrouvailles avec Boobee ont eu pour cadre le quai de la gare de Bullet Park, à 7 h 45, un mardi matin. C'était un cadre sans pareil. Le casting était constitué de la centaine de passagers, en majorité des hommes, qui attendaient sur le quai. Il y avait des rails, des traverses et le grondement des moteurs, mais on éprouvait beaucoup plus un sentiment de cérémonie que de voyage et de séparation. Nos rôles semblaient figés dans la lumière matinale et, puisque nous allions tous rentrer avant la nuit, on n'avait pas l'impression qu'il s'agissait d'un voyage. C'est à cause de l'aspect figé, de la rectitude de la scène que l'apparition de Boobee, avec son chapeau vert pelucheux et son imperméable ceinturé, a paru si étrange. Il a crié mon nom, s'est penché et m'a gratifié d'une étreinte à me briser les os, puis m'a embrassé bruyamment sur les deux joues. Je n'aurais pas imaginé combien un tel salut paraîtrait étrange, exubérant et indécent sur le quai de la gare. Cela a fait sensation. Je crois que personne n'a ri. Plusieurs personnes ont détourné les yeux. Un ami est devenu pâle. Notre conversation tonitruante dans une autre langue a fait grand effet, elle aussi. J'imagine qu'on l'a jugée affectée, impolie et antipatriotique, mais je ne pouvais pas demander à Boobee de se taire, pas plus que je ne pouvais lui expliquer qu'aux États-Unis, quand nous bavardons le matin, nous nous attachons à une sorte de banalité rituelle. Tandis que mes amis et voisins parlaient de tondeuses à lame rotative et d'engrais chimiques, Boobee s'extasiait devant la beauté du paysage, l'allure impeccable des Américaines et le pragmatisme de la politique de notre pays, sans oublier l'horreur que représentait la perspective d'une guerre avec la Chine. Il m'a fait la bise pour me dire au revoir dans Madison Avenue. Je crois qu'aucune connaissance ne nous a vus.

Peu de temps après, nous avons reçu les Parlapiano à dîner pour les présenter à nos amis. L'anglais de Boobee était abominable. « Puis-je me faire la dame que vous êtes ? » demandait-il à une femme, sans avoir d'autre intention que de s'asseoir à ses côtés. Cependant il était charmant, et s'en tirait grâce à sa spontanéité et son physique agréable. Nous n'avons pas pu le présenter à des Italiens, étant donné que nous n'en connaissions aucun. À Bullet Park, la majeure partie de la petite population italienne était composée d'ouvriers et de domestiques. Au sommet de l'échelle sociale se trouvait la famille DeCarlo, des entrepreneurs prospères et fortunés, mais, soit parce qu'ils ne l'avaient pas voulu, soit par hasard, ils semblaient n'avoir jamais quitté les limites de la colonie italienne. La position de Boobee, par conséquent, était ambiguë.

Un samedi matin, il m'a téléphoné pour me demander si je pouvais l'aider à faire des achats. Il voulait acheter des blue-jeans. Il prononçait « blugins » et il s'est écoulé un moment avant que je comprenne ce qu'il voulait dire. Quelques minutes plus tard, il est passé me prendre et m'a emmené dans le magasin Army and Navy de la ville. Il avait une grosse voiture climatisée couverte de chromes, et il conduisait comme un Romain. Nous parlions italien au moment où nous sommes entrés dans le magasin. Entendant les accents de cette langue, le vendeur s'est renfrogné comme s'il sentait venir un chèque en bois ou un vol à l'étalage.

« Nous voulons des blue-jeans, ai-je dit.

— Des blugins, a acquiescé Boobee.

— Quelle taille ? »

Boobee et moi avons discuté du fait que nous ne connaissions pas ses mensurations en centimètres. Le vendeur a sorti un mètre à ruban d'un tiroir et me l'a tendu.

« Prenez ses mesures vous-même », a-t-il dit.

Je me suis exécuté et j'ai donné les mesures au vendeur. Il a jeté une paire de blue-jeans sur le comptoir, mais ce n'était pas ce que Boobee avait en tête. Il a expliqué avec force détails et en gesticulant qu'il voulait quelque chose d'une teinte plus pâle et d'une couleur plus douce. Alors le propriétaire, du fond du magasin, a crié à l'intention de son vendeur, à travers un canyon de caisses de brodequins et de chemises en denim :

« Dis-leur que c'est tout ce que nous avons. Dans le pays d'où ils viennent, ils portent des peaux de chèvres. »

Boobee a compris. Son nez a semblé s'allonger, comme chaque fois qu'il était profondément ému. Il a soupiré. Il ne lui était jamais venu à l'esprit qu'en Amérique, un prince souverain puisse être pénalisé parce qu'il est étranger. J'avais fait l'expérience de l'anti-américanisme en Italie, mais rien d'aussi grossier que cela, et quoi qu'il en soit, je n'étais pas un prince. En Amérique, le prince Parlapiano était un rital.

« Merci beaucoup, ai-je dit et je me suis dirigé vers la porte.

— D'où est-ce que vous êtes, monsieur ? m'a demandé le vendeur.

— J'habite Chilmark Lane, ai-je répondu.

— Je ne parle pas de ça, a-t-il rétorqué. Je veux dire, d'où est-ce que vous êtes en Italie ? »

Nous sommes sortis du magasin et nous avons trouvé ailleurs ce que voulait Boobee, mais je voyais bien que sa condition d'étranger était aléatoire. Il pouvait être le prince Parlapiano dans un lieu comme l'hôtel Plazza mais, lorsqu'il peinait à déchiffrer le menu à Chock Full O'Nuts[1], c'était un intouchable.

Je n'ai pas revu les Parlapiano pendant un mois et quand je suis tombé à nouveau sur Boobee, sur le quai de la gare, il semblait s'être fait beaucoup d'amis, bien que son anglais ne se fût pas amélioré. Puis Grace nous a téléphoné pour nous dire que ses parents lui rendaient visite et qu'elle nous invitait à prendre l'apéritif. C'était un samedi après-midi et, quand nous sommes arrivés chez eux, une dizaine de voisins étaient déjà là, mal à l'aise. Boobee n'avait pas saisi l'esprit de l'apéritif américain : il servait du Campari tiède et des boules de gomme. Quand je lui ai demandé, en anglais, si je pouvais avoir du scotch, il s'est enquis du genre de scotch que je souhaitais. Je lui ai répondu que n'importe lequel ferait l'affaire. « Bien ! s'est-il

1. Chaîne de cafés populaires (à l'origine simples torréfacteurs), née à la fin des années 20 à New York.

exclamé. Alors je te donne du rye. Du rye, c'est le meilleur whisky, oui ? » Je ne mentionne cette anecdote que pour illustrer le fait que sa maîtrise de notre langue et de nos coutumes était inégale.

Les parents de Grace étaient un couple d'âge mûr, sans grand charme, originaire de l'Indiana.

« Nous venons de l'Indiana, a déclaré Mrs Osborn, mais nous descendons en ligne droite des Osborn qui se sont établis à Williamsburg, en Virginie, au XVIIe siècle. Mon arrière-grand-père maternel était officier dans l'armée confédérée et il a été décoré par le général Lee. Nous faisons partie d'un club, en Floride. Nous sommes tous scientistes.

— Vous parlez de cap Kennedy ? ai-je demandé.

— Je parle des chrétiens scientistes. »

Je me suis tourné vers Mr Osborn, qui était un concessionnaire de voitures d'occasion à la retraite. Il a parlé de leur club à n'en plus finir. Il y avait de nombreux millionnaires parmi ses membres. Le club comprenait un terrain de golf de dix-huit trous, une marina, un diététicien diplômé d'université et un comité d'admission très exigeant. Il a baissé la voix et, cachant sa bouche derrière sa main, il a précisé : « Nous essayons d'empêcher les Juifs et les Italiens de devenir membres. »

Boobee, debout devant ma femme, a demandé :

« Puis-je me faire la dame que vous êtes ? »

Sa belle-mère, depuis l'autre côté de la pièce, a lancé :

« Qu'est-ce que tu as dit, Anthony ? »

Boobee a baissé la tête. Il semblait sans défense.

« Je suis en train de demander à Mrs Duclose, dit-il timidement, si je peux me faire la femme qu'elle est.

— Si vous ne savez pas parler anglais, mieux vaut vous taire, a dit Mrs Osborn. Vous parlez comme un marchand de primeurs.

— Je suis désolé, a murmuré Boobee.

— Asseyez-vous, je vous en prie », a dit ma femme, et il s'est exécuté, mais son nez a semblé s'allonger démesurément. Il était blessé. La soirée sur laquelle planait une gêne diffuse n'a pas duré beaucoup plus d'une heure.

Puis, un soir, à la fin de l'été, Boobee m'a téléphoné pour me dire qu'il fallait qu'il me voie, et je l'ai invité à passer à la maison. Il portait ses gants et son chapeau pelucheux vert. Ma femme était à l'étage et, comme elle n'appréciait pas outre mesure Boobee, je ne l'ai pas invitée à nous rejoindre. Je nous ai servi à boire, et nous nous sommes installés dans le jardin.

« Écoute ! a dit Boobee. (Il avait utilisé l'impératif *ascolta.*) Écoute-moi. Grace est folle... Ce soir, le dîner n'est pas prêt. J'ai très faim et si je n'ai pas mon dîner à l'heure, je perds l'appétit. Grace le sait parfaitement, mais quand j'arrive à la maison, il n'y a pas de dîner. Il n'y a rien à manger. Elle est dans la cuisine en train de faire brûler quelque chose dans une casserole. Je lui explique avec courtoisie que je dois dîner à l'heure. Tu sais ce qui se passe alors ? »

Je le savais, mais il semblait peu délicat de l'avouer. J'ai répondu :

« Non.

— Tu ne pourrais jamais imaginer, a-t-il dit. (Il a porté une main à son cœur.) Elle se met à *pleurer*.

— Les femmes pleurent facilement, Boobee, ai-je dit.

— Pas les Européennes.

— Mais tu n'as pas épousé une Européenne.

— Ce n'est pas tout. C'est maintenant que ça devient fou. Elle pleure, et quand je lui demande pourquoi elle pleure, elle m'explique que c'est parce que en devenant ma femme, elle a renoncé à une grande carrière de soprano à l'Opéra. »

J'imagine qu'il n'y a pas grande différence entre les bruits d'une nuit d'été — de la fin de l'été — dans mon pays et en Italie, et pourtant, à ce moment, cela a semblé être le cas. L'air nocturne avait perdu toute sa douceur — les lucioles et le murmure du vent — et les insectes dans l'herbe alentour émettaient un bruit aussi discordant et menaçant qu'un cambrioleur affûtant ses outils. La distance qui séparait Boobee de Vérone en semblait infranchissable.

« L'Opéra ! a-t-il crié. La Scala ! C'est à cause de moi qu'elle ne chante pas sur scène ce soir à la Scala. Elle prenait des cours, c'est vrai, mais on ne lui a jamais proposé de chanter sur scène. Maintenant, cette folie la prend.

— Beaucoup d'Américaines, Boobee, ont l'impression qu'en se mariant elles ont renoncé à une carrière.

— C'est de la folie, a-t-il répété. (Il n'écoutait pas.) De la pure folie. Mais qu'est-ce qu'on peut faire ? Est-ce que tu veux bien aller lui parler ?

— Je ne sais pas quel bien ça pourra faire, Boobee, mais je peux essayer.

— Demain. Je rentrerai plus tard. Est-ce que tu iras lui parler demain ?

— Oui. »

Il s'est levé et a enfilé ses gants, un doigt après l'autre. Puis, d'un geste vif, il a mis sur sa tête le chapeau aux plumes imaginaires et il a demandé :

« Quel est le secret de mon charme — est-ce mon incroyable exubérance ?

— Je ne sais pas, Boobee, ai-je répondu, mais j'ai senti un chaleureux élan de compassion envers Grace se répandre dans ma poitrine.

— C'est parce qu'il y a dans ma philosophie de vie le sens des conséquences et des limites. Grace n'a pas ce genre de philosophie. »

Puis il est monté dans sa voiture et a démarré si brusquement qu'il a éparpillé du gravier sur toute la pelouse.

J'ai éteint les lumières du rez-de-chaussée et je suis monté dans la chambre, où ma femme était en train de lire.

« Boobee est passé, ai-je dit. Je ne t'ai pas appelée.

— Je sais. Je vous ai entendus parler dans le jardin. »

Sa voix tremblait et, à cet instant, j'ai vu que des larmes coulaient sur ses joues.

« Qu'est-ce qu'il y a, ma chérie ?

— Oh, j'ai le sentiment d'avoir gâché ma vie, a-t-elle soupiré. J'éprouve un sentiment de terrible gâchis. Je sais que tu n'y es pour rien, mais je vous ai vraiment trop donné, à toi et aux enfants. Je veux reprendre le théâtre. »

Je devrais fournir quelques explications concernant la carrière de ma femme dans le théâtre. Quelques années plus tôt, une compagnie de comédiens amateurs du quartier avait joué le *Saint Joan* de Shaw. Margaret avait le rôle principal. J'étais en déplacement à Cleveland pour un voyage d'affaires indépendant de ma volonté, et je n'avais pas pu assister à la représentation, mais je suis convaincu qu'elle avait été remarquable. Il devait y avoir deux représentations et quand le rideau était tombé, à la fin de la première, les spectateurs s'étaient levés pour applaudir. On m'a dit que l'interprétation de Margaret avait été brillante, chaleureuse, magnétique et inoubliable. L'excitation suscitée était telle que de nombreux directeurs et producteurs de New York avaient été invités avec insistance à venir le second soir. Beaucoup avaient accepté. Je n'étais pas là, comme je l'ai dit, mais Margaret m'a raconté ce qui s'est passé. C'était un matin froid et d'une clarté aveuglante. Elle avait conduit les enfants à l'école, puis était rentrée et avait essayé de répéter son texte, mais le téléphone n'arrêtait pas de sonner. Tout le monde avait l'impression qu'une grande comédienne venait d'être découverte. À 10 heures, le ciel s'était couvert, et le vent du nord s'était mis à souffler. À dix heures et demie, il s'était mis à neiger, et à midi la tempête s'était transformée en blizzard. Les écoles avaient fermé à 13 heures et les enfants avaient été renvoyés chez eux. À 16 heures, plus de la moitié des routes étaient fermées. Les trains circulaient avec du retard ou pas du tout. Margaret n'avait pas réussi à sortir sa voiture du garage et avait donc parcouru à pied les cinq kilomètres jusqu'au théâtre. Aucun des producteurs ou directeurs n'avait pu venir, bien sûr, et seulement la moitié des comédiens s'étaient présentés, de sorte que la représentation avait été annulée. Il avait été question de rejouer la pièce plus tard, mais les Dauphin avaient dû partir pour San Francisco, le théâtre était réservé pour d'autres spectacles, et les producteurs et directeurs qui avaient accepté de venir avaient semblé, à la réflexion, réticents à l'idée de s'aventurer aussi loin. Margaret n'a jamais rejoué Joan. Elle l'a regretté, bien naturellement. Les louanges qu'on avait déversées dans ses oreilles y ont résonné pendant des mois. Une promesse exaltante avait fait long feu, et — n'importe qui aurait éprouvé la même chose — elle avait le sentiment que sa déception était profonde et fondée.

Le lendemain j'ai téléphoné à Grace Parlapiano, et je lui ai rendu visite en sortant du travail. Elle était pâle et semblait malheureuse. Je lui ai dit que j'avais eu une discussion avec Boobee.

« Anthony est très difficile à vivre, a-t-elle répliqué, et je pense sérieusement à demander le divorce, ou du moins une séparation légale. Il se trouve que j'ai une assez belle voix, mais il semble s'imaginer que j'invente ce fait de toute pièce, par pure méchanceté, uniquement pour l'humilier. Il prétend que je suis gâtée et exigeante. Notre maison est, après tout, la seule du quartier qui n'ait pas de moquette et quand j'ai fait venir quelqu'un pour avoir une estimation du coût de la pose, Anthony a perdu son sang-froid. Il a complètement perdu son sang-froid. Je sais que les Latins sont émotifs — tout le monde me l'a dit avant que je me marie — mais quand Anthony perd son sang-froid, il est vraiment effrayant.

— Boobee vous aime, ai-je dit.

— Anthony a l'esprit très étroit. Je me dis parfois qu'il s'est marié trop tard. Par exemple, j'ai suggéré que nous devenions membres du Country Club ; il pourrait apprendre à jouer au golf, et vous savez combien le golf est important pour les affaires. Il pourrait nouer beaucoup de relations intéressantes si nous devenions membres du club, mais il pense que je suis déraisonnable. Il ne sait pas danser, mais quand j'ai proposé que nous prenions des cours de danse, il a pensé que j'étais déraisonnable. Je ne me plains pas, je ne me plains vraiment pas. Par exemple, je n'ai pas de manteau de fourrure et je n'en ai jamais réclamé, et vous savez très bien que je suis la seule femme du quartier à ne pas avoir de manteau de fourrure. »

J'ai mis maladroitement fin à la conversation avec quelques balivernes spirituelles dont nous gratifions nos amis dont le mariage est en difficulté. Mes paroles n'ont servi à rien, bien sûr, et les choses ne se sont pas arrangées. Je le savais parce que Boobee me mettait au courant dans le train tous les matins. Il ne comprenait pas qu'aux États-Unis, les hommes ne se plaignent pas de leur femme, et c'était un malentendu immense et douloureux. Un matin, il s'est approché de moi et m'a dit :

« Tu te trompes. Tu te trompes complètement. Le soir où je t'ai dit qu'elle était folle, tu m'as dit que ce n'était rien. Maintenant, écoute ! Elle est en train de s'acheter un piano à queue et d'engager un professeur de chant. Elle fait tout ça par méchanceté. Tu veux bien croire qu'elle est folle, maintenant ?

— Grace n'est pas folle, ai-je dit. Il n'y a rien de mal dans le fait qu'elle aime chanter. Tu dois comprendre que ce n'est pas par méchanceté qu'elle souhaite faire carrière. C'est le cas de presque toutes les femmes du quartier. Margaret travaille avec un professeur d'art dramatique à New York trois fois par semaine, et je ne considère pas qu'elle soit méchante ou folle.

— Les Américains n'ont pas de caractère, a-t-il répliqué. Ils sont commerciaux et ordinaires. »

Je l'aurais frappé, alors, mais il s'est détourné et

s'est éloigné. C'était de toute évidence la fin de notre amitié et j'en ai été infiniment soulagé, car c'était devenu une corvée extrêmement pénible de l'écouter me faire le récit de la folie de sa femme et de sentir qu'il n'y avait aucun moyen de modifier ou d'éclairer son point de vue. Il m'a laissé tranquille pendant deux semaines ou un peu plus, puis il m'a abordé à nouveau un matin. Son visage était sombre, son nez s'était agrandi, son attitude était résolument hostile. Il m'a parlé en anglais.

« Maintenant tu seras d'accord avec moi, m'a-t-il dit, quand je te dirai ce qu'elle fait. Maintenant tu vas voir que sa méchanceté n'a pas de limites. (Il a soupiré ; il a sifflé à travers ses dents.) Elle veut donner un concert ! » s'est-il exclamé, puis il s'est détourné.

Quelques jours plus tard, nous avons reçu une invitation pour aller écouter Grace chanter chez les Aboleen. Il faut savoir que Mrs Aboleen est la muse de notre région. Grâce à son frère, le romancier W.H. Towers, elle a quelques relations dans le monde littéraire et grâce à la générosité de son mari — un chirurgien dentaire prospère — elle possède une grande collection de tableaux. Sur ses murs on lit Dufy, Matisse, Picasso et Braque, mais les toiles sur lesquelles apparaissent ces signatures sont très mauvaises, et Mrs Aboleen est une muse d'une surprenante jalousie. Elle considère toute autre femme du quartier aux goûts similaires aux siens comme une vulgaire usurpatrice.

Les tableaux, bien sûr, sont ses tableaux, mais quand un poète vient passer un week-end chez les Aboleen, il devient son poète. Elle peut l'exhiber, lui demander de réciter ses œuvres et vous laisser lui serrer la main, mais si vous vous approchez trop de lui ou si vous lui parlez durant plus d'une ou deux minutes, elle interrompra votre conversation avec une possessivité passionnée, une sorte de colère, comme si elle vous avait surpris à empocher l'argenterie. Grace était devenue sa princesse, j'imagine. Le concert a eu lieu un dimanche après-midi, par une belle journée, et j'y suis allé à contrecœur. Peut-être le jugement que j'ai porté sur l'interprétation de Grace en a-t-il été affecté, mais tous les autres ont dit que c'était abominable. Elle a chanté une douzaine de chansons, essentiellement en anglais, essentiellement des chansons d'amour primesautières. Entre chaque morceau on entendait les soupirs abattus de Boobee, et je savais qu'il se disait que la malveillance abyssale de son épouse avait inventé toute la scène — les chaises pliantes, les vases de fleurs, les servantes qui attendaient pour servir le thé. Quand le concert s'est achevé, il s'est montré assez courtois, mais son nez paraissait énorme.

Je ne l'ai pas revu pendant quelque temps, puis j'ai lu un soir dans le journal local que Marcantonio Parlapiano avait été blessé dans un accident de voiture sur la Route 67 et qu'il était en convalescence à l'hôpital Platner Memorial. Je m'y suis rendu immédiatement. Quand j'ai demandé à l'infirmière de son étage où je pouvais le trouver, elle a répondu gaiement : « Oh, vous voulez voir Tony ? Le pauvre vieux Tony. Tony pas *parlare* notre langue. »

Il était dans une chambre avec deux autres patients. Il s'était cassé une jambe, il avait terriblement mauvaise mine et ses yeux étaient pleins de larmes. Je lui ai demandé quand on allait lui permettre de rentrer chez lui.

« Auprès de Grace ? a-t-il dit. Jamais. Je n'y retournerai jamais. Son père et sa mère sont avec elle. Ils sont en train de s'occuper des procédures pour obtenir une séparation légale. Je pars pour Vérone. Je prends le *Colombo* le 27. (Il a eu un sanglot.) Tu sais ce qu'elle me demande ?

— Non, Boobee. Qu'est-ce qu'elle t'a demandé ?

— Elle m'a demandé de changer mon nom. » Il s'est mis à pleurer.

Je l'ai accompagné quand il est allé embarquer sur le *Colombo,* plus parce que j'aime les bateaux et les traversées qu'en raison de la profondeur de notre amitié, et je ne l'ai jamais revu. La fin de mon histoire n'a pas plus de pertinence que le mur à Vérone, mais quand cet incident s'est produit, Boobee m'est revenu en mémoire, aussi vais-je le mettre par écrit. Je me trouvais dans une petite ville du nom d'Adrianapolis, à environ quatre-vingt-dix kilomètres de Yalta du côté aride des montagnes de Crimée. J'étais venu de la côte dans un taxi et j'attendais un avion à destination de

Moscou quand j'ai rencontré un autre Américain. Nous étions tous les deux, bien évidemment, très heureux de rencontrer quelqu'un qui parle anglais et nous sommes allés à la salle de restaurant, où nous avons commandé une bouteille de vodka. Il était ingénieur dans une usine d'engrais chimiques située dans les montagnes et retournait aux États-Unis pour y passer six semaines de vacances. Nous étions assis à une table près d'une fenêtre donnant sur la piste de l'aéroport, où il y avait très peu d'activité. Chez nous, ç'aurait pu être l'un des aérodromes privés que l'on trouve dans les banlieues et qui sont principalement utilisés pour les vols charters. Il était équipé de haut-parleurs et une jeune femme à la voix pure et musicale faisait des annonces en russe. Je ne comprenais pas un mot de ce qu'elle disait, mais je suppose qu'elle demandait à Igor Vassilyevitch Kryukov de bien vouloir se rendre au comptoir d'Aeroflot.

« Ça me fait penser à ma femme, a déclaré mon ami. Cette voix. Je suis divorcé aujourd'hui, mais pendant cinq ans j'ai été marié à une femme qui avait tout ce qu'on peut souhaiter. Belle, sexy, intelligente, tendre, un véritable cordon-bleu — elle avait même de l'argent. Elle avait prévu d'être actrice mais quand ça n'a pas marché, elle n'a pas été amère ni déçue ni quoi que ce soit. Elle s'est rendu compte qu'elle n'était pas à la hauteur et elle a renoncé, aussi simplement que ça. Je veux dire, ce n'était pas l'une de ces femmes qui prétendent avoir renoncé à une grande carrière. Nous avions un petit appartement à Bayside et elle a cherché un emploi, et à cause de sa formation — je veux dire qu'elle savait se servir de sa voix — elle a été embauchée à Newark Airport. Elle avait une très jolie voix, pas affectée ni rien de ce genre, très calme, enjouée et musicale. Elle travaillait quatre heures par jour à dire des choses comme : "Les passagers pour le vol d'United à direction de Seattle sont priés de procéder à l'embarquement à la porte 16. Mr Henry Tavistock est prié de se rendre au comptoir d'American Airlines." J'imagine que cette fille raconte les mêmes trucs. » Il a désigné le haut-parleur d'un signe de tête. « C'était un boulot formidable et elle gagnait plus d'argent en quatre heures que moi en travaillant toute la journée, et il lui restait beaucoup de temps libre pour faire les boutiques, la cuisine et s'occuper de son petit mari, ce qu'elle faisait très bien. Quand nous avons eu environ cinq mille dollars d'économies, nous avons commencé à penser à avoir un enfant et aller nous installer à la campagne. Ça faisait à peu près quatre ans qu'elle était hôtesse au sol à Newark. Eh bien, un soir, avant le dîner, alors que j'étais en train de boire un whisky et de lire le journal, je l'ai entendue appeler de la cuisine : « Tu es prié de venir à table. Le dîner est prêt. Tu es prié de venir à table. » Elle me parlait de la même voix musicale que celle qu'elle utilisait à l'aéroport et ça m'a irrité, aussi je lui ai dit : « Chérie, ne me parle pas comme ça — ne me parle pas avec cette voix-là. » Alors elle a répété : « Tu es prié de venir à table », exactement comme si elle avait appelé : « Mr Henry Tavistock est prié de se rendre au comptoir d'American Airlines. » Alors j'ai dit : « Chérie, tu me donnes l'impression que j'attends un avion ou je ne sais quoi. Je veux dire, ta voix est très jolie, mais tu es très impersonnelle. » Elle a répondu de cette voix parfaitement modulée : « Je ne crois pas qu'il soit possible de faire autrement », et elle m'a adressé l'un de ces gentils sourires forcés qu'ont les hôtesses au sol quand votre avion a quatre heures de retard, que vous avez manqué votre correspondance et que vous allez devoir passer une semaine à Copenhague. Puis nous sommes passés à table, et durant tout le repas elle s'est adressée à moi de cette voix égale et musicale. J'avais l'impression de dîner avec un enregistrement sonore. J'avais l'impression de dîner avec une cassette. Après le repas, nous avons regardé un moment la télévision, puis elle est allée se coucher et a lancé : « Tu es prié de venir te coucher. Tu es prié de venir te coucher. » J'avais l'impression de m'entendre dire que les passagers pour le vol de San Francisco étaient en train d'embarquer Porte 7. Je suis allé me coucher, et je me suis dit que ça irait mieux au matin.

Le lendemain soir, en arrivant à la maison, j'ai crié : « Bonjour, ma chérie ! » ou quelque chose de ce genre et j'ai entendu cette voix très impersonnelle s'élever de la cuisine. « Tu es prié d'aller à l'épicerie me chercher un tube de Pepsodent, disait-elle. Tu es prié d'aller à l'épicerie me chercher un tube de Pepsodent. » Je suis allé à la cuisine, je l'ai prise dans mes bras et je l'ai embrassée goulûment, et j'ai dit : « Arrête ça, ma puce, arrête ça. » Alors elle s'est mise à pleurer et j'ai pensé que c'était peut-être un pas dans la bonne direction, mais elle a continué à pleurer sans s'arrêter et m'a dit que j'étais insensible et cruel et que j'imaginais des choses simplement pour provoquer une dispute. Eh bien, notre mariage a duré encore six mois, mais c'était fini et bien fini. J'étais vraiment amoureux d'elle. C'était une femme formidable jusqu'à ce qu'elle commence à me donner l'impression que j'étais un quelconque passager idiot dans une salle d'embarquement, un parmi des centaines, qu'on dirigeait vers la bonne porte d'embarquement et le bon vol. Nous nous disputions tout le temps et j'ai fini par m'en aller, et elle a obtenu le divorce par consentement mutuel à Reno. Elle travaille toujours à Newark, et bien évidemment je préfère Kennedy, mais parfois je dois passer par Newark et je peux l'entendre dire que Mr Henry Tavistock est prié de se rendre au comptoir d'American Airlines... Mais je ne l'entends pas seulement à Newark, je l'entends partout. À Orly, à Londres, à Moscou, à New Delhi. Je suis obligé de prendre l'avion, et dans les aéroports du monde entier j'entends sa voix ou une voix exactement semblable à la sienne dire à Mr Henry Tavistock qu'il est prié de se rendre au comptoir d'achat des billets. À Nairobi, à Leningrad, à

Tokyo, c'est toujours pareil, même si je ne comprends pas la langue, et ça me rappelle combien j'ai été heureux durant ces cinq ans et quelle femme adorable elle était, vraiment adorable, et quelles choses mystérieuses peuvent se produire dans le domaine de l'amour. Et si nous buvions une autre bouteille de vodka ? C'est moi qui paie. On me donne plus de roubles que je ne peux en dépenser pendant le voyage, et je dois les laisser à la frontière. »

Artémis, l'honnête puisatier

Artémis aimait le bruit apaisant de la pluie — le bruit de l'eau courante : ruisseaux, caniveaux, jets, chutes et robinets. Au printemps, il parcourait plus de cent cinquante kilomètres pour aller écouter la cascade du Wakusha Reservoir. Cela n'avait rien d'étonnant car il creusait des puits et l'eau était sa profession, son gagne-pain, mais aussi sa passion. Il pensait que l'eau était à l'origine des civilisations. Il avait vu des photographies d'une ville en Ombrie, abandonnée parce que les puits étaient à sec. Les cathédrales, les palais, les fermes avaient été évacués à cause de la sécheresse — force supérieure à la peste, la famine ou la guerre. Les hommes recherchaient l'eau comme l'eau recherchait son niveau. La quête de l'eau expliquait les migrations saisonnières. L'homme était en grande partie fait d'eau. L'eau était l'homme. L'eau était l'amour. L'eau était l'eau.

Que les choses soient claires : Artémis forait avec une vieille foreuse Smith & Mathewson à percussion, entraînée par une chaîne, qui heurtait la planète soixante fois à la minute. Elle faisait un boucan d'enfer et deux plaintes avaient été déposées. La première émanait d'une ménagère très nerveuse et l'autre d'un poète homosexuel qui prétendait que la percussion l'empêchait de versifier. Artémis aimait assez ce bruit. Il vivait avec sa mère, veuve, à la limite de la ville, dans l'un de ces petits groupements de maisons blanches qui se distinguent par un foisonnement de drapeaux américains. On les trouve sur des routes secondaires — six ou sept petites maisons rassemblées sans raison particulière. Il n'y a pas de magasins, pas d'église, rien de central. Les pelouses sur lesquelles dorment les chiens sont bien tondues et tout est bien entretenu, mais sur chaque maison flotte le drapeau. Ce zèle patriotique n'est pas imputable au fait que les habitants ont reçu en abondance les richesses de leur pays. Ce n'est pas le cas. Ces gens travaillent dur, mènent une vie frugale et ont des soucis d'argent. Ceux qui ont pleinement tiré profit de notre économie ne paraissent pas nourrir une telle passion pour la Bannière étoilée. La mère d'Artémis, par exemple — une femme travailleuse — possédait un drapeau sur un mât, cinq petits drapeaux dans une jardinière et un septième suspendu devant la véranda.

Son père avait choisi son nom, croyant qu'il faisait référence aux puits artésiens. Artémis découvrit seulement à l'âge adulte qu'il avait reçu le nom de la chaste déesse de la chasse. Cela ne semblait pas le déranger et, de toute façon, tout le monde l'appelait Art. Il portait des vêtements de travail et, l'hiver, un bonnet tricoté de marin. Avec les étrangers, il se comportait de manière rustique et timide, mais parfois affectée, car il avait beaucoup lu et possédait une intelligence alerte et curieuse. Son père n'avait pas son baccalauréat et avait appris son métier en étant apprenti. Il regrettait de ne pas avoir fait d'études et tenait beaucoup à ce que son fils aille à l'université. Artémis étudia dans un petit établissement appelé Laketon au nord de l'État et obtint un diplôme d'ingénieur. Il fut aussi sensibilisé à la littérature par un professeur exceptionnellement stimulant nommé Lytle. Physiquement, Lytle n'avait rien de remarquable, mais il était de ces professeurs en présence desquels les étudiants ressentent tous les ans un désir irrésistible de lire des livres, de rédiger des dissertations et de débattre de leurs sentiments les plus personnels sur l'histoire de l'humanité. Lytle distingua Artémis et l'encouragea à lire Swift, Donne et Conrad. Il fit quatre dissertations pour ce cours auxquelles Lytle octroya charitablement un A. Son oreille pour la prose était gâtée par une fascination incurable pour des mots tels que « cacophonie », « percussion », « vibration » et « vrombissement ». Cela avait peut-être un rapport avec sa profession.

Lytle lui suggéra de trouver un emploi de rédacteur dans une revue technique, idée qu'il envisagea sérieusement, mais il finit par choisir de forer des puits. Il prit sa décision un samedi que son père et lui emmenaient la foreuse au sud du comté où avait été construite une grande maison — une propriété. Il y avait une piscine, sept salles de bains, et le puits produisait dix litres à la minute. Artémis fut engagé pour creuser trente mètres de plus, mais même alors, le débit ne dépassa pas vingt litres à la minute. L'immense maison coûteuse et inutile l'impressionna en lui montrant l'importance de son métier. L'eau, l'eau. (Finalement, le propriétaire démolit six chambres à l'étage pour installer un réservoir que les pompiers remplissaient deux fois par semaine.)

La connaissance qu'avait Artémis de l'écologie se limitait à l'eau. En allant pêcher un premier avril, il trouva les chutes du South Branch pleines de mousse. Une partie allait immanquablement se retrouver là où il travaillait. Plus tard dans le mois, il attrapa une truite de deux kilos et demi dans le ruisseau de Lakeside. C'était un poisson phénoménal dans cette partie du monde. Il s'arrêta pour montrer sa prise au garde-chasse et lui demanda comment le préparer. « Ne t'embête pas à faire cuire ce poisson. Il contient assez de DDT pour t'envoyer à l'hôpital. On ne peut plus manger ces poissons. Le gouvernement a arrosé les rives de DDT il y a environ quatre ans et le produit s'est répandu dans le ruisseau », dit le garde-chasse. Artémis avait un jour creusé un puits où il avait trouvé du DDT et un autre contenait des traces de mazout. Il avait un sens aigu et extrêmement pratique de la dégradation de l'environnement. Il était engagé pour trouver de l'eau potable et, s'il échouait, il y perdait sa chemise. Un environnement pollué signifiait pour lui à la fois tristesse devant la bêtise et la rapacité humaines et également un trou dans sa poche. Il n'avait échoué que deux fois, mais les chances étaient contre lui et tous les autres.

Autre chose : Artémis se méfiait des sourciers. Quelques hommes et deux femmes du comté gagnaient leur vie en cherchant la présence d'eau souterraine au moyen de baguettes fourchues d'arbre fruitier. Les fruits de l'arbre devaient avoir un noyau. Une baguette de pommier, par exemple, ne convenait pas. Quand la baguette et l'intuition du sourcier s'étaient mises d'accord sur un site, on appelait Artémis pour qu'il creuse un puits. Selon son expérience, le taux de réussite des sourciers était faible et ils devinaient rarement la quantité d'eau présente, mais le fait qu'une certaine magie les entourait semblait les rendre irrésistibles. Pour chercher de l'eau, certains préféraient un magicien à un ingénieur. Si la magie l'emportait sur le savoir, comme tout serait simple : l'eau, l'eau.

Artémis était de ces hommes qui proposent souvent le mariage, mais à trente ans il était toujours célibataire. Il était sorti pendant environ un an avec la fille Macklin. Ils couchaient ensemble, mais quand il lui proposa le mariage, elle le plaqua pour épouser Jack Bascomb parce qu'il était riche. C'était ce qu'elle avait dit. Artémis fut triste durant un mois, puis il se mit à sortir avec une divorcée, Maria Petroni, qui habitait Maple Avenue et était caissière à la banque. Il ne savait pas vraiment, mais il avait l'impression que Maria était plus vieille que lui. À cause de ses idées romantiques et un peu puériles sur le mariage, il attendait de sa future épouse un visage lisse et une virginité intacte. Ce n'était pas le cas de Maria. Elle était vigoureuse, buvait sec et quand ils étaient ensemble, ils passaient la majeure partie de leur temps au lit. Une nuit ou un matin tôt, il se réveilla à côté d'elle et réfléchit sur sa vie. Il avait trente ans et il n'était toujours pas marié. Il sortait avec Maria depuis bientôt deux ans. Avant de s'approcher d'elle pour la réveiller, il se dit qu'elle s'était toujours montrée amusante, gentille, passionnée et complaisante avec lui. Tout en lui caressant le derrière, il se dit qu'il l'aimait. Son derrière semblait presque trop beau pour être vrai. Il conservait toujours dans un coin de son esprit l'image d'une fille fraîche et pure, comme la fille sur le paquet de margarine, mais où était-elle et quand se montrerait-elle ? Se faisait-il des illusions ? Faisait-il une erreur en dédaignant Maria au profit de quelqu'un qu'il n'avait jamais vu ? Quand elle se réveilla, il lui demanda de l'épouser.

« Je ne peux pas t'épouser, mon chéri, dit-elle.

— Pourquoi ? Tu veux un homme plus jeune ?

— Oui, mon chéri, mais pas un seul. J'en veux sept, l'un après l'autre.

— Oh, dit-il.

— Il faut que je t'en parle. Je l'ai fait. C'était avant de te connaître. J'ai demandé à sept hommes parmi les plus beaux du coin de venir dîner. Aucun n'était marié. Deux étaient divorcés. J'ai préparé des escalopes de veau. Il y avait largement de quoi boire et nous nous sommes tous déshabillés. C'était ce que je voulais. Quand ils ont eu terminé, je ne me suis sentie ni sale, ni dépravée, ni honteuse. Je ne me suis fait aucun reproche. Est-ce que ça te dégoûte ?

— Pas vraiment. Tu es une des personnes les plus propres que j'aie jamais rencontrées. C'est comme ça que je te vois.

— Tu es fou, mon chéri », dit-elle.

Il se leva, s'habilla et l'embrassa en lui souhaitant bonne nuit, mais cela s'arrêta là. Il la vit encore quelque temps, mais la période de fidélité de Maria semblait terminée et il devina qu'elle fréquentait un autre homme. Il continua à chercher une fille aussi pure et aussi fraîche que celle sur le paquet de margarine.

Au début de l'automne, il alla creuser un puits pour une vieille maison de Olmstead Road. Le premier puits se tarissait. Les gens s'appelaient Filler et ils le payaient cent dollars le mètre, ce qui était le tarif à l'époque. Il était sûr de trouver de l'eau d'après ce qu'il savait de la configuration du terrain. Il mit en route la foreuse et s'installa dans la cabine de son camion pour lire un livre. Mrs Filler s'approcha du camion et lui demanda s'il ne voulait pas une tasse de café. Il refusa aussi poliment qu'il le put. Elle n'était pas laide du tout, mais il avait décidé, d'entrée de jeu, de rester à distance des femmes au foyer. Il voulait épouser la fille du paquet de margarine. À midi, il ouvrit sa gamelle. Il avait mangé la moitié d'un sandwich quand Mrs Filler s'approcha de nouveau de la cabine. « Je vous ai préparé un bon hamburger, dit-elle.

— Oh, non, merci, m'dame, répondit-il. J'ai apporté trois sandwiches. » Il dit vraiment « m'dame », et il lui arrivait de dire « mince ». Pourtant, le livre qu'il lisait, et qu'il lisait avec intérêt, était d'Aldous Huxley.

« Vous devez vraiment venir. Vous n'avez pas le droit de refuser », dit-elle. Elle ouvrit la porte de la cabine. Il descendit et l'accompagna vers la porte de derrière.

Elle avait un gros postérieur, une grosse avant-scène, un visage jovial et des cheveux sans doute teints, car les bleus et les gris s'y mêlaient. Elle avait posé une assiette pour lui sur la table de la cuisine et elle s'assit en face de lui pendant qu'il mangeait son hamburger. Elle lui raconta immédiatement l'histoire de sa vie, comme cela se faisait à l'époque aux États-Unis. Elle était née à Evansville, dans l'Indiana, avait eu son baccalauréat à Evansville North High School et avait été élue reine des fleurs de pommier en terminale. Elle était ensuite allée à l'université de Bloomington où Mr Filler, qui était plus vieux qu'elle, était professeur. Ils étaient partis de Bloomington pour Syracuse puis pour Paris où il était devenu célèbre.

« Célèbre pour quoi ? demanda Artémis.

— Vous voulez dire que vous n'avez jamais entendu parler de mon mari. J.P. Filler. C'est un écrivain célèbre, dit-elle.

— Qu'est-ce qu'il a écrit ? demanda Artémis.

— Eh bien, il a écrit beaucoup de choses, mais il est surtout connu pour *Merde* », répondit-elle.

Artémis se mit à rire, Artémis rougit. « Comment s'appelle le livre ? demanda-t-il.

— *Merde*. C'est son titre. Je suis étonnée que vous n'en ayez pas entendu parler. Il s'est vendu à cinq cent mille exemplaires, précisa-t-elle.

— Vous plaisantez, dit Artémis.

— Non, pas du tout. Venez avec moi. Je vais vous montrer », proposa-t-elle.

Il sortit de la cuisine derrière elle et traversa plusieurs pièces, beaucoup plus riches et plus confortables que ce dont il avait l'habitude. Sur une étagère, elle prit un livre dont le titre était *Merde*. « Mon Dieu, comment a-t-il eu l'idée d'écrire un pareil livre ? s'exclama Artémis.

— Eh bien, quand il était à Syracuse, il a obtenu une bourse d'études pour faire des recherches sur l'anarchie en littérature. Il a pris une année sabbatique. C'est là que nous sommes allés à Paris. Il voulait écrire un livre sur un sujet qui concernait tout le monde, comme le sexe, mais à l'époque où il a obtenu sa bourse, tout ce qu'on pouvait écrire sur le sexe avait déjà été écrit. Puis il a eu cette idée. Après tout, c'était universel. C'est ce qu'il a dit. Cela concernait tout le monde. Les rois, les présidents, les marins en mer. C'était aussi important que le feu, l'eau, la terre et l'air. Certains pourraient penser que ce n'est pas un sujet très délicat, mais il déteste la délicatesse et, de toute façon, si on regarde les livres qu'on peut acheter de nos jours, *Merde* est presque pur. Je suis étonnée que vous n'en ayez jamais entendu parler. Il a été traduit en douze langues. Regardez. » Elle montra la bibliothèque et Artémis lut *Merde, Shit, Kaka,* گه et ГОВНО. « Je peux vous le donner dans une édition de poche, si vous voulez.

— J'aimerais bien le lire », dit Artémis.

Elle sortit un livre de poche d'un placard. « Quel dommage qu'il ne soit pas là. Il aurait été ravi de vous le dédicacer, mais il est en Angleterre. Il voyage beaucoup.

— Eh bien, merci, m'dame. Merci pour le déjeuner et pour le livre. Il faut que je retourne travailler », dit Artémis.

Il vérifia la foreuse, grimpa dans la cabine et abandonna Huxley pour J.P. Filler. Il lut le livre avec un certain intérêt, mais il ne se départit pas de son incrédulité. Hormis ses allers et retours à l'université, Artémis n'avait jamais voyagé, et pourtant il avait souvent l'impression d'être un voyageur, d'être au milieu d'inconnus. Il ne se serait pas senti plus étranger en marchant dans la rue en Chine qu'en ce moment même où il essayait de comprendre le fait qu'il vivait dans un monde où un homme avait acquis richesse et estime en écrivant un livre sur les étrons.

Il s'agissait bien de cela : d'étrons. De toutes formes, toutes tailles, toutes couleurs, ils côtoyaient la description d'un grand nombre de toilettes. Filler avait beaucoup voyagé. Il parlait des toilettes de New Delhi, des toilettes du Caire et il avait soit imaginé soit visité les cabinets du pape au Vatican et les commodités du palais impérial à Tokyo. On y trouvait quelques descriptions lyriques de la nature — intestins relâchés dans une plantation de citronniers en Espagne, constipation dans un col de montagne au Népal, dysenterie dans les îles grecques. Le livre n'était pas vraiment ennuyeux et, comme elle l'avait dit, il possédait une universalité certaine, même si Artémis avait toujours l'impression qu'il s'était égaré dans un pays aussi inconnu que la Chine. Il n'était pas prude, mais il employait un vocabulaire prudent. Quand un puits se rapprochait trop d'une fosse septique, il évoquait le danger en parlant de « matières fécales ». Il avait été au lit avec Maria (selon ses termes) souvent, mais compter ces performances et se rappeler en détail les techniques paraissait amoindrir l'expérience. Il trouvait qu'il existait un apogée de l'extase amoureuse qui, par son immensité et sa profondeur, semblait transcender l'observation. Il termina le livre peu après 5 heures. Le temps était à la pluie. Il arrêta la foreuse, la couvrit avec une bâche et rentra chez lui. En passant devant un marécage, il jeta son exemplaire de *Merde*. Il ne voulait pas le cacher et il aurait eu du mal à en parler à sa mère. De toute façon, il ne voulait pas le relire.

Le lendemain il pleuvait et Artémis se retrouva trempé. La foreuse avait du jeu et il passa presque toute la matinée à la réparer. Mrs Filler se faisait du souci pour sa santé. Elle commença par lui apporter une serviette. « Vous allez attraper la crève, beau gosse. Oh, regardez comme vos cheveux sont frisés », dit-elle. Plus tard, avec un parapluie, elle lui apporta une tasse de thé. Elle le pressa d'entrer dans la maison et d'enfiler des vêtements secs. Il répondit qu'il ne pouvait pas abandonner la foreuse.

« De toute façon, je n'attrape jamais de rhume. » Il avait à peine prononcé ces mots qu'il se mit à éternuer. Mrs Filler insista pour qu'il vienne chez elle ou qu'il rentre chez lui. Il ne se sentait pas très bien et il cessa de travailler vers 2 heures. Mrs Filler avait raison. À l'heure du dîner, il avait mal à la gorge. Il n'avait pas les idées claires. Il prit deux aspirines et alla se coucher vers 9 heures. Il se réveilla après minuit en proie aux suées et aux frissons d'une forte fièvre qui, bizarrement, avait pour effet de le réduire aux attitudes et aux émotions d'un enfant. Il se pelotonna en position fœtale, les mains entre les genoux, transpirant et frissonnant tour à tour. Il se sentait seul, mais bien protégé, irresponsable et bien dans son lit. Il avait l'impression que son père vivait encore et qu'il allait lui donner, en rentrant du travail, un nouvel aiguillage pour son train électrique ou un leurre pour sa boîte de matériel de pêche. Sa mère lui apporta le petit déjeuner et prit sa température. Il avait quarante de fièvre et somnola la plus grande partie de la matinée.

À midi, sa mère vint lui dire qu'une dame voulait le voir. Elle avait apporté de la soupe. Il répondit qu'il ne voulait voir personne, mais sa mère ne fut pas convaincue. La dame était une cliente. Elle était pleine de bonnes intentions. Il serait impoli de la laisser repartir. Il se sentait trop faible pour résister et, quelques minutes plus tard, Mrs Filler apparut à la porte avec un bocal rempli de bouillon. « Je lui avais dit qu'il allait être malade, je le lui ai dit hier.

— Je vais aller chez les voisins leur demander s'ils ont de l'aspirine. Nous n'en avons plus », dit sa mère. Elle quitta la pièce et Mrs Filler ferma la porte.

« Oh, le pauvre garçon. Le pauvre garçon, dit-elle.

— Ce n'est qu'un rhume. Je ne suis jamais malade, répondit-il.

— Mais vous êtes malade. Vous êtes malade et je vous avais dit que vous le seriez, grand bêta », dit-elle d'une voix tremblante. Elle s'assit sur le bord du lit et lui caressa le front. « Si seulement vous étiez entré chez moi, vous seriez dehors aujourd'hui à balancer votre marteau de forgeron. » Elle étendit ses caresses à sa poitrine et à ses épaules, puis passa la main sous les couvertures et, comme Artémis ne portait jamais de pyjama, trouva le filon. « Oh, le gentil garçon, dit Mrs Filler. Est-ce que vous bandez toujours aussi vite ? Il est si raide. » Artémis gémit et Mrs Filler se mit au travail. Puis il arqua le dos et émit un cri étouffé. La trajectoire de son éjaculation ressemblait un peu aux boules de feu d'une chandelle romaine, ce qui explique peut-être notre fascination pour ces feux d'artifice. Ils entendirent la porte d'entrée s'ouvrir et Mrs Filler quitta le lit pour une chaise à côté de la fenêtre. Son visage était tout rouge et elle respirait très fort.

« Ils n'ont que de l'aspirine pour bébé, dit sa mère. Elle est rose, mais je pense que, si tu en prends suffisamment, ça fera de l'effet.

— Pourquoi n'allez-vous pas acheter de l'aspirine au drugstore ? demanda Mrs Filler. Je peux rester avec lui pendant votre absence.

— Je ne sais pas conduire, dit la mère d'Artémis. C'est curieux, non ? À notre époque. Je n'ai jamais appris à conduire une voiture. » Mrs Filler voulait lui suggérer d'aller au drugstore à pied, mais elle se rendit compte que cela risquait de révéler ses intentions. « Je vais téléphoner au drugstore et leur demander s'ils livrent », dit la mère d'Artémis. Elle quitta la pièce en laissant la porte ouverte. Le téléphone était dans l'entrée et Mrs Filler demeura sur sa chaise. Elle resta encore quelques minutes et partit sur une note de bonne humeur feinte.

« Maintenant, dépêchez-vous de guérir et revenez me creuser un beau puits », dit-elle.

Il retourna travailler trois jours plus tard. Mrs Filler n'était pas là, mais elle rentra vers 11 heures avec des provisions. À midi, au moment où il ouvrait sa gamelle, elle sortit de la maison en tenant un petit plateau sur lequel étaient posées deux boissons marron et fumantes. « Je vous ai apporté un grog », dit-elle. Il ouvrit la porte de la cabine, elle monta et s'assit à côté de lui.

« Est-ce qu'il y a du whisky là-dedans ? demanda Artémis.

— Juste une goutte, répondit-elle. Il y a surtout du thé et du citron. Ça va vous aider à vous rétablir. » Artémis goûta son grog et se dit qu'il n'avait jamais rien bu d'aussi fort. « Est-ce que vous avez lu le livre de mon mari ? demanda-t-elle.

— J'y ai jeté un coup d'œil, dit timidement Artémis. Je n'ai pas compris. Je veux dire que je n'ai pas compris pourquoi il lui a fallu écrire là-dessus. Je ne lis pas beaucoup, mais c'est sans doute mieux que d'autres livres. Le genre de livres que je déteste vraiment, ce sont ceux où les gens se contentent de se promener, d'allumer une cigarette et de dire des trucs comme “bonjour”. Ils se contentent de se promener. Quand je lis un livre, je veux qu'on me parle de tremblements de terre, d'explorations, de raz-de-marée. Je n'ai pas envie qu'on me parle de gens qui se promènent et qui ouvrent des portes.

— Oh, grand bêta. Vous ne savez rien, dit-elle.

— J'ai trente ans et je sais forer un puits, répondit Artémis.

— Mais vous ne savez pas ce que je veux, insista-t-elle.

— Vous voulez un puits, j'imagine. Quatre cents litres à la minute. De la bonne eau potable, dit-il.

— Je ne parle pas de ça. Je parle de ce que je veux tout de suite. »

Il s'affaissa un peu sur son siège et défit son pantalon. Elle plongea la tête, avec un geste curieux assez semblable à celui d'un oiseau qui picore ou qui boit. « Hé, c'est formidable, c'est vraiment formidable, dit Artémis. Vous voulez que je vous dise quand je vais jouir ? » Elle secoua la tête. « Le chargement est en route. Le chargement est lancé. Vous voulez que je le retienne ? » demanda Artémis. Elle secoua la tête. « Aïe, hurla Artémis. Aïe. » Une de ses limites en tant qu'amant était que, au moment le plus sublime, il criait généralement : « Aïe, aïe, aïe. » Maria s'en était souvent plainte. « Aïe. Aïe, aïe, aïe », beugla Artémis, dévasté par un violent orgasme. « Hé, c'était formidable, c'était vraiment formidable, mais je parie que c'est malsain, dit-il. Je veux dire, je parie que si on fait ça tout le temps, on risque de devenir bossu. »

Elle l'embrassa tendrement et dit : « Tu es fou. » Cela faisait deux. Il lui donna un de ses sandwiches.

La foreuse avait atteint cent mètres. Le lendemain, Artémis hissa le marteau et fit descendre le cylindre pour mesurer l'eau. Elle était boueuse mais sans mousse et il estima le débit à soixante-quinze litres à la minute. Quand Mrs Filler sortit de la maison, il lui fit part de la nouvelle. Elle n'eut pas l'air contente. Elle avait le visage gonflé et les yeux rouges. « Je vais encore descendre de cinq ou six mètres. Je crois que vous aurez un bon puits, dit-il.

— Et ensuite tu partiras et tu ne reviendras pas », soupira-t-elle. Elle se mit à pleurer.

« Ne pleurez pas, dit Artémis. Je vous en prie, ne pleurez pas, Mrs Filler. J'ai horreur de voir les femmes pleurer.

— Je suis amoureuse, sanglota-t-elle bruyamment.

— Eh bien, j'imagine qu'une belle femme comme vous doit tomber amoureuse assez souvent, dit Artémis.

— Je suis amoureuse de toi, sanglota-t-elle. Ça ne m'était jamais arrivé. Je me réveille à 5 heures du matin et j'attends que tu arrives. 6 heures, 7 heures, 8 heures. C'est atroce. Je ne peux pas vivre sans toi.

— Et votre mari ? demanda gentiment Artémis.

— Il sait, sanglota-t-elle. Il est à Londres. Je lui ai téléphoné hier soir. Je le lui ai dit. Ça ne me paraissait pas bien qu'il rentre à la maison en s'attendant à trouver une femme aimante, alors que sa femme est amoureuse de quelqu'un d'autre.

— Qu'est-ce qu'il a dit ?

— Il n'a rien dit. Il a raccroché. Il doit rentrer ce soir. Je vais le chercher à l'aéroport à 5 heures. Je t'aime. Je t'aime. Je t'aime.

— Bon, faut que je me remette au travail, m'dame, dit Artémis à sa manière la plus rustique. Maintenant, vous rentrez chez vous et vous allez vous reposer. » Elle fit demi-tour et se dirigea vers la maison. Il aurait bien voulu la consoler — le chagrin, quelle qu'en soit la cause, l'affligeait — mais il savait que toute tentative de sa part était risquée. Il remit la foreuse en route, descendit encore de vingt mètres et estima le débit à environ cent dix litres à la minute. À trois heures et demie, Mrs Filler s'en alla. Elle lui jeta un regard mauvais en passant devant lui. Dès qu'elle fut hors de vue, il se dépêcha. Il couvrit le puits, mit sa foreuse dans le camion et rentra chez lui. Vers 9 heures ce soir-là, le téléphone sonna. Il pensa d'abord ne pas répondre ou demander à sa mère de décrocher, mais sa mère regardait la télévision et il avait des responsabilités en tant que foreur de puits. « Vous avez environ cent trente litres à la minute, expliqua-t-il. Haversham installera la pompe. Je ne sais pas si vous aurez besoin d'une autre citerne de stockage. Demandez à Haversham. Au revoir. »

Le lendemain, il prit son fusil de chasse et un paquet de sandwiches et partit dans les bois au nord de la ville. Il n'était pas très bon chasseur et les oiseaux étaient rares, mais cela lui faisait du bien de marcher dans les bois et les prairies et de grimper sur les murets de pierre. Quand il rentra, sa mère lui dit : « Elle est venue. Cette dame. Elle t'a apporté un cadeau. » Elle lui tendit une boîte qui contenait trois chemises en soie et une lettre d'amour. Plus tard dans la soirée, quand le téléphone sonna, il demanda à sa mère de dire qu'il était sorti. C'était Mrs Filler, bien entendu. Artémis n'avait pas pris de vacances depuis plusieurs années et il se rendait compte que le moment était venu de voyager. Le matin, il alla à l'agence de voyages du village.

L'agence, une pièce sombre et étroite, se trouvait dans une rue sombre. Des affiches resplendissantes montrant des plages, des cathédrales et des couples d'amoureux couvraient les murs. L'agent de voyages était une femme aux cheveux gris. Au-dessus de son bureau, il lut : IL FAUT ÊTRE FOU POUR ÊTRE AGENT DE VOYAGES. Elle paraissait stressée et avait la voix voilée par l'âge, le whisky ou le tabac. Elle fumait cigarette sur cigarette. Elle alluma deux fois des cigarettes alors qu'une fumait déjà dans le cendrier. Artémis déclara qu'il avait cinq cents dollars à dépenser et qu'il voulait partir environ quinze jours. « Bon, vous avez sans doute déjà vu Paris, Londres et Disneyland, dit-elle. Tout le monde connaît. Il y a Tokyo, bien sûr, mais il paraît que le vol est très fatigant. Dix-sept heures dans un 707, avec une escale technique à Fairbanks. Mes clients les plus satisfaits ces temps-ci sont ceux qui vont en Russie. Il y a un voyage organisé. » Elle lui montra rapidement une brochure. « Pour trois cent vingt-huit dollars, vous avez un vol aller-retour en classe économique pour Moscou, douze nuits dans un hôtel de première classe avec les repas, des billets gratuits pour un match de hockey, un ballet, l'opéra, le théâtre et un laissez-passer pour la piscine municipale. Leningrad et Kiev sont en option. » Il demanda ce qu'elle avait d'autre à lui proposer. « Eh bien, il y a l'Irlande, mais il pleut en ce moment, dit-elle. Aucun avion n'a atterri à Londres depuis près de dix jours. Ils s'agglutinent à Liverpool et il faut prendre le train pour redescendre. À Rome il fait froid. À Paris aussi. Il faut trois jours pour aller en Égypte. Pour un voyage de quinze jours, le Pacifique est hors de question, mais vous pouvez aller aux Caraïbes, bien qu'il soit très difficile de faire des réservations. Vous aurez sans doute envie d'acheter des souvenirs et on ne trouve pas grand-chose en Russie.

— Je ne veux rien acheter. Je veux seulement voyager, dit Artémis.

— Suivez mon conseil, allez en Russie », insista-t-elle. Cela paraissait la distance maximale qu'il pouvait mettre entre lui et Mr et Mrs Filler. Sa mère demeura imperturbable. La plupart des femmes possédant sept drapeaux américains auraient protesté, mais elle ne dit rien, sauf : « Va où tu veux, fiston. Tu mérites de te changer les idées. » Il lui fallut une semaine pour obtenir son visa et son passeport et, un beau soir, à Kennedy Airport, il embarqua sur le vol de 8 heures de l'Aeroflot à destination de Moscou. La plupart des autres passagers étaient japonais et ne parlaient pas anglais. Le voyage fut long et solitaire.

Il pleuvait à Moscou et Artémis entendit ce qu'il aimait — le bruit de la pluie. Les Japonais parlaient russe et il les suivit sur le tarmac jusqu'au bâtiment principal où ils se mirent en file. La file avançait lentement. Il attendait depuis une heure ou peut-être plus, quand une jolie femme s'approcha de lui et lui demanda : « Êtes-vous Mr Artémis Bucklin ? J'ai de très bonnes nouvelles pour vous. Venez avec moi. » Elle trouva son sac et remonta les files de la douane et de l'immigration. Une grosse voiture noire les attendait. « Nous allons d'abord nous rendre à votre hôtel », dit-elle. Elle avait un fort accent anglais. « Puis nous irons au théâtre du Bolchoï, où notre grand premier secrétaire du parti, Nikita Sergueïevitch Khrouchtchev, veut vous souhaiter la bienvenue en tant que membre du prolétariat américain. Des gens de tous les métiers viennent visiter notre beau pays mais vous êtes le premier puisatier. » Elle avait une voix mélodieuse et semblait très contente de cette nouvelle. Artémis était déconcerté, fatigué et sale. Il regarda par la vitre de la voiture et vit un immense portrait du premier secrétaire accroché à un arbre. Il eut peur.

Pourquoi avait-il peur ? Il avait creusé des puits pour des gens riches et puissants qu'il avait rencontrés sans être ni effrayé ni intimidé. Khrouchtchev n'était qu'un rustre qui, par sa ruse, sa vitalité et sa chance, s'était rendu maître d'une population de plus de deux cents millions d'âmes. C'était bien là le hic, et tandis que la voiture arrivait aux abords de la ville, les portraits de Khrouchtchev sur les boulangeries, les grands magasins et les réverbères regardaient Artémis. Des bannières portant le nom de Khrouchtchev claquaient au vent sur un pont franchissant la Moskova. Place Maïakovski, un grand portrait éclairé de Khrouchtchev souriait à ses enfants qui se précipitaient vers la bouche du métro.

Artémis fut emmené dans un hôtel appelé Ukraine. « Nous sommes déjà en retard, déclara la jeune femme.

— Je ne peux aller nulle part avant d'avoir pris un bain et de m'être rasé, dit Artémis. Je ne peux aller nulle part dans cet état. Et je voudrais manger quelque chose.

— Montez vous changer, dit-elle. Je vous retrouve dans la salle à manger. Aimez-vous le poulet ? »

Artémis monta dans sa chambre et ouvrit le robinet d'eau chaude de la baignoire. Comme on l'aura deviné, rien ne se produisit. Il se rasa à l'eau froide et commençait à s'habiller quand le brise-jet de l'eau chaude émit un boucan digne du Vésuve et se mit à cracher de l'eau rouillée et brûlante. Il s'y baigna, s'habilla et descendit. Elle était assise à une table de la salle à manger où son dîner avait été servi. Elle avait eu la gentillesse de commander une carafe de vodka qu'il but avant de manger son poulet. « Je ne veux pas vous presser, mais nous allons être en retard, dit-elle. Je vais essayer de vous expliquer. Aujourd'hui, c'est le jubilé de la bataille de Stavitski. Nous irons au théâtre du Bolchoï et vous serez assis au présidium.

Je ne pourrai pas être avec vous et vous ne comprendrez donc pas grand-chose de ce qui se dira. Il y aura des discours. Puis, une fois les discours terminés, il y aura une réception derrière la scène et notre grand premier secrétaire, Nikita Sergueïevitch Khrouchtchev, vous souhaitera la bienvenue dans l'Union des républiques socialistes soviétiques en tant que membre du prolétariat américain. Je crois que nous devrions partir. »

La même voiture et le même chauffeur les attendaient. Pendant le trajet entre l'Ukraine et le Bolchoï, Artémis compta soixante-dix portraits de l'homme qu'il allait rencontrer. Ils entrèrent au Bolchoï par une porte de derrière. On l'emmena sur la scène où les discours avaient commencé. Le jubilé était retransmis à la télévision et les projecteurs chauffaient la scène comme un désert, illusion renforcée par le fait qu'elle était encadrée par des palmiers en plastique. Artémis ne comprenait rien de ce qui se disait, mais il cherchait des yeux le premier secrétaire. Il n'était pas dans la loge d'honneur, occupée par deux très vieilles femmes. Au bout d'une heure de discours, son anxiété se transforma en ennui et en inconfort à cause de sa vessie pleine. À la fin de la deuxième heure, il se contentait de somnoler. Enfin, la cérémonie se termina. Il y avait un buffet dans les coulisses ; il s'y rendit comme on le lui avait dit, s'attendant à voir Khrouchtchev faire une apparition terrifiante, mais le premier secrétaire n'était pas dans les parages. Quand il demanda s'il était attendu, il ne reçut pas de réponse. Il mangea un sandwich et but un verre de vin. Personne ne lui parla. Il décida de rentrer à pied du Bolchoï pour se dégourdir les jambes. Dès qu'il eut quitté le théâtre, un policier l'arrêta. Il répéta plusieurs fois le nom de son hôtel en montrant ses chaussures. Le policier finit par comprendre et lui donna des indications. Artémis se mit en route. Il avait l'impression de suivre le même chemin que celui qu'il avait pris en voiture, mais tous les portraits de Khrouchtchev avaient disparu. Toutes les affiches qui lui souriaient sur les boulangeries, les réverbères et les murs s'étaient évanouies. Il crut qu'il s'était perdu jusqu'au moment où il traversa un pont sur la Moskova où il avait remarqué des bannières. Elles ne battaient plus au vent. En arrivant à l'hôtel, il chercha le grand portrait de Khrouchtchev suspendu dans le hall. Disparu. Alors, comme beaucoup d'autres voyageurs avant lui, il monta dans une chambre inconnue d'un pays inconnu en fredonnant le blues de l'irréel. Comment aurait-il pu deviner que Khrouchtchev avait été évincé ?

Il prit son petit déjeuner dans la salle à manger avec un Anglais qui lui raconta les événements. Il suggéra aussi à Artémis que s'il avait besoin d'un interprète, il aille à l'Agence centrale du gouvernement et pas à Intourist. Il écrivit en alphabet cyrillique une adresse sur une carte. Il donnait des ordres aux serveurs avec un zèle excessif, en russe, et Artémis était impressionné par son aisance.

C'était en réalité l'un de ces voyageurs capables de commander des œufs sur le plat et des alcools forts en sept langues et ne sachant compter jusqu'à dix que dans une seule.

Des taxis attendaient devant l'hôtel. Artémis donna l'adresse à un chauffeur. Ils prirent le même chemin que pour aller au Bolchoï et Artémis put vérifier à nouveau que tous les portraits de Khrouchtchev avaient été enlevés en à peine deux ou trois heures. Des centaines d'hommes avaient dû être nécessaires. L'adresse correspondait à un immeuble de bureaux miteux avec un panneau en anglais et en russe. Artémis monta un escalier minable jusqu'à une porte capitonnée. Pourquoi capitonnée ? Silence ? Folie ? Il ouvrit la porte, entra dans un bureau bien éclairé et expliqua à une jeune femme superbe qu'il voulait un interprète pour lui faire visiter Moscou.

Les Russes ne paraissent pas avoir saisi la manière de s'éclairer. Il y a soit trop de lumière soit pas assez et la jeune femme se trouvait dans la pénombre. Elle était suffisamment belle, ou du moins Artémis le pensait, pour dominer la situation. Si mille portraits de Khrouchtchev pouvaient disparaître en trois heures, ne pouvait-il tomber amoureux en trois minutes ? C'était apparemment ce qui lui arrivait. Elle mesurait à peu près un mètre soixante. Il faisait un mètre quatre-vingts. Elle avait donc la bonne taille, considération qu'il avait appris à respecter. Son front et la forme de sa tête étaient splendides. Elle était debout, le menton un peu levé, comme si elle avait l'habitude de parler à des gens plus grands qu'elle. Elle portait un pull-over moulant qui révélait sa jolie poitrine et une jupe étroite. Elle semblait diriger le bureau, mais malgré ses responsabilités manifestes, ses manières étaient dépourvues de toute agressivité. Elle dégageait une féminité intense dont l'essence semblait s'appuyer sur deux choses : un comportement de jeune fille et la rapidité avec laquelle elle bougeait la tête. Elle paraissait posséder l'inconstance, l'humeur changeante d'une femme beaucoup plus jeune. (Il découvrit plus tard qu'elle avait trente-deux ans.) Elle bougeait la tête comme si sa vision était étroite, comme si elle passait d'un objet à l'autre plutôt que d'englober toute la scène. Sa vision n'était pas étroite, mais elle lui donna cette impression. Son apparence avait quelque chose de nostalgique, un sens charmant et féminin du passé. « Mrs Kosiev s'occupera de vous. Sans les taxis, cela vous coûtera vingt-trois roubles », dit-elle. Elle parlait avec exactement le même accent que la femme qui était venue le chercher à l'aéroport. (Il ne le saurait jamais, mais elles avaient toutes deux appris l'anglais avec un enregistrement fait à l'université de Leningrad par une gouvernante anglaise devenue communiste.)

Il ne savait rien des coutumes de ce pays inconnu, mais il décida de tenter sa chance. « Voulez-vous dîner avec moi ? » demanda-t-il.

Elle l'évalua d'un regard agréable. « Je vais à une lecture de poèmes, dit-elle.

— Est-ce que je peux venir avec vous ? demanda-t-il.

— Eh bien, oui, bien sûr, dit-elle. Venez me chercher ici à 6 heures. » Elle appela Mrs Kosiev, une femme large d'épaules qui lui donna une poignée de main virile mais ne lui sourit pas. « Voulez-vous, s'il vous plaît, faire avec notre hôte des États-Unis la visite de Moscou à vingt-trois roubles ? » Il compta vingt-trois roubles et les posa sur le bureau de la femme dont il venait de tomber amoureux.

En descendant l'escalier, Mrs Kosiev dit : « C'était Natasha Funaroff, la fille du maréchal Funaroff. Ils ont vécu en Sibérie... »

Après cette information, Mrs Kosiev se mit à faire l'éloge de l'Union des républiques socialistes soviétiques et continua pendant le reste de la journée. Ils parcoururent à pied la courte distance entre le bureau et le Kremlin, où elle l'emmena d'abord à l'Arsenal. Une longue file attendait devant la porte, mais ils ne firent pas la queue. À l'intérieur, ils enfilèrent des chaussons de feutre sur leurs chaussures et elle montra à Artémis les joyaux de la couronne, la sellerie royale et une partie de la garde-robe royale. Artémis s'ennuyait et commençait à se sentir terriblement fatigué. Ils visitèrent trois églises au Kremlin. Elles lui parurent riches, nobles et complètement mystérieuses. Puis ils prirent un taxi pour la galerie Tretiakov.

Artémis avait commencé à remarquer que Moscou — si loin de tout champ labouré — sentait la terre, le lait caillé, le petit-lait et les vêtements de travail crottés. L'odeur planait dans l'immense hall de l'hôtel Ukraine. Les églises dorées du Kremlin, débarrassées de l'encens, sentaient la grange et, dans la galerie, l'odeur de lait caillé et de petit-lait était renforcée par celle, mystérieuse mais reconnaissable, de la bouse de vache. À une heure, Artémis dit qu'il avait faim et ils déjeunèrent. Puis ils allèrent à la bibliothèque Lénine et ensuite dans un monastère sécularisé transformé en musée folklorique. Artémis en avait vu plus qu'assez et, après le monastère, il déclara qu'il voulait rentrer à l'hôtel. Mrs Kosiev l'avertit que la visite n'était pas terminée et qu'il n'y aurait pas de remise. Il répondit que cela lui était égal et prit un taxi pour rentrer à l'Ukraine.

Il retourna au bureau à 6 heures. Elle l'attendait dans la rue, devant la porte. « La visite vous a plu ? demanda-t-elle.

— Oh, oui, répondit Artémis. Oh, oui. Je crois que je n'aime pas les musées, mais en même temps, je n'y étais jamais allé et peut-être que je pourrais apprendre.

— Je déteste les musées », dit-elle. Elle lui prit délicatement le bras et effleura son épaule de la sienne. Ses cheveux châtain très clair — pas vraiment blonds — brillaient dans les lumières de la rue. Ils étaient raides et rassemblés simplement en une courte queue-de-cheval retenue par un élastique. L'air humide et froid sentait les gaz d'échappement. « Nous allons écouter Luncharvski. Ce n'est pas loin. Nous pouvons y aller à pied », dit-elle.

Oh, Moscou, Moscou, la plus anonyme des villes anonymes ! Les quelques fleurs fanées sur le buste de Chaliapine semblaient être les seules fleurs de la ville. Une partie de l'excitation d'une véritable métropole un soir d'automne vient de l'odeur du café torréfié, du vin (à Rome), du pain frais et des hommes et des femmes apportant des fleurs à un amant, à une épouse, ou à personne en particulier, vraiment à personne. La nuit tombait et les lumières s'allumaient les unes après les autres, mais Artémis ne ressentait rien de l'excitation de la fin d'une journée. À une fenêtre, il vit un enfant qui lisait un livre et une femme qui faisait frire des pommes de terre. Était-ce parce que, tous les princes ayant disparu et, tous les palais étant encore debout, on avait l'impression, pour le meilleur ou pour le pire, qu'une partie cruciale de la vie de la ville s'était éteinte ? Ils croisèrent un homme qui portait trois miches de pain frais dans un filet. L'homme chantait. Artémis se sentit heureux. « Je vous aime, Natasha Funaroff, dit-il.

— Comment savez-vous mon nom ?

— Mrs Kosiev m'a parlé de vous. »

Ils virent devant eux la statue de Maïakovski, même si à l'époque (et aujourd'hui encore), Artémis ne savait rien du poète. Gigantesque et de mauvais goût, c'était une relique de l'ère stalinienne qui avait remodelé tout le panthéon de la littérature russe pour le faire ressembler aux fils de Lénine. (Même le pauvre Tchekhov avait hérité d'épaules héroïques et d'un front massif à titre posthume.) La nuit tombait et les lumières s'allumaient. En approchant de la foule, Artémis s'aperçut que la fumée des cigarettes avait formé à une hauteur de dix ou douze mètres un grand nuage plat et artificiel. Il supposa qu'il s'agissait d'un phénomène d'inversion. Avant d'arriver sur la place, il entendait déjà la voix de Luncharvski. Le russe est une langue plus percutante que l'anglais, moins musicale mais plus diverse et cela explique peut-être sa plus grande portée. La voix était puissante, pas seulement par son volume mais par son pouvoir d'émotion. Elle semblait mélancolique et exaltée. Artémis ne comprenait rien en dehors du bruit. Luncharvski, debout sur une estrade sous la statue de Maïakovski, déclamait ses poèmes d'amour devant un public de mille ou deux mille personnes sous leur épais nuage ou leur dais de fumée. Il ne chantait pas, mais la puissance de sa voix avait la force d'un chant. Natasha fit un geste comme si elle l'avait emmené voir une des merveilles du monde et il se dit que c'était peut-être le cas.

Il était un voyageur, un étranger et il était venu aussi loin pour voir des choses inconnues. Il faisait froid au crépuscule, mais Luncharvski était en manches de chemise. Il avait les épaules larges — osseuses et larges, en fait —, de longs bras, de grandes mains et, quand il les fermait, ce qu'il faisait assez souvent, son poing semblait massif. Il était grand, avec des cheveux blonds ni coupés ni peignés. Il avait les yeux surprenants et fascinants d'un homme qui fait implacablement son chemin. Artémis avait le sentiment que non seulement il attirait l'attention de la foule, mais également que si quelqu'un se laissait gagner momentanément par la distraction, il le savait. À la fin de la déclamation, quelqu'un lui offrit un bouquet de chrysanthèmes fanés et son manteau. « J'ai faim, dit Artémis.

— Allons dans un restaurant géorgien. La cuisine géorgienne est notre meilleure cuisine », déclara-t-elle.

Ils se rendirent dans un lieu très bruyant où Artémis mangea du poulet pour la troisième fois. En quittant le restaurant, elle lui prit de nouveau le bras, pressa son épaule contre la sienne et le conduisit dans une rue. Il se demandait si elle allait l'emmener chez elle et, dans ce cas, ce qu'il allait trouver. Des vieux parents, des frères et des sœurs ou peut-être une colocataire ? « Où allons-nous ? demanda-t-il.

— Au parc. Vous êtes d'accord ?

— Très bien », dit Artémis. Le parc, quand ils y arrivèrent, ressemblait à n'importe quel parc. Il y avait des arbres qui perdaient leurs feuilles à cette époque de l'année, des bancs et des allées en béton. Il y avait une statue en béton d'un homme portant un enfant sur ses épaules. L'enfant tenait un oiseau. Artémis pensa qu'ils devaient représenter le progrès ou l'espoir. Ils s'assirent sur un banc, il passa son bras autour des épaules de la jeune femme et l'embrassa. Elle répondit avec tendresse et de façon experte. Ils passèrent la demi-heure suivante à s'embrasser. Artémis se sentait détendu, amoureux, plein de sève. Quand il se leva pour lisser la protubérance de son pantalon, elle lui prit la main et le conduisit dans un immeuble, une ou deux rues plus loin. Un policier armé était debout devant la porte. Elle sortit de son sac ce qui, d'après Artémis, devait être une carte d'identité. Le policier l'examina d'un air qu'il voulait insultant. Il paraissait ouvertement belliqueux. Il ricana, les regarda de travers et montra plusieurs fois Artémis du doigt tout en parlant à Natasha comme si elle était méprisable. En d'autres circonstances — dans un autre pays — Artémis l'aurait frappé. Finalement, ils furent autorisés à passer et ils prirent un ascenseur — une sorte de cage — vers un étage. Artémis trouvait que même l'immeuble sentait la ferme. Elle ouvrit la porte avec deux clefs et l'introduisit dans une pièce miteuse. Il y avait un lit dans un coin. Des vêtements séchaient sur une corde. Sur une table, se trouvaient une demi-miche de pain et quelques restes de viande. Artémis se déshabilla rapidement, tout comme elle, et ils firent l'amour (selon les termes d'Artémis). Elle prit un torchon pour nettoyer, lui mit une cigarette entre les lèvres et lui versa un verre de vodka. « Je veux que ça dure toujours. Je veux que ça dure toujours », dit-il. Couché là avec elle dans les bras, il éprouvait le sentiment saisissant et galvanisant de leur indivisibilité, bien qu'ils fussent de parfaits étrangers. Il pensait vaguement à un puits qu'il avait foré deux ans plus tôt et Dieu seul savait à quoi elle pensait. « Comment était-ce en Sibérie ? demanda-t-il.

— Extraordinaire, répondit-elle.

— Comment était ton père ?

— Il aimait les concombres, dit-elle. Il était maréchal avant que nous partions en Sibérie. Quand nous sommes rentrés, on lui a donné un bureau au ministère de la Défense. C'était une petite pièce. Il n'y avait ni chaise, ni table, ni bureau, ni téléphone, rien. Il y allait le matin et s'asseyait par terre. Puis il est mort. Maintenant, tu dois partir.

— Pourquoi ?

— Parce qu'il est tard et je m'inquiète pour toi.

— Est-ce que je peux te voir demain ?

— Bien sûr.

— Est-ce que tu peux venir à mon hôtel ?

— Non, je ne peux pas. Ce serait dangereux pour moi qu'on me voie dans un hôtel pour touristes et, de toute façon, je les ai en horreur. Nous pouvons nous retrouver au parc. Je vais t'écrire l'adresse. » Elle sortit du lit et traversa la pièce. Elle avait une silhouette étonnante — presque monstrueuse par sa perfection. Ses seins étaient gros, sa taille très fine et son derrière volumineux. Elle le déplaçait avec un léger balancement, comme s'il était bourré de chevrotine. Artémis s'habilla, l'embrassa en lui souhaitant bonne nuit et descendit. Le policier l'arrêta, mais le laissa finalement partir, car aucun des deux ne comprenait ce que l'autre disait. Artémis demanda sa clef à l'hôtel et on le fit attendre un peu. Puis un homme en uniforme apparut avec le passeport d'Artémis et sortit son visa.

— Vous quitterez Moscou demain matin, dit-il. Vous prendrez le vol SAS 769 pour Copenhague avec une correspondance pour New York.

— Mais je veux visiter votre grand pays. Je veux voir Leningrad et Kiev, dit Artémis.

— Le bus de l'aéroport part à neuf heures et demie. »

Le lendemain matin Artémis demanda à l'agent d'Intourist dans le hall de téléphoner au bureau des interprètes. Quand il voulut parler à Natasha Funaroff, on lui répondit que cette personne ne travaillait pas ici, qu'elle n'y avait jamais travaillé. Quarante-huit heures après son arrivée, il volait en sens inverse pour rentrer chez lui. Les autres passagers de l'avion étaient des touristes américains et il put parler, se faire des amis et passer le temps.

Quelques jours plus tard, Artémis alla forer dans la pierraille près du village de Brewster. Le site avait été choisi par un sourcier et Artémis avait des doutes, mais il avait tort. À cent trente mètres, il tomba sur du calcaire et un courant d'eau douce d'un débit de quatre cents litres à la minute. Il était rentré de Moscou depuis seize jours et avait reçu la première lettre de Natasha. Son adresse sur l'enveloppe était en anglais, mais les caractères cyrilliques étaient nombreux et les timbres vivement colorés. La lettre décontenança sa mère qui lui dit qu'elle avait aussi inquiété le facteur. Aller en Russie était une chose, mais recevoir des lettres de ce pays étranger et lointain en était une autre. Natasha écrivait : « Mon chéri. La nuit dernière, j'ai rêvé que toi et moi, nous étions une vague de la mer Noire à Yalta. Je sais que tu n'as pas visité cette partie de mon pays, mais si on est une vague qui se dirige vers le rivage, on peut voir les montagnes de Crimée couvertes de neige. À Yalta, parfois, quand les roses sont en fleur, on voit la neige tomber sur les montagnes. En me réveillant de mon rêve, je me suis sentie exaltée et reposée et j'avais vraiment un goût de sel dans la bouche. Je signe cette lettre Fifi, car ces phrases irrationnelles n'auraient pas pu être écrites par ta Natasha qui t'aime. »

Il répondit à Natasha le soir même. « Très chère Natasha. Je t'aime. Si tu viens dans ce pays, je t'épouserai. Je pense tout le temps à toi et j'aimerais te montrer comment je vis — les routes, les arbres et les lumières des villes. C'est très différent de ta façon de vivre. Ce que je dis est très sérieux et si tu as besoin d'argent pour le voyage, je t'en enverrai. Si tu décidais que tu ne veux pas m'épouser, tu pourrais rentrer chez toi. Ce soir, c'est Halloween. Je ne crois pas que vous connaissiez cela en Russie. C'est la nuit où les morts sont censés se réveiller. Ils ne le font pas, bien sûr, mais les enfants se promènent dans les rues déguisés en fantômes, en squelettes ou en diables et on leur donne des bonbons et des petites pièces. S'il te plaît, viens dans mon pays et épouse-moi. »

Jusque-là, c'était simple, mais copier son adresse en alphabet russe lui prit beaucoup plus de temps. Il lui fallut dix enveloppes avant de réussir, selon lui, à l'écrire de manière satisfaisante. Le matin, avant d'aller travailler, il porta la lettre à la poste. L'employé était un ami. « Bon sang, Art, qu'est-ce qui te prend d'envoyer ces gribouillages aux communistes ? »

Artémis adopta sa manière rustique. « Ben, tu vois, Sam, j'étais là-bas un jour ou deux et il y avait une fille. » La lettre fut affranchie avec un timbre de vingt-cinq cents, un portrait gris et lugubre d'Abraham Lincoln. Artémis pensa aux timbres de couleurs vives sur la lettre de Natasha. Il demanda à son ami s'il n'avait rien de plus gai et celui-ci répondit que non.

Il reçut une réponse dix jours plus tard. « J'aime me dire que nos lettres se croisent et j'aime me dire qu'elles battent des ailes en se faisant signe quelque part au-dessus de l'Atlantique. Je voudrais vraiment venir dans ton pays et t'épouser ou que tu viennes m'épouser ici, mais nous ne pourrons pas le faire tant qu'il n'y aura pas la paix dans le monde. Je voudrais tellement que notre amour ne dépende pas de la paix. Je suis allée à la campagne samedi. Les oiseaux, les bouleaux et les pins étaient apaisants. J'aurais aimé que tu sois avec moi. Un docteur en théologie unitarien est venu au bureau hier. Il cherchait un interprète. Il avait l'air intelligent et je l'ai emmené visiter Moscou moi-même. Il m'a dit que je n'avais pas besoin de croire en Dieu pour être unitarienne. Il m'a expliqué que Dieu est la progression du chaos vers l'ordre et la responsabilité. J'ai toujours pensé que Dieu était assis dans les nuages, entouré de cohortes d'anges, mais Il vit peut-être dans un sous-marin, entouré de légions de sirènes. S'il te plaît, envoie-moi une photo et écris-moi. Tes lettres me rendent très heureuse. »

« Je joins une photo, répondit-il. Elle a été prise il y a trois ans au Wakusha Reservoir. C'est au centre de la ligne de partage des eaux du Nord-Est. Je pense tout le temps à toi. Je me suis réveillé à 3 heures du matin en pensant à toi. C'était agréable. J'aime l'obscurité. L'obscurité me fait penser à une maison aux nombreuses pièces. Soixante ou soixante-dix. En ce moment, le soir après le travail, je vais faire du patin à glace. J'imagine que tout le monde en Russie sait patiner. Je sais que les Russes jouent au hockey, parce que en général ils battent les Américains aux jeux Olympiques. Trois à deux, sept à deux, huit à un. Il commence à neiger. Je t'embrasse, Artémis. » Il se débattit de nouveau avec l'adresse.

« Ta dernière lettre a mis dix-huit jours, écrivit-elle. Je m'aperçois que je réponds à tes lettres avant leur arrivée, mais cela n'a vraiment rien de surnaturel car, à la poste, une énorme pendule, noire d'un côté, blanche de l'autre, indique l'heure dans différentes parties du monde. Quand l'aube se lève où tu es, la journée ici est à moitié écoulée. On vient de peindre l'escalier chez moi. Les couleurs sont celles choisies par tous les peintres municipaux — marron clair avec un liseré marron foncé. En travaillant, ils ont éclaboussé ma boîte aux lettres d'un peu de peinture blanche. À présent, quand je descends en ascenseur, la peinture blanche me donne l'illusion qu'une lettre de toi m'attend. Je ne peux pas m'empêcher d'y penser. Mon cœur se met à battre très fort et je cours à la boîte, mais je ne trouve que de la peinture blanche. Maintenant, dans l'ascenseur, je tourne le dos à la porte, tant la goutte de peinture me fait mal. »

Un soir qu'il rentrait de son travail, sa mère lui raconta que quelqu'un avait téléphoné du chef-lieu en disant que l'appel était urgent. Artémis pensa qu'il devait s'agir du fisc. Il avait eu du mal à essayer de décrire les profits et pertes dans l'exercice de son métier. En citoyen consciencieux, il fit le numéro. Un inconnu qui n'avait pas l'air d'appartenir au fisc se présenta sous le nom de Mr Cooper. Cooper voulait voir Artémis immédiatement. « Eh bien, vous comprenez, c'est ma soirée bowling, dit Artémis. Notre équipe est première ex æquo et ça m'ennuierait beaucoup de ne pas jouer, si on peut se voir à un autre moment. »

Cooper accepta. Artémis lui expliqua où il travaillait et comment s'y rendre. Cooper dit qu'il y serait à 10 heures et Artémis alla jouer au bowling.

Le matin, la neige se mit à tomber très fort. Cooper arriva à 10 heures. Il ne sortit pas de sa voiture, mais se montra si aimable qu'Artémis devina qu'il devait être représentant. Dans les assurances.

« J'ai cru comprendre que vous êtes allé en Russie.

— Eh bien, je n'y ai passé que quarante-huit heures. On a annulé mon visa. Je ne sais pas pourquoi.

— Mais vous correspondez avec la Russie.

— Oui, il y a cette fille. Je suis tout de suite sorti avec elle. Nous nous écrivons.

— Le Département d'État est très intéressé par votre expérience. Le sous-secrétaire Hurlow aimerait vous parler.

— Mais je n'ai pas vraiment eu d'expérience. J'ai vu quelques églises, j'ai mangé trois fois du poulet et on m'a renvoyé ici.

— Eh bien, cela intéresse le sous-secrétaire. Il a téléphoné hier et de nouveau ce matin. Cela vous ennuierait d'aller à Washington ?

— Je travaille.

— Cela ne durera qu'une journée. Vous pouvez prendre l'avion le matin et rentrer dans l'après-midi. Cela ne sera pas long. Je pense qu'on vous remboursera vos frais, même si on n'en a pas parlé. J'ai les instructions ici. » Il tendit au puisatier une lettre à en-tête du Département d'État qui demandait la présence d'Artémis Bucklin dans les nouveaux bureaux du Département d'État à 9 heures du matin le lendemain. « Si vous pouvez vous y rendre, votre gouvernement vous en sera très reconnaissant, dit Cooper. À votre place, je n'attacherais pas trop d'importance à l'heure. Presque personne n'arrive avant 10 heures. Ravi de vous avoir rencontré. Si vous avez des questions, appelez-moi à ce numéro. » Puis il partit très vite, parce que la neige tombait dru. Le puits se trouvait dans un coin perdu où les routes ne seraient pas dégagées et Artémis rentra chez lui avant le déjeuner.

À cause d'un certain provincialisme — d'un certain attachement à la routine plutôt agréable de sa vie — le voyage à Washington n'enthousiasmait pas Artémis. Il n'avait pas envie d'y aller, mais pouvait-on l'y forcer ? La seule pression se trouvait dans le fait que son gouvernement lui serait reconnaissant. À l'exception du fisc, il n'avait rien de spécial contre son gouvernement et il aurait aimé — de manière puérile, peut-être — mériter sa gratitude. Le soir, il prépara son sac et se renseigna sur les horaires des avions. À 9 heures le lendemain matin, il se trouvait devant le nouvel immeuble du Département d'État.

Cooper ne s'était pas trompé sur l'heure. Artémis poireauta dans une salle d'attente jusqu'à 10 heures passées. Puis on l'emmena deux étages plus haut, pas pour voir le sous-secrétaire, mais pour rencontrer un homme du nom de Serge Belinsky. Le bureau de Belinsky était petit et nu et sa secrétaire, une femme du Sud maussade, portait des pantoufles. Belinsky demanda à Artémis de remplir quelques formulaires bureaucratiques simples. Quand était-il arrivé à Moscou ? Quand avait-il quitté Moscou ? Où avait-il logé ? etc. Une fois ces papiers remplis, Belinsky les fit photocopier et emmena Artémis à un autre étage, au bureau d'un homme appelé Moss. Là, les choses étaient très différentes. La secrétaire, jolie et flirteuse, portait des chaussures. Les meubles, sans être luxueux, étaient mieux que ceux de Belinsky. Il y avait des fleurs sur le bureau et un tableau au mur. Artémis répéta le peu de chose dont il se souvenait, le peu qu'il y avait à se souvenir. Quand il décrivit la façon dont il devait rencontrer Khrouchtchev, Moss se mit à rire ; Moss s'exclama. C'était un jeune homme très élégant, si bien habillé et si soigné qu'Artémis se sentit grossier, pas lavé et miteux. Il était pourtant propre et bien élevé, mais ses vêtements le serraient aux épaules et à l'entrejambe. « Je pense que le sous-secrétaire aimerait nous voir à présent », dit Moss et ils montèrent encore d'un étage.

L'atmosphère était complètement différente. Une moquette recouvrait le sol, les murs étaient lambrissés et la secrétaire portait des bottes à boucle de cuivre qui montaient plus haut que l'ourlet de sa jupe, Dieu seul savait jusqu'où. Comme ils s'étaient éloignés, en si peu d'étages, de la secrétaire maussade en pantoufles ! Comme Artémis avait envie de retrouver sa foreuse, ses vêtements de travail et sa gamelle ! On leur servit du café, puis la secrétaire — celle avec des bottes — congédia Moss et emmena Artémis dans le bureau du sous-secrétaire.

À part un très petit bureau, la pièce ne ressemblait pas à un lieu de travail. Elle était meublée de tapis colorés, de canapés, de tableaux et de fleurs. Mr Hurlow, un homme très grand, semblait fatigué ou peut-être souffrant. « C'est très gentil à vous d'être venu, Mr Bucklin. J'en viens tout de suite au fait. Je dois être au Capitole à 11 heures. Vous connaissez Natasha Funaroff.

— Je suis sorti avec elle une fois. Nous avons dîné ensemble et nous nous sommes assis dans un parc.

— Vous correspondez avec elle.

— Oui.

— Naturellement, nous avons surveillé vos lettres. Leur gouvernement fait de même. Nos services secrets pensent que vos lettres contiennent certaines informations. Elle, en tant que fille d'un maréchal, est proche du gouvernement. Le reste de sa famille a été éliminé. Elle a écrit que Dieu était peut-être assis dans un sous-marin entouré de légions de sirènes. Ce même jour a été celui de notre dernière crise sous-marine. Je crois comprendre que c'est une femme intelligente et je n'imagine pas qu'elle puisse écrire des choses aussi stupides si elles n'ont pas un sens caché. Avant cela, elle a écrit que vous et elle étiez une vague sur la mer Noire. La date correspond précisément aux manœuvres en mer Noire. Vous lui avez envoyé une photographie de vous près du Wakusha Reservoir en indiquant que c'était le centre de la ligne de partage des eaux du Nord-Est. Ce n'est naturellement pas une information confidentielle, mais tout cela s'additionne. Plus loin, vous dites que l'obscurité vous fait penser à une maison divisée en soixante-dix pièces. Ces mots ont été écrits dix jours avant que nous activions la soixante-dixième division. Pourriez-vous, je vous prie, m'expliquer ces divers points ?

— Il n'y a rien à expliquer. Je l'aime.

— C'est absurde. Vous avez dit vous-même que vous ne l'aviez vue qu'une seule fois. Comment pouvez-vous tomber amoureux d'une femme que vous n'avez vue qu'une seule fois ? Je ne suis pas en mesure de vous menacer pour le moment, Mr Bucklin. Je peux vous faire comparaître devant un comité, mais à moins que vous ne soyez prêt à vous montrer plus coopératif, nous perdrions notre temps. Nous sommes pratiquement certains que vous et votre amie avez mis en place un code. Je ne peux pas vous interdire d'écrire, naturellement, mais nous pouvons intercepter vos lettres. Je souhaiterais votre coopération patriotique. Mr Cooper, que vous avez rencontré je crois, vous téléphonera environ une fois par semaine et vous donnera les informations, ou plutôt les désinformations que nous aimerions vous voir transmettre en Russie, formulées, bien entendu, dans votre code, comme votre description de l'obscurité qui vous fait penser à une maison.

— Je ne peux pas faire ça, Mr Hurlow. Ce serait malhonnête envers vous et Natasha. »

Le sous-secrétaire se mit à rire et eut un petit mouvement d'épaules efféminé. « Eh bien, réfléchissez-y et appelez Cooper quand vous serez décidé. Bien entendu, le destin de la nation ne dépend pas de votre décision. Je suis en retard. » Il ne se leva pas, il ne tendit pas la main. Artémis, se sentant encore plus mal qu'à Moscou quand il chantait le blues de l'irréalité, passa devant la secrétaire aux bottes et prit un ascenseur qui passa à l'étage de la secrétaire aux chaussures et de celle aux pantoufles. Il arriva chez lui à temps pour le dîner.

Il n'entendit plus jamais parler du Département d'État. Avaient-ils fait une erreur ? Étaient-ils idiots ou désœuvrés ? Il ne le sut jamais. Il écrivit à Natasha quatre lettres très circonspectes, sans mentionner ses scores au hockey et au bowling. Il n'y eut pas de réponse. Il attendit une lettre d'elle pendant environ un mois. Il pensait souvent à la tache de peinture sur sa boîte aux lettres. Quand le temps se réchauffa, il fut content d'entendre le bruit apaisant de la pluie, il y avait au moins cela. L'eau, l'eau.

Trois histoires

I

Le sujet d'aujourd'hui est la métaphysique de l'obésité, et je suis le ventre d'un homme nommé Lawrence Farnsworth. Je suis la cavité de son corps comprise entre le diaphragme et le plancher pelvien et je possède ses viscères. Je sais que vous ne me croirez pas, mais si vous acceptez le *cri du cœur**, pourquoi pas le *cri du ventre** ? Je joue un rôle aussi important dans ses affaires que les poumons ou les autres organes vitaux, et si je ne peux pas agir indépendamment, lui aussi est à la merci des puissances disparates de son environnement comme l'argent ou les étoiles. Nous sommes nés dans le Middle West et il a fait ses études à Chicago. Il faisait partie de l'équipe d'athlétisme (saut à la perche) et plus tard de l'équipe des plongeurs, deux sports qui ont rendu mon existence dangereuse et obscure. Je ne me suis découvert que vers ses quarante ans, quand j'ai été reconnu par son médecin et son tailleur. Il a refusé obstinément de m'accorder mes droits et a continué pendant près d'un an à porter des vêtements qui m'emprisonnaient durement et me causaient douleurs et souffrances. J'avais pour unique compensation de pouvoir ouvrir sa braguette à volonté.

Je l'ai souvent entendu dire que, ayant passé la première moitié de sa vie à courir derrière une perche turbulente, il semblait condamné à se promener pour le restant de ses jours derrière un ventre aussi indépendant et capricieux que ses organes génitaux. J'ai naturellement été en mesure d'observer ses ébats charnels, mais je pense que je ne vais pas décrire les milliers — ou les millions — de performances auxquelles j'ai participé. Malgré ma réputation de grossièreté, je suis véritablement visionnaire et, au-delà de ses acrobaties, j'aimerais en examiner les conséquences qui, d'après ce que j'ai entendu, mènent souvent à l'extase. Il semble considérer sa vie érotique comme un visa d'entrée pour ce que le monde a de plus beau. S'envoyer en l'air pendant un orage — n'importe quelle pluie fait l'affaire — constitue son idée d'une relation parfaite. Il y a eu des récriminations. J'ai par exemple entendu une femme demander : « Est-ce que tu comprendras un jour que la vie ne se limite pas au sexe et au culte de la nature ? » Une autre fois, il s'extasiait sur la beauté des étoiles et sa *belle amie** s'est mise à glousser. Ma connaissance du monde se restreint aux occasions limitées de la nudité : chambres, douches, plages, piscines, rendez-vous galants et bains de soleil aux

Antilles. Je passe le reste de ma vie cloîtré entre son pantalon et sa chemise.

Après avoir refusé d'admettre mon existence pendant plus d'un an, il passa enfin de la taille trente-huit à la taille quarante-deux pour ses pantalons. Quand j'atteignis la taille quarante-deux en faisant de mon mieux pour faire un quarante-quatre, mon existence se mit à l'obséder. Il y eut un grave conflit entre ce qu'il avait été et voulait rester et ce qu'il était devenu. Quand quelqu'un enfonçait les doigts dans ma rondeur ou plaisantait sur sa protubérance, son rire forcé ne parvenait pas à dissimuler sa fureur. Il cessa de juger ses amis sur leur esprit et leur intelligence et commença à prendre comme critère leur tour de taille. Pourquoi X était-il si plat et pourquoi Z, dont la bedaine devait nécessiter au moins un cinquante-deux, était-il satisfait de son état ? Quand ses amis étaient debout, ses yeux passaient rapidement de leur sourire à leur ventre. Nous sommes allés un soir au Yankee Stadium pour assister à un match de base-ball. Il commençait à apprécier le match quand il s'aperçut que le voltigeur de champ droit faisait un bon quarante-six. Les autres voltigeurs et les joueurs de but allaient encore, mais le lanceur — un homme plus vieux — avait une brioche certaine et deux des arbitres — quand ils enlevèrent leurs protections — étaient dégoûtants. Le receveur également. Quand il se rendit compte qu'il ne regardait pas le match — qu'à cause de mon influence il était incapable d'assister à un match de base-ball — nous partîmes. C'était au milieu de la quatrième manche. Un ou deux jours plus tard, débuta ce qui devait être un an ou un an et demi d'enfer.

Nous commençâmes par un régime qui prônait de boire de l'eau et de manger des œufs durs. Il perdit cinq kilos en une semaine, mais pas au bon endroit et, bien que mon existence fût mise en péril, je survécus. Le régime provoqua des troubles du métabolisme qui lui abîmèrent les dents. Il l'abandonna sur les conseils de son médecin et s'inscrivit dans un club de remise en forme. Trois fois par semaine, j'étais martyrisé sur un vélo électrique et un rameur, puis un masseur me malaxait et me frappait avec vigueur et cruauté du plat de la main. Il acheta ensuite un assortiment de slips élastiques et de ceintures, censés me camoufler ou me nier. Ils me firent beaucoup souffrir, mais ne réussirent qu'à mettre mon invincibilité au défi. Quand il les retirait le soir, je réintégrais amplement le monde que j'aimais tant. Peu après, il acheta un truc qui, on le lui avait garanti, me supprimerait. Il s'agissait d'un short en plastique doré qu'il fallait gonfler avec une pompe. L'acidité des sécrétions que je dus épurer me fit comprendre à quel point il souffrait et se sentait ridicule. Une fois le short gonflé, il consulta un manuel d'instructions et fit quelques mouvements de gymnastique. C'était la première fois qu'on m'infligeait une telle douleur et, lorsque les exercices furent terminés, j'étais si anormalement crispé et noué que nous passâmes une nuit blanche.

À cette époque, je m'étais aperçu que deux faits garantissaient ma survie. Premièrement, il détestait prendre de l'exercice tout seul. Il aimait assez les sports collectifs, mais il n'aimait pas la gymnastique. Tous les matins, il allait dans la salle de bains et touchait dix fois ses orteils. Ses fesses (c'est une autre histoire) frôlaient le lavabo et son front effleurait la lunette des toilettes. Je savais par les sécrétions qui me parvenaient que cette expérience était accablante spirituellement. Plus tard, il partit à la campagne pour l'été et se mit à faire du jogging et de l'haltérophilie. Tout en soulevant des haltères, il apprit à compter en japonais et en russe, dans l'espoir de donner un peu de dignité à cet exercice, mais il n'y parvint pas. Le jogging et l'haltérophilie le mettaient très mal à l'aise. Le deuxième facteur en ma faveur était sa conviction que nous menions une vie simple. « Je mène vraiment une vie simple », disait-il souvent. Si c'était le cas, je n'aurais pas eu l'occasion de grandir, mais je crois qu'il n'existe pas de très bons restaurants en Europe, en Asie, en Afrique ou dans les îles Britanniques où il ne m'ait emmené et demandé de faire mon travail. Il le dit souvent. Après un plat de grillons à Tokyo, il me donna une tape amicale et dit : « Fais de ton mieux, mon vieux. » Tant qu'il considère que la vie simple est ainsi faite, ma place dans le monde est assurée. Si je manque à mes devoirs, ce n'est ni par malveillance ni par préméditation. Après un dîner homérique avec quatorze entrées en Russie méridionale, nous avons passé la nuit ensemble aux toilettes. C'était à Tbilissi. Apparemment je menaçais sa vie. Il était 3 heures du matin. Il pleurait de douleur. Ses larmes coulaient et je comprenais peut-être mieux que toute autre partie de son corps la solitude réelle de cet homme. « Va-t'en, va-t'en », me criait-il. Qu'y a-t-il de plus pitoyable et de plus absurde qu'un homme nu en pleine nuit dans un pays étranger qui se vide les tripes ? Nous sommes allés à la fenêtre pour écouter le vent dans les arbres. « Oh, j'aurais dû faire plus attention aux choses de l'esprit », s'exclama-t-il.

Si j'étais le ventre d'un agent secret ou d'un prince régnant, mon rôle dans le conflit du temps ne serait pas différent. Je représente le temps plus succinctement que n'importe quel épouvantail et sa faux. Pourquoi une force aussi simple que le temps — donné avec précision par les pendules de sa maison — le faisait-elle gémir et transpirer ? Avait-il l'impression qu'une jeunesse spécieuse était son attrait principal et unique ? Je sais que je lui rappelais la souffrance qu'il éprouvait dans sa relation avec son père. Son père avait pris sa retraite à cinquante-cinq ans et avait passé le restant de ses jours à polir des pierres, à jardiner et à essayer d'apprendre le français parlé à l'aide de bandes enregistrées. Cet homme souple et athlétique avait toutefois été devancé au milieu de sa vie, comme son fils, par un abdomen indépendant.

Comme son fils, il n'avait pas réussi à vieillir et à grossir élégamment. Sa bedaine, son abdomen, lui démolissait le moral. Son abdomen l'avait contraint à se voûter, à marcher avec maladresse, à soupirer et à faire élargir ses pantalons. Son abdomen avait semblé être un précurseur de l'ange de la Mort, et Farnsworth, qui touchait ses orteils tous les matins dans la salle de bains, ne luttait-il pas contre le même ange ?

Puis vint l'année où nous voyageâmes. Je ne sais pas ce qui le poussait, mais nous fîmes le tour du monde trois fois en douze mois. Il croyait peut-être que voyager stimulerait son métabolisme et diminuerait mon importance. Je ne m'appesantirai pas sur les souffrances dues aux ceintures de sécurité et aux repas pris à n'importe quelle heure. Nous visitâmes tous les lieux habituels ainsi que Nairobi, Madagascar, l'île Maurice, Bali, la Nouvelle-Guinée, la Nouvelle-Calédonie et la Nouvelle-Zélande. Nous vîmes Madang, Goroka, Lee, Rabaul, Fiji, Reykjavík, Thingvellir, Akureyri, Narsarsuak, Kagsiarauk, Boukhara, Irkoutsk, Oulan-Bator et le désert de Gobi. Puis il y eut les Galápagos, la Patagonie, la jungle du Mato Grosso et naturellement les Seychelles et les Amirantes.

Tout se termina ou fut résolu un soir chez Passetto. Il entama le repas par des figues et du jambon de Parme accompagné de deux petits pains et de beurre. Puis il mangea des spaghettis carbonara, un steak frites, une portion de cuisses de grenouilles, un bar entier en papillote, des blancs de poulet, une salade avec de la vinaigrette, trois sortes de fromage et une grosse part de sabayon. Au milieu du repas, il fut obligé de me donner une certaine marge de manœuvre, mais il ne m'en voulut pas et je me dis que la victoire était peut-être en vue. Quand il commanda le sabayon, je sus que j'avais gagné ou que nous étions parvenus à une trêve raisonnable. Il ne chercha ni à me cacher, ni à m'ignorer, ni à m'oublier, et ses sécrétions étaient neutres. En sortant de table, il dut me donner cinq centimètres de plus. Ainsi, en traversant la piazza, je sentis le vent de la nuit et j'entendis les fontaines. Depuis, nous vivons en bonne harmonie.

II

Marge Littleton aurait été considérée comme maternelle aux temps révolus du jargon freudien, même si elle n'était pas plus maternelle que n'importe qui. On aurait eu à l'esprit sa voix et ses manières d'une douceur charmante, ainsi qu'une odeur de journée d'été, ou ce sont peut-être les journées d'été qui sentent comme ce genre de femmes. Elle allait régulièrement à l'église et j'ai toujours eu l'impression que ses dévotions étaient plus sincères que celles de la plupart, même s'il est impossible d'avancer des hypothèses sur un sujet aussi intime. Elle respectait la liturgie, se conformait au Livre de la prière commune et évitait autant que possible les sermons. Elle n'était pas originaire de la région, bien entendu — le dernier autochtone ainsi que la dernière vache étaient morts vingt ans plus tôt — et je ne me souviens pas d'où elle et son mari venaient. Il était chauve. Ils avaient trois enfants et menaient une vie parfaitement ordinaire jusqu'à un matin d'automne.

C'était en septembre, après la fête du travail, et il y avait un peu de vent. Par la fenêtre, on voyait les feuilles tomber. La famille prenait son petit déjeuner dans la cuisine. Marge avait fait un gâteau de maïs. « Bonjour, Mrs Littleton », dit son mari en l'embrassant sur le front et en lui tapotant le derrière. Sa voix, ses gestes semblaient posséder l'équilibre parfait de l'amour. Je ne sais pas ce que les détracteurs virulents de la famille auraient pu dire de la scène. Les Littleton, en transformant leurs passions en une image sociale acceptable, se fabriquaient-ils une sorte de prison ou étaient-ils par hasard un homme et une femme éprouvant l'un pour l'autre un plaisir tendre, solide et invincible ? D'après ce que j'en sais, c'était un mariage exceptionnel. N'ayant jamais été marié moi-même, je suis peut-être excessivement sensible à l'élément bouffon des liens sacrés du mariage, mais n'est-il pas vrai que, au moment de fêter leur dixième ou leur quinzième anniversaire, certains couples sont loin d'avoir l'air triomphant ? En fait, ils paraissent dupés, tandis que le vilain oncle Harry, le coureur, semble se parer de lauriers. Avec les Littleton, cependant, on sentait qu'ils vivaient peut-être ensemble avec intelligence et ferveur — donnant et recevant jusqu'à ce que la mort les sépare.

Ce samedi matin-là, il avait prévu d'aller faire des courses. Après le petit déjeuner, il dressa une liste de ce dont ils avaient besoin à la quincaillerie. Trois litres de peinture acrylique blanche, un pinceau de dix centimètres, des crochets pour les tableaux, une bêche, de l'huile pour la tondeuse à gazon. Les enfants l'accompagnèrent. Ils n'allèrent pas au village qui, comme tant d'autres, était moribond, mais dans un centre commercial plein de monde et très animé sur la nationale 64. Il donna de l'argent aux enfants pour acheter du Coca-Cola. À leur retour, la circulation en direction du sud était dense. Comme je l'ai dit, c'était après la fête du travail et beaucoup de voitures remorquaient des mobile homes, des camping-cars, des voiliers, des bateaux à moteur et des caravanes. Cette longue procession de véhicules et de remorques ne ressemblait pas au spectacle de gens rentrant de vacances mais plutôt à l'évacuation tragique d'une grande ville ou d'un État. Un camion chargé de voitures essaya de dépasser un mobile home particulièrement encombrant, percuta les Littleton et les tua tous. Je n'ai pas assisté aux obsèques, mais un de nos voisins m'a tout raconté. « Elle était là, debout au bord de la tombe. Elle ne pleurait pas. Elle était très belle et très sereine. Il lui fallut assister à la mise en terre de quatre cercueils, l'un après l'autre. Quatre. »

Elle ne déménagea pas. Des gens l'invitèrent à

dîner, bien entendu, mais dans une communauté aussi profondément familiale, les personnes seules sont inévitablement délaissées. Environ un mois après l'accident, le journal local annonça que la Commission des routes nationales de l'État allait élargir la nationale 64 de quatre à huit voies. Nous avons organisé un comité pour la sauvegarde de la communauté et rassemblé dix mille dollars pour les frais de justice. Marge Littleton s'est montrée très active. Nous nous réunissions presque chaque semaine. Nous nous retrouvions dans des locaux municipaux, des salles d'audience, des lycées et des maisons. Au début, ces réunions étaient pleines d'émotion. Un jour, Mrs Pinkham pleura. Les larmes roulaient sur ses joues. « J'ai travaillé seize ans à ma chambre rose et voilà qu'on va me la démolir. » On fit sortir de la réunion cette femme véritablement affligée. Nous avons loué un car et sommes allés à la capitale de l'État. Nous avons manifesté sur la 64 un dimanche pluvieux avec une escorte de motos. Je pense que nous n'étions pas plus de trente et notre file s'étirait sur la route. Nous portions des pancartes. Je me souviens de Marge. Certaines personnes semblent nées avec un don congénital pour les manifestations et un talent pour brandir des pancartes, mais ce n'était pas le cas de Marge. Elle tenait une grande pancarte où on lisait : NON À GASOLINE ALLEY [1]. Elle paraissait très embarrassée. La mani-

1. Bande dessinée américaine dont les personnages sont fanatiques de voitures et de mécanique.

festation se dispersa et je lui dis au revoir sur une butte au-dessus de la route nationale. Je me rappelle le regard calme qu'elle jeta à la circulation, assez semblable, je pense, à la manière dont les veuves de Nantucket devaient regarder la mer.

Quand nous eûmes dépensé nos dix mille dollars sans aucun résultat, nos réunions s'espacèrent et de moins en moins de gens y assistèrent. Trois personnes seulement, y compris l'orateur, vinrent à la dernière. La route nationale fut élargie, six maisons furent démolies et deux devinrent inhabitables, mais les propriétaires ne furent pas indemnisés. Plusieurs puits furent détruits par les explosifs. Après la dissolution de notre comité, je ne vis presque plus Marge. Quelqu'un me dit qu'elle était partie à l'étranger. À son retour, elle était accompagnée d'un charmant jeune Romain, Pietro Montani. Ils étaient mariés.

Marge fit montre de ses dons pour le bonheur conjugal avec Pietro, bien qu'il fût très différent de son premier mari. Il était beau, spirituel et solide — il représentait une société qui fabriquait des semelles — mais je n'avais jamais entendu quelqu'un parler aussi mal l'anglais. On pouvait parler, boire et rire avec lui, mais à part cela il était presque impossible de communiquer. Cela n'avait pas vraiment d'importance. Elle semblait très heureuse et on avait plaisir à leur rendre visite. Ils étaient mariés depuis à peine deux mois quand Pietro, au volant d'une décapotable sur la 64, fut décapité par une grue.

Elle enterra Pietro avec les autres, mais resta dans la maison de Twin-Rock Road, où l'intense circulation faisait autant de bruit qu'un champ de bataille. Je crois qu'elle trouva du travail. On la voyait dans le train. Trois semaines après la mort de Pietro, un camion de quatre-vingts tonnes et vingt-quatre roues, allant vers le nord, se retrouva pour des raisons jamais élucidées sur la voie en direction du sud, écrasa deux voitures et tua les quatre passagers. Le camion enfonça ensuite un contrefort de granit, se renversa sur le côté et prit feu. La police et les pompiers arrivèrent tout de suite sur les lieux, mais la cargaison était combustible et le feu ne fut éteint qu'à 3 heures du matin. Toute la circulation sur la nationale 64 fut détournée. Les auxiliaires féminines de la brigade des pompiers servaient du café.

Quinze jours plus tard, à 20 heures, un autre camion de vingt-quatre roues chargé de blocs de ciment sortit de la route au même endroit, traversa les voies allant vers le sud et abattit quatre grands arbres avant de heurter le contrefort. L'impact de la collision fut si violent que soixante centimètres de granit se détachèrent du mur. Il n'y eut pas d'incendie, mais les deux chauffeurs furent écrasés dans la collision au point qu'on dut les identifier par leur dentition.

Le lieutenant Dominic DeSisto rapporta que, le 3 novembre à 20 h 30, un homme en vêtements de travail entra en courant au poste de police. Il semblait hystérique, drogué ou ivre et prétendait qu'on lui avait tiré dessus. D'après le lieutenant DeSisto, il était si incohérent qu'il lui fallut un certain temps avant de pouvoir expliquer ce qui s'était passé. Il roulait vers le nord sur la 64 ; à peu près à l'endroit où les autres chauffeurs avaient perdu le contrôle de leurs camions, une balle de fusil avait brisé la vitre gauche de sa cabine, manqué le chauffeur et brisé la vitre droite. La victime visée était Joe Langston de Baldwin en Caroline du Sud. Le lieutenant examina le camion et les deux vitres fracassées. Avec Langston, il se rendit dans une voiture de police à l'endroit d'où on avait tiré. À droite de la route, une petite colline de granit était recouverte d'un peu de terre. Les explosifs l'avaient coupée en deux lors de l'élargissement de la nationale et la butte sur la droite correspondait au contrefort qui avait tué les autres chauffeurs. DeSisto inspecta la colline. Sur la butte, l'herbe avait été piétinée et il trouva deux mégots de cigarette par terre. Langston fut emmené à l'hôpital en état de choc. La colline fut mise sous surveillance le mois suivant, mais la police manquait d'effectifs et l'homme de garde s'ennuyait ferme assis tout seul sur la colline du crépuscule à minuit. Dès que la surveillance fut abandonnée, un quatrième camion énorme sortit de la route. Cette fois il tourna vers la droite, faucha une douzaine d'arbres et tomba dans un vallon étroit mais à pic. Quand la police arriva sur les lieux, le chauffeur était mort. Il avait été abattu par une balle.

En décembre, Marge épousa un riche veuf et

déménagea à North Salem où la nationale n'a que deux voies et où le bruit de la circulation n'est pas plus fort que le grondement dans un coquillage.

III

Il s'assit à sa place côté couloir — la 32 — dans le 707 pour Rome. L'avion n'était pas tout à fait plein et il restait un siège vide entre lui et la passagère assise sur le siège de gauche. Il fut content de voir qu'il était occupé par une femme exceptionnellement belle — pas jeune, mais il ne l'était pas non plus. Elle portait du parfum, une robe noire et des bijoux et elle semblait appartenir au monde dans lequel il évoluait avec le plus d'aisance. « Bonsoir », dit-il en s'installant. Elle ne répondit pas. Elle émit un grognement dissuasif et leva son livre de poche devant son visage. Il chercha à en lire le titre, mais elle le cachait avec ses mains. Il avait déjà rencontré des femmes timides dans l'avion — pas souvent, mais cela lui était arrivé. Il supposait qu'elles se méfiaient à juste titre des poivrots, des dragueurs et des casse-pieds. Il déploya un numéro du *Manchester Guardian.* Il avait remarqué que les journaux conservateurs inspiraient parfois confiance aux timides. Si on lisait les éditoriaux, la page des sports et surtout les pages financières, les inconnues timides acceptaient parfois de faire la conversation. L'avion décolla, l'interdiction de fumer s'éteignit, il sortit un étui à cigarettes en or et un briquet du même métal. Ils n'étaient pas tape-à-l'œil, mais ils étaient en or. « Cela vous dérange-t-il si je fume ? » demanda-t-il. « En quoi ? » dit-elle. Elle ne regarda pas dans sa direction. « Certaines personnes sont dérangées par la fumée », répondit-il en allumant sa cigarette. Elle était presque aussi belle qu'elle était hostile, mais pourquoi cette froideur ? Ils allaient être assis côte à côte pendant neuf heures et il était raisonnable d'espérer parler un peu. Lui rappelait-il quelqu'un qu'elle n'aimait pas, quelqu'un qui l'avait blessée ? Il était lavé, rasé, habillé correctement et habitué à se faire des amis. C'était peut-être une femme malheureuse qui n'aimait pas le monde, mais quand l'hôtesse vint prendre leurs commandes de boisson, elle gratifia la jeune inconnue d'un grand sourire éblouissant. Il en fut réconforté au point de sourire lui-même, mais quand elle s'aperçut qu'il empiétait sur une communication destinée à une autre, elle se tourna vers lui, se renfrogna et replongea dans son livre. L'hôtesse apporta un double Martini pour lui et un xérès pour sa voisine. Il se dit que son alcool fort risquait de la rendre encore plus mal à l'aise, mais il devait tenter sa chance. Elle poursuivait sa lecture. Si seulement il réussissait à voir le titre de son livre, il pourrait établir le contact, se dit-il. Harold Robbins, Dostoïevski, Philip Roth, Emily Dickinson — n'importe quoi l'aiderait. « Puis-je vous demander ce que vous lisez ? » fit-il poliment. « Non », répondit-elle.

Quand l'hôtesse leur apporta le dîner, il lui passa son plateau par-dessus le siège vide. Elle ne le remercia pas. Il s'installa pour manger, pour se nourrir, pour apprécier cette habitude simple. Le repas était exceptionnellement mauvais et il en fit la remarque. « On ne peut pas être trop exigeant compte tenu des circonstances », dit-elle. Il crut percevoir une trace de chaleur dans sa voix. « Ce serait peut-être meilleur avec du sel, mais ils ont oublié de m'en donner. Puis-je vous demander le vôtre ? » dit-elle. « Oh, bien sûr », répondit-il. Les choses s'arrangeaient indéniablement. Il ouvrit son sachet de sel et le lui tendit en en renversant un peu sur la moquette. « Je suis désolée, mais je crois que la malchance est pour vous », dit-elle. Elle ne prononça pas du tout ces mots sur le ton de la plaisanterie. Elle sala sa côtelette et mangea tout ce qui se trouvait sur son plateau. Puis elle reprit son livre au titre caché. Il savait que, tôt ou tard, elle devrait aller aux toilettes. Il pourrait alors lire le titre du livre, mais quand elle se dirigea vers l'arrière de l'avion elle emporta son livre.

L'équipage descendit l'écran pour le film. À moins qu'il ne fût exceptionnellement intéressant, il ne louait jamais d'écouteurs. Il trouvait que lire sur les lèvres et deviner ce qui se passait donnait au film une dimension supplémentaire. De toute façon, le dialogue était en général outrageusement banal. Sa voisine loua des écouteurs et parut s'amuser sincèrement. Elle avait un rire charmant et musical et communiquait avec les acteurs comme elle avait communiqué avec l'hôtesse et comme elle avait refusé de communiquer avec son voisin. Le soleil se levait au moment où ils approchaient des Alpes, mais le film n'était pas terminé. Çà et là, on voyait la luminosité d'un matin alpin par les fentes des rideaux tirés, mais les personnages poursuivirent inexorablement leur scénario à l'écran pendant qu'ils survolaient le Mont-Blanc et le Matterhorn. Il y eut un défilé, une poursuite, une réconciliation, une fin. Sa compagne se retira de nouveau vers l'arrière, tenant toujours son livre mystérieux, et revint coiffée d'une sorte de charlotte, le visage couvert d'une couche épaisse d'un onguent blanc. Elle arrangea son oreiller et sa couverture et se prépara à dormir. « Faites de beaux rêves », dit-il audacieusement. Elle poussa un soupir.

Il ne dormait jamais en avion. Il alla au coin cuisine et demanda un whisky. L'hôtesse, jolie et bavarde, lui parla de ses origines, de son planning, de son fiancé et de ses problèmes avec les passagers qui avaient peur en avion. Après les Alpes, ils entamèrent leur descente. Il vit la Méditerranée par le hublot et prit un autre whisky. Il vit les îles d'Elbe, de Giglio, les yachts dans le port de Porto Ercole et il aperçut les villas de ses amis. Il se rappelait son arrivée à Nantucket tant d'années auparavant. Les gens se rangeaient le long de la barrière du port et criaient : « Oh, les Perry sont là et les Salton et les Greenough. » C'était en partie vrai, en partie pour frimer. Quand il revint s'asseoir, sa voisine avait enlevé sa charlotte et son onguent. Dans la lumière du matin, sa beauté resplendissait. Il ne réussissait pas à diagnostiquer ce qu'il trouvait si fascinant — la nostalgie, peut-être — mais ses traits, sa pâleur, ses yeux, tout correspondait à son idéal de beauté. « Bonjour, avez-vous bien dormi ? » demanda-t-il. Elle fronça les sourcils et parut trouver ces paroles impertinentes. « Croyez-vous que ce soit possible ? » dit-elle d'un ton interrogateur. Elle rangea son livre mystérieux dans un sac à main avec une fermeture Éclair et rassembla ses affaires. Ils atterrirent à Fiumicino. Il s'écarta pour la laisser passer et la suivit dans le couloir. Il la suivit aux contrôles des passeports, de l'immigration et des vaccinations et la rejoignit à l'endroit où on récupère les bagages.

Mais regardez, regardez. Pourquoi indique-t-il son sac au porteur et pourquoi, quand ils ont tous deux récupéré leurs sacs, la suit-il à la station de taxis, où il marchande avec un chauffeur le prix de la course jusqu'à Rome ? Pourquoi monte-t-il avec elle dans le taxi ? Est-il le dragueur invétéré qu'elle redoutait ? Non, non. Il est son mari, elle est son épouse, la mère de ses enfants et une femme qu'il vénère depuis près de trente ans.

Déjeuner de famille

Il arriva le premier, comme on pouvait s'y attendre. La foule des week-ends était partie et n'avait pas encore commencé à rentrer. Seuls quelques soldats se trouvaient dans cette partie de la gare qui ressemblait aux thermes de Caracalla. Il était en avance ; elle était à l'heure, et à une heure moins le quart, il la vit descendre par l'Escalator. Je ne l'ai jamais vue — se dit-il — je suis un inconnu, un commis voyageur qui attend le train de Baltimore ; vaut-elle ou non la peine d'être regardée ? Ils ne s'étaient pas vus depuis un mois, mais leur rencontre n'en était pas une. Elle ressemblait davantage à la reprise d'une dispute interrompue quelques minutes plus tôt.

« C'est la dernière fois, dit-il.

— Oh, d'accord, d'accord. Sauf que si elle l'apprend, ça la tuera, Frank, elle tombera raide morte. Ils tomberont tous les deux raides morts.

— Tu dois le lui dire.

— Je le ferai. Mais donne-moi d'abord une chance de mettre les choses au point, d'accord ?

— Où habites-tu ?

— Soixante-septième Rue est. Et toi ? demanda-t-elle.

— Au club », répondit-il.

Ils descendirent au niveau le plus bas et montèrent dans le train. Ils ne parlèrent plus jusqu'à ce que le train traverse les bad-lands du côté de Newark. Il prit alors sa main et examina le bracelet qu'elle portait. « Tu ne devrais pas porter des bijoux aussi tape-à-l'œil ; ça te donne l'air d'une bohémienne, dit-il.

— Tu ne devrais pas t'habiller en gris, ça te donne l'air maussade », rétorqua-t-elle. Elle se mit à rire. « Je n'oublierai jamais le jour où tu as fait semblant de te suicider, poursuivit-elle. Chaque fois que je te vois, j'y pense. » Elle posa son front sur une main en riant toujours. « Je n'oublierai jamais ce jour-là, même si je vis cent ans. Je te vois encore étendu sur le... » Il se leva et alla sur la plate-forme fumer une cigarette. Il y resta jusqu'à l'arrêt du train à Montclair.

Elle ne leur avait pas dit à quelle heure elle arrivait et il n'y avait personne à la gare. Morrisey, le vieux chauffeur de taxi, s'approcha. « Bonjour Mrs Minot, bonjour Mr Minot. Vous venez à la maison, pour changer un peu ? Je suis content de vous voir. Je vois votre père presque tous les matins, Mrs Minot. » Il ouvrit la portière du taxi et ils montèrent.

Ils s'arrêtèrent devant la maison. Frances attendit pendant que Frank payait la course. « Je veux rentrer par le train de six heures et demie », chuchota-t-elle quand le taxi fut reparti. Elle prit le bras de Frank pour remonter l'allée. Mr Godfrey leur ouvrit la porte avant qu'ils aient le temps de sonner. Il étreignit sa fille avec beaucoup d'affection et serra cordialement la main de son gendre.

Mr Godfrey, un bel homme d'une soixantaine d'années, portait des vêtements un peu trop propres et un peu trop bien repassés pour le déjeuner du dimanche. « Alors, comment ça va à New Yack ? » demanda-t-il. Il était arrivé du Massachusetts de nombreuses années auparavant, mais il parlait toujours avec un fort accent du bord de mer. Pendant que Frank ôtait son manteau, Jeannette — la nièce de Frances — arriva en courant dans l'entrée et embrassa sa tante. Elle serra la main de Frank, fit une révérence et retourna bruyamment au salon.

Mrs Godfrey sortit de la cuisine et les embrassa tous les deux. C'était une femme agréable et franche qui essayait de réfréner sa tendresse envahissante, mais en étreignant Frances, elle se mit à pleurer. Elle se força à sourire malgré son visage mouillé de larmes, et recula pour admirer la robe que portait sa fille. Elle tapota à plusieurs reprises l'encolure qui n'avait pas besoin d'être remise en place, comme si Frances était encore une petite fille. Les bras autour de leur taille, elle les conduisit au salon où son autre fille Priscilla, moins sophistiquée, et son mari Ralph buvaient du xérès. « Tous mes enfants sont là, à présent. Rien ne me rend aussi heureuse. Je vis pour cela », dit Mrs Godfrey. Elle versa un verre de xérès à Frances et à Frank et les obligea à prendre quelques biscuits salés.

Ralph salua Frank chaleureusement et se mit à lui parler de ses affaires. « Nous ne sommes partis qu'à midi parce que nous avons dormi tard ce matin. Mon associé m'a appelé hier soir de Houston, Texas. Au téléphone, expliqua-t-il.

« Sa voix était parfaitement claire, poursuivit Ralph. Nous irons le retrouver à Miami en février. Nous descendrons là-bas, Priscilla et moi. Nous laisserons Jeannette avec sa grand-mère.

— Je veux aller en Floride, dit Jeannette.

— Ce n'est pas possible, ma chérie, dit Ralph en ébouriffant de la main ses cheveux blonds. Peut-être l'année prochaine.

— Je crois que tout est sur la table, dit Mrs Godfrey. Je vais vérifier. » Elle les appela de la salle à manger et demanda à Ralph de prendre sa chaise et les coussins du canapé pour Jeannette. Frank apporta la chaise et Ralph les coussins. Ils installèrent la petite fille confortablement entre sa mère et Frank. Mrs Godfrey alluma quatre bougies sur la table avec une grande allumette. Mr Godfrey coupa quelques tranches de rosbif et les plaça sur une assiette avec des légumes. La bonne l'emporta à la cuisine pour la manger. Priscilla remarqua le bracelet que portait Frances.

« Frank me l'a offert pour mon anniversaire »,

expliqua Frances. Elle détacha le bracelet et le tendit à sa sœur de l'autre côté de la table.

« Oh, je le trouve magnifique, dit Priscilla. Ça t'embête si je l'essaie ? Si jamais tu veux te remarier, Frank, je voudrais bien que tu me mettes sur ta liste. Ralph ne m'offre jamais de bijoux.

— On ne peut pas tout avoir, ma chérie, dit Ralph.

— Je n'ai jamais rien vu d'aussi beau », dit doucement Mrs Godfrey. Priscilla lui tendit le bracelet qu'elle remit au poignet de Frances.

« Avez-vous vu quelques-uns des nouveaux spectacles ? demanda Priscilla à sa sœur.

— Nous ne sommes pas beaucoup allés au théâtre cette année, dit Frances. Nous sommes allés au Stork Club il y a deux jours. Nous étions assis à côté de Luise Rainer.

— Comment est-elle ? demanda Priscilla à Frank.

— Je ne l'ai pas vue », répondit Frank. Tout le monde était servi. Les Godfrey mangeaient avec empressement et sans beaucoup parler. Le silence, interrompu seulement par le bruit des assiettes et des couverts, dura jusqu'à ce que Mr Godfrey se lève devant le rosbif en brandissant la fourchette et le couteau à découper.

« Tu reprendras un morceau de viande, Frances. Un petit bout de l'entame ?

— Oh, non, merci, Papa. Je ne peux plus rien avaler.

— Encore un morceau de viande, Frank ? Maman ?... » Ils ne traînèrent pas sur le dessert et, une fois qu'ils eurent éteint leurs cigarettes dans la soucoupe de leur tasse à café, ils retournèrent au salon. Ralph remit en place les coussins sur lesquels s'était assise sa fille et Mr Godfrey rapporta la chaise. Au moment où Frank quittait la pièce, Mrs Godfrey lui prit le bras et le retint un instant.

« Comment allez-vous, mon cher ? demanda-t-elle.

— Bien.

— Vous avez l'air un peu préoccupé.

— Il n'y a aucune raison.

— Frances a l'air en pleine forme. Vous prenez si bien soin d'elle, Frank. » En entrant au salon, elle dit : « Joue-nous quelque chose, Priscilla. »

À la suite de ces après-midi, Frank en vint à associer Chopin avec une mauvaise digestion pour le restant de ses jours ; mais pour l'instant, il trouvait la musique agréable et elle lui procurait un brusque soulagement. Mrs Godfrey observait Priscilla avec un demi-sourire. Mr Godfrey souriait aussi devant la preuve des atouts qu'il avait réussi à donner à sa fille. Ralph écoutait attentivement et jetait de temps en temps un regard vers Jeannette pour s'assurer qu'elle était sage. Frances observait le tapis et la pendule.

Saturés de nourriture, de travail, du fardeau de leurs vies, ils se tenaient raides sur leurs chaises inconfortables comme si la musique était une sorte de condamnation. Dans l'atmosphère lourde, la vapeur et les odeurs de cuisine, les arpèges semblaient incroyablement légers et ascendants.

Comme Frank pensait que Chopin était français, il se souvint d'un jour d'été, tôt le matin, cinq ans plus tôt ; Frances et lui roulaient à vélo dans Avignon et des soldats lui avaient lancé : *« Hé, la blonde, hé la blonde*... »*

La musique cessa soudain. Ils applaudirent et Priscilla se mit à jouer la *Sonate au clair de lune.* Frank remarqua que Mr Godfrey lui faisait signe. Les deux hommes se levèrent en catimini et quittèrent le salon pour la salle à manger. Mr Godfrey versa deux petits verres de cognac. Frank n'avait jamais compris cette impolitesse qui consistait à exclure Ralph. Ils entendaient distinctement la musique là où ils étaient assis. Dehors, la nuit tombait.

« Content que vous soyez avec nous, chuchota Mr Godfrey.

— Content d'être ici.

— À la vôtre.

— À la vôtre.

— Priscilla joue très bien, vous ne trouvez pas ?

— Très bien.

— Je me demande jusqu'où elle serait allée si elle s'y était mise sérieusement.

— Il y a tant de bons pianistes.

— Oui, c'est ce qu'on dit... »

Ils avaient eu cette conversation un nombre incalculable de fois et la tendresse qu'éprouvait Frank pour son beau-père l'empêchait encore de la trouver ridicule. Ils entendirent de nouveau le son discordant des applaudissements, puis le silence et la voix désagréable de Jeannette.

« Que la soirée est agréable/Quand toutes les cloches sonnent./Ding-dong, ding-dong... », chanta-t-elle.

Il y eut de nouveaux applaudissements puis une autre chanson. Frank et Mr Godfrey terminèrent leur cognac. Ils revinrent dans le salon où tout le monde était debout autour du piano et regardait un album de photos. « Cela va vous plaire, Frank, lança Mrs Godfrey. Venez à côté de moi. C'est une photographie de Frances que nous avons prise en 1926. L'auriez-vous reconnue ?

— Je crois que oui, dit Frank.

— Nous avons pris celle-ci au pique-nique des Blaisdell. Elle n'avait que quatorze ans. Ses cheveux étaient si clairs. Le fils Wiley lui faisait la cour. C'est celui sur la gauche à côté de la tante Louise. Vous ne trouvez pas qu'il est drôle avec ce maillot de bain ? C'est le costume qu'elle portait dans *Cradle Song*.

— Tu sais, Maman chérie, nous devons rentrer. Il est 6 heures », dit Frances doucement. Elle passa un bras autour de la taille de sa mère.

« Oh, vous ne pouvez pas partir tout de suite », s'exclama Mrs Godfrey. Le sourire forcé et vide sur son visage ressemblait à de la peur.

« Ils doivent peut-être partir, Maman, dit M. Godfrey.

— Nous devons être en ville à 7 heures, dit Frances.

— Êtes-vous sûrs de ne pas vouloir manger quelque chose avant de partir ?

— Bien sûr que non, Maman chérie. Nous venons de déjeuner.

— Voulez-vous emporter un peu de rosbif?

— Non, merci.

— Du gâteau ?

— Non, merci, non. »

Ils se firent leurs adieux sous la véranda, comme un de ces groupes pathétiques et déroutés qu'on croise parfois dans les gares à la campagne ou dans les salles d'attente des hôpitaux en ville. Ralph les conduisit au train. Il y avait du monde et ils s'assirent dans des compartiments différents. Frank monta sur la plate-forme pour fumer. De là, il voyait le chapeau et les épaules de Frances, mais il descendit du train dès que les portes furent ouvertes et il ne la revit pas.

DU MÊME AUTEUR

Aux Éditions Gallimard

LES WAPSHOT (Folio n° 4714)

UNE AMÉRICAINE INSTRUITE précédé d'ADIEU, MON FRÈRE, nouvelles extraites du recueil *Déjeuner de famille* (Folio 2 € n° 4840)

LES LUMIÈRES DE BULLET PARK (Folio n° 4827)

FALCONER (Folio n° 4966)

Aux Éditions Joëlle Losfeld

DÉJEUNER DE FAMILLE (Folio n° 4999)

LE VER DANS LA POMME

ON DIRAIT VRAIMENT LE PARADIS

Aux Éditions Le Serpent à Plumes

INSOMNIES

L'ANGE SUR LE PONT

Composition CPI Bussière
Impression Maury-Imprimeur
45330 Malesherbes
le 23 décembre 2009.
Dépôt légal : décembre 2009.
Numéro d'imprimeur : 151836.

ISBN 978-2-07-033732-3. / Imprimé en France.

141756